신들의 왕국

상

KB191950

THE KINGDOM OF GODS:

Book Three of the Inheritance Trilogy

by N. K. Jemisin

Korean translation edition is published by arrangement with

N. K. Jemisin c/o The Knight Agency through Duran Kim Agency.

Korean Translation Copyright © Minumin 2024

신들의 왕국

상

유산 시리즈 III

N. K. 제미신

박슬라 옮김

THE
KINGDOM
OF
GODS

황금가지

신들의 왕국—상 **차례**

제1부 아침에는 다리가 넷 —— **7**

1장 —— **12**

2장 —— **52**

3장 —— **80**

4장 —— **105**

5장 —— **140**

6장 —— **183**

7장 —— **195**

8장 —— **232**

제2부 정오에는 다리가 둘 —— **249**

9장 —— **255**

10장 —— **282**

11장 —— **311**

12장 —— **353**

부록 용어 및 인물 —— **395**

제1부

아침에는
다리가 넷

에네파와 똑같이 생겼네. 처음 그녀를 봤을 때 든 생각이었다.

그녀가 승강기 앞에서 덜덜 떨며 심장을 북소리처럼 쿵쿵 울리고 있는 지금을 말하는 게 아니다. 사실 그녀를 본 건 이번이 처음이 아니다. 지난 몇 년간 달 없는 밤이면 가끔 궁을 몰래 빠져나가 우리의 루자 대상이 안전하게 잘 있는지 확인하곤 했으니까.(그런 밤에 우리 주인들이 가장 두려워하는 건 내가 아니라 나하도스다.) 처음 내가 그녀를 본 건 갓난아기였을 때였다. 나는 아기방 창문으로 몰래 숨어 들어가서 요람 난간에 걸터앉아 그녀를 구경하곤 했다. 그녀도 나를 같이 빤히 바라봤는데 그때도 갓난아기답지 않게 차분하고 근엄했다. 다른 아기들이 주변 세상에 한창 정신이 팔려 있을 때, 그녀는 자신의 영혼 속에 자리 잡은 두 번째 영혼에 붙들려 있었다. 나는 그녀가 미치기를 기다렸고, 조금 안쓰럽다고 느끼긴 했지만 그게 다였다.

두 번째로 찾아간 건 그녀가 두 살이 되었을 때였다. 아이는 엄마를 따라 뒤뚱뒤뚱 열심히 걸음마를 하고 있었다. 아직 미치진 않았다. 다섯 살 때 찾아갔을 때는 아빠 무릎에 앉아 신들의 이야기에 푹 빠져 있었다. 아직도 미치지 않았다. 아홉 살 때 봤을 때는 돌아가신 아버지를 애도하고 있었다. 그 무렵이 되자 그녀가 미치지 않았고 앞으로도 미치지 않으리라는 게 확실해졌다. 하지만 에네파의 영혼이 영향을 미치고 있다는 데에는 의심의 여지가 없었다. 외모도 외모였지만 생명을 빼앗는 방식을 보면 알 수 있었다. 나는 그녀가 숨을 헐떡이며 온몸에 피칠갑을 한 채 손에 피 묻은 돌칼을 쥐고 생애 처음으로 살해한 남자의 시체 밑에서 기어 나오는 모습을 지켜보았다. 그때 그녀는 겨우 열세 살이었는데, 그런 모습을 보고도 전혀 두렵다는 생각이 들지 않았다. 당연히 그래야 했는데도. 한 몸에 든 두 영혼 때문에 심장의 파동이 증폭되어 들렸다. 얼굴엔 만족감이 흘렀고 그 중심에는 익숙한 서늘함이 있었다. 그녀가 시련을 겪으리라 짐작했던 전사의회 여성들은 당황해서 서로 얼굴만 쳐다볼 뿐이었다. 나이 든 여성들이 모여 앉은 둥근 원 너머 어두운 그림자 속에서, 딸을 지켜보던 모친이 빙그레 웃음 지었다.

아마 그때 그녀를 사랑하게 된 것 같다. 조금이긴 해도.

그래서 난 지금 그녀를 데리고 다른 필멸자에게는 한 번도 보여 준 적 없는 죽은 공간으로 향하는 중이다. 내 영혼의 핵심을 물질적으로 구현한 것이라 할 수 있는 곳.(할 수만 있다면 내 영역으로 데려가 내 진짜 영혼을 보여 주고 싶지만.) 그녀가 내 작은 장난감 세상을 거닐며 신기해하는 모습을 보고 있자니 기분이 좋다. 그녀는 그것이 아름답다고 말해 준다. 그녀가 우릴 위해 죽을 때가 오면 난 울고 말 거다.

그때 나하가 그녀를 발견한다. 한심하지 않아? 우리 둘, 필멸계에서 가장 오래되고 가장 강력한 존재들이 발끈해서 날뛰는 땀투성이 조그만 필멸자 계집애에게 홀딱 빠져 정신 못 차리는 꼴을 보라고. 외모 때문이 아니다. 저 사납고 드센 성격, 곧바로 터져 나오는 모성애, 반사적으로 바로 달려드는 공격성 때문도 아니다. 그녀는 에네파 그 이상의 존재다. 에네파는 나를 이렇게 사랑해 준 적도 없고, 삶과 죽음에 이토록 열정적이었던 적도 없으니까. 어떤 과정을 거쳤는지는 몰라도 오래 묵은 영혼이 새 영혼을 만나 더 나아진 거다.

그녀는 나하도스를 선택한다. 난 별로 개의치 않는다. 그녀가 나름의 방식대로 날 사랑하는 것도 사실이니까. 감사할 따름이다.

그리고 모든 일이 끝나고 기적이 일어나서 그녀가 (또다시) 신이 되었을 때, 나는 흐느낀다. 행복하다. 하지만 여전히 외롭다.

1장

———

트릭스터, 트릭스터
장난으로 태양을 훔쳤네
그걸 타고 다닐 거야?
어디다 숨길 거야?
저기 저 강둑 아래!

이 이야기엔 아무런 속임수도 함정도 없다. 긴장 풀고 편하게 들으라고 미리 말해 주는 거다. 사건을 만날 때마다 움찔거리거나 언제 뒤통수를 맞을지 가슴 졸이다 보면 이야기를 제대로 들을 수가 없잖아. 결말에 도달했더니 갑자기 내 안에 있는 다른 영혼과 대화를 하고 있었다거나 아직 태어나지도 않은 뱃속 아기한테 자장가를 불러 주고 있었다는 걸 알게 될 일도 없다. 솔직히 그런 거 너무 못됐지 않아? 그러니 난 내가 겪은 일을 있는 그대로 말해 줄 거야.

하지만 잠깐! 그렇다고 이렇게 시작하는 건 아니지. 시간은 골칫거리지만 구조와 틀을 제공해 준다. 그러니 나도 필멸자랑 비슷한 방식으로 이야기해야 할까? 그럼 좋아. 선형적으로, 시간 순서대로 가자. 아주 처어어언처어어언히. 이야기를 이해하려면 앞뒤 맥락을 알아야 하니까.

시작. 무언가의 시초가 항상 겉으로 보이는 대로는 아니다. 자연의 본질은 순환, 패턴, 반복이지만 우리의 지식에 따르면 태초의 시작에는 불가지(不可知)한 대혼돈이 있었다. 그리고 우리 중 그 누구도 아직 존재하지 않던 시절, 헤아릴 수도 없는 그 영겁의 세월 동안 대혼돈은 무한한 물질과 개념, 그리고 생명을 뱉어 냈다. 그중 어떤 것들은 필시 찬란하고 영광스러웠을 것이다. 왜냐하면 대혼돈은 심지어 지금까지도 쉴 새 없이 소용돌이치며 규칙적인 우연성을 통해 새로운 생명을 자아내고 있고, 그 창조물 가운데 많은 것이 진실로 아름답고 경이롭기 때문이다. 하지만 그중 대다수는 눈 깜짝할 사이에 대혼돈에 의해 다시 찢어 발겨지거나, 순식간에 늙어 죽거나, 혹은 스스로 붕괴하여 작은 대혼돈으로 되돌아간다. 그리하여 보다 거대한 불협화음 속으로 흡수되는 것이다.

그러다 어느 날, 대혼돈이 뭔가 죽지 않는 것을 만들어 냈다. 실제로 이것은 놀라울 정도로 대혼돈 그 자체와 닮아 있었다. 야생적이고, 끊임없이 휘휘 돌며 들끓었으며, 영원했고, 쉴 새 없이 변화했다. 그러면서도 이 새로운 것은 스스로 생각하고 느끼고 생존을 추구할 만큼 질서정연하기도 했다. 그 증거로 그것이 가장 먼저 한 일은 대혼돈으로부터 벗어나는 것이었다.

그러나 이 새로운 피조물은 심각한 딜레마에 직면했다. 대혼돈에서 벗어난 곳에는 아무것도 없었다. 사람도, 장소도, 공간도, 어둠도, 차원도, **존재**마저도 없었다.

아무리 신이라도 그런 걸 견디긴 무리였다. 그래서 이것(나하도스라고 부르기로 하자. 일단 이름이 예쁘잖아? 그리고 완벽하진 않지만 편의상 남성으로 지칭하자.)은 곧바로 존재를 창조하는 데 착수했는데, 그 방법이란 게 정신을 놓고 미쳐 버려서 자기 자신을 갈기갈기 찢어발기는 것이었다.

대단히 효과적인 방법이었다. 그리하여 이제는 나하도스와 더불어 무정형의 거대한 물질도 함께 존재하게 되었다. 그 주위에 목적과 구조가 응집하기 시작한 것은 질량이 존재하는 데 따른 부작용이자 자연발생적인 과정이었다. 그것은 대혼돈과 비슷하게 소용돌이치고 울부짖으며 포효했지만 대혼돈과 달리 살아 있지는 않았다.

그러나 그것은 우주의 가장 초기 형태였고, 그 주위에는 신계가 둘러져 있었다. 경이로운 일이었으나 나하도스는 알아차리지 못했다. 그는 알 수 없는 소리를 지껄이는 미치광이에 불과했으니까. 그러니 다시 대혼돈으로 돌아가 보자.

나는 대혼돈에도 의식이 있다고 믿는다. 그러다 보니 결국 그것도 제 자식의 외로움과 고통을 알게 되었을 거다. 그래서 얼마 지나지 않아 대혼돈은 또 다른 무언가를 토해 냈고, 그 존재는 의식을 갖고 있을 뿐만 아니라 자신이 태어난 무질서로부터 벗어나는 데에도 성공했다. 이 새로운 것은 항상 남성형을 유지했는데 스스로를 광명의 이템파스라 불렀다. 왜냐하면 그 자식은 심지어 그때도 오만하고 자기중심적인 악마 새끼였으니까. 그리고 또 빽빽 소리만 질러 대는 덩치 큰 머저리 자식이라 나하도스한테 마구잡이로 달려들었는데, 나하도스는…… 음, 나하는 그때까지만 해도 그리 좋은 대화 상대는 못 됐다. 물론 그땐 말이라는 것 자체가 없었으니 말로 대화를 했을 리도 없지만.

어쨌든 그래서 그 둘은 싸우고, 싸우고, 또 싸우고, 만겁 억겁을 싸우고 또 싸우다가 갑자기 한쪽이 모든 게 지겹다면서 휴전을 제안했다. 양쪽 모두 서로 자기가 먼저 화해를 청했다고 주장하고 있어서 어느 쪽이 농담을 하고 있는지는 나도 모른다. 그 후로 우주에 살아 있는 거라곤 그 둘밖에 없었기 때문에 서로 싸우지 않으면 다른 뭔가를 해야 했고, 그래서 그들은 연인이 되었다. 그리고 그 모든 일이 진행되는 사이(싸우는 것과 사랑을 나누는 것은 사실 크게 다르지 않다.), 나하도스가 탄생시킨 무형의 물질 덩어리도 아주 지대한 영향을 받게 되었다. 물질에 더 많은 기능과 구조가 가미되자 모든 것이 아주 오랫동안 순조롭게 돌아갔다.

그러다 에네파라는 세 번째가 나타났다. 보통은 둘보다 셋이 더 안정적인 형태이기에 이 여성형의 등장은 상황을 더욱 안정적으로 정착시켰다. 한동안은 정말로 그랬다. **존재**는 우주가 되었고, 에네파의 본성은 그녀가 닿는 모든 것에 의미를 부여하는 것이었기에 그들은 곧 가족이 되었다. 나는 그들의 여러 자녀 중 맏이였다.

그렇게 우리가 있었다. 우주, 아버지와 어머니와 나하, 수백에 달하는 자식들. 그리고 우리의 조부모라 할 수 있을 대혼돈. 조심해서 돌보지 않으면 모든 걸 파멸시킬 수 있는 존재를 조부모라고 불러도 될지 모르겠지만. 그리고 에네파가 창조한 필멸자도 있었다. 내게 그들은 반려동물과 비슷했다. 가족이긴 한데 그렇다고 진짜 가족은 아닌 것. 세련되고 고급스러운 우리에서 안전하게 보호받으며 부드러운 목줄을 차고 제멋대로 굴며 훈련받고 사랑받는 것. 우리는 반드시 필요할 때가 아니면 그들을 죽이지 않았다.

한동안 문제가 있기도 했지만 이 모든 게 시작될 무렵에는 그럭저럭 나아지고 있었다. 어머니가 돌아가셨다가 회복됐다. 아버지와 나는 억지로 감금되어 있었다가 풀려났다. 하지만 내 또 다른 아버지는 여전히 살인자에 배신자 개새끼였고 세상 그 어떤 것도, 그가 얼마나 간절히 참회하고 속죄하든 그 사실을 바꿀 수는 없었다. 다시 말해 세 주신이 모두 살아 있고 대부분의 시간 동안 제정신을 유지하고 있더라도 다시는 셋이 하나로 완전해지지 못할 것이라는 의미다. 그로 인해 우리 가족은 괴롭고 쓰라린 상실감을 느껴야 했지만 그래도 참을 만했다. 이미 이보다 더 지독한 것을 겪은 적이 있기에.

그리고 그때, 내 어머니가 문제를 직접 처리하기로 결심했다.

＊

어느 날 나는 예이네를 따라갔다. 그녀는 육신을 입고 필멸계로 내려가 이템파스가 빌린 퀴퀴한 여관방에 모습을 드러냈다. 둘이서 시시껄렁한 대화와 경고를 주고받는 동안 나는 이 현실에는 존재하지 않는 무음의 공간 속에 몸을 숨기고 그들을 염탐했다. 예이네는 내가 있다는 걸 눈치챘을 수도 있다. 그녀는 내 잔꾀에 속아 넘어가는 경우가 거의 없었으니까. 그렇다는 건 결국 내가 엿봐도 별로 상관없다는 뜻이겠지. 이게 무슨 의미인지 궁금하다.

왜냐하면 예이네가 그를 보면서, 진실로 그를 들여다보면서 이렇게 말하는 끔찍한 순간이 오고야 말았기 때문이다. "넌 변했어."

이템파스는 말했다. "아직 부족하다."

그러자 예이네가 말했다. "뭘 두려워하는 건데?" 그는 대답하지 않았다. 당연하지, 그런 걸 시인하는 건 그의 본성이 아니니까.

그녀가 말했다. "더 강해졌군. 그 애가 좋은 영향을 줬나 봐."

방 안 가득 분노가 넘쳐 흘렀지만 이템파스의 표정에는 아무 변화도 없었다. "그래, 그랬지."

둘 사이에 긴장감이 감도는 순간이 있었다. 내가 바라던 것이었다.

예이네는 우리 중에서도 최고다. 선한 마음씨와 필멸자의 건전한 상식, 그리고 아주 넉넉한 자존심까지. 그러니 절대로 굴복하지 않을 거야! 하지만 그 문제의 순간이 지나자 예이네가 한숨을 쉬더니 멋쩍은 표정을 지었다. "그건…… 네게서 그 애를 앗아 간 건 우리 잘못이었어."

그것만으로 충분했다. 잘못을 인정하는 것. 그 뒤로 이어진 영원과도 같은 침묵 속에서 그는 그녀를 용서했다. 필멸자 식으로 말하면 해가 동쪽에서 뜨는 것만큼이나 확실했다. 그러더니 이어서 그는 자기 자신마저 용서했다. 아니, 도대체 왜? 알지도 못하겠고 짐작도 못 하겠다. 하지만 그것 역시 뚜렷한 변화였다. 돌연 그의 키가 조금 더 커졌고, 조금 더 차분해졌고, 그녀가 나타났을 때부터 세우고 있던 오만한 경계심도 누그러졌다. 예이네는 벽이 무너지는 것을 보았다. 부서진 벽 뒤에는 예전의 이템파스가 있었다. 오래전 분개하던 그녀의 전임자를 설득하고, 사납게 날뛰는 나하도스를 길들이고, 다루기 힘든 말썽꾸러기 자식신들을 훈육하고, 시간과 중력을 비롯해 생명을 가능케 하고 흥미롭게 만드는 모든 것을 무에서 창조해 낸 그 이템파스였다. 그런 그를 사랑하는 것은 전혀 어렵지 않다. 나는 안다.

그러니 그녀를 비난하는 건 아니다. 나를 배신했음에도 불구하고.

하지만 예이네가 이템파스에게 가까이 다가서서 손가락으로 그의 입술을 어루만지는 광경을 보는 건 너무나 가슴 아픈 일이었다. 그녀는 황홀한 표정으로 그의 진정한 모습에서 새어 나오는 광채를 응시했다.(그렇게 쉽게 굴복하다니. 언제부터 그렇게 약해진 거야? 예이네를 저주해. 지옥에나 떨어져 버리라지.)

예이네가 눈살을 약간 찌푸렸다. "내가 왜 여기 왔는지 모르겠어."

"우리에게 하나의 연인으로는 충분하지 않으니까." 이템파스가 그녀의 욕망을 채워 주기에 자신이 얼마나 부족한지 안다는 듯 다소 서글픈 미소를 지으며 말했다. 하지만 그러면서도 그는 그녀의 어깨를 붙잡아 끌어당겼고, 그들의 입술이 닿고 그들의 정수가 뒤섞였다. 그들이 미웠다. 증오스러웠다. 둘 다 역겨워 죽을 것 같았다. 어떻게 감히 나한테서 예이네를 빼앗아 갈 수가 있지? 내가 아직 용서하지 못했다는 걸 알면서, 예이네는 어떻게 그를 사랑할 수 있는 거야? 그리고 나하가 그동안 어떤 고통을 겪었는데 나하만 혼자 두고 둘이서 함께한다고? 어떻게 감히? 나는 그들을 증오했고, 사랑했고, 오 신이시여 내가 얼마나 그들과 함께하길 원하는지, 왜 나는 그들 중 하나가 될 수 없는지, 이건 너무 불공평 —

— 아니, 아니야. 징징거려 봤자 소용없다. 기분도 전혀 나아

지지 않았다. 왜냐하면 '셋'은 결코 '넷'이 될 수 없고, 설사 '셋'이 '둘'로 줄어든다고 해도 소격신은 주신의 자리를 대체할 순 없으니까. 그리고 그 순간 내가 느낀 비참함은 순전히 절대로 가질 수 없는 것을 넘본 내 탓이었다.

그들의 행복한 모습을 더는 참을 수 없게 되자, 나는 도망쳤다. 내 마음속에서 대혼돈에 필적하는 곳. 필멸계에서 내가 집이라고 불렀던 유일한 곳. 나만의 지옥…… 하늘궁으로.

＊

아이들이 날 발견했을 때, 나는 '어디로도 이어지지 않는 계단' 꼭대기에 시무룩하게 앉아 있었다. 필멸자들은 우리 신들이 모든 걸 계획하는 줄 아는데, 순전히 진짜 우연이었다.

그들은 한 세트 같았다. 둘 다 여섯 살이었고(난 필멸자의 나이를 가늠하는 데는 도가 터서 잘 안다.) 반짝이는 눈에는 총기가 흘렀다. 좋은 음식을 먹고, 뛰어놀 공간도 많고, 영혼을 자극하는 즐거움도 실컷 누리는 애들다웠다. 남자아이는 머리와 눈, 피부색이 짙고 나이에 비해 키가 크고 진지했다. 여자아이는 금발에 초록 눈, 흰 피부에 의욕이 강해 보였다. 둘 다 예쁘장했으며 비싸고 좋은 옷을 입었다. 그리고 작은 폭군들이었다. 원래 아라메리는 저 나이 때 그런 경향이 있다.

"우리를 도와라." 여자아이가 거만한 어조로 말했다.

나는 무심코 아이들의 이마를 힐끗 쳐다보았다. 순간 과거에 그들이 우리를 통제하기 위해 사용하던 마법이 되살아난 듯한 충격에 갑자기 쇠사슬에 확 끌려가는 느낌이 들면서 뱃속이 덜컹 내려앉았다. 그러다 이젠 그 사슬이 없다는 사실을 기억해 냈다. 하지만 그 힘에 저항하던 시절의 버릇은 여전히 남아 있는 모양이다. 벌컥 짜증이 일었다. 아이들의 이마에 새겨진 원형의 표식은 순혈임을 나타내고 있었지만 꽉 찬 온점이 아니라 가운데가 빈 윤곽선에 불과했다. 명령어를 엮어 반복적으로 또는 중첩되어 그려 놓은 몇 개 안 되는 고리들은 우리가 아니라 주로 이 현실을 겨냥한 것이었다. 보호, 추적, 안전과 관련된 평범한 주문들. 그들 자신에게나 남들에게 복종을 강요하는 건 없었다.

나는 흥미와 놀라움 사이에서 갈등하며 소녀를 바라보았다. 아이는 내가 누구인지 또는 무엇인지 전혀 모르는 것 같았다. 그것만은 확실했다. 자신감이 조금 떨어지는 사내아이는 아무 말 없이 소녀와 나를 번갈아 쳐다볼 뿐이었다.

"아라메리 애새끼들이 돌아다니고 있네." 나는 느릿하게 늘어지는 말투로 말했다. 내 미소를 본 사내아이는 안도했고 여자아이는 화가 난 것 같았다. "너희가 여기서 나랑 마주친 게 들통나면 누군가 곤란해지겠는걸."

둘 다 그 말에 걱정스러운 표정을 짓는 걸 보니 문제를 알 것 같았다. 아이들은 길을 잃고 헤매고 있었다. 우리는 지금 궁전 지하에 있었다. 하늘궁의 거대한 본채 아래 영원한 그림자에 잠겨 있는 곳. 예전에는 낮은피 하인들이 거주했지만 지금은 아무도 살지 않는 게 분명했다. 주변 바닥과 장식용 몰딩에는 먼지가 두텁게

쌓여 있고 내 앞에 있는 두 아이를 제외하곤 근처 어디서도 필멸자의 냄새가 나지 않았다. 여기서 얼마나 오래 헤매고 있었던 걸까? 아이들은 피곤하고 지치고 낙담한 듯 보였다.

하지만 이를 호전적인 태도 밑에 감추고 있었다. "우리에게 위층 궁전으로 가는 길을 알려 주도록 해. 아니면 직접 안내하든지." 그러고는 소녀가 잠시 생각에 잠기더니 턱을 쓱 치켜들며 덧붙였다. "지금 당장 내 말대로 하지 않으면 안 좋은 일을 겪게 될 거야!"

세상에, 참을 수가 없었다. 나는 웃음을 터트렸다. 그냥 모든 게 다 완벽했다. 오만하게 행동하려는 여자아이의 서툰 시도, 하필나와 마주쳤다는 최악의 불운, 전부 다. 옛날옛적에 바로 이런 어린 소녀들이 내 삶을 지옥으로 만들었더랬다. 이것저것 명령을 내려 내가 저항하는 몸을 비비 꼬며 어쩔 수 없이 복종할 때마다 키득거리곤 했지. 나는 아주 긴 세월 동안 아라메리의 변덕과 짜증을 두려워하며 살았다. 하지만 자유의 몸이 된 지금은 소녀의 진짜 모습을 볼 수 있다. 부모의 습관을 앵무새처럼 따라 하는 겁에 질린 생명체, 하늘을 나는 법을 모르는 만큼이나 원하는 것을 부탁하는 방법을 모르는 어린아이였다.

아니나 다를까, 내가 웃음을 터트리자 여자아이가 얼굴을 일그러뜨리더니 허리에 양손을 얹고 아랫입술을 삐죽 내밀었다. 내가 좋아하는 어린애다운 모습이었다.(어른들이 이러면 짜증만 날 뿐이라 그냥 죽여 버릴 테지만.) 순해 보였던 남자아이도 인상을 쓰며 나를 노려보기 시작했다. 귀여워라. 난 늘 버릇없는 애들이 좋았다.

"우리가 말하는 대로 해!" 여자아이가 발을 굴렀다. "넌 우릴 도와줘야 해!"

웃음이 가시고 난 후에야 손가락으로 눈물을 훔치고는 계단 벽에 기대앉아 한숨을 내쉬었다. "집에 가는 길은 너희들이 알아서 찾아." 나는 빙글빙글 웃으며 말했다. "운 좋은 줄 알아. 너넨 죽이기엔 너무 귀여워서 말이야."

그 말에 아이들이 입을 다물었다. 그러고는 두려움보다는 호기심이 가득한 표정으로 나를 멀뚱멀뚱 쳐다보았다. 남자아이가 눈을 가늘게 좁혔다. 두 아이 중에서 더 강한 쪽은 아닐지 몰라도 더 똑똑한 쪽은 맞는 것 같았다.

"표식이 없어." 소년이 내 이마를 가리키며 말했다. 여자아이가 놀라 퍼뜩 쳐다봤다.

"어, 그래, 없어. 그러니 맞혀 봐."

"넌…… 아라메리가 아냐? 그럼?" 자신이 두서없이 말하고 있다는 걸 깨달았는지 남자아이의 얼굴이 구겨졌다. 넌 커튼 사과, 점프해 그럼?

"어, 그래, 아냐."

"그럼 새로 온 하인이야?" 호기심에 굴복한 여자아이가 화가 난 것도 잊어버리고 물었다. "밖에서 하늘궁에 온 지 얼마 안 됐어?"

나는 두 팔을 머리 뒤로 돌려 손깍지를 끼고는 다리를 앞으로 쭉 뻗었다. "그냥 하인이 아니거든?"

"하지만 옷이 하인 같은데." 남자아이가 나를 가리키며 말했다.

깜짝 놀라 내 옷차림을 살펴보고는 나도 모르게 노예 시절에 입던 옷을 만들었다는 걸 깨달았다. 헐렁한 바지(달릴 때 편하다.), 한쪽 발가락에 구멍 뚫린 신발, 그리고 평범한 헐렁한 셔츠. 전부 다 흰색이었다. 아, 그렇지. 하늘궁 하인들은 매일같이 흰옷을 입었다. 높은피는 특별한 날에만 흰옷을 입었고 다른 날에는 화사한 색을 선호했다. 내 앞에 있는 두 아이 모두 짙은 에메랄드그린 색깔의 옷을 입고 있었는데, 소녀의 눈 색깔과 똑같았고 소년의 눈 색깔하고도 잘 어울렸다.

"오." 나도 모르게 이 오랜 습관에 물들어 있다는 게 짜증 났다. "어쨌든 난 하인이 아냐. 내 말 믿어."

"테마 사절단이랑 같이 온 것도 아니야." 소년이 천천히 말했지만 눈동자가 흔들리는 걸로 보아 머릿속에 얼마나 많은 생각이 왔다 갔다 하고 있는지 알 것 같았다. "그중에 어린애는 데이터네 이뿐이었고 사흘 전에 전부 떠났잖아. 그리고 그 사람들은 테마인처럼 차려입고 있었어. 금속 장신구랑, 가늘게 꼰 머리랑."

"난 테마인도 아냐." 나는 다시 씩 웃으며 이제 아이들이 어떻게 나올지 두근거리며 기다렸다.

"하지만 테마인처럼 *생겼는데*." 소녀는 내 말을 믿지 않는 눈치였다. 아이가 내 머리를 가리켰다. "머리가 곱슬거리지도 않고, 눈초리도 가늘고 날카롭고, 피부색도 데카보다 더 어둡잖아."

나는 소년을 슬쩍 쳐다보았다. 우리 둘을 비교하는 말에 심기가 불편해 보였다. 이유를 알 것 같았다. 이마에 순혈을 의미하는 둥근 인(印)이 그려져 있긴 해도 소년의 혈통이라는 푸짐한 잔칫상에 최근 누군가 아픈인이 아닌 이국적인 별미를 추가했다는 건 고통스러우리만큼 분명했다. 그게 불가능하다는 걸 몰랐다면 나는 이 아이가 하이노스 출신이라고 생각했을 거다. 소년은 가령 길게 뻗은 얼굴선처럼 아믄인의 특성을 지니고 있으면서도 머리카락은 나하도스의 공간보다도 더 검었고 바람결에 흔들리는 풀잎처럼 곧았으며, 피부는 햇볕에 탄 것과는 전혀 상관없는 짙은 갈색이었다. 나는 이런 아이들이 갓난아기 적에 익사하거나, 머리에 못이 박히거나, 부두 밖으로 내던져지거나, 낮은피로 분류되어 하인들에게 맡겨지는 걸 수도 없이 봤다. 이렇게 생긴 아이가 순혈 인을 받은 적은 단 한 번도 없었다.

반면에 여자아이 쪽은 다른 피가 섞인 흔적이 보이지 않았다. 아니, 잠깐만. 아니네, 아주 미미하지만 있긴 있었다. 도톰한 입술과 광대뼈의 모양. 머리카락도 햇살 같은 금빛보다 황동색에 가까웠다. 아믄인의 눈에 못마땅하거나 정치적인 부담감을 줄 정도는 아니고 약간의 이국적인 느낌이 가미되어 딱 보기 좋게 사람들의 환심을 살 정도였다. 남자 형제의 존재만 없었다면 아무도 이 아이가 진짜 순혈이 아니라는 걸 짐작조차 못 했을 것이다.

소년을 다시 힐끗 보니 경계 신호인 경계심 가득한 눈빛이 보였다. 그래, 그렇겠지. 저 아이는 이미 이곳에서 지옥 같은 삶을 살고 있을 것이다.

그런 생각을 하고 있는데 아이들이 속닥거리며 내가 무슨 인종이고 어디 출신인지 자기들끼리 논쟁을 벌이기 시작했다. 뭐라고 하는지 단어 하나하나까지 전부 다 들렸지만 예의상 못 들은 척하기로 했다. 이윽고 남자아이가 들으라는 듯이 읊조렸다. "쟨 그냥 테마인이 아닌 것 같아." 내 정체를 의심하고 있다는 걸 알려 주겠다는 말투였다.

그러고는 둘이서 소름 끼칠 정도로 똑같은 표정으로 나를 물끄러미 응시했다.

"네가 하인이든 테마인이든 상관없어." 소녀가 말했다. "우린 순혈이니까 넌 우리가 시키는 대로 해야 해."

"아니거든."

"맞거든!"

나는 지겹다는 듯이 입을 벌려 하품을 쩍하고는 눈을 감아 버렸다. "어디 그렇게 만들어 보시든지."

아이들이 다시 조용해졌다. 당혹해하는 게 느껴졌다. 애들이니 불쌍해할 수도 있지만 너무너무 재밌는걸. 이윽고 공기가 움직이고 옆에서 따뜻한 온기가 느껴졌다. 눈을 떠 보니 남자아이가 내 옆에 앉아 있었다.

"왜 우릴 안 도와주는 건데?" 걱정스런 마음이 솔직히 드러나는 여린 목소리와 크고 검은 눈동자의 맹렬한 공격에 거의 움찔할 뻔했다. "온종일 여기서 못 나가고 있단 말이야. 샌드위치도 다 먹어 버렸는데 돌아가는 길을 모르겠어."

빌어먹을. 난 귀여운 것에는 사족을 못 쓴다. "알았어." 결국 마음이 약해지고 말았다. "어디에 가고 싶은데?"

남자아이의 얼굴이 환해졌다. "세계수의 심장부!" 아이가 눈에 띄게 흥분하기 시작했다. "어, 원래는 거기 가려고 했는데, 지금은 그냥 우리 방으로 돌아가고 싶어."

"웅대한 모험의 서글픈 결말이네. 어쨌든 너희가 가고 싶은 곳은 못 찾았을걸. 세계수는 생명의 어머니인 예이네가 창조한 거고, 세계수의 심장은 예이네의 심장이거든. 세계수의 중심을 이루는 몸통줄기에 가더라도 아무 의미가 없지."

"아." 남자아이가 풀죽은 목소리로 중얼거렸다. "그 사람은 어떻게 찾아야 하는지 모르는데."

"난 알아." 하지만 이번에는 내가 풀이 죽어 축 처질 차례였다. 내가 왜 하늘궁에 왔는지 기억났기 때문이다. 예이네와 이템파스는 아직도 같이 누워 있을까? 그는 이제 단순한 필멸자에 불과해서 체력도 지구력도 평범한 필멸자 수준이지만 예이네라면 원하는 만큼 그의 기력을 회복시킬 수 있다. 아, 난 정말 그녀가 밉다. (사실은 아냐. 아냐, 진짜로 미워. 아냐, 진심은 아니야.)

"내가 알아." 내가 재차 말했다. "하지만 별 도움은 안 될 거야. 예이네는 요즘 딴 일을 하느라 바쁘니까. 나나 다른 자식들을 돌봐줄 시간이 많이 없어."

"아, 그럼 그 사람이 너희 엄마야?" 소년은 놀란 것 같았다. "우리 엄마랑 똑같네. 우리 엄마도 우리랑 같이 있을 시간이 없거든. 너희 엄마도 가문을 이끌어?"

"응, 어떤 면에선. 하지만 한 가족이 된 지 얼마 안 돼서 약간 어색한 데가 있어." 나는 다시 한숨을 내쉬었다. 내 한숨 소리가 '어디로도 이어지지 않는 계단' 전체에 울려 퍼졌다. 계단은 우리 발밑에 있는 그림자 속으로 하염없이 뻗어 있었다. 이 나선형 계단은 나와 다른 에네파데들이 하늘궁을 건설했을 때 만든 것인데, 그 끝은 6미터 아래 아무것도 없는 막다른 벽에 가로막혀 있었다.

그걸 두고 건축가들이 시끄럽게 떠드는 걸 들어 주느라 얼마나 힘들었던지. 우린 그냥 심심했던 것뿐인데.

"새엄마랑 비슷한 거야. 그게 뭔지는 알아?"

내 말에 소년이 골똘히 생각에 잠겼다. 소녀가 그 옆에 다가와 앉아서 소년에게 말했다. "아그루의 레이디 메울 같은 거야. 족보 수업 기억나? 지금은 레이디 메울이 공작 부인인데, 공작의 자녀들은 공작의 첫 번째 부인한테서 태어났어. 그러니까 애들의 친엄마는 공작의 첫 번째 부인이야. 레이디 메울은 새엄마고." 여자아이가 확인해 달라는 듯 나를 쳐다보았다. "이런 거 맞지?"

"그래, 그런 거야." 레이디 메울이 누군지도 모르고 관심도 없지만 대답해 줬다. "예이네는 말하자면 우리의 여왕이야. 우리 어머니이기도 하고."

"근데 넌 그분을 안 좋아해?" 이렇게 묻는 두 아이 모두 너무 많은 걸 아는 눈빛이었다. 전형적인 아라메리였다. 자식들이 커서 부모의 고통스러운 죽음을 계획하도록 키우는 것. 여기 그 모든 신호가 있었다.

"아니." 나는 부드럽게 말했다. "난 그녀를 사랑해." 왜냐하면 정말이니까. 난 그녀를 증오할 때조차 사랑한다. "빛과 어둠과 생명보다도 더 사랑해. 그녀는 내 영혼의 어머니야."

"그럼……" 여자아이가 얼굴을 찡그렸다. "왜 슬퍼하는 건데?"

"사랑만으론 충분하지 않거든." 깨달음이 온몸을 관통하는 순간, 나는 할 말을 잃고 침묵에 빠질 수밖에 없었다. 그래. 그게 진실이었다. 아이들 덕분에 깨달은 진실. 필멸자 아이들은 아주 현명했다. 물론 그걸 이해할 수 있을 만큼 사려 깊게 경청해 줄 인간, 아니면 신이 있어야겠지만. "어머니는 날 사랑하고 아버지 중에 적어도 하나는 날 사랑하고 나도 그들을 사랑하는데, 그것만으로는 충분하지가 않아. 적어도 이젠 그래. 난 그 이상을 원해." 나는 신음하며 무릎을 세워 끌어안은 다음 그 위에 이마를 얹었다. 애착 담요를 안은 것처럼 편안하고 친숙했다. "하지만 그게 뭘까? 왜 모든 게 잘못된 것처럼 느껴지는지 모르겠어. 내 안에서 뭔가 변하고 있어."

애들 눈엔 내가 미친 것처럼 보였을 거다. 어쩌면 정말로 그런지도 모른다. 애들이란 원래 전부 다 조금은 미쳤으니까. 아이들이 떨떠름한 표정으로 눈빛을 교환하는 게 느껴졌다. 여자아이가 입을 열었다. "어…… 아버지 중에 하나?"

나는 한숨을 내쉬었다. "그래. 난 아버지가 둘이거든. 하나는 내가 필요할 때 항상 곁에 있어 주었지. 난 그를 위해 호소하고, 그를 위해 손에 피를 묻혔어." 형제자매가 서로에게 의지하는 동안 그는 지금 어디 있는 걸까? 나하도스는 이템파스와는 달랐다. 변화를 수용할 줄 알았다. 하지만 그렇다고 해서 고통을 느끼지 않는다는 의미는 아니다. 그도 비참한 기분일까? 그를 찾아가면 내게 속마음을 털어놔 줄까? 나를 필요로 해 줄까?

그런 생각을 하다 보니 마음이 착잡해졌다.

"또 다른 아버지는……" 나는 숨을 깊이 들이켠 다음 고개를 들고 이번에는 무릎 위에 두 팔을 포개 얹었다. "그치하곤 사이가 좋았던 적이 없어. 그게, 우리 둘은 너무 다르거든. 그치는 규율을

엄격하게 지키는 걸 좋아하는데 난 버릇없는 애새끼라서." 나는 두 아이를 쳐다보며 빙긋 웃었다. "너희랑 비슷하지."

아이들이 키득거리며 영광스럽게 그 호칭을 받아들였다. "우린 아빠가 아예 없는데." 여자아이가 말했다.

나는 놀라 눈썹을 치켜세웠다. "누군가 너희를 만든 사람이 있긴 할 거 아냐." 필멸자들은 아직 혼자서 작은 필멸자를 만들어 내는 방법을 터득하지 못했다.

"중요한 사람은 아냐." 소년이 별거 아니라는 듯 손사래를 쳤다. 어머니가 비슷한 동작을 하는 걸 보고 배운 것 같았다. "후계자가 필요했는데 어머니는 결혼하고 싶지 않아서 적합하다고 생각한 남자를 골라 우리를 낳았대."

"허." 크게 놀랄 일은 아니었다. 아라메리 가문에 한 번도 부족한 적이 없었던 게 있다면 바로 실용주의였으니까. "그럼 내 걸 하나 줄게. 두 번째 아버지는 나한테 필요 없거든."

소녀가 키득거리며 웃었다. "하지만 너네 아빠잖아! 어떻게 우리 아빠가 돼?"

소녀는 매일 밤 만물의 아버지에게 기도하고 있을 것이다. "안 될 이유는 또 뭐야? 그치만 너희들도 별로 안 좋아할지 모르겠다. 조금 개자식이거든. 얼마 전에 좀 다퉜더니 나랑 인연을 끊었지 뭐야. 잘못한 건 자기면서. 속이 다 시원하더라."

여자아이가 얼굴을 찡그렸다. "하지만 보고 싶지 않아?"

나는 당연히 아니지라고 대답하려고 입을 벌렸다가 실은 그렇지 않다는 걸 깨닫고는 입을 닫았다. "악마똥 같으니." 나는 중얼거렸다.

아이들이 숨을 헉 들이켜더니 바로 웃음을 터트렸다. 이런 지저분한 욕설에 대한 아주 적절한 반응이었다. "아버지를 보러 가야 하는 거 아냐?" 남자아이가 말했다.

"아닌데."

소년이 기분이 상한 것처럼 작은 얼굴을 구겼다. "말도 안 돼. 당연히 보러 가야지. 네가 찾아오길 기다리고 계실걸."

생각만 해도 거부 반응이 올라와 얼굴이 찌푸려졌다. "뭐?"

"아빠들은 원래 다 그렇잖아." 이 아이는 아버지라는 게 보통 어떤지 모르는 게 틀림없다. "네가 사랑하지 않아도 너를 사랑하는 거? 멀리 떨어져 있으면 보고 싶어 하는 거?"

나는 조용히 앉아 아무 말도 하지 않았다. 마음이 생각보다 훨씬 복잡했다. 소년이 머뭇거리며 손을 내밀어 내 손을 건드렸다.

"어쩌면 지금이 좋은 건지도 몰라. 상황이 나쁠 때는 변하는 게 좋은 거잖아, 그치? 변한다는 건 더 나아진다는 뜻이니까."

나는 전혀 아라메리처럼 생기지 않은, 그래서 아마도 성인이 되기 전에 죽을 아라메리 소년을 물끄러미 바라보았다. 가슴을 꽉 조이고 있던 좌절감의 매듭이 약간 느슨해지는 것 같았다.

"아라메리 낙천주의자라니. 너 같은 애가 도대체 어디서 나온 거야?"

놀랍게도 내 말을 듣자마자 두 아이가 동시에 가시를 곤두세웠다. 나는 단번에 아이들의 민감한 부분을 건드렸다는 것을 깨달았고, 여자아이가 턱을 치켜들었을 때는 어떤 부분을 건드렸는지도 깨달았다. "얘는 바로 여기, 하늘궁에서 태어났거든? 나랑 똑같이."

소년이 눈을 내리깔자 아이를 둘러싼 조롱과 수군거림이 귀에 들리는 것 같았다. 아이들의 재재거리는 목소리, 악의가 가득 담긴 어른들의 낮은 음성. 넌 어디서 나온 거냐 야만족이 실수로 널 여기 버린 거야 어쩌면 악마가 지옥에 가는 길에 떨어뜨렸을지도 여긴 네가 있을 곳이 아니라는 건 신들도 아시니까.

그런 말들이 소년의 영혼에 어떤 상처를 남겼는지 환히 보였다. 이 아이 덕분에 내 기분이 나아졌으니 보상을 해 줘야 마땅했다. 나는 소년의 어깨를 만지며 축복을 불어 넣었다. 말은 그저 말에 지나지 않도록, 그런 악담을 굳세게 견뎌 낼 수 있도록, 그리고 다음에 그런 일이 생기면 응수할 수 있게 혀끝에 몇 개의 말대꾸도 집어넣어 주었다. 소년이 놀라 눈을 깜박이더니 배시시 웃었다. 나도 웃어 주었다.

내가 동생에게 해를 끼치는 게 아니라는 걸 깨닫자 여자아이도 금세 긴장을 풀었다. 여자아이에게도 축복을 해 주었다. 얘는 별로 필요하지 않을 것 같지만.

"난 샤하르야." 그러고 나서 소녀는 한숨을 내쉬며 드디어 자신에게 있는 마지막이자 가장 강력한 무기를 내밀었다. 바로 예의 바른 태도였다. "어떻게 해야 집에 갈 수 있는지 알려 주지 않을래? 제발?"

어, 애 이름을 왜 이렇게 지어 놓은 거야? 가엾을 정도네. 하지만 잘 어울리는 이름이라는 건 인정해야겠다. "그래, 알았어. 여기." 나는 소녀의 눈을 똑바로 들여다보며 하늘궁의 구조뿐만 아니라 내가 여러 세대 동안 궁전 벽 안쪽에 살면서 알게 된 장소들을 전달해 주었다.(죽은 공간은 빼고. 그건 내 거니까.)

소녀가 움찔하더니 갑자기 눈을 가느스름하게 뜨며 내 눈을 응시했다. 아마도 내 눈이 다소 고양이처럼 변한 모양이었다. 필멸자들은 내 모습이 변할 때 다른 곳은 몰라도 고양이 눈만큼은 금방 알아차리는 경향이 있다. 동공을 다시 필멸자들처럼 둥근 모양으로 되돌리자 소녀가 긴장을 풀었다. 그러고는 어느새 집으로 가는 길을 알고 있다는 사실을 깨닫고는 숨을 헉 삼켰다.

"멋진 재주네. 하지만 필경사들은 훨씬 예쁜 걸 할 수 있어."

필경사가 이걸 하려고 했다간 네 머리가 터져 버릴걸 하고 쏘아붙이려다 꾹 참았다. 어쨌든 이 아이는 필멸자고, 필멸자는 늘 실용적인 것보단 화려한 허식을 더 좋아하고, 어쨌든 그런 건 중요하지 않으니까. 하지만 그때 놀랍게도 소녀가 상체를 곧게 세우더니 허리를 깊이 숙이며 내게 절을 했다. "고맙습니다." 아라메리 귀족이 감사 인사를 했다는 게 신기하고 놀라워 샤하르를 멍하니 쳐다보고 있는데, 아이가 방금까지 쓰던 도도한 말투로 다시 돌아갔다. 솔직히 이 애한테 그런 건 안 어울리는데 빨리 깨달았으면 좋겠다. "네 이름을 아는 기쁨을 누리게 해 주겠어?"

"난 시에." 둘 다 내가 누군지 전혀 모르는 눈치였다. 나는 한숨을 억눌렀다.

샤하르가 고개를 끄덕이더니 남동생을 가리켰다. "얘는 데카르타야."

부모가 악취미네. 나는 고개를 절레절레 흔들며 자리에서 일어났다. "뭐, 시간 낭비는 충분히 한 것 같으니까 너희는 빨리 돌아가는 게 좋겠다." 하늘궁 밖에서 해가 저무는 것이 느껴졌다. 눈을 감고 아버지가 세상에 돌아오는 익숙하고 군침 도는 진동을 기다렸지만 당연히 아무 일도 일어나지 않았다. 순간 실망감이 들었다.

두 아이들이 약속이라도 한 듯이 똑같은 동작으로 벌떡 일어났다. "여기 자주 놀러 와?" 데카르타가 아주 약간 지나치다 싶은 간절함을 담아 물었다.

"아주 외로워 죽겠지?" 나는 웃음을 터트렸다. "낯선 사람하고 말하면 안 된다고 아무도 안 가르쳐 줬어?"

물론 아무도 가르쳐 주지 않았을 것이다. 두 아이는 말없이도 서로를 이해할 수 있는 쌍둥이만의 신기한 초능력으로 서로 얼굴을 마주 봤다. 이내 데카르타가 침을 꿀꺽 삼키며 말했다. "또 놀러 와. 우리랑 같이 놀자."

"어, 그래 줄 거야?" 놀아본 지가 너무 오래됐다. 정말이지 너무 오래됐어. 고민거리를 안고 사느라 내가 누군지도 잊고 있었다. 근심걱정 따위 다 내던지고, 중요한 일로 골치 아프게 고민하지도 말고, 그냥 기분 좋은 일을 하는 게 최고였다. 어린아이라면 다 그렇듯이 나는 꾐에 약했다.

"좋아, 그럼. 너희 어머니가 안 된다고 하지만 않으면……" 물론 아이들이 어머니에게 말하지 않으리라는 건 자명했다. "내년에 같은 날, 같은 시간에 여기 올게."

쌍둥이가 충격받은 얼굴로 동시에 입을 모아 외쳤다. "내년?"

"시간은 금방 가." 나는 발끝까지 쭉 늘려 스트레칭을 하며 말했다. "가벼운 봄날에 초원을 스치는 산들바람처럼."

　애네들을 다시 만나는 건 아주 흥미로울 거다. 나는 속으로 중얼거렸다. 왜냐하면 쌍둥이는 아직 어렸고, 다른 아라메리처럼 고약하게 변할 때까지 아직 시간이 있으니까. 그리고 이미 약간 사랑하게 되어서 애네들이 진정한 아라메리가 되는 날 죽여 버리게 될 것 같아 벌써부터 서글퍼졌다. 하지만 그때까지는 아이들의 순수함이 남아 있는 한 한껏 즐겨야지.

　나는 세상과 세상 사이의 공간으로 사라졌다.

＊

　이듬해, 나는 기지개를 켜고 보금자리에서 기어 나와 우주를 건너 '어디로도 이어지지 않는 계단' 꼭대기에 모습을 드러냈다. 아직 약속시간보다 일러서 작은 달을 불러내 계단을 오르락내리락 쫓아다니며 놀았다. 땀에 흠뻑 젖어 숨을 몰아쉬고 있는데 아이들이 나타나 나를 쳐다보고 있었다.

　"네가 누군지 알아." 키가 손가락 한 마디만큼이나 자란 데카가 말했다.

　"아, 그래? 아차……" 갖고 놀던 달이 도망치려고 복도를 막고 서 있는 아이들을 향해 번개처럼 날아갔다. 나는 달이 쌍둥이의 몸에 구멍을 내기 전에 서둘러 원래 있던 곳으로 돌려보냈다. 그러고는 활짝 웃으며 다리를 최대한 넓게 벌리고 바닥에 주저앉아 숨을 골랐다.

데카가 내 옆에 쪼그려 앉았다. "왜 숨이 차는 거야?"

"필멸계에서는 필멸의 규칙을 따라야 하니까." 나는 손으로 대충 둥근 모양을 그리며 말했다. "폐가 있으니까 숨을 쉬고, 그러면 우주도 만족하는 거지, 야호."

"하지만 잠은 안 자잖아. 소격신은 안 잔다던데. 먹지도 않고."

"원한다면 할 수 있어. 잠자는 거랑 먹는 건 별로 재미가 없어서 안 하는 거야. 하지만 숨을 안 쉬면 이상해 보이잖아. 필멸자들도 되게 불안해하고. 그래서 그러는 거야."

데카가 내 어깨를 쿡 찔렀다. 나는 그를 쳐다봤다.

"진짜인지 확인해 보려고. 책에서 그러는데 넌 어떤 모습으로든 변할 수 있다며."

"뭐, 그렇지. 하지만 그것도 전부 다 *진짜*야."

"불도 될 수 있고."

나는 웃었다. "그것도 진짜."

데카가 다시 나를 쿡 찔렀다. 수줍은 미소가 얼굴 가득 번져 나갔다. 아이의 웃음이 마음에 들었다. "하지만 불한테는 이렇게 못하잖아." 데카가 세 번째로 나를 찔렀다.

"하지 마." 내가 표정을 지어 보였다. 하지만 내가 진지한 게 아니라는 걸 눈치챈 데카가 다시 쿡 찔렀다. 나는 그에게 달려들어 간지럼을 피웠다. 놀자는 초대를 거부할 순 없지. 그래서 우리는 바닥을 엎치락뒤치락 뒹굴었다. 데카가 꺅꺅거리며 내게서 벗어나려고 몸부림치면서 계속 이러면 오줌이 나올 거라고 투정을 부렸다. 그러다 여차저차 한 손을 빼내서 나를 간지럽히기 시작했다. 한데 진짜로 엄청 간지러워서 그의 손길을 피하려고 몸을 둥글게 옹송그릴 수밖에 없었다. 꼭 술에 취한 것처럼 머리가 몽롱했다. 예이네가 만든 새로운 천국에 있는 것 같았다. 너무 달콤하고 너무 완벽하고 너무너무 맛나게 재미있었다. 아, 난 신인 게 너무 좋아!

하지만 그때 혀끝에 약간의 신맛이 스치고 지나갔다. 고개를 들어보니 데카의 누나가 처음 있던 자리에 그대로 서서 몸을 양옆으로 흔들며 같이 놀고 싶어 안달이 난 것처럼 보이지 않으려고 애쓰고 있었다. 아, 당연하지. 벌써 누군가 샤하르에게 여자애는 얌전히 굴어야 하고 사내애는 말썽을 부려도 된다고 말해 준 모양이다. 그리고 샤하르는 멍청하게도 그 조언을 그대로 받아들였고 말이다.(이게 바로 내가 남자아이의 형상을 취하는 수많은 이유 중 하나다. 필멸자들은 남자애한텐 멍청한 소리를 덜 하거든.)

"네 누나가 소외감을 느끼나 봐, 데카르타." 내 말에 샤하르가 얼굴을 확 붉히더니 아까보다 더 옴죽거렸다. "어떻게 할까?"

"간지럽히자!" 데카르타가 외쳤다. 샤하르가 노려봤지만 소년은 장난치는 즐거움에 푹 빠져 주눅들기는커녕 키득거릴 뿐이었다. 그의 머리카락을 핥고 싶은 충동이 들었지만 금세 지나갔다.

"소외감 같은 거 안 들거든." 샤하르가 말했다.

나는 데카르타를 토닥이며 애를 진정시키는 김에 만지고 싶다는 욕구를 함께 충족시키면서 샤하르를 어떻게 할지 고민했다. 마침내 내가 말했다. "간지럽히는 건 쟤하고 안 어울릴 거 같아. 다 같이 할 수 있는 놀이를 찾아보자. 음…… 구름 위에서 방방 하는 건 어때?"

샤하르의 눈이 휘둥그레졌다. "에?"

"구름 위에서 뛰는 거. 침대에서 방방 뛰는 거랑 비슷하지만 훨씬 재밌어. 어떻게 하는지 보여 줄게. 구멍에 빠지지만 않으면 진짜 재밌거든. 하지만 너희가 떨어지면 내가 잡아 줄 테니까 걱정 안 해도 돼."

데카르타가 발딱 일어나 앉았다. "넌 그런 거 못 해. 책에서 마법이랑 신에 대해 읽었는데, 넌 어린 시절의 신이잖아. 애들이 할 수 있는 일만 할 수 있잖아."

나는 웃으며 데카에게 헤드락을 걸어 넘어뜨렸고, 아이는 비명을 지르며 내 팔에서 벗어나려고 버둥거렸지만 진짜로 심하게 몸부림치진 않았다. "난 노는 거라면 거의 뭐든 할 수 있어. 놀이는 전부 다 내 관할이지."

데카르타가 놀란 표정으로 발버둥을 멈췄다. 난 그가 가문의 기록을 읽었다는 것을 알 수 있었다. 왜냐하면 노예로 잡혀 있을 때 아라메리에게 내 본성이 정확히 무엇을 의미하는지 온전히 설명한 적이 없기 때문이다. 그들은 내가 에네파데 중에서 가장 약하다고 생각했다. 하지만 사실 나하가 매일 아침 필멸자의 육신에 먹히고 나면 나는 그중에서 가장 강한 자였다. 아라메리가 이를 눈치채지 못하게 한 것이 내 일급 속임수 중 하나였다.

"그럼 구름 방방 하러 가자!" 데카가 말했다.

샤하르도 하고 싶어 죽겠는 눈치였다. 나는 그녀에게 손을 내밀었다. 하지만 내 손을 잡자마자 망설이는 게 느껴졌다. 소녀의 눈에는 익숙한 경계심이 담겨 있었다.

"시, 시에 경." 샤하르가 말하며 얼굴을 찌푸렸다. 나도 그랬다. 나는 그렇게 불리는 게 싫었다. 너무 가식적이잖아. "당신에 관한 책에선……"

"나에 대한 책이 있어?" 내가 신이 나서 물었다.

"네, 거기서는……" 샤하르가 시선을 내리깔았다. 그러더니 자기가 아라메리라는 게 기억났는지 고개를 들고 각오를 다진 표정으로 나를 똑바로 쳐다보았다. "네가 사람을 죽이는 걸 좋아한다고 했어. 여기 살 때. 사람들한테 장난치는 걸 좋아하는데, 가끔은 재미있는 장난을 하기도 하지만 가끔은…… 그것 때문에 사람들이 죽었다고."

그것도 *재밌잖아* 하고 속으로 생각했지만 지금은 그런 말을 밖으로 내뱉을 때가 아니겠지. "그건 그랬지." 나는 샤하르가 다음에 무슨 말을 할지 알 것 같았다. "아마, 어, 아라메리를 수십 명은 죽였을걸." 어, 그러고 보니 그 강아지 사건도 있었지. 수백은 되겠다.

샤하르가 몸을 굳혔다. 테카도 마찬가지였다. 너무 경직돼 있길래 품에서 놓아주었다. 헤드락은 진짜가 되면 그때부턴 재미가 없다. "왜?" 샤하르가 물었다.

나는 어깨를 으쓱했다. "가끔은 방해가 돼서. 가끔은 내 말이 무슨 뜻인지 가르쳐 주려고. 그리고 가끔은 그냥 그러고 싶어서."

샤하르가 눈살을 찌푸렸다. 그런 표정을 수천이 넘는 아라메리 조상들의 얼굴에서 본 적이 있는데 그때마다 항상 짜증이 났다.

"그런 건 사람을 죽일 이유가 못 돼."

나는 웃었다. 하지만 억지로 지은 웃음이었다. "그거야 그렇지. 하지만 필멸자에게 신을 노예로 삼는 게 나쁜 생각이라는 걸 알려 주는 데 그보다 더 좋은 방법이 있을까?"

샤하르의 찌푸린 표정에 잠시 금이 가는가 싶더니 다시 굳은 표정으로 돌아갔다. "책에선 갓난아기도 죽였다고 했어! 걔네들은 너한테 나쁜 짓을 하나도 안 했는데!"

아기들에 대해선 잊고 있었다. 이젠 나도 흥이 깨져서 허리를 똑바로 세우고 앉아 샤하르를 노려봤다. 데카가 뒤로 물러나 우리 둘을 불안한 눈으로 번갈아 쳐다보았다. "그랬지." 나는 샤하르에게 날카롭게 쏘아붙였다. "하지만 난 모든 아이들의 신이야, 꼬마 아가씨. 내가 내 선민들의 목숨을 빼앗은 게 합당하다고 하는데, 너는 무슨 자격으로 의문을 제기하는 거지?"

"나도 아이야." 샤하르가 턱을 앞으로 내밀며 말했다. "하지만 넌 내 신이 아니야. 내가 섬기는 분은 광명의 이템파스니까."

나는 눈동자를 굴렸다. "광명의 이템파스는 겁쟁이야."

샤하르가 숨을 흡 들이켰다. 얼굴이 빨갛게 달아올랐다. "아니거든! 그건……"

"맞거든! 그는 내 어머니를 살해하고 아버지를 학대했어. 자기 자식도 몇 명이나 죽였고. 이제라도 알아주니 고맙네! 내 손에 묻은 피가 놈보다 더 많을 것 같아? 아니면 그런 점에서, 네 손은 어때?"

샤하르가 움찔하더니 도와 달라는 듯 쌍둥이 동생에게 시선을 보냈다. "난 아무도 안 죽였어."

"아직은 그렇지. 하지만 상관없어. 어차피 네가 뭘 하든 전부 피로 얼룩져 있으니까." 나는 자리에서 일어나 허리를 굽혀 거의 샤하르의 얼굴에 닿을 때까지 얼굴을 바짝 들이댔다. 기특하게도 그녀는 움츠리지 않았다. 잔뜩 찌푸린 표정으로 나를 노려볼 뿐이었다. 아이는 내 말에 집중하고 있었다. 그래서 말했다. "너희 가문의 권력, 재산, 그런 게 다 어디서 왔다고 생각해? 너희가 그런 걸 누릴 자격이 있다고 생각해? 너희가 다른 사람들보다 더 똑똑하거나 성스럽거나 아니면 요즘 이곳의 어린 새끼들한테 뭐라고 가르치는 몰라도 다 이유가 있어서 그렇다고? 그래, 난 갓난아기를 죽였지. 왜냐하면 어머니와 아버지가 단순히 이단자라는 이유로, 아니면 너희가 만든 멍청한 법에 감히 반항을 했다거나 너희가 좋아하는 방식대로 숨을 쉬지 않았다는 이유로 너희 아라메리가 다른 필멸자 아기를 죽여 댔으니까!"

마침 그 순간에 숨이 차는 바람에 헐떡거리며 말을 멈춰야 했다. 폐는 필멸자를 안심시키는 데는 유용할지 몰라도 이런 점에선 불편했다. 하지만 외려 다행스러웠다. 내 호통에 기가 눌린 두 아이가 겁에 질린 표정으로 나를 멀거니 응시하고 있었고 나는 그제야 고래고래 소리를 지르고 있었다는 걸 깨달았다. 나는 골을 내며 계단에 앉아 등을 픽 돌리곤 분노가 빨리 지나가길 기다렸다. 난 애네들이 마음에 들었다. 짜증스러운 샤하르까지 그랬다. 이 아이들을 아직 죽이고 싶진 않았다.

"너……넌 우리가 나쁘다고 생각하는구나." 한참 뒤에 입을 연 샤하르의 목소리에는 울음기가 섞여 있었다. "내가 나쁘다고 생각하는 거야."

나는 한숨을 내쉬었다. "난 네 가족이 나쁘다고 생각해. 그리고 너도 그들과 똑같이 자랄 거라고 생각하는 거고." 그렇지 않으면 죽이거나 가문에서 쫓아내겠지. 전에도 수없이 목격한 일이다.

"난 안 나빠." 샤하르가 뒤에서 훌쩍이며 말했다. 아직 내 시야에 있는 데카가 고개를 쳐들고 숨을 흡 들이켜는 걸로 보아 샤하르가 아직 본격적으로 울고 있는 건 아닌 듯했다.

"그건 네가 어떻게 할 수 있는 게 아냐." 나는 무릎을 끌어안고 그 위에 턱을 얹었다. "네 본성이 그런걸."

"아니야!" 샤하르가 발로 바닥을 쿵 굴렀다. "가정교사가 인간은 신이랑 다르다고 했어! 우리한테 본성 같은 건 없어! 우린 뭐든 원하는 대로 될 수 있다고!"

"그래, 그래." 그럼 나도 세 주신 중 하나가 될 수 있겠네.

갑자기 통증이 엄습했다. 허리 뒤쪽에서 뜨거운 기운이 솟구쳐서 외마디 비명을 지르며 펄쩍 뛰어올랐다. 나는 계단을 절반이나 굴러떨어진 후에야 가까스로 정신을 차릴 수 있었다. 몸을 세우고 앉아 허리를 부여잡고 의지를 발휘해 통증을 멈추려 했지만 이상하게도 회복되는 속도가 느렸다.

"날 발로 찼어?" 어이가 없어서 계단 위에 서 있는 샤하르를 올려다보며 물었다.

데카가 두 손을 입으로 가린 채 눈을 커다랗게 뜨고 있었다. 지금 둘 다 목숨을 잃기 일보직전에 있다는 걸 데카만 깨달은 것 같았다. 반면에 샤하르는 그런 건 관심도 없다는 듯이 두 주먹을 불끈 쥐고 다리를 넓게 벌린 채 머리카락을 휘날리면서 두 눈을 이 글거리고 있었다. 금방이라도 계단을 성큼성큼 내려와 다시 내게 발길질을 날릴 것만 같았다.

"난 내가 되고 싶은 사람이 될 거야." 샤하르가 선언했다. "우리 가문의 가주가 될 거야. 난 한다고 말한 건 꼭 해. 난 착한 사람이 될 거야!"

나는 자리에서 일어났다. 솔직히 말하면 화가 나진 않았다. 사소한 일로 티격태격하는 건 아이들의 본성이니까. 도리어 거드럭거리는 태도 아래 있는 진짜 샤하르를 볼 수 있어 기꺼웠다. 샤하르는 아름다웠다. 아이는 머리 꼭대기까지 화가 나 반쯤 정신이 나가 있었고, 그 찰나의 순간 나는 이템파스가 그녀의 조상에게서 무엇을 봤는지 이해할 수 있었다.

하지만 나는 샤하르의 말을 믿지 않았다. 그래서 입을 굳게 다문 채 아까보다 더 음울한 기분으로 계단을 오르기 시작했다.

"그럼 게임을 하나 하자." 내가 피식 웃으며 말했다.

데카가 나에 대한 두려움과 누나를 지키고 싶은 욕망 사이에서 갈등하며 벌떡 일어났다. 그러고는 어찌해야 할지 몰라 제자리에서 안절부절못했다. 샤하르의 눈빛에 두려움은 없었지만 분노의 일부가 경계심으로 변해 있었다. 소녀는 바보가 아니었다. 필멸자라면 내가 특정한 방식으로 히죽 웃을 때면 조심해야 한다는 걸 안다.

나는 샤하르의 앞에서 발을 멈추고 손바닥을 내밀었다. 손바닥 위에 짧은 칼 한 자루가 나타났다. 나는 예이네의 아들이기에, 일부러 다르에서 딸이 목숨을 빼앗는 법을 배우는 첫 사냥에 나갈 때 주는 단검을 만들었다. 은빛으로 빛나는 약 한 뼘 길이의 일자형 단검으로, 뼈로 된 손잡이는 세선세공(細線細工)으로 장식되어 있었다.

"이게 뭐야?" 샤하르가 이마를 찌푸리며 물었다.

"뭐같이 보여? 받아."

잠시 후 샤하르가 싫은 게 역력한 표정으로 마지못해 칼을 받아 들었다. 그 애의 아믄인 감성으로는 너무 야만적인가 보지. 나는 고개를 끄덕이고는 사랑스러운 검은 눈으로 나를 면밀히 살펴보고 있는 데카르타에게 손짓을 보냈다. 틀림없이 내 별명 중 하나를 떠올리고 있을 거다. 트릭스터. 속임수에 능한 자.

"겁내지 마." 나는 일부러 순진해 뵈는 미소를 띠며 데카에게 말했다. "날 발로 찬 건 네가 아니라 쟤잖아. 안 그래?"

매력이 통하지 않을 때는 논리를 사용하면 된다. 데카가 다가오자 나는 아이의 어깨를 붙잡았다. 나만큼 크지 않아서 얼굴을 들여다보려면 허리를 굽혀야 했다. "넌 정말 예쁘게 생겼구나." 내 말에 놀란 데카가 눈을 깜박였다. 긴장을 푸는 게 보였다. 칭찬 한마디에 완전히 무장해제가 되다니. 평소에 칭찬을 못 듣고 산 게 틀림없다. 가엾은 것. "있지, 북쪽에선 너 같은 애들이 이상형이야. 다르 엄마들은 딸을 너랑 결혼시키려고 벌써부터 흥정을 벌이고 있을 거야. 네 외모를 수치스럽게 여기는 건 여기 아믄인들뿐일걸. 그들도 네가 다 자란 모습을 볼 수 있으면 좋을 텐데. 여자들깨나 울리겠지."

"좋을 텐데라니 그게 무슨 뜻이야?" 샤하르가 물었지만 못 들은 척 무시했다.

데카는 홀린 듯이 내게서 눈을 떼지 못했다. 포식자에게 걸린 먹잇감이 으레 그러듯이. 나도 이 애를 잡아먹을 수 있을 거다.

나는 두 손으로 데카의 얼굴을 감싸 쥐고 입을 맞췄다. 아이가 몸을 떨었다. 아주 잠깐 입술을 붙였을 뿐인데. 어쨌든 아직 어린 애일 뿐이라 나를 받아들이도록 밀어붙이진 않았다. 하지만 내가 얼굴을 뗐을 때, 데카의 눈동자는 초점을 잃고 멍해져 있었고 뺨은 달아올라 울긋불긋한 홍조가 올라왔다. 내가 손을 아래로 내려 목을 움켜쥐었을 때도 데카는 움직이지 않았다.

샤하르가 눈을 커다랗게 뜬 채 얼어붙었다. 드디어 겁에 질려 있었다. 나는 그녀를 슬쩍 쳐다보며 다시 미소 지었다.

"난 너도 다른 아라메리랑 똑같다고 생각해." 나는 부드럽게 말했다. "너라면 네 동생을 죽게 놔두느니 차라리 날 죽이겠지? 그게 당연하고 올바른 일이니까. 하지만 난 신이고 칼 같은 걸로는 막지 못한다는 걸 넌 알지. 그랬다간 날 더 화나게 할 뿐이고 그럼 난 너와 네 동생을 둘 다 죽일 거야." 샤하르가 움찔거리며 내 눈을, 그리고 데카의 목을 재빨리 쳐다봤다가 다시 내게 시선을 고정했다. 나는 싱긋 웃었다. 이빨이 뾰족하게 길어지는 게 느껴졌다. 일부러 그런 게 아니다. "그래서 내 생각엔, 넌 네 목숨을 거느니 그냥 애를 죽게 내버려 둘 것 같아. 어떻게 생각해?"

샤하르가 꼼짝도 않고 서서 아까 흘린 눈물 때문에 축축하게 젖은 얼굴로 숨을 색색 몰아쉬고 있는 걸 보고 있으려니 거의 가엾게 느껴질 정도였다. 내 손가락 밑에서 데카의 목울대가 움직거렸다. 이제야 자기가 위험에 처했다는 걸 깨달았나 보다. 하지만 현명하게도 그 이상 움직이지는 않았다. 어떤 포식자들은 먹이가 움직이면 흥분하지.

"데카를 해치지 마." 샤하르가 내뱉었다. "제발, 제발, 난……"

내가 잇새로 날카롭게 쉭쉭거리자 샤하르의 낯빛이 희게 질리며 입을 다물었다. "애원하지 마." 내가 쏘아붙였다. "넌 그러면 안 되니까. 넌 아라메리야, 아니야?"

샤하르가 조용해졌다. 딸꾹질을 하듯 한번 히끅거리더니 다음 순간, 나는 천천히 그녀에게 변화가 찾아오는 것을 보았다. 눈빛과 의지가 단단하게 벼려졌다. 팔은 옆구리 옆에 축 늘어져 있었지만 그 손은 칼자루를 꼭 움켜쥐었다.

"나한테 뭘 해 줄 거야? 내가 선택하면?"

나는 믿을 수 없다는 눈빛으로 그녀를 쳐다보았다. 그러고는 웃음을 터트렸다. "그래, 이렇게 나와야지! 동생 목숨을 갖고 흥정을 하려 들다니, 완벽해! 하지만 잊은 것 같은데, 샤하르, 넌 나한테 그런 걸 요구할 권리가 없어. 선택은 간단해. 네 목숨이냐, 데카 목숨이냐."

"아니야. 지금 네가 나한테 선택하라고 강요하는 건 그게 아니잖아. 나쁜 사람이 되는 거랑 나 자신이 되는 것 중에서 선택하라는 거잖아. 넌 날 나쁘게 만들고 싶은 거야. 그건 불공평해."

나는 얼어붙었다. 데카르타의 목을 쥔 손가락에서 스르륵 힘이 풀렸다. 불가지한 대혼돈의 이름으로, 내 권능이 미묘하게 약해지면서 아랫배에서 역겨운 토기가 올라오는 게 느껴졌다. 내가 존재하는 모든 곳에서 내가 작아지고 있었다. 그걸 지적한 게 샤하르라는 점이 더더욱 최악이었다. 왜냐하면 지금 내가 뭘 하고 있는지 샤하르가 이해했다는 사실 자체가 피해를 가중시켰기 때문이다. 아는 것은 곧 힘이다.

"악마똥 같으니." 나는 중얼거리며 후회하듯 얼굴을 찡그렸다. "네 말이 맞아. 어린아이에게 죽음과 살인 중 하나를 선택하라고 강요하는 건…… 그런 일을 겪고도 아이다운 순수함이 살아남을 수 있을 리가 없지." 나는 잠시 생각하다가 얼굴을 구기며 고개를 가로저었다. "하지만 순수함은 원래 오래가지 않는걸. 특히 아라메리 애들은 더욱 그렇고. 오히려 이른 나이에 이런 선택을 마주하게 해 주는 게 너한테 좋은 일일 수도 있어."

샤하르가 단호하게 고개를 가로저었다. "넌 나한테 좋은 일을 해 주는 게 아냐. 속임수를 쓰는 거지. 데카를 죽게 내버려 두든지 아니면 데카를 구하려다 같이 죽을 건지 둘 중 하나를 선택하라는 거잖아? 그건 불공평해. 내가 뭘 하든 이길 수가 없잖아. 그러니까 적어도 보상이라도 있어야지." 샤하르는 동생 쪽을 쳐다보지도 않았다. 데카는 이 게임의 상품이었고, 그녀도 그것을 알고 있었다. 내 생각을 수정해야겠다. 샤하르는 정말로 총명하다. "그러니까…… 그 대신 나한테 뭘 준다고 약속해."

그때 데카가 외쳤다. "그냥 날 죽이게 내버려 둬, 샤하. 그러면 적어도 너는 살……"

"조용히 해!" 내가 입을 열기도 전에 샤하르가 소리쳤다. 하지만 그러면서도 눈을 질끈 감는 게 보였다. 냉정한 척 굴지만 차마 동생 얼굴을 쳐다볼 수도 없는 모양이다. 샤하르가 다시 잔뜩 굳은 얼굴로 나를 쳐다보았다. "그리고 내가…… 내가 만약에 그 칼을 너한테 사용하면 데카를 죽이지 않겠다고도 약속해 줘. 나만 죽일 거라고. 그래야 공평하잖아. 데카냐 나냐, 네 말대로 둘 중 하나만. 데카가 살든 내가 살든."

뭔가 속임수가 숨어 있는 건 아닌지 곰곰이 생각해 봤지만 별다른 수상한 점은 없는 것 같아서 결국 고개를 끄덕였다. "좋아. 하지만 반드시 선택해야 해, 샤하르. 내가 데카를 죽이는 걸 보고도 가만히 있든가, 아니면 날 공격해서 데카를 구하고 너는 죽든가. 그럼 네 순수함에 대한 보상으로 나한테서 뭘 받고 싶어?"

그러자 샤하르가 모르겠다는 듯 머뭇거렸다.

"소원." 데카르타가 말했다.

너무 놀라서 그가 말을 한 걸 혼내 줘야 한다는 것도 까먹었다. "뭐?"

데카르타가 마른침을 삼키자 내 손 아래에서 아이의 목울대가 움직였다. "우리 둘 중에 누가 살아남든 소원 하나를 들어줘. 네 능력으로 가능한 거면 무조건." 데카의 숨결이 파르르 떨렸다. "우리의 순수함을 빼앗은 대가야."

내가 몸을 기울여 눈을 깊숙이 노려보자 데카가 다시 마른침을 삼켰다. "내가 다시 너희 가문의 노예가 되길 바라는 거라면……"

"아니, 그런 건 안 바라." 샤하르가 끼어들었다. "소원이 마음에 안 들면 날 죽이면 돼. 어…… 아님 데카든지. 그럼 되지?"

말이 되는 것 같았다. "좋아. 그럼 그렇게 약속한 거다. 이제 빨리 선택해. 젠장. 기다릴 기분이······"

샤하르가 번개같이 돌진해 내 등에 칼을 찔러 넣었다. 어찌나 빨랐던지 거의 흐릿한 잔상만 보였을 정도였다. 육신에 손상을 입을 때면 늘 그렇듯이, 아팠다. 현명한 에네파가 아주 오래전부터 육신과 고통이 밀접하게 연관되어 있도록 설정해 두었기 때문이다. 내가 꼼짝도 못 하고 서서 숨만 몰아쉬고 있는 사이, 샤하르가 단검을 냅다 팽개치고는 데카르타를 내 손에서 빼냈다. "도망쳐!" 샤하르가 외치며 데카를 '어디로도 이어지지 않는 계단' 너머에 있는 복도 쪽으로 밀쳤다.

데카가 비틀거리며 발을 뗐다. 그러더니 멍청하게도, 충격으로 멍해진 얼굴로 샤하르를 돌아보았다. "나······난 네가······ 이럴 줄은······"

내가 바닥에 털썩 무릎 꿇고 구멍 뚫린 폐로 어떻게든 숨을 쉬려고 애쓰는 사이에 샤하르가 답답해하며 말했다. "내가 착한 사람이 될 거라고 했잖아!" 소녀는 매섭게 외쳤고 나는 순수하게 감탄했다. 할 수만 있었다면 소리 내어 웃었을 거다. "넌 내 동생이잖아! 이제 가! 빨리! 쟤가······"

"기다려." 내가 갈라진 소리로 말했다. 입과 목에 피가 고여 있었다. 기침을 뱉으며 칼을 찾으려고 한 손으로 등 뒤를 더듬거렸다. 샤하르는 내 허리 위쪽에 칼을 꽂았고, 그래서 부분적으로 심장을 관통했다. 정말 대단한 아이다.

"샤하르, 너도 같이 가!" 데카가 샤하르의 손을 낚아챘다. "필경사한테 가서……"

"바보 같은 소리 하지 마. 신하고 어떻게 싸워! 넌 빨리……"

"기다리라고." 드디어 쿨럭거리며 피를 뱉어 목구멍을 비워 낸 내가 말했다. 입안에 남은 피를 바닥에 고인 피 웅덩이에 더 뱉어 냈지만 여전히 칼이 손에 잡히지 않았다. 하지만 적어도 이젠 용을 쓰면 작게나마 말을 할 수 있었다. "너희 둘 다 안 해칠 테니까."

"거짓말." 샤하르가 말했다. "넌 트릭스터잖아."

"속임수 같은 거 아냐." 나는 아주 조심스럽게 숨을 들이켰다. 말을 하려면 숨이 필요했다. "마음이 바뀌었어. 안 죽일게…… 너희 둘 다."

정적이 흘렀다. 폐가 치유되기 시작했지만 칼이 방해가 됐다. 몇 분만 있으면 상처가 다 나아 저절로 빠지긴 하겠지만 그 몇 분은 상당히 불쾌한 시간이 될 것이다.

"왜?" 마침내 데카르타가 물었다. "왜 마음이 바뀌었는데?"

"이…… 망할 놈의 칼을 뽑아 주면 말해 줄게."

"그것도 속임……" 샤하르가 입을 열었지만 데카르타가 먼저 나섰다. 소년이 한 손으로 내 어깨를 짚더니 칼자루를 쥐고 힘껏 잡아당겼다. 나는 안도의 한숨을 내쉬었다가 그 바람에 또다시 기침을 할 뻔했다.

"고마워." 나는 데카르타에게 힘주어 말하며 샤하르를 노려보았다. 그녀가 바짝 긴장하면서 주춤 뒤로 물러나더니 이내 발을 멈추고 심호흡을 하고는 입을 꼭 다물었다. 마치 죽을 각오라도 하는 것처럼.

"아, 순교 놀이는 이제 됐어." 나는 지쳤다는 듯 말했다. "아주 멋져. 정말 사랑스럽더라. 너희 둘 다 서로를 위해 죽을 각오가 되어 있다는 거. 하지만 동시에 좀 역겹기도 했는데 지금은 피 말고 다른 걸 또 토하고 싶진 않거든."

데카르타는 아직 내 어깨에서 손을 떼지 않은 상태였고, 그가 몸을 옆으로 기울여 내 얼굴을 살폈을 때에야 나는 그 이유를 깨달았다. 소년의 눈이 커다래졌다. "너 약해졌구나. 샤하르한테 선택을 강요해서…… 그래서 너도 해를 입은 거야."

칼에 다친 것보다 훨씬 더 큰 상처를 입었지. 하지만 그런 것까지 말해 줄 생각은 없었다. 사실 기를 쓰고 노력하면 의지의 힘으로 육신에서 단도를 빼내거나 다른 곳으로 순간이동할 수도 있었다. 나는 데카의 손을 뿌리치고 일어섰다. 하지만 한두 번 더 기침을 한 다음에야 평소의 상태를 되찾을 수 있었다. 그다음에는 옷과 바닥에 묻은 핏자국을 사라지게 했다.

"내가 샤하르의 어린 시절을 망가뜨려 버렸으니까." 나는 한숨을 쉬며 샤하르를 바라보았다. "멍청한 짓이었어. 애들이랑은 어른들 게임을 하는 게 아닌데. 하지만 너 때문에 화가 났단 말이야."

샤하르는 아무 말도 하지 않았지만 맥없이 처진 얼굴에 안도감이 감돌았다. 이 아이에게 얼마나 큰 상처를 줬는지 깨닫자 뱃속이 곱아드는 것 같았다. 하지만 데카르타가 샤하르에게 다가가 손을 잡는 걸 보자 기분이 조금 나아졌다. 샤하르가 데카르타를 쳐다보자 데카르타도 샤하르를 쳐다보았다. 조건 없는 사랑. 어린 시절이 지닌 가장 위대한 마법.

덕분에 조금 힘이 났는지 샤하르가 다시 나를 마주했다. "왜 마음이 바뀌었는데?"

이유 같은 건 없었다. 나는 충동의 산물이다. "네가 데카를 위해 기꺼이 죽으려고 해서. 아라메리가 자기를 희생하는 건 몇 번 봤는데, 자의로 그런 선택을 한 경우는 거의 없었거든. 그래서 흥미가 생겼어."

아이들은 이해가 안 간다는 듯 얼굴을 찌푸렸다. 나는 어깨를 으쓱했다. 이해가 안 되긴 나도 마찬가지였다.

"그래서, 소원이 뭐야?"

쌍둥이가 다시 얼굴을 마주 보았다. 서로의 눈에 비친 당혹스러운 표정이 거울처럼 똑같았다. 나는 신음을 뱉었다. "무슨 소원을 빌지 아무 생각도 없지?"

"어, 웅." 샤하르가 급히 시선을 피하며 말했다.

"일 년 뒤에 다시 와." 데카르타가 재빨리 대답했다. "어떤 소원을 빌지 그동안 생각해 둘게. 그래 줄 수 있어? 그럼……" 데카가 머뭇거렸다. "또 같이 놀 수도 있고. 하지만 이런 게임은 다시는 안 해."

나는 웃음을 터트리며 고개를 가로저었다. "그치. 이런 건 재미없지. 알았어. 그럼 일 년 뒤에 올게. 그때까지 확실히 결정해 둬야 할 거야."

두 아이가 고개를 끄덕였다. 나는 상처를 핥고 기력을 회복하기 위해서, 그리고 놀랍게도 내가 대체 무슨 짓을 저지른 건지 의아해하며 자리를 떴다.

2장

———

도망쳐, 도망쳐
아님 하루 안에 잡힐 거야
꽥꽥 소리 지르며 놀자
우리 아빠가 갈 때까지
(어느 쪽? 어느 쪽?
저 아빠! 저 아빠!)
어서 도망쳐, 도망쳐, 도망쳐

고민이 있을 때면 언제나 그러듯 나는 아버지 나하도스를 찾아갔다.

찾는 것은 어렵지 않았다. 광활한 신계에서 그는 표류하는 거대한 폭풍우와도 같아, 앞길에 있는 모든 것을 두려움에 떨게 하고 지나간 길을 정화한다. 어떤 방향을 보든 그는 거기에 있었다. 논리 따위는 무시한 채, 당연한 듯이 자연스럽게. 못지않게 눈에 들어오는 것은 그 주변을 맴도는 미약한 존재들이었다. 파멸할지도 모르는 위험을 무릅쓰고 자신보다 훨씬 더 무겁고 어둡고 장엄한 것에 이끌려 다가가는 작은 것들. 나는 다양한 모습으로 아름답게 반짝이는 내 형제자매를 보았다. 엘론티드와 므나사트, 심지어 나와 같은 니와도 몇 있었다. 많은 이들이 우리 어둠의 아버지 앞에 바짝 엎드려 있거나 그의 핵심인 검은 반광(反光)을 향해 기운 채 영혼을 활짝 열고 그의 허락이라는 찰나의 한 방울이 떨어지기를 갈구하고 있었다. 하지만 그는 편애가 심했고, 저 중 상당수가 이템파스를 섬겼었다. 그들은 아주 오랫동안 기다려야 할 것이다.

하지만 폭풍의 바깥쪽 흐름을 헤치며 움직이는 내게는 환영의 바람이 불어왔다. 그의 존재를 구성하는 겹겹의 벽들이 각각 다른 방향으로 열리며 나를 받아들였다. 덜 사랑받는 형제자매의 시기 어린 눈빛이 날아오자 나는 그들에게 경멸 어린 눈초리를 보냈다. 보다 강한 이들의 경우에는 스스로 눈을 내리깔 때까지 매섭게 노려봐 주었다. 비겁하고 쓸모없는 자식들. 나하가 필요로 했을 때는 대체 어디 있었던 건데? 적어도 이천 년은 싹싹 빌게 해야 한다.

진동이 느껴지는 마지막 벽을 지나고 나자 내가 물질적 형태를 취하고 있음을 깨달았다. 좋은 신호였다. 나하는 기분이 안 좋을 때면 형태를 완전히 버리고 자신을 찾아온 방문객에게도 그렇게 하도록 강요한다. 그보다 더 좋은 신호는 빛이 있다는 것이었다. 머리 위에 밤하늘이 있고 그 위에는 각자 차오르거나 이지러지는 다양한 모습으로 붉은색에서 금색, 파란색으로 변해 가며 서로 다른 궤도를 돌고 있는 열두 개의 창백한 달이 떠 있었다. 그 아래에는 황량한 풍경이 펼쳐져 있었는데 믿을 수 없을 만큼 단조롭고 고요하며 군데군데 윤곽으로만 보이는 나무와 언덕이라고 부르기엔 너무 가느다란 곡선이 흩어져 있었다. 발아래 깔려 있는 거울처럼 반질거리는 작은 조약돌들이 마치 광란의 생명체처럼 덜걱덜걱 튀어 올랐다. 발바닥 밑에서 맛 좋은 울림이 느껴졌다. 나무와 언덕도 반짝이는 조약돌이었고, 달과 하늘도 그랬다. 나하도스는 예상과 기대감을 농락하는 것을 좋아했다.

그리고 하늘의 시원한 만화경 아래 뒤죽박죽 두서없는 형태로 형상화한 아버지. 나는 다가가서 무릎을 꿇고 앉아 무수한 형태로 끊임없이 변하는 아버지의 모습을 바라보며 찬미했다. 팔다리가 우아함과는 완전히 거리가 먼 방식으로 뒤틀렸지만 가끔은 아주 우연히 우아한 모습이 만들어지기도 했다. 그는 내가 거기 있다는 걸 알면서도 아는 척하지 않았다. 그러다 마침내 모든 변화를 마친 그가 내가 지켜보는 가운데 형성된 침상 모양의 왕좌 위로 풀썩 떨어져 앉았다. 나는 자리에서 일어나 그 옆에 다가가 섰다. 그는 나를 쳐다보지도 않고 달 쪽으로 고개를 돌렸다. 이제 그의 얼굴은 주로 하늘의 색에만 반응하며 아주 미세하게 변화할 뿐이었다. 두 눈은 감겨 있고 길고 검은 속눈썹만 그대로일 뿐 그 주위의 피부는 쉴 새 없이 움직이며 변화했다.

"내 충성스러운 아이야." 나하도스의 낮은 음성이 울려 퍼지자 조약돌이 웅웅거리며 진동했다. "나를 위로하러 왔느냐?"

나는 그렇다고 말하려고 입을 벌렸다가 사실이 아님을 깨닫고는 놀라 멈칫했다. 나하도스가 나를 힐끗 보고는 부드럽고 잔인하게 웃었다. 그가 앉아 있는 침상이 넓어졌다. 그는 나를 너무 잘 안다. 나는 다소 부끄러워하면서 침상에 올라가 무정형의 기운처럼 떠돌고 있는 그의 몸의 움푹 들어간 부분에 자리를 잡았다. 그가 내 머리와 등을 쓰다듬었다. 고양이 모양을 하고 있는 것도 아닌데. 하지만 어쨌든 기분 좋은 손길이었다.

"그 둘이 미워. 근데 또 아냐."

"왜냐하면 너도 나처럼 어떤 것은 불가피함을 알기 때문이지."

나는 신음하며 연극적인 동작으로 팔을 움직여 눈을 가렸지만 도리어 머릿속에 더 뚜렷한 이미지를 밀어 넣는 효과만 낳았을 뿐이었다. 예이네와 이템파스가 서로를 끌어안고 기쁨과 놀라움에 젖어 지그시 마주 보는 모습. 그다음은 뭐지? 나하와 이템파스 차례인가? 악마가 존재하던 시절 이후론 본 적 없는 그들 셋이 함께하는 모습? 팔을 내리고 나하도스를 쳐다보았다. 평소처럼 차분하게 사색에 잠긴 표정이었다. 불가피한 일. 나는 고양이처럼 날카로운 이를 드러내며 허리를 세우고 앉아 그를 노려보았다.

"아버지도 저 이기적이고 멍청한 놈을 원하는 거지? 그렇지?"

"난 언제나 그를 원했다, 시에. 증오한다고 해서 욕망이 사라지는 건 아니야."

에네파가 탄생하기 전, 그와 이템파스가 적에서 연인이 되었던 시기를 말하고 있었다. 하지만 나는 더 가까운 시기로 해석하고는 발톱을 발현해 그의 주위에서 꿈틀대는 검은 기운 속에 콱 찔러 박았다.

"그놈이 당신한테 한 짓을 생각해 봐." 나는 고양이처럼 발톱을 넣었다 빼며 말했다. 나는 그를 해칠 수 없고 설령 해칠 수 있더라도 그러지 않을 거다. 하지만 좌절감을 표현하는 방법에는 여러 가지가 있다. "우리한테 한 짓을 생각해 봐! 나하, 난 당신이 변화하리라는 걸, 변화하지 않으면 안 된다는 걸 알지만 이런 식으로 변화할 필요는 없잖아! 왜 이전처럼 돌아가려는 건데?"

"어느 이전?" 나는 그 말에 혼란스러워 잠시 멈칫했다. 나하도스가 한숨을 내쉬며 침상에 등을 대며 돌아눕더니 무언의 메시지를 담은 다른 얼굴을 썼다. 흰 피부에 검은 눈, 그리고 가면처럼 무표정한 얼굴. 우리가 육신에 갇혀 있던 시절, 아라메리 앞에서 쓰던 가면이었다.

"과거는 지나갔다. 필멸성은 나를 과거에 매달리게 했지만 그건 내 본성이 아니며 나를 훼손시켰을 뿐이야. 그러므로 나 자신으로 돌아가려면 그걸 거부해야 하지. 나는 이템파스를 적으로 삼았으나, 그건 더 이상 내게 의미가 없다. 부인할 수 없는 진실을 알려줄까, 시에? 우리에겐 오직 서로뿐이다. 이템파스와 나, 그리고 예이네."

나는 비참한 기분으로 나하도스에게 몸을 던졌다. 물론 그의 말이 옳다. 나는 그에게 이템파스가 없었던 시절에 겪은 끔찍하고도 지옥 같은 외로움을 다시 견디라고 요구할 권리가 없었다. 그리고 그는 그럴 필요가 없을 것이다. 왜냐하면 그에게는 예이네가 있고 그들의 사랑은 아주 강력하고 특별하니까. 하지만 한때 그와 이템파스가 나누던 사랑도 그랬지. 그리고 셋이 함께할 때는…… 그런 오롯한 충만감을 평생 한 번도 느껴 본 적 없는 내가 어떻게 그를 원망할 수 있겠어?

그는 결코 혼자되지 않을 거야. 가장 깊고도 은밀한 마음속에서 작은 목소리 하나가 화를 내며 속닥였다. 내가 있으니까!

하지만 나는 소격신이 신에게 줄 수 있는 것이 얼마나 하찮은지 너무도 잘 안다.

하얗고 차가운 손가락이 내 뺨과 턱, 가슴을 쓸어내렸다. "지나치게 괴로워하는구나. 뭐가 문제지?"

나는 답답한 마음에 눈물을 터트렸다. "모르겠어."

"쉬이이이……" '그녀'가 허리를 세우고 일어나 앉았다. 어떤 일에서는 내가 여성을 더 선호한다는 걸 알기에 거기에 맞춰 변화했기 때문이다. 나하도스가 나를 무릎에 앉히고 어깨를 기댈 수 있게 안아 주었다. 나는 안긴 채로 격하게 훌쩍이며 흐느꼈다. 덕분에 그녀가 기대한 것처럼 더 강해질 수 있었다. 어린아이 특유의 발작처럼 찾아오는 울음이 지나고 본성이 충분히 채워지자 나는 가슴 깊이 숨을 들이마셨다

"모르겠어." 진정을 되찾은 내가 말했다. "제대로 돌아가는 게 하나도 없는 것 같아. 내가 왜 이러는지도 모르겠고. 하지만 이런 기분 때문에 괴로워한 지도 상당히 오래됐어. 이해가 안 돼, 나하."

그녀가 미간을 찌푸렸다. "이템파스 때문이 아니군."

"응." 나는 마지못해 포근한 가슴에서 고개를 들고 손을 뻗어 조금 더 동그스름해진 얼굴을 만졌다. "나하, 내 안에서 뭔가 변하고 있어. 꼭 뭔가 내 영혼을 움켜쥐고 서서히 조여 오는 것 같아. 하지만 누가 붙잡고 있는지, 어떻게 쥐어짜고 있는지, 그리고 거기서 어떻게 빠져나와야 할지 전혀 모르겠어. 이러다간 조만간 깨져 버릴 것 같아."

나하가 얼굴을 찡그리더니 다시 남성의 모습으로 돌아왔다. 이건 경고 신호였다. 그는 그녀보다 훨씬 더 쉽게 화낸다. 요즘에 그는 대부분의 시간에 남성의 모습을 취하고 있었다. "널 이렇게 만든 원인이 있구나." 돌연 그가 의심이 가득한 눈빛을 빛냈다. "필멸계에 갔었군. 하늘궁에."

젠장할. 우리 에네파데는 여전히 그곳의 악취에 민감했다. 조금 있으면 자카른까지 나타나서 도대체 뭔 정신머리로 그런 미친 짓을 했냐고 물어볼 판이었다.

"그거하곤 아무 상관도 없어." 나는 과잉보호에 눈살을 찌푸리며 말했다. "그냥 필멸자 애들이랑 놀았을 뿐이야."

"아라메리 아이들이겠지." 오, 신이여. 달이 하나둘씩 어두워지기 시작했다. 거울처럼 빛나는 자갈돌이 불길한 소리를 내며 달그락거렸다. 얼음과 암흑물질의 매캐한 냄새가 공중을 떠돌았다. 예이네는 막상 필요할 때 어디에 가 있는 거야? 예이네라면 나하를 진정시킬 수 있을 텐데.

"그래, 나하. 그리고 이제 걔네들은 날 해치거나 옛날처럼 명령을 내릴 수가 없거든? 그리고 내가 뭔가 잘못됐다고 느끼기 시작한 건 거기에 가기 전이었고." 예이네의 뒤를 밟은 것도 그 때문이었다. 이상하게 초조하고 화가 나서, 그리고 내가 왜 그런 기분이 드는지 변명거리를 찾기 위해서. "그냥 애들이었다고!"

나하도스의 눈이 칠흑처럼 검은 구덩이로 변하자 이제 진짜로 겁이 났다. "그 아이들을 사랑하는군."

나는 얼어붙었다. 어떤 게 더 모독적인 행위일까? 예이네가 이 템파스를 사랑하는 것, 아니면 내가 옛 노예 주인을 사랑하는 것? 나하는 내가 존재했던 억겁의 세월 동안 한 번도 나를 해친 적이 없다. 적어도 고의적으로 그런 적은 없었다.

"그냥 애들이었어, 나하." 나는 다시 조용하게 말했다. 하지만 그의 말을 부인하진 못했다. 나는 그들을 사랑했다. 그래서 게임의 규칙을 깨트리면서까지 샤하르를 죽이지 않은 걸까? 나는 수치심에 고개를 떨궜다. "미안해."

길고도 공포스러운 순간이 지난 후, 나하도스가 한숨을 내쉬었다. "어떤 것들은 불가피하지."

실망이 가득한 말투에 가슴이 찢어지는 것 같았다. "난……" 다시 서럽게 어깨가 들썩이기 시작했고, 잠시나마 내가 어린아이라는 게 싫어졌다.

"쉿. 그만 울어라." 그가 작게 한숨을 내쉬더니 몸을 일으켜 다시 나를 가뿐하게 어깨에 얹었다. "알아보고 싶은 게 있다."

잘게 떨리는 거울 조각들 속으로 침상이 녹아내렸다. 풍경도 함께 사라졌다. 어둠이 차갑게 우리를 감싸 안았다가 다시 걷혔을 때, 나는 놀라 숨을 들이켜며 나하를 움켜쥐고 바짝 달라붙었다. 왜냐하면 지금 우리는 그의 의지에 따라 신계 가장자리에 있는 부글부글 들끓는 틈새 위에 와 있었기 때문이다. 바로 대혼돈이 자리한 곳이었다. (적어도 불가지를 수용할 수 있는 만큼.) 괴물과도 같은 '그것', 빛과 소리, 물질과 개념, 감정과 순간이 소용돌이치는 부정한 기운이 저 아래, 저 머나먼 곳에 펼쳐져 있었다. 사고까지 마비시키는 '그것'의 포효가 다른 현실들을 이 괴물의 게걸스러운 식탐으로부터 비교적 안전하게 가로막고 있는 파괴된 별들의 벽에 부딪혀 울려 퍼진다. 이미지-사고-음악의 맹공격에 내 형체가 더 이상 일관성을 유지하지 못하고 갈가리 찢겨 나가는 게 느껴졌다. 나는 재빨리 형태를 버렸다. 이곳에서 육신은 골칫거리에 지나지 않았다.

"나하……" 그는 여전히 나를 어깨에 기대 받치고 있었지만 그에게 들리게 하려면 소리를 질러야 했다. "여긴 왜 온 거야?"

나하도스는 대혼돈과 비슷한 날것의 무언가가 되어 일정한 형태도 없이 빙글빙글 휘돌며 '그것'이 부르는 단조로운 노래와도 비슷하지만 그보다 더 단순한 반향을 자아내고 있었다. 처음에 그는 대답하지 않았지만 원래 이런 상태에서는 시간 감각이 없다. 나는 인내심을 발휘하기로 했다. 언젠가는 나를 기억해 내겠지.

한참 뒤에 나하도스가 말했다. "여기에서 무언가 달라졌음을 느꼈다."

무슨 소린지 알 수가 없어 얼굴을 구겼다. "뭐, 대혼돈이?" 이런 난해하고 불가해한 소용돌이를 티끌만큼이라도 이해할 수 있다는 것 자체가 나로서는 이해 불가였다. 지금보다 더 어리고 어리석었던 시절, 나는 저 틈새 속으로 얼마나 깊이 잠수할 수 있는지, 만유(萬有)의 근원에 얼마나 가까이 다가갈 수 있는지 위험한 모험에 뛰어들곤 했다. 그나마 나는 다른 형제자매보다 더 깊이 들어갈 수 있었지만 세 주신은 나보다 훨씬 더 가까이 다가갈 수 있었다.

"그래, 궁금하군……"

이윽고 말한 나하도스가 틈새를 향해 아래로, 아래로 움직이기 시작했다. 처음에는 너무 놀라 아무 저항도 못 했지만 잠시 후 그가 진짜로 나를 저 속으로 데려갈 작정임을 깨달았다. "나하!" 있는 힘을 다해 몸부림쳤지만 강철 같은 힘과 중력이 나를 붙잡고 있었다. "나하, 빌어먹을, 날 죽이고 싶은 거야? 그럴 거면 차라리 직접 죽여!"

그가 멈췄다. 나는 계속 그에게 고함을 질렀다. 제발 이 해괴한 생각을 뚫고 조금이나마 이성에 가닿길 바라며. 그러다 마침내 성공했는지 고맙게도 그가 다시 위쪽으로 상승했다.

"널 보호해 줄 수 있었다." 그가 약간 나를 책망하듯 말했다.

그래, 그 광기 속에서 제정신을 잃고 내가 거기 있다는 것도 잊어버릴 때까지는 말이지. 하지만 난 정말로 그렇게 대꾸할 정도로 바보는 아니다. 그래서 대신 이렇게 물었다. "어쨌든 나를 왜 거기에 데려간 건데?"

"공명이 일었다."

"뭐?"

틈새와 포효가 사라졌다. 나는 눈을 깜박였다. 우리는 필멸계로 돌아와 세계수 가지 위에 서서 마치 천상에 속한 양 하얗게 빛나는 하늘궁을 바라보고 있었다. 물론 지금은 밤이었다. 하늘에는 보름달이 떠 있고 별들의 위치가 조금 바뀌었다. 일 년이 지나 있었다. 쌍둥이와 세 번째로 만나기로 약속한 날이 바로 내일이었다.

"공명이 일었다." 나하도스가 재차 말했다. 나무껍질을 뒤에 업은 모습이 어두운 그림자로만 보였다. "너와 대혼돈 사이에. 미래인지 과거인지는 나도 모르겠지만."

나는 얼굴을 찌푸렸다. "그게 무슨 뜻인데?"

"나도 모른다."

"전에도 이런 적 있어?"

"아니."

"나하……." 나는 좌절감을 속으로 삼켰다. 나하도스의 사고방식은 다른 하급한 존재들과는 다르다. 그의 생각을 따라가려면 나선형으로 움직이거나 도약해야 했다. "나한테 해로운 일이야? 그게 제일 중요할 거 같은데."

나하도스는 관심 없다는 듯 어깨를 으쓱했지만 미간을 찌푸리고 있었다. 그가 다시 하늘궁에서 쓰던 얼굴을 뒤집어썼다. 우리가 그토록 수많은 지옥을 겪은 하늘궁에 너무 가까이 있다는 게 영 기분 나빴다.

"예이네와 말해 보겠다."

나는 주머니에 손을 찔러넣고 어깨를 웅크리고는 발밑 나무껍질에 붙어 있는 이끼 덩어리를 툭 걷어찼다. "이템파스랑도?"

다행히도 나하도스가 건조하고 악의 어린 웃음을 터트렸다. "불가피하다는 게 지금 당장을 의미하는 건 아니다, 시에. 그리고 사랑한다고 해서 반드시 용서해야 하는 것도 아니지." 그 말과 함께 그가 몸을 돌렸다. 그의 그림자가 벌써 세계수 그림자와 밤의 지평선에 섞여 들고 있었다. "아라메리 애완동물과 같이 놀 때도 그 점을 기억해라."

다음 순간 그의 모습이 사라졌다. 그가 지나간 길을 따라 세상을 덮고 있는 구름이 순간 펄럭거리더니 곧 현실이 고요해졌다.

말로 표현할 수 없을 만큼 심란해져서 고양이로 모습을 바꾼 다음 나뭇가지를 타고 올라가 커다란 집채만 한 크기의 옹이 위에 자리를 잡았다. 그 주위로 세계수의 삼각 모양 잎과 은빛 꽃을 매단 여러 개의 작은 가지들이 갈라져 뻗어 있었다. 나는 예이네의 편안한 향기에 둘러싸여 몸을 둥글게 말고 다음 날을 기다렸다.

그러고는 잠을 잘 필요가 없는 존재이기에, 밤새도록 왜 이렇게 마음속이 공허하고 떨리는지 의아해하며 시간을 보냈다.

✳

 아이들을 만나기 전 새벽 시간에 궁을 돌아다니면서 혼자 재미나게 시간을 죽이기로 했다. 그런 걸 재미나다고 부를 수 있을지는 모르겠지만. 제일 먼저 여기 살 적에 내 안식처나 다름없었던 지하궁전에서부터 시작했는데, 얼마 지나지 않아 이곳이 완전히 버려졌다는 것을 알 수 있었다. 나와 에네파데가 살던 곳만 빼고 항상 비어 있던 최하층뿐만 아니라 하인들이 쓰던 부엌과 식당, 탁아실과 교실, 재봉실과 미용실까지 전부 텅 비어 있었다. 하늘궁에서 상당한 인구를 차지하던 낮은피가 사용하는 공간은 전부 다 그랬다. 한눈에 봐도 빗자루질 정도 말고는 오랫동안 이곳을 관리하지 않았다는 걸 알 수 있었다. 처음 만난 날 샤하르와 데카르타가 그렇게 겁을 먹고 있었던 것도 당연했다.
 적어도 지상궁전에는 하인들이 돌아다녔다. 다들 자기 일에 바빠 나를 보지 못했고 나도 모습을 감추기 위해 굳이 아믄인의 모습을 하거나 이공간에 숨을 필요를 느끼지 못했다. 하인들이 있긴 해도 수가 많지 않았기 때문이다. 내가 노예로 지내던 시절에 비하면 터무니없을 만큼 적었다. 다가오는 발소리가 들리면 복도가 꺾어진 곳에 몸을 숨기거나 어쩌다 중간에 끼게 되면 훌쩍 뛰어올라 천장에 매달려 있으면 됐다.(유용한 정보 하나. 필멸자들은 고개를 들어 위를 쳐다보는 법이 잘 없다.) 딱 한 번 마법을 사용할 일이 있긴 했는데 그조차 내 마법을 쓸 필요가 없었다. 우연히 하인들이 모이는 자리를 맞닥뜨리게 되어 도망칠 곳이 없었다. 들키지 않으려면 승강기에 들어갈 수밖에 없었는데 그러자 오래전에 죽은 필경사의 마법이 나를 다른 층에 데려다주었다. 범죄에 가까울 만큼 식은 죽 먹기였다.

이렇게 손쉽게 돌아다닐 수 있으면 안 되는데, 하는 생각이 들 정도였다. 이때쯤에는 높은피들의 거처에 다다라 조금 더 신중하게 굴어야 할 필요가 있었다. 하인은 줄었지만 대신에 근위병이 늘었다. 그들은 이제껏 내가 본 중에서 가장 보기 흉한 흰색 제복을 입고 있었다. 거기에 검과 석궁, 그리고 육신의 눈이 나를 기만하는 게 아니라면 품 안에 단검도 소지하고 있었다. 하늘궁에는 항상 소수의 근위병이 상주했지만 적어도 내가 여기 살던 시절에는 사람들 눈에 띄지 않으려고 애쓰는 노력이라도 했다. 하인과 똑같은 옷을 입고 무기를 보이는 곳에 대놓고 드러내지도 않았다. 아라메리는 근위병이 불필요하다고 믿고 싶어 했고 실제로도 당시엔 필요하지 않았기 때문이다. 높은피에게 중대한 위협이 발생하면 우리 에네파데가 강제로 그곳으로 소환됐고 그러면 만사해결이었으니까.

그래서 유독 경계심이 강한 근위병을 피해 벽을 통과하면서 아라메리가 이제는 보다 전통적인 방식으로 자기방어를 할 수밖에 없나 보다고 생각했다. 그건 이해가 된다. 하지만 하인의 수가 줄어든 건 왜지?

참 이상하네. 나중에 시간이 되면 알아봐야지.

벽 하나를 한 번 더 통과하니 익숙한 냄새를 풍기는 방이 나타났다. 냄새를 따라 중간에 거실 침상에서 졸고 있는 유모를 까치발로 살금살금 지나쳐 침실로 들어가니 커다란 사주식(四柱式) 침대에 샤하르가 잠들어 있었다. 여섯 개는 되어 보이는 풍성한 베개 더미 위에 완벽하게 구불거리는 금발이 예쁘장하게 펼쳐져 있었다. 하지만 막상 얼굴을 보니 웃음을 터트리지 않을 수가 없었다. 입을 헤벌린 채 뺨은 접혀 있는 한쪽 팔에 눌려 뭉개져 있고 그 팔을 따라 침 한줄기가 흘러내려 베개에 젖은 웅덩이가 생겼다. 꽤나 큰 소리로 코를 골고 있었는데 내가 장난감 선반으로 다가가 구경을 하는 동안에도 미동하지 않았다.

좋아하는 놀이나 장난감을 보면 아이에 대해 많은 것을 알 수 있다. 가장 높은 곳에 있는 장난감은 무시했다. 당연하지. 제일 좋아하고 자주 갖고 노는 물건은 손이 쉽게 닿을 곳에 놓아두기 마련이다. 낮은 곳 선반은 누군가 청소를 하고 물건을 가지런히 정돈해 둔 바람에 가장 닳고 해진 장난감을 찾기가 어려웠다. 하지만 냄새로 많은 걸 알 수 있었다. 특히 내 관심을 끌어당긴 건 세 가지 물건이었다. 첫 번째는 커다란 새 인형이었다. 혀로 맛을 보니 지금은 많이 희미해지긴 했지만 아장아장 걷던 유아기 시절의 사랑이 느껴졌다. 두 번째는 작은 망원경이었는데, 가벼우면서도 서툰 어린애 손으로 떨어뜨려도 깨지지 않게 견고하게 만들어져 있었다. 저 아래 도시를 내려다보거나 하늘 위 별을 올려다볼 때 사용한 것일지도 모른다. 호기심과 경탄이 느껴져 얼굴에 절로 미소가 떠올랐다.

내 발을 멈추게 한 세 번째 물건은 홀(笏)이었다.

아름답고 섬세하고 우아했으며, 구불구불 얽힌 모양의 막대기에 새겨진 밝은 보석톤의 대리석 무늬는 아래쪽으로 이어질수록 점차 어두워졌다. 예술품이나 다름없었다. 유리처럼 보였지만 어린애에게 유리처럼 잘 깨지는 물건을 줬을 리가 없다. 이건 하늘궁의 벽을 이루는 물질인 일광석(日光石)을 염색한 것일 테다. 일광석은 다양한 특질이 있었지만 그중에서 빠트릴 수 없는 점이 잘 깨지지 않는다는 것이었다.(나와 내 형제자매들이 창조한 거라 누구보다 잘 안다.) 그래서 수백 년 전 아라메리의 한 가주가 이것을 비롯한 홀 몇 개를 일등 필경사에게 의뢰해 아라메리 후계자에게 장난감으로 선물했다. 그의 설명에 따르면 권력을 갖는다는 게 어떤 느낌인지 배우기 위해서였다. 그 후로 많은 아라메리 자녀들이 세 번째 생일에 홀을 선물받았고, 대다수가 그 즉시 애완동물이나 또래 아이들, 그리고 하인들을 때려 고통으로 복종을 강요하는 데 사용했다.

내가 마지막으로 봤던 홀은 샤하르의 선반에 있는 것을 성인용으로 개조한 것이었다. 끝에 칼날을 달아 내 피부를 난도질하는데 사용했었지. 어린애 장난감을 변태적으로 개조한 까닭에 상처를 입을 때마다 염산을 맞은 것처럼 화끈거렸다.

나는 고개를 돌려 샤하르를 돌아보았다. 금발에 흰 피부인 샤하르. 후계자 샤하르. 언젠가는 레이디 샤하르 아라메리가 될 샤하르. 아라메리 아이들 중 홀을 사용해 보지 않은 아이는 거의 없지만 나는 샤하르가 그리 얌전한 방식으로 사용하지는 않았으리라 확신한다. 최소한 한 번은 아주 즐거워하며 휘둘렀을 것이고, 아마 첫 희생자는 데카였겠지. 쌍둥이 형제의 고통스러운 비명이 그녀의 가학적인 취향을 치료해 줬을까? 아주 많은 아라메리가 사랑하는 이의 고통을 보물처럼 소중히 다루는 법을 배운다.

나는 그녀를 죽일까 고민했다.

아주 오랫동안 고민했다.

그러다 몸을 돌려 벽을 통과해 옆방으로 향했다.

그래, 아라메리 가문의 쌍둥이는 전통적으로 이렇게 서로 연결된 구조의 거처를 사용했다. 침실 문을 통해 연결된 나란히 붙은 공간은 표면적으로는 아이들이 원하는 대로 같이 자거나 따로 잘 수 있게 하기 위한 것이었다. 바로 이런 구조 덕분에 한 쌍의 아라메리 쌍둥이가 한 명으로 줄어드는 일이 부지기수로 일어났다. 유모가 잠들어 있을 때 어둠을 틈타 더 강한 쪽이 약한 쪽의 방에 몰래 숨어 들어가는 건 너무도 쉬운 일이었으니까.

데카의 방은 하늘궁에서 달빛이 들지 않는 방향에 있어서 샤하르의 방보다 더 어두웠다. 틀림없이 햇빛도 덜 들겠지. 창문이 있는 쪽 벽 너머로 밤의 어두운 지평선을 향해 멀리 뻗어 있는 무겁게 휘어진 거대한 세계수 가지가 보였다. 굵은 줄기와 그보다 가느다란 가지, 수백만 개의 나뭇잎이 시야를 완전히 가리지는 않아도 햇빛이 비치면 얼룩덜룩하고 불안정해 보일 것이다. 이템파스의 기준에 따르면 더러워진 것처럼.

데카가 샤하르보다 사랑받지 못한다는 사실을 알려 주는 증거는 또 있었다. 선반에 놓인 장난감도 적고 침대에 장식된 베개의 수도 적다. 나는 침대로 다가가 생각에 잠겨 데카를 내려다보았다. 아이는 옆으로 웅크린 채 누워 있었고, 잠을 자고 있을 때조차 단정하고 조용했다. 유모가 아이의 긴 검은 머리카락을 여러 가닥으로 땋아 두었는데 아마도 곱슬머리를 만들기 위한 어색한 노력일 것이다. 나는 허리를 굽혀 땋은 머리 속 한 가닥을 손가락 끝으로 천천히 훑으며 부드럽게 물결치는 그 감촉을 만끽했다.

"내가 널 후계자로 만들어 줄까?" 나는 속삭였다. 아이는 깨지 않았고, 나는 대답을 듣지 못했다.

방을 살펴보는데 선반에 있는 장난감에서 사랑의 맛이 나는 게 하나도 없다는 데 놀랐다. 그러다 작은 책장 근처에 다가갔을 때야 그 이유를 알았다. 십여 권이 넘는 책과 두루마리에 어린아이의 기쁨이 묻어 있었다. 책등을 손가락으로 훑어 필멸자의 마법을 흡수해 봤다. 머나먼 땅의 지도, 모험과 발견에 관한 이야기. 자연의 신비. 하늘궁에 갇힌 데카는 거의 경험할 수 없는 것들. 신화와 판타지.

나는 눈을 감고 손가락을 입술에 댄 채 그 내음을 맡으며 한숨 지었다. 이런 영혼을 가진 아이를 가문의 후계자로 만들 순 없다. 그건 아이를 망가뜨리는 짓이나 다름없었다.

나는 계속 움직였다.

벽을 통과해 옷장 밑으로. 죽은 공간을 거의 가득 메운 세계수의 굵은 가지를 지나 아라메리 가주의 방에 들어섰다.

침실 하나가 두 아이의 거처를 전부 합친 것만큼 넓었다. 크고 네모난 침대가 방 중앙에 놓여 있고, 그 아래에는 심지어 나도 한 번도 사냥한 기억이 없는 동물의 흰 모피 가죽으로 만든 커다란 원형 깔개가 깔려 있었다. 내가 아는 가주들에 비하면 상당히 검소한 방이었다. 진주를 알알이 꿰맨 이불도, 다르산 흑목이나 켄의 수공예 조각품, 슈티나레크 구름천도 없었다. 그나마 약간 있는 가구마저 방해가 되지 않게 널찍한 방의 가장자리를 따라 배치돼 있었다. 삶의 모든 측면에서 자신의 앞을 가로막는 방해물을 싫어하는 여자였다.

레이디 아라메리 본인도 꾸밈없고 금욕적이었다. 아들처럼 옆으로 누워 웅크리고 있었는데, 그걸 빼면 아들과 닮은 점이 전혀 없었다. 금발은 놀랍게도 짧게 잘려 있었다. 여윈 얼굴과는 잘 어울렸지만 일반적인 아른인 스타일은 아니었다. 아름답고 얼음처럼 창백한 피부색, 잠들어 있을 때도 진지한 표정. 여자는 생각보다 젊었다. 삼십 대 후반쯤? 샤하르가 성인이 된 후에도 노인이 되려면 한참 멀었을 것이다. 그렇다면 그녀는 샤하르의 자식이 진정한 후계자가 되길 바라는 걸까? 어쩌면 쌍둥이의 경쟁은 겉으로 보이는 것만큼 당연한 결과로 끝나지 않을지도 모른다.

나는 주위를 둘러보며 생각에 잠겼다. 아이들은 아버지가 없다고 말했다. 그건 레이디 아라메리에게 공식적인 남편이 없다는 뜻일 것이다. 그렇다면 연인도 없을까? 나는 몸을 숙여 그녀의 내음을 들이마셨다. 맛을 더 자세히 느끼기 위해 입도 살짝 벌렸다. 아, 그래. 있다. 누군가의 냄새가 그녀의 머리카락과 피부, 심지어 매트리스 깊숙한 곳까지 묻어 있었다. 꽤 오랫동안 고정된 연인이 있군. 몇 달 혹은 몇 년일 수도 있었다. 그럼 사랑인가? 전례가 없는 일은 아니다. 궁 전체를 뒤져서 이 경쾌하고 기분 좋은 냄새와 일치하는 사람을 찾아봐야지.

다른 방도 살펴봤지만 레이디 아라메리의 거처에서는 아무 정보도 얻을 수가 없었다. 꽤 넓은 도서관(재미있는 책은 하나도 없었다.), 아이템파스 제단이 완비된 개인 예배당, 개인용 정원(전문적인 정원사의 솜씨가 아니고서는 불가능할 정도로 아주 잘 관리되어 있었다.), 공적인 방문객을 맞는 응접실과 사적인 용도로 사용하는 응접실도 있었다. 사치의 흔적을 엿볼 수 있는 곳은 욕실이 유일했는데, 단순한 욕조가 아니라 수영도 할 수 있을 만큼 크고 넓은 욕탕과 몸을 씻고 옷을 갈아입을 수 있는 별도의 방이 붙어 있었다. 나는 크리스털 칸막이 뒤에 있는 또 다른 방에서 변기를 발견하고는 웃음을 터트리고 말았다. 변기에 따뜻함과 부드러움을 의미하는 인이 새겨져 있었다. 그걸 보니 도저히 참을 수가 없어서 얼음장처럼 차고 딱딱함을 의미하는 글자로 바꿔 버렸다. 그녀가 그 효과를 맛보고 비명을 지르는 걸 내 귀로 직접 들을 수 있으면 좋겠는데.

탐방을 마쳤을 무렵엔 동쪽 하늘이 밝아 오고 있었다. 나는 한숨을 쉬며 레이디 아라메리의 방에서 나와서 '어디로도 이어지지 않는 계단'으로 돌아가 아래쪽 바닥에 누워 기다렸다.

아이들이 도착하기까지 엄청난 세월이 지난 것 같았다. 단호하게 내딛는 쌍둥이의 작은 발소리가 고요한 복도를 따라 점점 가까이 다가왔다. 처음에는 날 보지 못해 실망하는 소리를 냈지만, 계단을 내려오고 나서는 당연히 나를 발견했다. "숨어 있었잖아!"

샤하르가 나를 비난했다.

나는 다리를 벽에 기댄 채 바닥에 누워 샤하르를 거꾸로 쳐다보며 씩 웃었다. "또 낯선 사람이랑 말하네. 너희는 뭘 배울 줄을 모르냐?"

데카르타가 옆으로 쪼르르 다가와 쪼그려 앉았다. "네가 우리한테 낯선 사람이야, 시에? 아직도?" 소년이 손을 내밀어 내 어깨를 쿡 찔렀다. 내가 위험하다는 걸 알기 전에 그랬던 것처럼. 아이가 수줍게 웃으며 뺨을 붉혔다. 벌써 나를 용서한 걸까? 필멸자들은 너무 변덕스럽다. 내가 똑같이 찌르자 데카가 키득거렸다.

"아닐걸. 하지만 너흰 예의범절 같은 걸 찬양하잖아. 내 의견을 묻는다면 낯선 사람은 낯선 사람 같고 친구는 친구 같은 느낌이 들지. 아주 간단해."

놀랍게도 샤하르도 옆에 같이 쪼그려 앉았다. 작은 얼굴에 근엄한 표정이 떠올라 있었다. "그럼 그래도 괜찮아?" 아이의 말투에서 뭔가 내 눈살을 찌푸리게 하는 숨은 의도가 느껴졌다. "우리랑 친구 하는 거."

단박에 이해했다. 내가 쌍둥이에게 빚진 소원. 나는 아이들이 고장 나지 않는 장난감이나 다른 세계에서 가져온 시시한 물건, 하늘을 날 수 있는 날개 같은 단순한 소원을 빌 거라고 생각했다. 하지만 내 아라메리 귀염둥이들은 아주 영리했다. 하찮은 물질적 보상이나 찰나의 경박한 즐거움 같은 뇌물에 현혹되지 않았다. 이들은 진정 가치가 있는 것을 원했다.

탐욕스럽고, 주제넘고, 버릇없고, 오만한 애새끼들.

나는 어떤 필멸자도 쉽게 따라 할 수 없는 위험하고 꼴사나운 동작으로 벽을 박차며 몸을 뒤집어 바닥에 착지했다. 아이들이 놀랐는지 눈을 커다랗게 뜨더니 내가 화가 났다는 걸 눈치채고는 주춤주춤 물러났다. 나는 손과 발로 바닥을 짚은 채 아이들을 노려보았다. "원하는 게 뭐라고?"

"네 우정." 데카가 말했다. 목소리는 단호했지만 눈빛에는 자신감이 없었다. 계속해서 누나를 힐끔거렸다. "네가 우리 친구가 되어 주면 좋겠어. 그럼 우리도 네 친구가 되어 줄게."

"얼마 동안이나?"

쌍둥이가 놀란 표정을 지었다. 샤하르가 말했다. "우정이 지속되는 한 평생, 아니면 어느 한쪽이 우정을 깨트릴 행동을 할 때까지. 피의 맹세를 할 수도 있어."

"맹세……" 짐승의 으르렁거림에 가까운 소리가 튀어나왔다. 머리카락이 검게 변하고 발가락이 오그라드는 게 느껴졌다. "어떻게 감히 너희가."

빌어먹을, 샤하르와 그녀의 모든 조상들에게 저주 있으라. 그녀는 정말로 순수하게 어리둥절한 것 같았다. 자기가 무슨 말을 했는지도 모르는 저것의 목을 찢어발기고 싶었다. "왜? 그냥 친구가 되는 것뿐이잖아."

"신과 말이지." 지금 나한테 꼬리가 있었다면 채찍처럼 미친 듯이 휘두르고 있었을 거다. "친구가 되면 난 너희랑 같이 놀고 너희와 같이 보내는 시간을 즐겨야 할 의무가 생겨. 너희가 다 자란 뒤에도 어떻게 지내는지 가끔씩 들러 확인해야 하고, 너희 삶의 어리석은 부분까지 관심을 기울여야 하지. 너희가 곤경에 처하면 적어도 도와주려고 노력해야 할 테고. 신이여, 내가 내 경배자들한테도 그렇게까진 안 해 주는 거 알아? 너희 둘 다 죽여 버리겠어!"

하지만 놀랍게도, 내 말을 실천에 옮기기 전에 데카가 다가와 내 손을 잡았다. 아이는 잠깐 움찔했다. 내 손이 더 이상 인간의 손이 아니었기 때문이다. 손가락은 짧아졌고 손톱은 고양이처럼 접었다 뺄 수 있게 변해 있었다. 그나마 온 의지를 다해 털이 나는 것만은 막는 데 성공했다. 하지만 데카는 여전히 내 손을 잡은 채 내 평생 아라메리한테서 볼 수 있으리라 생각한 것보다 훨씬 더 연민 가득한 표정을 짓고 있었다. 내 안에서 매섭게 소용돌이치던 마법이 가라앉았다.

"미안." 그가 말했다. "우리가 미안해."

두 명의 아라메리가 내게 사과를 하다니. 노예 시절에 이랬던 적이 있던가? 예이네조차도 그런 말을 한 적은 없다. 그녀 역시 필멸자 시절에 내게 끔찍한 상처를 줬는데도. 데카가 말을 이으며 거듭 기적을 행했다. "전혀 생각도 못 했어. 넌 예전에 여기 잡혀 있었지. 우리도 기록을 읽어 봤어. 그때 사람들이 너한테 친구인 척하라고 시켰지? 맞지?" 그가 샤하르를 돌아보았다. 그러자 샤하르의 얼굴에도 깨달음의 표정이 번졌다. "네가 착하게 굴지 않으면 벌을 준 아라메리도 있었을 테고. 우린 그 사람들처럼은 안 그럴 거야."

아이들을 죽이고 싶다는 욕구가 촛불을 훅 불어 끈 것처럼 흔적도 없이 사라졌다.

"너흰…… 몰랐구나." 나는 천천히 말하며 목소리를 원래의 어린 소년처럼 약간 높은 음역대로 복구시켰다. "내가 생각한…… 그런 뜻으로 말한 게 아니라는 건 확실하네." 노예가 되라는 말의 에두른 표현. 노력 없이 얻는 축복. 나는 손톱을 제자리로 되돌린 다음, 일어나 앉아 머리카락을 정돈했다.

"우린 네가 좋아할 줄 알았어." 데카가 너무 시무룩하게 말해서 섣불리 화를 낸 데 대해 약간 죄책감이 들었다. "내 생각…… 우리 생각엔……."

아, 당연히 얘 생각이었겠지. 둘 중에 꿈 많은 쪽이니까.

"어쨌든 벌써 거의 친구 사이라고 생각했거든! 우릴 보러 오는 걸 싫어하는 것 같지도 않았고. 그래서 친구가 되어 달라고 하면 우리가 네 생각처럼 나쁜 아라메리가 아니라는 걸 알아줄 것 같았어. 우리가 이기적이거나 못되지 않았다는 것도 알게 될 거고, 그러면 어쩌면……." 소년이 눈을 내리깔며 머뭇거렸다. "그러면 계속 만날 수 있을 거 같아서."

아이들은 내게 거짓말을 하지 못한다. 그건 내 본성이 지닌 특성 중 하나였다. 물론 거짓말을 할 수는 있지만 그러면 금방 알아차릴 수 있다. 데카도 그 애의 누나도 거짓말을 하고 있지 않았다. 어쨌든 난 그들을 믿지 않았다. 믿고 싶지도 않았고, 심지어 그들을 믿고 싶어 하는 내 영혼의 일부도 믿지 않았다. 아라메리를 믿는 건 위험하다. 아무리 쪼그만 것들이라도.

하지만 이들은 진심이었다. 나와 친구가 되고 싶어 했다. 탐욕스러워서가 아니라 외로웠기 때문에. 이 아이들은 정말로 그냥 나

자체를 원했다. 누가 나를 진심으로 원한 게 얼마 만이지? 심지어 내 부모님이라도?

나는 어린애처럼 꾐에 쉽게 넘어가는 존재다.

나는 고개를 숙이고 내가 떨고 있는 걸 아이들이 눈치채지 못하게 가슴 앞에 팔짱을 끼었다. "어. 음. 진짜로 친구가 되고 싶은 거면…… 어, 그래도 될 거 같아."

아이들이 표정이 대번에 환해지더니 무릎걸음으로 가까이 다가왔다. "진짜?" 데카가 물었다.

나는 별거 아닌 척 어깨를 으쓱하며 내 전매특허나 다름없는 웃음을 씩 지어 보였다. "안 될 건 또 뭐야? 어차피 너흰 그냥 필멸자일 뿐이잖아." 필멸자와 피를 나눈 형제자매가 된다라. 나는 고개를 흔들며 웃음을 터트렸다. 별일도 아닌데 왜 그렇게 겁을 먹었던 거지? "칼은 갖고 왔어?"

샤하르가 여왕처럼 거만한 태도로 한심하다는 듯 눈동자를 데굴 굴렸다. "네가 만들면 되잖아."

"그냥 물어본 거거든." 나는 손을 들어 올려 작년에 샤하르가 날 찌른 것과 똑같은 비수를 만들어 냈다. 그걸 보자마자 샤하르가 얼굴에서 미소를 지우며 주춤 뒷걸음쳤고 나는 그게 별로 좋은 선택이 아니었음을 깨달았다. 손으로 칼을 한 번 꼭 쥐자 형태가 바뀌었다. 손바닥을 펴자 거기에는 강철 손잡이에 옻칠이 되어 있는 곡선 모양의 우아한 단검이 놓여 있었다. 샤하르는 몰랐지만 예이네가 하늘궁에 있을 때 자카른이 그녀에게 만들어 준 것과 똑같은 칼이었다.

샤하르는 단검 모양이 변한 것을 보고 긴장을 풀었고, 고마워하는 표정을 보자 내 기분도 나아졌다. 내가 어린애한테 좀 심하게 굴긴 했다. 앞으론 잘해 줘야지.

"우정은 어린 시절을 초월할 수 있어." 샤하르가 칼을 잡았을 때, 내가 부드럽게 말했다. 그녀가 멈칫하며 놀란 표정으로 나를 바라보았다. "정말이야. 나이 들어 변한 뒤에도 서로를 계속 신뢰한다면 말이야."

"그건 쉽잖아." 데카가 킥킥거리며 말했다.

"아니야, 그렇지 않아."

내 말에 데카의 웃음이 사그러들었다. 하지만 샤하르는…… 그래, 그녀는 본능적으로 이해하는 것 같았다. 샤하르는 이미 아라메리가 된다는 게 어떤 의미인지 깨닫기 시작했다. 이 아이와는 그리 오래 함께 있을 수 없을 것이다.

나는 손을 내밀어 샤하르의 뺨을 어루만졌다. 그녀가 눈을 깜박였다. 하지만 내가 싱긋 웃자 샤하르도 미소로 답했다. 잠깐이긴 했지만 데카처럼 수줍은 웃음이었다.

나는 한숨을 내쉬며 손바닥을 위로 한 채 양손을 내밀었다. "그럼 이제 하자."

샤하르가 내 한쪽 손을 잡고 단검을 들어 올리더니 미간을 찌푸렸다. "손가락을 그어야 해, 아님 손바닥을 그어야 해?"

"손가락." 데카가 말했다. "데이터네이가 피의 맹세는 그렇게 한다고 했어."

"데이터네이는 멍청이야." 오래 묵은 말다툼이 시작되자 샤하르가 반사적으로 대꾸했다.

"손바닥." 내 의견을 관철시키기 위해서보다는 둘의 입을 다물게 하려는 의도였다.

"피가 많이 나진 않을까? 아프면 어떡하지?"

"원래 목적이 그렇거든? 뭔가를 희생하지 않는다면 그게 맹세겠어?"

샤하르가 눈살을 찌푸리더니 고개를 끄덕이고는 칼날로 내 손바닥을 그었다. 상처가 얼마나 얕은지 간지럽기만 하고 피는 한 방울도 나지 않았다. 나는 웃었다. "더 세게 그어야지. 어차피 난 필멸자도 아닌데."

샤하르가 내게 짜증 어린 눈빛을 던지더니 이번에는 더 빠르고 세게 그었다. 나는 섬광처럼 날카롭게 찌르는 통증을 무시했다. 신선한 느낌이었다. 상처가 바로 아물려고 했지만 조금 정신을 집중하니 피가 고이게 할 수 있었다.

"네가 해 주면 나도 해 줄게." 샤하르가 데카르타에게 단검을 넘겼다.

데카가 칼을 받아들고 샤하르의 손을 붙잡더니 일말의 주저도 망설임도 없이 누나의 살을 베었다. 샤하르의 턱에 힘이 들어갔지만 소리를 지르진 않았다. 샤하르가 데카의 손에 상처를 낼 때도 마찬가지였다.

나는 그들의 피 내음을 가슴 깊이 들이마셨다. 익숙하면서도 내가 마지막에서 알던 아라메리와 세 세대나 떨어져 있었다. "친구."

샤하르가 남동생을 쳐다보자 데카도 그녀를 쳐다보았다. 그러더니 둘이 동시에 나를 쳐다보더니 입을 모아 말했다. "친구." 둘이 먼저 서로의 손을 잡은 다음 내 손을 잡았다.

그러고는 ─

※

잠깐. 뭐지?

※

아이들이 내 손을 굳게 잡았다. 아팠다. 그런데 왜 둘 다 바람에 머리카락을 휘날리면서 비명을 지르고 있는 거지? 도대체 바람이 어디서 불어오는 ─

※

안 들려. 더 크게 말해 봐.

※

말도 안 된다. 우리의 손이 찰싹 달라붙어, 달라붙어 떨어지지 않아서 놓을 수가 없다.

＊

그래, 내가 트릭스터다. 누가 날 부르는……?

＊

아이들이 비명을 지른다. 아이들이 비명을 지르고 있다. 둘의 몸뚱이가 공중으로 둥둥 떠오르고 나 혼자 바닥에서 그들을 붙들고 있는데 왜 내 얼굴에 미소가 떠올라 있는 거지? 왜 ―

＊

이후엔 적막뿐이었다.

3장

나는 잠들었다. 그리고 잠자는 동안 꿈을 꾸었다. 어떤 꿈은 별로 길게 기억하지 못했다. 사실은 의식 자체가 거의 없었다. 그저

뭔가

크게

잘못되었고

어쩌면 약간의

잠깐

내가

무슨

생각을 했지.

달리 표현하면 어렴풋한 자각 상태. 신에게는 가장 불쾌한 상태였다. 어떤 신도 모든 것을 알거나 모든 것을 보지는 못한다. 그런 건 필멸자들의 착각이다. 하지만 우리는 많은 것을 알고 꽤 많

은 것을 볼 수 있다. 우리는 인간에게는 없는 감각을 통해 거의 끊임없이 정보를 주입받는 데 익숙하지만 한동안 나는 아무것도 할 수가 없었다. 대신에 나는 잠을 잤다.

그러다 갑자기, 깊고 고요하고 아득한 곳에서 목소리가 들려왔다. 필멸자의 여러 생에 맞먹을 만큼 오랜 세월 동안 들은 적 없는, 열과 성을 다해 내 이름, 내 영혼을 부르는 목소리. 나를 잡아끄는 익숙한 느낌. 귀찮았다. 나는 지금이 편했다. 뒹굴 돌아 누우며 무시하려 했지만 목소리가 또다시 나를 건드리며 깨우더니 등짝을 후려쳤다. 빨리 움직이라고 다그치며 앞으로 세게 밀쳤다. 나는 물질의 벽에 뚫린 구멍을 통해 미끄러져 빠져나갔다. 세상에 태어날 때처럼, 아니면 필멸계로 들어설 때처럼. 그 둘은 어차피 거의 같은 것이다. 나는 마법에 젖어 미끈거리는 알몸이었고, 태초에 나하도스의 소화액이었던 영혼을 삼키는 에테르로부터 살아남기 위해 반사적으로 물리적인 형태를 취했다. 그러자 마침내 내 정신도 깨어났다.

누군가 내 이름을 불렀지.

"원하는 게 뭐야?" 나는 말했다. 적어도 말하려고 했다. 하지만 내 입에서 새어 나온 건 의미를 알 수 없는 그르렁거림에 가까운 소리였다. 필멸자가 내가 모방할 만한 형태를 갖추기 오래전부터 나는 장난과 잔인함을 똑같이 사랑하는 생물을 어린아이만큼이나 내 본성을 담은 원형으로 삼았다. 아직도 여전히 그 모습을 기본 형태로 사용하긴 하지만 요즘엔 어린아이 모습을 더 선호한다. 조절도 더 섬세하게 할 수 있고 미묘한 뉘앙스도 표현하기 쉽기 때문이다. 하지만 필멸계에서 형상을 취했을 때 내 의식은 아직 완전히 깨어나지 못한 상태였고, 그래서 나는 절로 고양이가 되었다.

하지만 그 만듦새가 어색하고 서툴러서, 일어나려고 하는데…… 뭔가 잘못된 것처럼 느껴졌다. 그래서 왜 이러는지 분석하는 데 시간을 낭비하지 않고 그냥 새로이 어린 소년의 모습을 만들었다. 아니, 그러려고 했다. 하지만 평소와 달리 힘들었다. 이상하게 힘과 노력이 평소보다 훨씬 많이 들고, 마치 당밀 덩어리라도 되는 것처럼 모양을 빚는데 꾸물꾸물 느리고 저항감이 심했다. 인간의 피부를 완전히 입었을 즈음엔 기진맥진해서 녹초가 다 되어 있었다. 나는 물질화를 끝내자 털썩 쓰러져 몸을 떨고 숨을 헐떡이면서 대체 왜 이러는지 고민했다.

"시에?"

어딘지 모를 곳에서 나를 불러낸 음성. 여자였다. 익숙하면서도 또 아닌 목소리. 얼떨떨한 심정으로 목소리의 주인을 찾으러 고개를 쳐들었지만 놀랍게도 그럴 수가 없었다. 기운이 하나도 없었다.

"정말 너구나. 신이시여, 이런 건 상상도……" 부드러운 손이 내 어깨를 잡고 끌어당겼다. 그녀가 나를 옆으로 돌려 눕히자 끙끙대는 소리가 절로 새어 나왔다. 뭔가가 내 머리를 아프게 잡아당기고 있었다. 그리고 왜 이렇게 추운 거야? 난 추위를 느껴 본 적이 없는데.

"무한한 광명이시여! 이건……"

그녀가 내 얼굴을 어루만졌다. 본능적으로 그 손길을 향해 얼굴을 돌리며 비비적거리자 그녀가 깜짝 놀라 손을 거뒀다. 그러더니 다시 나를 쓰다듬기 시작했다. 이번에 얼굴을 붙였을 때는 그녀도 손을 피하지 않았다.

"샤, 샤하르." 내 목소리가 너무 크고 이상하게 들렸다. 나는 벌레처럼 눈을 휘둥그렇게 뜨고 그녀를 뚫어져라 쳐다보았다. "샤하르?"

샤하르였다. 의심의 여지가 없었다. 하지만 무슨 일이 있었던 것 같다. 얼굴이 더 길고 뼈대도 더 가늘고 콧대도 더 높아졌다. 방금 전? 어제? 마지막으로 봤을 때 어깨 길이였던 머리카락도 몸통에 휘감길 정도로 길었는데 방금 자다 나온 사람처럼 부스스했다. 적어도 허리 길이는 되어 보였, 아니 그보다도 더 길었다.

필멸자의 머리카락은 그렇게 빨리 자라지 않는다. 더구나 아무리 아라메리라도 그런 사소한 것에 마법을 낭비하지는 않는다. 적어도 요즘에는 그랬다. 하지만 시간이 얼마나 지난 건지 가까운 별자리라도 찾아보려 했을 때 내게 돌아온 건 기억벌레가 윙윙거리는 소리처럼 멍하고 알아들을 수 없는 웅얼거림뿐이었다.

"추워." 나는 중얼거렸다. 샤하르가 일어나 자리를 떴다. 잠시후 뭔가가 내 몸을 덮는 게 느껴졌다. 샤하르의 내음과 새 깃털 냄새가 짙게 풍기는 따뜻한 물건이었다. 애초에 추위를 느끼면 안되는 것처럼 겨우 이런 걸로 따뜻함을 느껴도 안 되는데, 그래도 상태가 다소 나아졌다. 몸을 조금 움직일 수 있게 되어서 기꺼운 마음으로 그 밑에서 작게 옹송그렸다.

"시에……" 샤하르는 큰 충격에 빠졌다가 평정을 되찾은 사람처럼 들렸다. 그녀의 손이 위로하듯이 다시 내 어깨를 어루만졌다. "널 만나서 반갑지 않은 건 아니지만." 전혀 반갑지 않다는 투였다. "다시 돌아올 거였으면 왜 하필 지금이야? 왜 여기에, 이런 식으로 나타난 거야? 이런…… 신이여. 믿을 수가 없어."

왜 지금이냐니? 내가 그걸 어떻게 알아. 지금이 무슨 뜻인지도 모르겠는데. 그때에 대해서도 기억한다기보다는 강렬한 인상만 남아 있을 뿐이다. 샤하르의 손을 잡은 것, 데카의 손을 잡은 것, 빛, 바람. 갑자기 걷잡을 수 없는 일이 생겼고, 공포에 질려 눈을 커다랗게 뜬 샤하르의 얼굴. 입이 크게 벌어지더니, 그러더니 —

비명. 샤하르가 비명을 질렀다.

몸에 힘이 조금 돌아왔다. 내 얼굴 바로 앞에 있는 그녀의 무릎을 향해 손을 뻗었다. 부드럽고 뜨거운 피부 위로 손가락이 미끄러져 얇고 고운 천에 닿았다. 잠옷이었다. 샤하르가 숨을 황급히 삼키며 재빨리 뒤로 물러났다. "너 손이 얼음장 같아!"

"추워." 너무 추워서 담요를 덮지 않은 부위마다 방 안의 습기가 피부에 달라붙는 게 느껴졌다. 나는 담요를 머리까지 뒤집어썼다. 아니면 그러려고 했다. 다시 뭔가가 머리를 세게 잡아당기는 느낌이 났다. 그래서 머리를 크게 움직일 수는 없었지만 어쨌든 장력에 대항해 조금은 움직일 수 있었다. "악마똥 같으니! 이게 대체 뭐야?"

"네 머리카락."

나는 얼어붙어 샤하르를 멍하니 응시했다.

샤하르가 내 팔을 옆으로 치우더니 손에 머리카락 한 줌을 쥐어 올려 보여 주었다. 느슨하게 굴곡진 굵은 갈색 머리카락은 샤하르의 팔 길이보다도 더 길었다. *30센티미터*도 넘어 보였다. 내가 움직일 수 없는 건 내 머리카락에 반쯤 뒤엉켜 있었기 때문이었다.

"머리가 이렇게 길어지라고 한 적은 없는데." 내가 속삭이듯 말했다.

"그럼 다시 짧아지라고 해. 그리고 그만 좀 움직여. 내가 풀어 줄 테니까." 샤하르가 담요를 홱 걷어 내더니 내 머리카락을 모아 잡아당겨 손가락으로 빗기 시작했다. 그녀가 나를 옆으로 굴리자 머리의 움직임이 자유로워졌다. 그동안 머리카락 위에 누워 있었던 모양이다.

내 머리는 이렇게 길면 안 됐다. 샤하르의 머리도 저렇게 길면 안 됐다. "무슨 일이 있었던 거야?" 내 몸을 커다란 인형처럼 이쪽 저쪽으로 돌리며 다루고 있는 샤하르에게 물었다. "우리가 우정의 맹세를 하고 시간이 얼마나 지났어?"

"맹세?" 샤하르가 황당하다는 표정으로 나를 쳐다보았다. "그것밖에 기억이 안 나? 맙소사, 시에. 넌 맹세를 하자마자 그걸 깨트렸잖아……."

나는 세 개에 달하는 필멸자 언어로 욕설을 내뱉으며 그녀의 말을 잘랐다. "그냥 시간이 얼마나 지났는지나 말해 달라니까!"

샤하르의 뺨이 분노로 벌게졌지만 주변의 벽에서 비치는 희미한 빛 때문에 잘 보이지 않았다. "팔 년."

말도 안 된다. "팔 년이나 됐으면 내가 기억 못 할 리가 없잖아."

신경질적으로 받아치는 샤하르의 목소리에 왜 분노가 가득했는지 나는 알았어야 했다. "그래? 하지만 사실인걸. 네가 기억 못

하는 게 내 잘못은 아니지. 너희 같은 신들한텐 중요한 게 너무 많아서 필멸자의 시간 따윈 눈 깜짝할 사이에 지나가는 모양이지."

사실이 그렇긴 했다. 하지만 적어도 우린 그 시간을 인식한다. 나는 샤하르가 왜 이렇게 화가 잔뜩 나 있고 상처 입은 사람처럼 구는지 이유를 알고 싶었다. 샤하르의 그런 응대는 내게 순수함이 깨졌을 때와 같은 고통으로 다가왔고, 왠지 중요하다는 느낌이 들었다. 지금보다 더 뾰족해지기 전에 침묵으로 조금이라도 누그러뜨려야 할 것 같아서 일단 그 문제는 옆으로 밀쳐 두고 다른 걸 물었다. "내가 왜 이렇게 약한 거지?"

"내가 그걸 어떻게 알아?"

"그동안 난 어디 있었던 거야? 여기 없었던 동안에?"

"시에." 샤하르가 크게 탄식을 내뱉었다. "나도 몰라. 팔 년 전에 우리가 친구가 되기로 한 날 이후론 널 못 봤으니까. 넌 우릴 죽이려고 한 다음에 사라져 버렸잖아."

"죽이려고……? 난 그런 적 없어." 샤하르의 표정이 시리게 굳더니 증오로 차올랐다. 내가 정말로 샤하르를 죽이려고 했거나 아니면 적어도 그녀는 그렇게 믿고 있다는 의미다. "그러려고 한 적 없어. 샤하르……" 나는 그녀를 향해 손을 뻗었다. 본능적인 행동이었다. 나는 필요할 때 필멸자 아이로부터 힘을 얻을 수 있지만 이번에 그녀의 무릎에 손을 댔을 때 흘러 들어온 건 고작 몇 방울이 다였다. 팔 년이나 지났으니 당연하지. 샤하르는 이제 열여섯 살일 거다. 아직 성인이라고는 할 수 없지만 그래도 아이보단 그쪽에 더 가깝다. 나는 좌절감에 신음하며 손을 거뒀다.

"그때부터 지금까지 하나도 기억 안 나." 나는 두려움을 떨치려 말했다. "네 손을 잡은 것까진 기억나는데 그다음에 아는 건 지금 여기 와 있다는 거야. 뭔가 잘못됐어."

"딱 봐도 그런 것 같네." 샤하르가 손가락으로 콧잔등을 집으며 무거운 한숨을 내쉬었다. "너 때문에 하늘궁 벽에 있는 경계 감시 주문이 발동되지만 않았으면 좋겠다. 아님 지금이라도 열 명이 넘는 경비병이 문을 부수고 들어올 테니까. 네가 어떻게 여기 있는지 설명할 방법을 생각해 내야 할 것 같아." 말을 멈춘 샤하르가 미간을 찌푸린 채 간절한 눈빛으로 나를 바라보았다. "아니면 그냥 가 줄래? 그게 제일 간단할 것 같은데."

나에게도 샤하르에게도 그게 가장 좋은 방법이었다. 내가 여기 있는 걸 샤하르가 좋아하지 않는다는 건 명백해 보였다. 나도 여기에 있기 싫었다. 힘도 없고, 몸은 무겁고, 기분은 찝찝했다. 내가 같이 있고 싶은 건, 싶은 건, 잠깐, 이거 설마. 오, 안 돼.

"안 돼." 내가 낮게 읊조리자 샤하르가 아까보다 더 깊은 한숨을 내쉬었다. 그제야 샤하르가 그걸 자신의 질문에 대한 대답으로 여겼다는 걸 깨달았다. 나는 거의 영웅적인 힘을 발휘해 샤하르의 손을 꼭 잡았다. 그녀가 깜짝 놀랐다. "그게 아냐, 샤하르. 날 여기 어떻게 데려온 거야? 필경술을 썼어? 아니면…… 아니면 무슨 방법을 써서 나한테 명령이라도 한 거야?"

"난 널 데려온 적 없어. 네가 그냥 나타났지."

"아냐, 네가 부른 거야. 내가 느꼈는걸. 네가 날 그에게서 끌어 내……" 오, 악마여, 지옥이여. 그가 오고 있었다. 그의 노여움이 필멸계 전체를 아직 덜 아문 상처처럼 지끈거리게 하고 있었다.
샤하르는 어떻게 이걸 못 느끼는 거지? 나는 그녀에게 소리를 지
르는 대신 붙잡고 있는 손을 거세게 흔들었다. "네가 날 그의 품에
서 끄집어냈어. 어떻게 한 건지 지금 당장 털어놓지 않으면 그가
널 죽일 거야!"

"누가……" 샤하르가 입을 열었지만 다음 순간 두 눈을 크게 뜨
며 얼어붙었다. 이젠 그녀도 느끼고 있었으니 그럴 만도 했다. 그
가 여기 와 있었다. 그의 형상이 솟아났다. 희미한 빛을 발하던 벽
이 별안간 어두워지고, 주변 공기가 잘게 떨리더니 경외심에 굴복
해 잔잔해졌다.

"시에." 밤의 군주가 말했다.

나는 눈을 질끈 감고 제발 샤하르가 입을 다물고 있기만을 바
랐다.

"응, 나 여깄어." 그러자 그가 내 옆에 있었다. 그가 무릎을 꿇자
망토에서 새어 나온 어둠의 기운이 그의 주위를 에워쌌다. 오싹하
게 차가운 손가락이 내 얼굴에 닿았고, 나는 나 자신의 어리석음
을 비웃고 싶은 마음을 애써 억눌렀다. 왜 그렇게 추웠는지 알았
어야 했는데.

나하도스가 내 얼굴을 양옆으로 돌리며 시각을 넘어선 감각으
로 나를 살폈다. 나는 가만히 있었다. 내 아버지에겐 나를 걱정할
권리가 있으니까. 하지만 잠시 후 나하도스의 손을 붙들었다. 내
손바닥 아래에서 나하도스의 손이 실체화되면서 그의 영혼이라
는 무한한 용광로에서 내 안으로 힘이 흘러 들어오는 게 느껴졌

다. 나는 안도의 한숨을 내쉬었다. "나하, 설명해 줘."

"네가 집 없는 영혼처럼 표류하고 있던 걸 발견했다. 망가져 있었지. 예이네가 치유하려 했지만 이상하게도 되지 않았다. 그래서 널 내 안에 품었지."

그리고 나하도스의 자궁은 춥고 어두운 곳이었다. "별로 치유된 것 같지 않은데."

"치유되지 않았으니까. 네 상태를 되돌릴 치유법을 찾지도 못했고 그대로 보존할 수도 없었다." 평소에 감정이 전혀 드러나지 않는 그의 목소리가 씁쓸하게 들렸다. 시간의 흐름에 의한 진행을 멈추는 것은 이템파스의 영역이었다. 나하도스는 그럴 능력이 없었다. "내가 할 수 있는 최선은 예이네가 치유법을 찾는 동안 널 안전하게 지키는 것뿐이었다. 한데 무언가가 널 빼앗아 갔지. 네가 어디 갔는지 찾을 수가 없었다…… 처음에는."

검고 어두운 눈동자가 샤하르에게 향했다. 그녀가 움찔했다. 그럴 만도 했다.

나는 그녀를 도와줄 이유가 없었다. 반드시 약속을 지켜야 한다는 어린애 특유의 명예심만 빼면. 나는 그녀의 순수함을 빼앗았고 그럼으로써 빚을 졌다. 그리고 아무리 사태가 잘못됐다고 해도 나는 그녀의 친구가 되겠다고 맹세한 참이었다. 그래서 나는 조심스럽게 허리를 곧추세웠다. 나하도스의 시선을 붙잡진 않아도(그건 위험하니까) 관심을 끌 정도로. "나하, 쟤가 무슨 짓을 했건 고의로 그런 건 아니야."

"의도는 중요하지 않아." 아주 나긋한 목소리로 말한 나하도스는 샤하르에게서 시선을 떼지 않았다. "네가 끌려갔을 때, 우리가 육신에 갇혔을 때와 매우 유사하다는 느낌이 들었다. 무시할 수도, 부인할 수도 없는 소환이었지."

샤하르의 입에서 작은 소리가 흘러나왔다. 훌쩍이는 건 아니었다. 나하도스의 표정이 날카롭고 성마르게 변했다. 물론 그가 격노한 데에는 이유가 있지만 샤하르는 예전의 아라메리와는 다르다. 그녀는 신들의 사고방식에 대해 교육받지 못했다. 자신의 두려움이 그의 공격성을 부채질할 수 있다는 사실도 깨닫지 못했다. 왜냐하면 밤은 포식자의 시간이고 그녀는 지금 먹잇감처럼 행동하고 있었으니까.

내가 나하도스의 주의를 돌릴 방법을 생각해 내기도 전에 최악의 일이 일어났다. 샤하르가 입을 열고 만 것이다.

"나, 나하도스 님." 떨리는 목소리였다. 나하도스가 샤하르를 향해 몸을 기울였다. 샤하르의 호흡이 가팔라지고 방이 점점 더 어두워졌다. 악마똥 같으니. 하지만 그때 놀랍게도 샤하르가 숨을 깊이 들이마시더니 두려움을 몰아냈다. "나하도스 님. 약속드리건대, 전 시에 님을 여기 소환할 만한 행동은 아무것도 하지 않았어요. 물론 시에 경 생각을 하고 있긴 했죠……." 내게 힐끗 시선을 보낸 샤하르의 표정이 갑자기 침울해져서, 나는 영문을 알 수 없어 당혹스러워졌다. "이름을 부르긴 했어요. 하지만 시에 님이 여기 있었으면 하고 바란 게 아니라 오히려 그 반대였어요. 시에 님에게 화를 냈어요. 욕하며 저주했고요."

나는 샤하르를 쳐다보았다. 욕하고 *저주해*? 하지만 그녀의 태세 전환은 내가 할 수 없었던 일을 해냈다. 그 말을 들은 나하가 한숨을 내쉬며 몸을 뒤로 젖혔다.

"저주는 기도와 비슷하지." 그가 생각에 잠겨 말했다. "네가 그의 본성을 잘 알고 있다면……"

"기도를 한다고 날 당신 공간에서 빼낼 수 있을 리가 없잖아." 나는 내 몸을 내려다보며 말했다. 팔다리가 길쭉길쭉해서 기분 나빴다. 손바닥 크기가 예전보다 1.5배는 되는 것 같았다! 난 이렇게 못생기고 큼지막한 손이 아니라 작고 날랜 어린애 손가락을 갖고 있어야 한다. "그리고 날 이런 모습으로 만들 수도 없고. 이런 건 있을 수 없는 일이야." 나하가 내 힘을 되찾아 주었으니 이젠 잘못된 것을 바로잡을 수 있을 것이다. 나는 정상적인 상태로 되돌아가도록 의지를 발현했다.

"멈춰라." 내가 형상화를 시작하기도 전에 나하도스의 의지가 내 의지를 죔쇠처럼 조였다. 나는 깜짝 놀라 얼어붙었다. "네 형체를 변화시키는 건 위험하다."

"위험하다고?"

나하도스가 한숨을 쉬었다. "너는 이해 못 해." 그가 내 눈을 똑바로 응시하며 팔 년 전 모든 것이 잘못된 이후 그와 예이네가 알아낸 사실을 알려 주었다.

신과 필멸자 사이에는 불멸성 말고도 넘을 수 없는 선이 있다. 바로 물질이다. 재료와 구조, 유연성. 그게 바로 악마가 우리보다 약한 이유였다. 그들 중 일부가 우리와 맞먹는 힘을 갖고 있고 이 선을 초월한다면 신이 될 수도 있겠지만, 그러기 위해서는 엄청

난 노력이 필요하고 그러한 노력은 결코 오랫동안 지속되지 못한다. 그건 자연스러운 상태가 아니니까. 악마가 아닌 다른 필멸자들은 아예 선을 넘는 것 자체가 불가능했다. 그들은 육신 속에 갇혀 육체가 늙으면 같이 늙고, 육체의 힘을 통해 기력을 얻었으며, 육체가 무너지면 쇠약해졌다. 그들은 육신을 빚어낼 수도 없고 주변 세상을 재구성할 수도 없었다. 두 손과 지혜라는 도구가 그들이 사용할 수 있는 전부였다.

여기서 문제, 즉 나하도스가 내게 알려 주고자 했던 사실은 내가 더 이상 신이라고 할 만한 존재가 아니라는 것이었다. 나를 구성하는 질료(質料)가 신과 인간의 중간에 있었고, 시간이 지날수록 점점 필멸자에 가까워지고 있었다. 처음 여기 현현했을 때 고양이의 모습을 취한 것처럼, 원한다면 아직 형상을 빚을 수는 있지만 그마저 쉽지 않을 것이다. 고통스러울 수도 있고 육신이 훼손되어 영구적인 장애를 얻을 수도 있었다. 그리고 언젠가는 더 이상 나자신의 모습을 원하는 대로 형상화할 수 없는 날이 올 것이며, 그것은 오늘이 될 수도 내일이 될 수도 있었다. 그리고 그 시점에서 변화를 시도한다면 죽어 버리겠지.

나는 완전히 겁에 질려 그를 바라보았다.

"무슨 소릴 하는 거야?" 나는 조그맣게 속삭였다. 하지만 그는 아무 말도 하지 않았다. 필멸자 식으로 표현하자면 그랬다. "나하, 지금 무슨 소리를 하는 거야?"

"너는 필멸자가 되고 있다."

나는 숨을 헐떡였다. 그러라고 의지를 발휘한 적도 없는데. 추위에 떨거나, 땀을 흘리거나, 몸집이 커지라거나 아니면 어른이 되어 성숙해지라는 의지를 발한 적도 없었다. 그 모든 걸 내 몸이 스스로 알아서 하고 있었다. 내 몸. 생경하고, 오염되고, 통제불능에 이른 내 몸뚱어리.

"난 죽을 거야." 입안이 바짝 말랐다. "나하, 나이가 든다는 건 내 본성을 거스르는 일이야. 만일 이게 계속되면, 이대로 계속 나이가 들면, 그러다 세게 넘어지거나 높은 데서 떨어지기라도 하면 필멸자랑 똑같이 죽을 거야."

"널 치유할 방법을 찾아낼 거다……"

주먹에 힘이 들어갔다. "나한테 거짓말하지 마!"

나하의 가면에 금이 가고, 그 자리에 슬픔이 들어찼다. 그의 무릎에 앉아 이야기를 해 달라고 조르던 천만 번의 밤이 떠올랐다. 나는 그가 들려주는 이야기를 아름다운 거짓말이라고 불렀다. 그는 나를 품에 안고 진짜로 존재하거나 상상 속에 존재하는 경이로운 것들에 대해 말해 주었고, 나는 자라지 않는다는 것이 행복했다. 그래야 그가 내게 영원히 거짓말을 들려줄 수 있으니까.

"넌 나이를 먹게 될 거다. 동심을 잃고 어린 시절을 떠나보내게 되면 점점 약해지겠지. 필멸자처럼 음식과 잠이 필요할 것이고 인간의 감각을 넘어선 것들에 대한 인식도 의미해질 것이다. 너는…… 약해질 거다. 그래, 아무런 조치도 취하지 않는다면 네 말대로 넌 죽겠지."

냉랭한 말을 쏟아 내는 목소리가 너무도 차분하고 온화해서 도저히 참을 수가 없었다. 그는 항상 온화했다. 항상 변화에 관대하고 수용적이었다. 하지만 이번만큼은 관대하게 굴지 않았으면 좋겠다.

나는 담요를 벗어 던지며 벌떡 일어났다. 팔다리가 길어서 어색하고 머리카락도 너무 길어서 움직이는 게 서툴렀다. 나는 휘청휘청 창가로 다가갔다. 유리창에 손을 얹은 다음 온몸의 힘과 체중을 실어 힘껏 떠밀었다. 필멸자들은 이런 짓을 하지 않는다. 하늘궁에서 수 세기 동안 관찰한 바에 따르면 그랬다. 그들은 하늘궁 유리창이 마법과 비인간적이리만큼 정밀한 공학적 설계로 강화되어 있다는 걸 알면서도 판유리가 깨지거나 창틀에서 빠질지 모른다는 두려움에서 헤어나지 못했다. 나는 발로 버티면서 온 힘을 다해 밀었다. 지금 내게는 무슨 일이 있어도 흔들리지 않고 기댈 수 있는 무언가가 필요했다.

그때 뭔가가 내 어깨를 건드렸다. 재빨리 돌아보며 석양이 비치는 강인한 눈빛과 더 강인한 갈색 팔, 그리고 벽돌벽과 같은 유연성을 마주하길 간절히 빌었다. 하지만 거기 있는 것은 필멸자 샤하르일 뿐이었다. 내가 바랐던 상대가 아니라는 사실에 나는 분노하며 샤하르를 노려보았다. 옆으로 밀쳐 던져 버리고 싶다고 생각했다. 나한테 이런 일이 일어난 건 다 그녀 때문이었다. 죽이면 다 괜찮아질지도 몰랐다.

그녀가 나를 동정이나 연민 어린 눈빛으로 보고 있었다면 정말로 그랬을 거다. 하지만 그 얼굴에는 억울함과 망설임뿐, 나를 위로하려는 기색은 전혀 없었다. 샤하르는 아라메리였다. 아라메리는 그런 걸 하지 않는다.

이템파스는 나를 실망시켰지만 그가 선택한 이들은 이천 년이 지나도 신기할 정도로 기대를 벗어나지 않았다. 나는 샤하르를 끌어당겨 그녀가 불편해할 정도로 굳게 껴안았다. 그녀가 고개를 돌리자 내 어깨에 뺨이 눌렸다. 하지만 샤하르는 몸을 굽혀 주지도 않았고 말을 걸지도 않았으며 내 포옹을 되돌려 주지도 않았다. 그래서 나는 그녀를 껴안은 채 부들부들 떨면서 비명을 지르지 않기 위해 이를 사리물었다. 그러고는 그녀의 구불거리는 머리카락 사이로 나하도스를 노려보았다.

그는 슬픔에 젖은 표정으로 조용히 나를 바라보고 있었다. 그는 내가 왜 그를 등지고 외면했는지 잘 알고 있었고, 그럼에도 나를 용서해 주었다. 그래서 그가 미웠다. 예이네가 이템파스를 사랑해서 미운 것만큼. 이템파스가 미쳐 버려서 내가 필요할 때 곁에 없어서 미운 것만큼. 나는 그들 셋을 전부 다 증오했다. 나라면 손에 넣을 수만 있다면 무엇이든, 정말로 무엇이든 기꺼이 내줄 법한 서로에 대한 사랑을 그따위로 낭비하고 있었으니까!

"가 버려." 나는 샤하르의 머리카락에 대고 속삭였다. "제발."

"여긴 안전하지 않다."

나는 그의 의도를 깨닫고 쓴웃음을 지었다. "나하, 나한테 남은 시간이 몇십 년에 불과하다면 적어도 당신 안에서 잠자며 보내고 싶진 않아. 고맙지만 됐어요, 아버지."

나하도스의 표정이 굳었다. 그리고 고통을 느끼지 않는 것은 아니다. 내가 평소보다 더 깊이 비수를 찌른 모양이었다. "너에겐 적이 있어."

나는 한숨을 내쉬었다. "내 앞가림은 알아서 할 수 있어."

"난 너를 잃지 않을 거다, 시에. 죽음에도, 그리고 절망에도."

"나가!" 샤하르를 곰인형처럼 꼭 껴안은 채 나는 두 눈을 질끈 감으며 소리쳤다. "나가, 꺼져, 악마한테나 잡혀가고 나 좀 혼자 내버려 둬!"

잠깐 침묵이 흘렀다. 그러고는 그가 떠난 게 느껴졌다. 벽에서 다시 빛이 나기 시작했고 방 안 가득했던 무겁고 팽팽한 기운이 걷히며 갑자기 가볍게 느껴졌다. 하지만 완전히 그런 건 아니었다.

나는 계속 그녀를 품 안에 껴안고 있었다. 이기적으로 굴고 싶은 심정인 데다 샤하르의 기분이 어떻든 지금은 신경 쓰고 싶지 않았기 때문이다. 하지만 이제 난 나이도 먹었고 자의든 아니든 예전보다 성숙해졌기 때문에 결국엔 내 생각만 하는 건 그만두기로 했다. 내가 팔을 풀자 샤하르가 뒤로 한 발짝 물러섰다. 눈빛에 선명한 경계심이 어려 있었다.

"어떻게 할 거야?"

나는 유리창에 몸을 기대며 피식 웃었다. "나도 몰라."

"여기 있고 싶어?"

나는 괴롭게 신음하며 머리통을 부여잡고 별로 원하지도 않았던 긴 머리카락에 손가락을 찔러 넣었다. "나도 몰라, 샤하르. 지금은 아무 생각도 안 나. 너무 힘들다고, 알아들어?"

샤하르가 한숨을 쉬었다. 그녀가 창가에 서 있는 내 옆으로 다가와 골똘히 생각에 잠기는 게 느껴졌다. "오늘 밤은 데카 방에서 자. 어머니껜 내일 아침에 말씀드릴게."

영혼 밑바닥까지 망연자실해 있는 탓에 말이 귀에 잘 들어오지도 않았다. "알았어, 상관없어. 밤새 서성거리며 울 때도 데카는 안 깨우게 조심할게."

짧은 정적이 흘렀다. 처음엔 별로 신경 쓰지 않았지만 이내 마음의 상처로 인한 파문이 밀려왔다. "데카는 여기 없어. 방은 너 혼자 써도 돼."

나는 눈살을 찌푸리며 샤하르를 쳐다봤다. "어디 갔는데?" 문득 이들이 아라메리라는 게 생각났다. "죽었어?"

"아니." 샤하르는 나를 쳐다보지 않았다. 표정에 한 치의 변화도 일지 않았다. 하지만 목소리에는 날카로운 날이 서 있고 내 추측에 대한 경멸감마저 어려 있었다. "그 애는 리타리아에 있어. 필경사 대학 말이야. 필경사가 되는 교육을 받는 중이지."

나는 양 눈썹을 추켜세웠다. "걔가 필경사가 되고 싶어 한 줄은 몰랐는데."

"그런 적 없어."

무슨 뜻인지 알 것 같았다. 그래, 역시 아라메리였다. 잠재적인 후계자가 두 명 이상일 때 가주는 굳이 둘이 죽기 살기로 싸우게 할 필요가 없었다. 한 명을 누가 봐도 확연하게 예속적인 위치로 만들어 놓으면 두 사람 다 살 수 있다. "그럼 데카가 네 일등 필경사가 되겠구나."

샤하르가 어깨를 으쓱했다. "실력이 좋으면. 장담은 못 하지. 돌아오면 능력을 입증해 보여야 할 거야. 돌아올 수 있다면."

뭔가 사연이 있는 게 틀림없었다. 흥미가 동한 나머지 잠시나마 내 고민마저 잊고 얼굴을 찌푸리며 샤하르에게 말했다. "필경사 교육은 오래 걸리잖아. 보통 십 년에서 십오 년 정도."

샤하르가 나를 홱 돌아보았다. 그 눈빛에 나도 모르게 움찔하고 말았다. "그래. 데카는 벌써 팔 년째 거기서 공부 중이야."

오, 이런. "팔 년이면……"

"팔 년 전." 샤하르가 딱딱하고 날 선 어조로 말했다. "너와 나, 데카는 우정의 맹세를 했지. 그런데 그러자마자 네가 엄청나게 강한 마법을 쏟아 내는 바람에 '어디로도 이어지지 않는 계단'과 지하궁전의 많은 부분이 무너졌어. 그 뒤로 넌 바로 자취를 감췄고, 데카와 난 온몸의 뼈가 온전한 것보다 부러진 게 더 많은 상태로 잔해에 깔려 있다가 발견됐지."

그 말에 나는 아연실색하여 멍하니 그녀를 바라보았다. 샤하르가 눈을 가늘게 뜨고 내 얼굴을 살피더니 번개처럼 찾아온 깨달음에 놀라 분노를 누그러뜨렸다. "몰랐구나."

"전혀."

"어떻게 모를 수가 있어?"

나는 고개를 가로저었다. "우리가 손을 잡은 다음부턴 아무것도 기억나지 않아, 샤하르. 하지만…… 너와 데카가 내 우정을 소원으로 빈 건 정말 잘한 일이었어. 그러면 너희는 뭘 하든 나한테서는 안전하거든. 어쩌다 그런 일이 생겼는지는 정말 모르겠어."

샤하르가 느릿하게 고개를 끄덕였다. "사람들이 우릴 잔해 더미에서 끄집어내서 감쪽같이 치료해 줬어. 하지만 어머니께 너에 대해 털어놔야 했지. 어머닌 우리가 그렇게 중요한 일을 숨겼다고 불같이 화를 내셨어. 후계자의 목숨이 위험할 뻔했으니 누군가 책임을 져야 했고." 샤하르가 가슴 위에서 팔짱을 끼었다. 간신히 눈치챌 만큼 어깨가 살짝 긴장해 있었다. "데카의 부상은 나보다 아주 약간 더 나은 정도였는데, 그러자 순혈 친척들이 나는 절대로 아니고 데카가, 오로지 데카만 네가 화낼 짓을 했을 거라고 주장하더라. 공식적으로 그 애가 소격신을 살인 무기로 쓸 음모를 꾸몄다고 비난한 건 아니지만, 그래도……"

나는 눈을 꾹 감았다. 샤하르가 왜 나를 욕하고 저주했는지 알 것 같았다. 나는 먼저 그녀의 순수함을 망가뜨렸고, 그다음엔 동생을 빼앗아 갔다. 그녀는 다시는 나를 믿지 않을 것이다.

"미안해." 이런 사과로 충분할 리가 없다는 것도 알았지만, 그래도 말해야 했다.

샤하르가 다시 어깨를 으쓱했다. "네 잘못이 아냐. 이젠 나도 그게 사고였다는 걸 알겠고."

그러고는 몸을 돌려 한때 데카의 침실이었던 곳으로 연결되는 문을 향해 발을 옮겼다. 샤하르는 문을 연 다음, 다시 몸을 돌려 나를 기다리듯이 바라보았다.

나는 여전히 창가에 선 채 움직이지 않았다. 전부터 거기 있던 신호들이 이제야 뚜렷하게 눈에 들어왔다. 샤하르는 차갑고 무표정한 얼굴이었지만 감정을 통제하는 기술을 아직 완벽히 익히지 못했다. 내면에서는 뜨거운 분노가 검은 연기를 내뿜고 있었고, 아직까지는 차곡차곡 쌓여 있을 뿐이었지만 천천히 타오르고 있었다. 그녀는 인내심이 강했다. 집중력도 강했다. 전에 비슷한 걸 본 적만 없었다면 좋은 자질이라고 생각했을 것이다.

"내 탓이라고 말하지 않네. 적어도 오늘 일이 있기까진 그랬을 테지만. 하지만 어쨌든 아직 다른 누군가를 원망하고 있어. 누구야?"

나는 샤하르가 그런 게 아니라고 반박할 줄 알았다. "어머니."

"아까 어머니가 데카를 보내야 한다는 압박을 받았다고 하지 않았어?"

샤하르가 고개를 저었다. "그런 건 상관없어." 그러고는 한참 동안 아무 말도 않다가 시선을 내리깔았다. "데카는…… 여길 떠난 뒤로 아무 소식도 없어. 내 편지는 열어 보지도 않고 그대로 돌려보내."

신적인 감각이 무뎌진 상태에서도 그녀의 영혼 속 한때 쌍둥이 동생이 있던 자리에 헤집어진 상처가 아직도 생생하게 나 있는 걸 느낄 수 있었다. 저런 상처는 치유하지 않으면 안 된다.

샤하르가 한숨을 내쉬었다. "빨리 와."

나는 그녀를 향해 발을 내딛었다가 돌연 뭔가를 깨닫고 우뚝 멈췄다. 아라메리 가문의 가주와 후계자는 광명기가 열렸을 때부터 서로를 혐오했다. 세상을 지배할 권력을 가진 두 사람이 무언가를 공유하거나 심지어 한 지붕 아래에 산다는 것은 절대로 쉽지 않은 일이다. 그래서 아라메리 가문의 수장은 세상을 통치할 때 못지않게 후계자를 통제하는 데에도 무자비했다.

내 시선이 샤하르의 이상하고 불완전한 혈인에 가닿았다. 거기에 통제를 강제하는 단어는 하나도 없었다. 샤하르는 모친에게 자유롭게 대항할 수 있었고 심지어 원한다면 어머니를 죽일 계략을 꾸밀 수도 있었다.

샤하르가 내 눈빛을 보더니 피식 웃었다. "내 오랜 친구야. 네 말이 옳았어. 예전에 나에 대해 한 말 말이야. 어떤 건 정말 내 본성인가 봐. 벗어날 수가 없더라."

나는 방을 가로질러 문턱에 서 있는 샤하르 옆에 가서 멈췄다. 놀랍게도 나는 그녀에 대해 확신하지 못하고 있었다. 샤하르가 복수할 계획을 세우고 있다는 말을 들었을 때 나는 내가 옳았다는 데 후련함을 느껴야 했다. 진심을 담아 넌 그보다도 더 나빠질 거야라고 말해 줘야 했다.

하지만 나는 샤하르의 어린 시절 영혼을 맛본 적이 있고 거기에는 냉혈한 복수자처럼 보이는 지금의 그녀와는 어울리지 않는 것이 있었다. 샤하르는 데카를 위해 자신의 목숨을 희생할 만큼 그를 사랑했다. 그녀는 진심으로 착한 사람이 되고 싶어 했다.

"아니야." 내 말에 샤하르가 눈을 깜박였다. "넌 그들과 달라. 나도 이유는 몰라. 원래는 그럴 리가 없거든. 근데 넌 정말로 달라."

샤하르의 턱이 움찔거렸다. "어쩌면 너 때문인지도 몰라. 신으로 따지자면 넌 광명의 이템파스보다 훨씬 더 내 인생에 지대한 영향을 끼쳤거든."

"좋은 영향이 아닌 건 확실하네." 나는 옅게 미소 지었지만 사실 웃을 기분이 아니었다. "난 이기적이고 잔인하고 변덕스럽거든. 한 번도 착한 애였던 적이 없어."

샤하르가 한쪽 눈썹을 쓱 치켜세우더니 시선을 아래로 낮췄다. 나는 서 있을 때 발목까지 내려오는 터무니없도록 긴 머리카락만 빼면 몸에 아무것도 걸치고 있지 않았다.(한데 왜 손톱은 내가 원하는 길이를 그대로 유지하고 있는 거지. 아직 완전히 필멸자가 되지 않았으니 성장도 부분적으로만 하는 건가? 이제 난 생전 처음으로 손톱을 손질하게 될 날을 두려워하며 기다리게 될 거다.) 처음엔 샤하르가 내 가슴을 보고 있다고 생각했지만 생각해 보니 내 몸은 이제 예전보다 더 길쭉하고 키도 크다. 나는 뒤늦게 그녀의 시선이 그보다 더 아래쪽을 향하고 있다는 걸 깨달았다.

"이젠 애가 아닌걸."

이유는 모르겠지만, 얼굴이 화르륵 달아올랐다. 몸은 그냥 몸이고 성기는 그냥 성기일 뿐인데, 샤하르의 말투에 이상하게 그 부위가 의식되고 불편하게 느껴졌다. 대꾸할 말도 생각나지 않았다.

잠시 후 샤하르가 한숨을 내쉬었다. "뭣 좀 먹을래?"

"아니……" 대답은 했지만 그때 뱃속이 이상하고 꽉 조이는 방식으로 뒤틀리는 게 느껴졌다. 필멸자가 몇 세대나 바뀌는 동안은 경험한 적 없는 느낌이지만 무슨 의미인지 아직 잊지는 않았다. 나는 한숨을 내쉬었다. "하지만 아침엔 먹어야 할 것 같아."

"아침 식사 때 2인분을 내오라고 할게. 이제 잘 거야?"

나는 고개를 저었다. "피곤하긴 한데 머릿속이 너무 복잡해서 잠이 안 올 것 같아." 적어도 아직은.

샤하르가 한숨지었다. "그래."

불현듯 그녀가 몹시 피곤해 보인다는 걸 깨달았다. 얼굴에 주름도 가 있고 낯빛도 평소보다 더 창백했다. 시간 감각이 조금씩 돌아오고 있었다. 예전보다 훨씬 흐릿하고 모호하긴 했지만 어쨌든 다시 작동하고는 있었다. 그래서 샤하르가 날 소환했을 때가 자정을 훌쩍 넘긴 시간이라는 걸 알 수 있었다. 빌어먹을. 그녀도 한밤중에 방 안을 초조하게 왔다 갔다 하며 온갖 복잡한 고민을 하고 있었던 걸까? 이렇게 긴 시간이 지난 지금, 내가 아무리 증오스럽다 한들 어쩌다 날 떠올리게 된 걸까? 내가 그 이유를 알고 싶긴 할까?

"샤하르, 우리가 한 맹세, 아직 유효해?" 내가 부드럽게 물었다. "난 너희를 해치려고 한 적이 없잖아."

샤하르가 이맛살을 찌푸렸다. "너야말로 그러고 싶어? 필멸자 친구 둘이 생긴다는 걸 별로 안 좋아했던 것으로 기억하는데."

나는 왜 이렇게 초조한 마음이 드는지 의아해하며 입술을 축였다. 긴장됐다. 샤하르는 나를 긴장하게 했다. "내 생각엔…… 어쩌면…… 여러 가지 상황을 고려할 때, 특히 지금은 친구가 있어도 좋을 것 같아."

샤하르가 두 눈을 깜박이더니 한쪽 입꼬리를 슬쩍 끌어올리며 싱긋 웃었다. 지금까지와는 달리 비아냥대는 투가 전혀 없는 순수한 웃음이었다. 그걸 보니 샤하르가 동생 없이 얼마나 외로웠는지 알 수 있었다. 그리고 아직은 어리다는 것도. 어쨌든 어린아이 시절의 그녀가 완전히 사라진 건 아니었다.

샤하르가 앞으로 다가서더니 내 가슴에 손바닥을 얹고 내게 입을 맞췄다. 입술에 잠깐 따스한 느낌이 닿는 가볍고 다정한 입맞춤이었지만 순간 가슴속에 청량한 종소리가 울려 퍼지는 것만 같았다. 나는 뒤로 한 발짝 물러난 샤하르를 멍하니 바라보았다.

"그럼 친구 하자, 잘 자."

나는 말없이 고개를 끄덕이고는 데카의 방으로 향했다. 샤하르가 내 등 뒤에서 문을 닫자 쓰러지듯 문에 풀썩 기댔다. 쓸쓸하면서도 묘한 기분이었다.

4장

잘 자렴, 작은 아가
여기 이 세계는
모든 대륙에 증오와
슬픔이 뭉쳐 있는 곳
부디 여기서 멀리, 머나먼 곳에서
더 좋은 삶을 살렴
듣고만 있지 말고
어서 가렴

그날 밤 나는 잠을 이루지 못했다. 물론 잘 수는 있었다. 잠을 자고 싶다는 충동이 간지럼증처럼 계속 느껴졌으니까. 수면에 대한 갈망은 내 권능을 갉아먹는 기생충과도 같았다. 내가 약해지길 기다렸다가 내 몸을 장악하려는 거다. 나도 한때는 잠자는 것을 좋아했다. 그게 위험한 일이 되기 전까진.

게다가 난 잠 못지않게 따분하고 지루한 것이라면 질색인데, 샤하르과 헤어지고 나서 몇 시간 동안이나 엄청나게 따분하고 지루한 시간을 견뎌야 했다. 그러다 보니 지금 내가 처해 있는 이 골치 아픈 상황에 골몰할 수밖에 없었다. 답답한 절망감을 해소할 유일한 방법이 말 그대로 뭐든 다른 일을 하는 것이다 보니 의자에서 일어나 데카의 방을 뒤적였다. 서랍장도 열어 보고 침대 밑도 기웃거렸다. 데카의 책들은 나한테는 너무 쉽고 단순했지만 그중에 딱 한 권, 내가 들어 본 적 없는 수수께끼가 담긴 책이 있었다. 하지만 다 읽는 데 삼십 분도 채 안 걸렸고, 그러고 나니 금방 다시 심심해졌다.

심심해하는 아이처럼 위험한 것도 없다. 엄밀히 말하자면 난 이제 어린아이가 아니라 사춘기 청소년이지만 어쨌든 필멸자의 이 오랜 격언은 틀린 데가 없다. 그래서 한밤중이 지나고 새벽이 오기 훨씬 전쯤 결국 자리에서 일어나 벽을 열었다. 남은 힘을 쓰지 않아도 이런 것쯤은 할 수 있었다. 단어 하나만 외치면 끝이니까. 나는 그렇게 연 입구를 통해 그 너머에 존재하는 죽은 공간에 들어섰다.

내 옛 영역을 거닐다 보니 기분이 나아졌다. 물론 모든 게 예전 같지는 않았다. 하늘궁을 관통해 그 주변으로 뻗어 있는 세계수 때문에 오래된 복도와 죽은 공간 가득히 나뭇가지가 들어차 있다 보니 자주 다른 길로 돌아가야 했다. 예이네가 일부러 한 일이었다. 에네파데와 그보다 더 중요한 대지의 돌이 지속적으로 부여해주는 힘이 없어졌으니 하늘궁에는 세계수라는 지지대가 필요했다. 이 건축물은 필멸계를 유지하고 지탱하는 이템파스의 법칙을 너무 많이 위반하고 있다. 하늘궁이 땅바닥에 추락해 박살나지 않고 하늘에 떠 있을 수 있는 건 오로지 마법 덕분이었다.

그렇게 열일곱 개 층을 내려가 아치처럼 휘어진 나뭇가지 아래, 꿈속의 터널처럼 서로 연결되어 소용돌이치고 있는 구상체 주변에서 찾던 것을 발견했다. 내 태양계 모형이었다. 나는 보호용으로 설치해 둔 함정을 피해 바닥에 깔린 월장석 사이를 버릇처럼 조심스럽게 움직였다. 인간들 눈에는 일광석으로 보였지만 이

월장석 조각들은 초승달이 뜨는 구름 낀 밤이면 나하도스가 가장 좋아하는 지옥으로 연결되는 입구가 되었다. 나는 신을 노예로 부리면 어떤 대가를 치러야 하는지 주인들에게 상기시켜 줄 작은 선물로 이 장치를 만들었고 다른 에네파데들과 함께 궁전 곳곳에 뿌려 두었다. 주인들은 나하도스를 범인으로 지목해 처벌을 내렸지만 나중에 그는 내게 고맙다면서 그런 고통을 감내할 가치가 있었다고 말해 주었다.

하지만 아타디라고 외치고 문이 열렸을 때, 나는 입을 쩍 벌린 채 우뚝 멈춰 설 수밖에 없었다.

사십 개가 넘는 행성들이 중앙에 있는 밝은 노란색 구체 주변을 돌고 있어야 하건만 공중에 떠 있는 건 단 네 개뿐이었다. 네 개! 그것도 중앙에 있는 태양까지 합친 숫자였다. 나머지는 전부 깨지고 부서져서 벽과 바닥에 흩어져 있었다. 마치 태양계 학살이라도 벌어져서 그 주검들이 널브러져 있는 것 같았다. 일곱 자매들. 내가 수십억 개의 별을 뒤져 간신히 찾아 모은 쌍둥이처럼 똑같이 생긴 금빛 행성 일곱 개가 방 가장자리에 흩어져 있었다. 그리고 지스페와 라크루암, 아마나이아센레, 스케일, 여섯 개의 작은 위성이 고리로 연결된 마더스피너, 또, 아, 내 멋진 대행성 바즈까지! 두 팔을 있는 힘껏 벌려야 간신히 껴안을 수 있을 정도로 어마어마하게 커다란 새하얀 구체인데, 바닥에 얼마나 세게 부딪쳤는지 절반으로 쪼개져 있었다. 나는 반쪽짜리 깨진 조각 중 가까운 것에 다가가 무릎을 꿇고 주워 들며 탄식을 흘렸다. 중앙에 있는 핵이 겉으로 드러나 있었는데 차갑고 아무 움직임도 없었다. 행성은 대부분의 필멸체보다 훨씬 뛰어난 회복력을 자랑한다. 하지만 이제 내게는 이걸 고칠 방도가 없었다. 설령 마법이 있더라도 그랬다.

"안 돼." 나는 반쪽이 되어 버린 행성을 품에 안고 흔들며 속삭였다. 심지어 울음도 나오지 않았다. 바즈처럼 나도 내면에서부터 죽어 버린 것 같았다. 나하도스의 말을 듣고도 내가 얼마나 절망적인 상황인지 실감하지 못했다면 지금은? 더는 부인할 수 없었다.

손 하나가 내 어깨에 닿았다. 너무 서럽고 슬퍼서 누군지 관심도 가지 않았다.

"유감이야, 시에." 예이네. 평소에도 낮고 부드러운 목소리가 슬픔에 젖어 더욱 낮게 들렸다. 예이네가 옆에 무릎을 꿇고 앉자 따뜻한 체온이 가까이 느껴졌다. 하지만 이번만큼은 그녀가 옆에 있어도 아무런 위안이 되지 않았다.

"내 잘못이야." 내가 속삭였다. 난 늘 이 태양계에 싫증이 나면 그냥 흩어 버리고 원래 있던 자리에 죄다 돌려보낼 생각이었다. 하지만 이기적이고 버릇없는 개새끼다 보니 한 번도 실제로 행동에 옮긴 적이 없었다. 그러다 필멸자의 육신에 갇히자 아라메리 주인들이 나를 물건처럼 다룰 때마다 여전히 신이라고 느끼고 싶은 절박한 마음이 들었고, 그래서 들킬 위험에도 불구하고 태양계를 여기로 가져와 숨겨 두었다. 이것들을 살려 두기 위해 있지도 않은 힘을 소비하느라 육신이 몇 차례 죽기까지 했다. 한데 그 모든 노력에도 불구하고 여태껏 이들을 지키지 못했다는 사실조차 모르고 있었다.

예이네가 한숨을 쉬더니 내 어깨에 팔을 두르고 머리카락에 얼굴을 지그시 대고 눌렀다. "시간이 흐르면 모든 것에 죽음이 찾아오는 법이야."

하지만 이건 너무 이르잖아. 내 태양계는 적어도 태양의 수명이 다할 때까지는 살아 있어야 했다. 나는 심호흡을 하고는 절반으로 깨진 행성을 내려놓고 몸을 돌려 예이네를 올려다보았다. 그 얼굴에는 내 나이 든 모습을 보고 받았을 충격이 전혀 드러나 있지 않았다. 그래서 고마웠다. 내 아름다움이 시든 걸 보고 움찔할 수도 있었는데. 하지만 물론 그건 예이네의 방식이 아니다. 그녀는 여전히 나를 사랑했고, 항상 사랑할 것이다. 설령 내가 더는 그녀의 어린 자식이 될 수 없을지라도 계속 사랑할 것이다. 그녀가 이템파스에게 애정을 느낀다는 이유로 원망했던 게 부끄러워져서 시선을 아래로 피했다.

"그래도 살아남은 애들이 있으니까." 나는 조용히 말했다. "그 애들은……" 나는 숨을 깊이 들이켰다. 걔네들이 가고 나면 난 어떻게 하지? 그땐 진짜 혼자가 될 텐데…… 하지만 그래도 옳은 일을 해야 한다. 내가 누구보다 신뢰하는 이 진정한 친구들은 그런 대접을 받아 마땅하다. "도와줄래, 예이네? 제발?"

"물론이지." 예이네가 눈을 감았다. 태양 주위를 떠다니던 행성과 바닥에 어지러이 흩어져 있는 행성들이 하나둘씩 사라졌다. 나는 가능한 한 최선을 다해 그녀의 행적을 따라가며 예이네가 행성들을 하나하나 내가 가져왔던 자리에 조심스럽게 돌려놓는 모습을 지켜보았다. 한 녀석이 황금빛 태양 주위를 돌기 시작하자 행성을 돌려받은 항성이 기쁨에 젖었다. 저 녀석은 함께 조화로운 노래를 부르는 쌍둥이 태양 옆에, 저건 별들의 보육원 한가운데 우렁차게 울부짖는 어린 행성들과 괴팍하게 으르렁대는 중성자별 사이에. 제자리에 놓자 행성이 한숨을 내쉬더니 체념하고 왁자지껄한 우주의 소음에 몸을 맡겼다.

하지만 예이네가 태양인 엔에게 힘을 뻗자, 엔은 저항했다. 우리는 둘 다 놀라서 눈을 번쩍 뜨며 다시 이곳으로 돌아왔다. 엔이 평범한 노란 공이라는 위장을 집어치우고 빙글빙글 회전하며 이글이글 불타올랐다. 이제 내가 힘을 다시 채워 줄 수 없다는 사실을 생각하면 저렇게 생명력을 태우는 건 위험했다. 저런 속도라면 몇 분도 안 돼 다른 구체들처럼 죽어 버릴 것이다.

"이게 무슨 짓이야?" 내가 외쳤다. "그만해. 버릇없이 굴지 말고." 엔은 갑자기 튕겨 날아와 내 배를 힘껏 들이받는 것으로 응수했다. 나는 으악 소리를 내지르며 무심코 엔을 팔로 감싸 안았다. 엔이 흥분해서 격렬하게 화를 내는 게 느껴졌다. 내가 어떻게 감히 이 아이를 버릴 생각을 했지? 엔은 심지어 내 일부 형제자매보다도 나이가 많았고 내가 필요로 할 때는 언제나 내 곁에 있었다. 이렇게 잘못을 저지른 하인처럼 불명예스럽게 쫓아내선 안 된다.

나는 옅은 노란색으로 빛나는 뜨거운 표면을 어루만지며 눈물을 삼켰다. "난 이제 널 돌봐줄 수가 없어. 모르겠어? 나랑 같이 있으면 죽을 거야."

그러면 죽지 뭐. 엔은 죽든 말든 상관하지 않았다.

"이 고집쟁이 가스 덩어리 자식!" 내가 소리쳤다. 하지만 그때 예이네가 엔의 둥근 표면을 감싸고 있는 내 손을 건드리자 엔이 더 밝게 빛났다. 예이네가 나 대신 엔에게 생명력을 불어넣고 있었다.

예이네가 약간의 질책을 담아 다정하게 말했다. "진정한 친구를 소중히 여겨야지."

"하지만 죽으면 안 되잖아." 나는 그녀를 올려다보며 도와 달라는 눈빛을 보냈다. "예이네, 제발 부탁이야. 이건 미친 짓이야. 엔을 보내 줘."

"내가 엔의 소망을 무시해야 할까, 시에? 이 애가 원하는 걸 부인하고 네가 원하는 대로 강제해야 할까? 이젠 나더러 이템파스가 되라는 거야?"

나는 머뭇거리며 아무런 대꾸도 하지 못했다. 이템파스가 한 짓 때문에 그간 내가 얼마나 화가 나 있었는지 예이네는 알고 있었기 때문이다. 어쩌면 내가 이템파스와 그녀의 모습을 몰래 훔쳐봤다는 것도 알지 몰랐다. 그런 내가 수치스러워 몸을 움츠렸고, 나 자신에게 수치심을 느꼈다는 데 또다시 수치심을 느꼈다.

"자기도 필요할 땐 힘으로 밀고 나가면서." 수치심을 감추려 투정을 부렸다.

"꼭 그래야 할 때는 어쩔 수 없지. 하지만 지금은 그럴 때가 아니야."

"너는 내가 양심의 가책을 느껴야 할 죽음을 보고 싶지 않아." 나는 예이네와 엔에게 말했다. "제발, 엔. 널 잃을 순 없어, 제발 좀!"

악마똥 같은 엔, 빛방귀쟁이 엔이 붉게 변하며 조금씩 조금씩 부풀어 오르는 것으로 대답을 대신했다. 금방이라도 자폭할 것처럼, 내 곁을 떠나느니 차라리 굶어 죽겠다고 말하는 것처럼! 나는 신음을 내뱉었다.

예이네가 눈동자를 굴렸다. "억지를 부리네. 하긴 네가 저 아이에게 미친 영향을 생각하면 그럴 만도 하지. 정말이지……" 예이네가 고개를 절레절레 젓더니 몸에서 힘을 빼고 앉아 주위를 둘러보며 생각에 잠겼다. 그녀의 눈동자가 갑자기 어두워지더니 평소처럼 흐릿한 녹색이 아니라 더 깊고 어두운 색으로 변했다. 마치 비에 젖은 울창한 숲처럼. 그러더니 다음 순간 방 안에 있던 모든 것이 사라졌다. 죽어 버린 내 장난감들도 전부. 엔도 예외가 아니었다. 갑자기 후회가 밀려왔다.

"나머진 내가 맡아 둘게." 예이네가 여느 때처럼 손을 뻗어 내 머리를 쓰다듬었다. 나는 눈을 감고 편안하고 익숙한 손길에 몸을 맡기며 잠시나마 내가 여전히 어린아이이고 모든 게 다 괜찮은 척 상상했다. "네가 이 아이들을 되찾아 직접 돌려보낼 수 있게 될 때까지."

고마움과 안도의 한숨이 새어 나왔지만 동시에 가슴에 씁쓸한 기운이 퍼져 나갔다. 죽은 것을 되살리는 건 예이네에게 해가 된다. 에네파가 설계한 생명의 순환을 왜곡하는 일이기에 본성에 어긋나기 때문이다. 예이네는 그런 일을 자주 하지 않았고, 우리는 절대로 그녀에게 그런 것을 요구하지 않았다. 하지만…… 나는 입술을 초조하게 핥았다. "예이네…… 지금 나한테 일어나는 일 말이야……"

예이네가 착잡한 표정으로 한숨을 내쉬었다. 나는 그제야 물어볼 필요조차 없었다는 사실을 깨달았다. 만일 그녀에게 필멸자로 변하는 나를 원래대로 되돌릴 힘이 있었다면 그녀는 자신이 다치는 한이 있더라도 그렇게 했을 것이다. 필멸성을 관장하는 최고의 권능을 지닌 여신이 내 필멸성을 지울 수 없다는 건 대체 무슨 의미지?

"내가 나이가 많았더라면." 예이네가 말했다. 나 때문에 그녀가 회의감을 느끼게 되었다는 데 생각이 미치자 죄책감이 일었다. 시선을 내리깔고 있는 예이네는 작고 연약해 보였다. 마치 그녀를 닮은 필멸자 소녀처럼. "나 자신을 더 잘 알았다면 방법을 알아낼 수도 있었을 텐데."

나는 한숨을 내쉬며 옆으로 돌아누웠다. 머리에 딸려 오는 긴 머리카락을 옆으로 치운 뒤 그녀의 무릎을 벴다. "우리 힘으론 불가능한지도 몰라. 이런 건 처음 있는 일이잖아. 뭘 어떻게 할 수도 없는데 화를 내 봤자 무슨 소용이겠어." 내가 얼굴을 구겼다. "그러면 진짜로 이템파스가 되는 거지."

"나하도스의 기분이 좋지 않아."

화제를 바꾸려는 것 같았다. 나는 한숨을 내쉬었다. "나하도스는 과잉보호가 심해."

예이네가 내 머리를 쓰다듬더니 엉킨 부분을 들어 올려 손가락으로 빗기 시작했다. 사르르 눈을 감고 그 기분 좋은 촉감을 만끽했다.

"나하도스는 널 사랑해. 네가 이런…… 상황에 처했다는 걸 처

4장 **113**

음 알았을 땐 너를 되돌리려고 너무 열심히 노력하다가 다치고 말았지. 그런데도……"예이네가 잠시 말을 멈췄다. 갑자기 공기 중에 팽팽한 긴장감이 떠돌며 피부가 따끔거렸다.

나는 나하도스의 행동에 대한 설명과 그녀가 말하다 머뭇거리는 모습에 얼굴을 찡그렸다.

예이네가 한숨지었다. "이 이야기에 네가 과연 나하보다 더 이성적으로 굴 수 있을지 잘 모르겠다."

"대체 뭔데 그래, 예이네?" 하지만 나는 곧바로 깨달았다. 그러고는 그녀의 예상대로 걷잡을 수 없는 분노에 사로잡혔다. "오, 신들이여, 악마여. 절대로 안 돼. 지금 이템파스랑 얘기하겠단 소리지?"

"그의 본성은 변화에 저항하는 거야, 시에. 이템파스라면 나하도스가 할 수 없는 일을 할 수 있을지도 몰라. 내가 널 치유할 방법을 찾아낼 때까지 안정적인 상태로 유지하는 거지. 아니면 우리가 다시 합일하면……"

"절대로 안 돼! 그러려면 그를 풀어 줘야 하잖아!"

"그래, 너를 위해서라면."

나는 얼굴을 일그러뜨리며 몸을 일으켜 앉았다. "상.관.없.어."

"알아. 나하도스도 똑같이 말했어. 나로선 놀랐지만."

"나하……" 나는 눈을 깜박였다. "뭐라고?"

"나하도스는 널 구하기 위해서라면 무슨 일이든 할 거야. 무슨 일이든 말이야. 딱 하나, 효과가 있을지도 모를 유일한 방법만 빼고." 갑자기 예이네가 벌컥 화를 냈다. "내 말을 듣더니 차라리 네가 죽게 내버려 두겠다고 하더라."

"잘했네! 내가 그 썩을 놈한테 도와 달라고 부탁하느니 차라리 죽어 버리겠다는 걸 나하도 안다는 뜻이니까! 예이네……" 나는 고개를 흔들며 마지못한 기분으로 말을 꺼냈다. "네가 왜 그자에게 끌리는지 이해해. 당연히 나야 마음에 안 들지만. 꼭 그래야 한다면 사랑해도 괜찮아. 하지만 나한테까지 같은 걸 요구하진 마!"

예이네가 나를 노려봤지만 나는 물러서지 않았다. 잠시 후 그녀가 한숨을 쉬며 시선을 피했다. 내 말이 옳으니까. 그리고 그녀도 알고 있었으니까. 예이네는 아직 너무 어리고 너무 인간적이다. 과거에 무슨 일이 있었는지 전부 알긴 해도 이템파스가 나하도스와 우리 에네파데에게 한 짓을 직접 목격하지는 못했다. 그녀는 우리 모두, 그리고 나아가 온 우주의 모든 생명체처럼 영원히 그 여파를 안고 살아야 했지만 단순히 머리로 아는 것과 직접 보고 경험하는 것은 완전히 다른 문제다.

"너나 나하도스나 정말 너무해." 마침내 예이네가 화가 났다기보다는 심란한 어조로 말했다. "그를 용서하라는 게 아니야. 그가 한 짓을 용서할 수도 없고 과거를 다시 쓸 수도 없다는 걸 모르는 이는 없어. 하지만 언젠가는 과거를 극복하고 앞으로 나아가야 해. 세상을 위해서, 그리고 너희 자신을 위해서라도."

"나한테 필요한 건 계속 화를 내는 거야." 나는 심통 사납게 쏘아붙였지만 심호흡을 했다. 예이네에게 화를 내고 싶진 않았다. "언젠가는 정말로 다 잊어버리고 앞으로 나아갈 수 있을지도 모르지. 하지만 지금은 아냐."

예이네가 고개를 절레절레 내저으며 내 어깨를 잡고 다시 아래

쪽으로 밀어 자신의 무릎에 내 머리를 얹었다. 이러면 긴장이 풀어질 수밖에 없지. 어쨌든 나도 바라는 바였기 때문에 한숨을 쉬며 다시 눈을 감았다.

"어쨌든 그래 봤자야." 예이네가 아직도 약간 짜증이 섞인 목소리로 말했다. "그를 찾을 수가 없으니까."

이템파스에 대해서는 더 이상 이야기하고 싶지 않았지만 그 말을 들으니 흥미가 돋았다. "왜?"

"몰라. 하지만 벌써 몇 년째 실종 상태야. 필멸계를 아무리 뒤져봐도 느껴지지 않고 찾을 수도 없어. 걱정은 안 되지만…… 어쨌든 아직은 말이야."

왜 그런지 고민했지만 답은 나오지 않았다. 세 주신은 합일 상태일 때조차 전지전능한 존재가 아니고 예이네와 나하도스만으로는 '셋'이 될 수 없었다. 만일 이템파스가 필경사를 찾아가 자신의 존재를 숨기는 술책이라도 부렸다면…… 하지만 왜 그런 짓을 했겠어?

그 모든 다른 짓거리랑 똑같은 이유겠지. 나는 생각했다. 개자식이라서.

"아니야." 잠시 후 예이네가 부드럽게 말했다. 영문을 알 수 없어 얼굴을 찡그렸더니 그녀가 한숨을 쉬며 다시 내 머리카락을 어루만졌다. "내 말은 그를 사랑하지 않는다는 거야."

그 말에는 암묵적으로 너무도 많은 의미가 담겨 있었다. 그중에서 가장 명백한 건 아직은이었고, 그런 적 없어, 난 에네파가 아니니까도 약간 섞여 있었다. 하지만 나는 믿지 않았다. 예이네는 이미 그에게 끌리고 있었으니까. 아마도 가장 적절한 의미는 너 역시 그를 사랑할 때까지는일 텐데, 그 정도는 나도 용납할 수 있었다.

"그래." 나도 지친 한숨을 내쉬었다. "나도 그를 사랑하지 않아."

그러고는 우리 둘 다 그 뒤로 한참 동안 입을 열지 않았다. 예이네가 내 머리카락을 이곳저곳 만지작거리는가 싶더니 머리카락이 적당한 길이로 잘려 나가는 게 느껴졌다. 나는 눈을 감고 그녀의 관심에 감사해하며, 죽기 전에 이런 특별한 경험을 몇 번이나 더 할 수 있을지 궁금해했다.

"기억나? 네가 필멸자였던 마지막 날 말이야. 죽으면 어떻게 되는지 물었었잖아."

예이네의 손이 잠깐 멈칫했다. "넌 모른다고 했지. 죽음에 대해선 깊게 생각해 본 적이 없다고."

나는 눈을 감았다. 이상하게도 목이 메는 것 같았다. "거짓말이었어."

그녀의 목소리는 너무도 다정했다. "알아."

드디어 머리 손질이 끝나고 예이네가 잘린 머리칼을 한 손에 모아 쥐었다. 예이네의 의지가 번득이는가 싶더니 그녀가 내 얼굴 앞으로 손을 내밀어 방금 한 일을 보여 주었다. 내 머리카락이 목에 두를 수 있을 만큼 짧고 가느다란 끈으로 변해 있었고 거기에 작은 황백색 구슬이 꿰어져 있었다. 크기도 재질도 달랐지만 그 영혼만큼은 어디서든 알아볼 수 있다. 엔.

나는 놀라고 기쁜 마음으로 벌떡 일어나 앉아 목걸이를 들어 올려 내 오랜 친구에게 씩 웃어 보였다.(엔은 작아진 게 별로 마음에 들지 않왔다. 통통하고 탱탱하던 놀이공 시절을 그리워하고 있었다. 내가 더 이상 어린아이가 아니라는 이유로 엔도 저렇게 작고 딱딱해져야 할 필요가 있을까? 필멸자 어른도 가끔은 공을 차고 노는 걸 좋아할 거 아냐. 나는 계속 징징대는 엔을 쓰다듬었다.)

짧게 잘린 머리를 만져 보니 내 나이 든 얼굴과 꽤 잘 어울렸다.

나는 예이네를 올려다보았다. "날 예쁘장하게 만들어 놨네. 고마워. 어릴 적에 인형을 갖고 놀았나 봐?"

"난 다르인이었어. 인형은 사내애들이나 갖고 노는 거야." 예이네가 바닥에서 일어나 공연스레 옷을 툭툭 털더니 텅 비어 버린 방을 휘휘 둘러봤다. "네가 여기 있는 게 마음에 들지 않아, 시에. 하늘궁이라니."

나는 어깨를 으쓱했다. "여기나 딴 데나." 나하도스의 말이 맞았다. 이 상태로는 필멸계에서 벗어날 수가 없다. 신계는 필멸의 육신에 해롭고 위험했다. 나하가 나를 품으면 안전하겠지만 그런 건 다시는 싫다.

"여기엔 아라메리가 있어."

끈에 달린 구슬을 한 대 툭 건드리고 싶은 충동을 애써 참으며 목걸이를 목에 건 다음 셔츠 밑으로 숨겼다.(엔이 내 가슴 가까운 곳에 머무를 수 있다고 좋아했다.) "난 이제 노예가 아니야, 예이네. 놈들은 내게 위협이 되지 않아." 예이네가 내게 질색하는 표정을 던지는 바람에 흠칫 놀랐다. "왜?"

"아라메리는 언제나 위협이야."

나는 눈썹을 추켜세웠다. "그게 정말인가요, 키네스의 딸이여?"

그 말에 예이네가 진심으로 짜증 난 표정을 지었다. 그녀의 눈동자가 누르스름하고 예리한 페리도트 색으로 변했다. "그들의 권력은 지금 아슬아슬한 상태야, 시에. 그들이 통치권을 유지할 수 있는 건 오직 필경사와 군대 덕분이지. 필멸자의 마법, 필멸자의 무력. 그 둘은 언제든 전복될 수 있어. 한데 드디어 신이 손에 들어왔으니 놈들이 뭘 하겠어?"

"힘도 없고 죽어 가는 신이 무슨 쓸모가 있을지 모르겠네. 난 이제 다른 형상을 취할 수도 없는걸. 완전 처량해." 예이네가 항변하려고 입을 벌렸지만 내가 한숨을 쉬며 선수를 쳤다. "조심할게, 예이네. 진짜 약속. 지금 나한텐 그보다 더 중요한 문제가 있다고."

예이네가 냉정함을 되찾았다. "그래." 잠시 침묵이 흐른 뒤, 그녀가 무거운 한숨을 내쉬며 몸을 돌렸다. "조심해야 해, 시에. 너한텐 필멸자의 생이 아무것도 아닌 것처럼 보이겠지만……" 예이네가 말을 멈추고 눈을 깜박이더니 미소 지었다. "이젠 나한테도 그렇네. 하지만 어쨌든 시간 낭비는 하지 마. 주어진 시간을 전부 치유법을 찾는 데만 사용하라는 뜻이야."

나는 고개를 끄덕였다. 이렇게 헌신적이고 결단력 있는 부모를 둔 나는 참 행운아다. 뭐, 셋 중 둘이 어디야.

"뭔가 알게 되면 다시 찾아올게." 예이네가 몸을 기울여 나를 꼭 껴안았다. 나는 아직 완전히 일어서지 않고 바닥에 무릎을 대고 앉아 있었다. 일어섰더라면 그녀보다 키가 더 컸을 것이다. 그리고 그건 옳지 않았다.

예이네가 떠난 뒤 나는 텅 비어 버린 태양계 방에 오래도록 홀로 앉아 있었다.

꽃

　해가 뜬 각도로 보아 내가 데카르타의 방으로 돌아온 것은 오후 한참 때였다. 하지만 그런 건 금방 잊어버렸다. 벽에 난 구멍을 통해 나왔을 때 기다리고 있는 방문객을 발견했기 때문이다. 내가 놀라서 멈춰 서자 그들이 자리에서 일어나 나를 맞이했다.

　샤하르가 이제껏 본 중 가장 음전한 모습으로 자기 방 문 옆에 서 있었다. 순혈들 사이에 일상복으로 통하는 옷차림을 하고 있었는데, 벌꿀색 격자무늬가 있는 긴 드레스에 밝은 파란색 새틴 실내화, 그 위에는 망토를 걸치고 금발은 머리 주위로 모아 정교한 모양새로 안쪽으로 말아 넣었다. 샤하르의 옆에는 온몸의 품행에서 나 집사요를 외치고 있는 여성이 서 있었다. 방 안에 있는 세 여성 중에서 키가 가장 크고, 어깨가 넓고 이목구비가 뚜렷했으며, 놀라울 정도로 노골적인 시선으로 나를 직시하고 있었다. 숱이 많고 동글동글하게 말린 검은 고수머리가 등과 어깨 위로 마치 산사태처럼 흘러 내려와 있었다. 하지만 그 인상적인 존재감에도 불구하고 다른 두 사람만큼 옷차림이 화려하지는 않았고 이마의 표식도 사분혈에 불과했다. 여자는 등 뒤에서 손을 맞잡은 채 유능한 집사라면 터득했을 초연하고 차분한 자세로 아무 말 없이 나를 지긋이 바라보았다.

　그리고 이 두 사람 사이에 세 번째 여성이 있었다. 지체 높으신 레이디 아라메리. 아라메리 일족의 수장이자 십만왕국의 통치자인 그녀는 짙은 붉은색 숄칼라 드레스를 입고 눈부신 자태를 뽐

내고 있었다. 그러더니 다음 순간, 놀랍게도 세 여인이 한꺼번에 바닥에 한쪽 무릎을 꿇으며 몸을 낮췄다. 집사의 동작이 가장 자연스러웠고 가주와 후계자는 다소 어색한 움직임이었다. 고개 숙인 뒤통수를 보고 있자니 웃음을 참을 수가 없었다.

"그래!" 나는 허리춤에 두 손을 얹고 말했다. "이런 게 바로 환영 인사라는 거지. 내가 이렇게 귀중한 손님인 줄은 몰랐네. 정말로 내가 돌아올 때까지 여기서 하루 종일 기다린 거야?"

"모름지기 신들께 바쳐야 할 환대지요." 레이디 아라메리가 말했다. 나직한 목소리가 놀라우리만큼 예이네와 닮았다. 잠들어 있을 때보다는 조금 더 나이가 많아 보였는데 통치자로서의 고민과 본인의 성격이 얼굴 주름에 영향을 미쳤기 때문일 것이다. 하지만 여전히 도도하고 강인한 아름다움을 지니고 있었다. 그리고 나를 전혀 두려워하지 않았다.

"그래, 그래, 알아." 그 앞으로 다가가며 말했다. 나는 굳이 옷을 만들어 내어 육신에 입히거나 궁 안에서 따로 훔쳐 입지도 않았기 때문에 거기서 레이디 아라메리가 시선을 든다면 내 몸의 특정 부위를 정면으로 마주하게 될 터였다. 어디 한번 꼬드겨 볼까. "아주 외교적인 표현이네, 레이디 아라메리. 내 가족 중 절반은 널 죽이고 싶어 하고 나머지 절반은 그렇게 되더라도 딱히 신경도 안 쓸 텐데 말이야. 샤하르가 다 말해 줬지?"

"네, 불멸성을 잃으신 데 대해 삼가 애도를 표합니다, 시에 님."

망할 년. 나는 얼굴을 구기며 팔짱을 꼈다. "잃은 게 아냐. 잠시 문제가 생긴 거지. 그리고 내가 영원히 살든 내일 당장 죽든 신인 건 똑같거든?" 하지만 그 말은 내 귀에도 애가 타는 것처럼 들렸다. 여자는 나를 교묘하게 조종하고 있었고, 나는 거기 넘어간 바보였다. 짜증을 감추려고 일부러 창가로 걸어가 그들에게 등을 돌렸다. "아, 그만 일어나. 난 쓸데없는 격식이나 마음에도 없는데 굽신거리는 거 싫어해. 둘 중 어느 쪽인진 모르겠지만. 이름은 뭐고 나한테 원하는 게 뭐야?"

몸을 일으키면서 천 자락이 스쳐 바스락거리는 소리가 들렸다. "저는 레마스 아라메리입니다." 아라메리의 수장이 말했다. "하늘궁에 돌아오신 분께 귀빈으로서 환영의 예를 갖추고 싶었을 뿐입니다. 앞으로 당신께 모든 예우를 다할 것이며, 이미 필경사 군단을 소집해 당신의…… 현 상태를 조사하는 임무를 맡겼습니다. 신들이 아직 시도하지 않은 것 중 우리 인간이 할 수 있는 일은 거의 없을지 모르나, 뭔가 알아내게 되면 응당 알려 드리지요."

"그럴 만도 하지. 어쩌다 이런 일이 일어났는지 밝혀내면 너희한테 위협이 되는 신에게 똑같은 짓을 할 수 있을 테니 말이야."

그녀가 내 말을 부인하지 않는 걸 보니 뿌듯했다. "그런 노력을 하지 않는다면 제 의무를 방임하는 처사일 겁니다."

"그래, 그래." 레마스의 말 중에 신경 쓰이는 부분이 있어 눈가를 찌푸렸다. "필경사 군단? 일등 필경사와 조수들을 말하는 거야?"

"당신께서 마지막으로 우리와 함께 지낸 나날 이후로 필멸계에는 많은 변화가 있었답니다." 솜씨 좋은걸. 레마스는 수 세기에 달하는 내 노예 시절을 무슨 휴양 휴가처럼 들리게 하는 재주가 있었다. "아시다시피 에네파데와 그들의 마법을 잃은 일은 세계의 질서와 번영을 유지하고자 하는 우리의 노력에 큰 타격이 되었지요. 따라서 리타리아가 배출하는 모든 필경사를 더욱 잘 통제해야 할 필요가 생겼습니다."

"그러니까 필경사로 구성된 군대를 키우고 있단 소리잖아. 그냥 평범한 군대도 같이." 티브릴이 죽은 뒤로 필멸계에 대한 관심을 끊었지만 그가 그런 준비를 하고 있다는 건 알고 있었다.

"십만군단이라고 합니다." 레마스는 웃지 않았다. 왠지 평소에도 잘 웃지 않을 거라는 예감이 들었다. 하지만 목소리에는 살짝 비아냥대는 투가 묻어나 있었다. "물론 정말로 십만 명이란 이야기는 아닙니다. 그저 깊은 인상을 주기 위해 그렇게 부르는 것뿐이죠."

"그렇겠지." 아라메리 가주를 상대하는 게 얼마나 번거롭고 짜증 나는지 까먹고 있었다. "그래서 진짜로 원하는 게 뭐야? 내가 여기 있는 걸 반긴다는 것 자체가 믿기 힘들어서 그래."

레마스는 속내를 숨기지 않았다. 그건 꽤 마음에 들었다. "기쁘지도 않고 불만스럽지도 않습니다. 다만 당신의 존재가 우리 가문에 유용한 몇 가지 목적에 부합하는 건 사실이죠." 잠시 침묵이 흘렀다. 아마 내 반응을 기다리는 거겠지. 아라메리가 왜 나를 곁에 두고 싶어 하는지 의아했지만 조금만 있으면 알아낼 수 있을 것 같았다. "그러한 이유로 궁내집사인 모라드에게 당신이 이곳에 머무시는 동안 모든 물질적 필요에 부족함이 없게 하도록 지시해 두었습니다."

"제 영광이자 기쁨이겠습니다, 시에 님." 검은 머리 여자가 말했다. "먼저 의복부터 시작해야겠군요."

나는 재미있다는 듯이 코웃음을 쳤다. 벌써부터 이 여자가 마음에 들었다. "물론."

레마스가 말을 이었다. "제 딸 샤하르에게도 이제부터 당신이 그 아이의 가장 중요한 책무가 될 것이라 일렀습니다. 하늘궁에 머무시는 동안 샤하르는 제게 하듯이 당신께 복종하고 어떤 대가를 치르든 당신을 편안히 모실 것입니다."

잠깐. 나는 얼굴을 찌푸리며 드디어 레마스를 돌아보았다. 그녀의 표정, 아니 의도적인 무표정은 자신이 방금 무슨 말을 했는지 정확히 알고 있음을 알려 주었고 그녀의 뒤에 보이는 샤하르의 충격받은 표정이 이를 거듭 확인해 주었다.

"내가 제대로 이해한 게 맞나?" 나는 느릿하게 빼는 말투로 말했다. "네 딸을 내 마음대로 하게 준다는 거지?" 나는 사람 하나를 금방이라도 잡아 죽일 기세로 험악한 표정을 짓고 있는 샤하르에게 다시 힐끗 시선을 보냈다. "내가 쟤를 죽이고 싶으면 어쩔 거야?"

"당연히 그렇게 하지 않으시길 바랄 뿐이죠." 레마스가 조각상처럼 차분하게 말했다. "훌륭한 후계자를 양성하려면 상당한 시간과 에너지를 투자해야 하거든요. 하지만 샤하르는 아라메리입니다. 우리의 근본적 사명은 시조분께서 가문을 창시하셨을 때부터 변함이 없지요. 우리는 신의 은총으로 통치하며 따라서 모든 일에 있어 신을 섬깁니다."

샤하르가 어린 시절부터 지금까지 통틀어 그 어느 때보다도 극심한 배신감과 비통함, 무기력한 분노가 날것 그대로 날뛰는 눈빛을 내게 던졌다. 아, 그래. 저게 내가 아는 샤하르지. 그녀가 생각한 것만큼 그렇게 끔찍한 이야기는 아니었다. 우정의 맹세를 나눴다는 것은 샤하르가 날 두려워할 필요가 없다는 뜻이니까. 혹시 샤하르가 레마스에게 그 이야기를 했을까? 레마스는 어린 시절에 한 약속이 있으니 후계자가 안전하리라고 여기는 걸까?

아니야. 나는 자그마치 백 세대 동안 아라메리와 함께 살았다. 나는 그들이 신중하게 계산된 방임과 방치를 이용해 자식들을 키우는 것을 보았다. 샤하르와 데카르타가 어렸을 적 궁전에서 길을 잃은 것도 그 때문이다. 이들은 어릴 적 사고로 죽는 아라메리는 어차피 통치자가 되기엔 너무 멍청하다고 믿었다. 나는 아라메리 가주들이 후계자의 목숨을 걸고서라도 그들의 힘과 능력을 시험하는 것을 수없이 목격했다.

하지만 이건…… 주먹을 꼭 말아 쥐며 고양이로 변신하지 않기 위해 안간힘을 써야 했다. 그건 너무 위험한 데다 마법 낭비다.

"감히." 그렇지만 으르렁거리는 소리가 새어 나오는 건 막을 수가 없었다. "내가 너희 필멸자들처럼 멍청하고 치사한 줄 알아? 처지가 뒤바뀌면 좋아할 줄 알았어? 남을 짓밟아서 내 가치를 확인하고 싶어 할 거라고? 내가 너희 같은 줄 알아?"

레마스가 한쪽 눈썹을 추켜세웠다. "필멸자가 신의 형상을 본떠 만들어졌다는 사실을 감안하면, 아뇨. 전 우리가 당신들과 같다고 생각합니다." 그 말에 나는 너무 노발대발한 나머지 말문이 아예 막혀 버렸다. "하지만 좋습니다. 샤하르를 이용하는 게 마음에 들지 않는다면 하지 마세요. 어떻게 당신을 기쁘게 할 수 있을지 샤하르에게 말해 주십시오. 그러면 그 애가 알아서 할 겁니다."

"이게 제 다른 의무보다 우선하나요, 어머니?" 샤하르의 목소리는 레마스만큼 차분했지만 살짝 더 가늘고 높았다. 두 사람의 목소리는 아주 흡사했다. 하지만 샤하르의 눈빛에 담긴 분노는 유리도 녹일 수 있을 정도였다.

레마스가 어깨 너머로 슬쩍 돌아보더니 딸의 분노를 보고는 만족스런 표정을 지었다. 그러고는 마치 스스로를 납득시키듯 고개를 한번 까딱했다. "그래. 내가 달리 이를 때까진 그렇다. 모라드, 샤하르의 보좌관에게도 확실히 알려 둬라." 모라드는 깍듯한 태도로 알겠다고 중얼거렸고 그러는 동안에도 레마스는 샤하르에게서 눈을 떼지 않았다. "더 묻고 싶은 게 있니, 딸아?"

"아뇨, 어머니." 샤하르가 조용히 대답했다. "원하시는 게 뭔지 확실하게 말씀해 주셨어요."

"좋아." 레마스가 딸에게 등을 돌리고 다시 나를 마주했다. 참으로 용감한 행동이 아닐 수 없다. "한 가지만 더요, 시에 님. 소문을 완전히 막을 수는 없지만 이곳에 머무시는 동안 당신의 존재, 아니 본성을 드러내지 말라고 조언드리고 싶군요. 그런 일이 일어날 경우 어떤 종류의 관심을 끌게 될지 상상이 가시겠지요."

당연하지. 궁에 있는 모든 필경사와 신 애호가가 신에 대한 찬양과 경배, 질문 세례, 그리고 축복을 내려 달라는 소원을 들고 나를 정신없이 쫓아다니겠지. 더구나 하늘궁이니만큼 온갖 음모와 계략에 있어 약간의 신의 도움을 바라는 높은피들이 판을 칠 테고. 개중에는 자신의 위세를 위해 나를 해치거나 이용해 먹으려는 자들도 있을 것이다. 그리고 또……. 나는 이를 으드득 갈았다.

"눈에 띄지 않는 게 상책이겠지."

"네, 그럴 겁니다." 레마스가 고개를 숙였다. 필멸자가 신에게 경의를 바치는 몸짓이라기보다는 인간 대 인간으로 동등한 사이에 보내는 정중한 인사에 더 가까웠다. 도대체 무슨 의도인지 갈피를 잡을 수가 없었다. 내게 경외감을 보이지 않음으로써 날 모욕하는 건지, 아니면 그냥 솔직하게 대하고 있는 건지. 젠장, 이 여자는 도무지 알 수가 없다. "그만 물러나겠습니다."

"잠깐." 나는 레마스에게 다가가 두 눈을 똑바로 응시했다. 그녀는 나보다 키가 컸다. 그건 마음에 들었다. 꼭 예전의 내가 된 것 같아서. 그리고 확실히 그녀는 나를 경계하고 있었다. 가까이 있어 보니 알겠다. 그것도 마음에 들었다.

"나한테 해를 입히려는 거야, 레마스? 아니라고 대답해. 아니라고 *맹세해 봐.*"

그녀가 놀란 표정을 지었다. "당연히 아닙니다. 원하신다면 서약이라도 하지요."

나는 이를 드러내며 씩 웃었다. 찰나에 불과했지만 그녀에게서 두려움의 냄새가 풍겼다. 그리 짙진 않았지만 아라메리도 인간이고, 인간은 동물이며, 동물은 포식자가 접근하면 알아차리게 되어 있다.

"심장을 걸고 맹세해, 레마스. 거짓이라면 죽어도 좋다고. 눈에 바늘을 꽂겠다고."

터무니없는 요구를 들은 그녀가 눈썹을 추켜세웠다. 하지만 신의 말은 어떠한 언어로든 힘을 지니며 나는 아직 완전히 필멸자가 아니었다. 비록 표현은 유치할지 몰라도 그녀는 내 강렬한 의지를 느꼈을 것이다.

"제 심장을 걸고 맹세합니다." 레마스가 엄숙하게 선언하며 고개를 숙였다. 그러고는 재빨리 몸을 돌려 급한 걸음으로 나가 버렸다. 자신이 두려워하고 있다는 걸 들키거나 아니면 내가 다른 말을 하기 전에 피하려는 것일 테다. 나는 그녀의 뒷모습에 대고 혀를 낼름 내밀었다.

"자, 그럼." 모라드가 숨을 깊이 들이켜더니 진중하게 나를 살폈다. "시에 님의 몸에 맞는 옷을 찾을 수 있을 것 같군요. 재단사를 불러 맞추는 편이 더 간단하겠지만요. 재단사를 만나 치수를 재시겠어요?"

내가 팔짱을 끼자 내 몸 위로 의복이 휘리릭 만들어져 덮였다. 아주 간단하고 소소한 재주였지만 마법을 낭비하는 일이기도 했다. 나는 모라드의 눈이 살짝 커지는 것을 보고 뿌듯함을 느끼면서도 대수롭지 않은 척 말했다. "재단사를 만나 봐도 나쁘진 않겠지. 유행 같은 것에 관심이 없다 보니." 그러면 마법을 사용할 필요도 없고.

모라드가 허리를 깊이 숙여 내게 깍듯하게 절했다. 그걸 보니 기분이 좋아졌다. "그리고 머무실 곳은……"

"나가." 갑자기 샤하르가 이렇게 내뱉는 바람에 화들짝 놀랐다.

모라드도 놀란 듯 약간 멈칫했다가 이내 입을 다물었다. "네, 레이디." 그러고는 신중하면서도 빠른 걸음으로 자리를 떴다. 나와 샤하르는 데카르타의 거처 문이 닫힐 때까지 서로를 조용히 응시했다. 샤하르가 용기를 끌어모으려는 듯이 눈을 감으며 심호흡을 했다.

"미안." 내가 말했다.

나는 샤하르가 슬퍼서 그런 줄 알았다. 하지만 그녀가 눈을 떴을 때, 거기에는 분노가 이글거리고 있었다. 아주 차가운 분노였다. "내가 저 사람을 죽이게 도와줄 거야?"

깜짝 놀란 나머지 몸이 뒤로 조금 휘청였다. 나는 주머니에 손을 찔러 넣었다.(나는 항상 주머니가 있는 옷을 만든다.) 잠시 생각했다가 대답했다. "원한다면 지금 당장도 죽여 줄 수 있어. 아직 마법을 쓸 수 있을 때 해치우는 게 나으니까." 그러고는 잠시 입을 다물고 단서를 찾아 샤하르의 얼굴을 살폈다. "확실히 결정한 거야?"

샤하르는 그렇다고 대답하려 했다. 나는 알 수 있었다. 그리고 만약에 그녀가 부탁한다면 나는 기꺼이 들어줄 용의가 있었다. 신들의 전쟁 전만 해도 필멸자를 죽이는 건 내 방식이 아니었지만 노예로서의 삶이 모든 걸 바꿔 놓았다. 어차피 아라메리는 평범한 필멸자가 아니다. 그들을 죽이는 건 선물이나 다름없었다.

"아니." 이윽고 샤하르가 대답했다. 마지못한 대답은 아니었다. 조금도 주저하거나 꺼려하는 기색이 없었다. 다만 생각해 보면, 오래전 샤하르에게 살인을 가르쳤던 건 바로 나였다. 그녀가 답답하다는 듯 한숨을 내쉬었다. "난 아직 어머니의 자리를 대신할 만한 힘이 없어. 어쨌든 아직은 그래. 나와 손잡은 귀족도 몇 명 안 되고. 순혈 친척 일부와……" 그녀가 얼굴을 찡그렸다. "아니. 난 아직 준비가 안 됐어."

나는 천천히 고개를 끄덕였다. "네 어머니가 알고 있을 것 같아?"

"나보다도 더 잘 아실걸." 샤하르가 다시 한숨을 내쉬며 가까운 의자에 주저앉아 머리를 두 손으로 감쌌다. "어머니 앞에선 늘 이런 식이야. 아무리 내 능력을 증명해 봤자 헛수고지. 어머닌 그냥 내가 후계자가 될 만큼 강하지 못하다고 생각해."

나는 아름답게 장식된 나무 책상 가장자리에 걸터앉았다. 엉덩이가 생각보다 무겁게 내려앉았다. 부분적으로는 엉덩이가 커져서 그렇고 또 한편으로는 숨을 쉬기가 약간 힘들었기 때문이다. 왜 이러지? 그러다 생각났다. 내가 만든 옷 때문이었다.

"아라메리는 원래 그래." 옷 생각을 하지 않으려고 일부러 화제를 돌렸다. "나만 해도 가주가 자기 자식이 후계자가 될 자격이 있는지 보려고 별별 지옥에 밀어 넣는 걸 얼마나 많이 봤는지 기억도 안 나는걸." 더 이상 대지의 돌이 존재하지 않고 가문을 물려받기 위해 한 생명을 바칠 필요가 없어진 지금, 아라메리가 계승 의식을 어떻게 치르는지 궁금해졌다. 레마스의 지배인(支配印)은 지금은 쓸모가 없어졌어도 옛 명령어가 그대로 적혀 있는 기존의 완전한 인이었다. 불필요해졌다고는 해도 아직 몇 가지 옛 전통을 유지하고 있는 건 분명해 보였다. "네가 약하지 않다는 건 쉽게 증명할 수 있잖아. 그냥 나라 하나를 멸망시키라고 명령하면 되지."

샤하르가 사람도 찔러 죽일 만한 눈빛으로 나를 노려봤다. "무고한 사람들을 학살하는 게 너한텐 재밌니?"

"아니, 끔찍해. 남은 생애 내내 내 영혼에서 그들의 비명이 들릴 거야." 내가 할 수 있는 최고로 냉혹한 말투로 말하자 그녀가 움찔했다. "하지만 나약해 보이고 싶지 않다면 선택의 여지는 얼마 없어. 아라메리 식으로 말하면 강함은 무자비함과 동일어이니 네가 얼마나 강한지 입증하거나, 아니면 전부 다 때려치우고 어머니한테 가서 다른 사람을 후계자로 삼으라고 해. 만약에 레마스의 생각대로 네가 충분히 강하지 못하다면 네 어머니는 당연히 그렇게 할걸. 네가 가문을 물려받지 않는 게 이 세상한테도 훨씬 좋은 일일 테고."

샤하르는 한참 동안 나를 물끄러미 바라보았다. 상처 입은 표정이었다. 내가 일부러 잔인하게 말하긴 했다. 하지만 샤하르가 아무리 마음이 상했대도 내가 말한 것은 진실이다. 나약하거나 어리석은 아라메리가 가주 자리를 물려받은 결과 얼마나 끔찍한 대학살이 벌어졌는지 나는 다 봤으니까. 그러니 이 세상에도, 샤하르에게도 훨씬 좋은 길이다. 아니면 친척들이 그녀를 산 채로 잡아먹을걸.

샤하르가 의자에서 일어나 팔짱을 끼고는 아랫입술을 잘근거리며 방 안을 왔다 갔다 서성이기 시작했다. 지금 이런 상황만 아니었다면 꽤 사랑스러워 보일 만한 모습이었다.

"내가 이해가 안 되는 건 네 어머니가 날 여기 두고 싶어 한다는 거야." 나는 불쾌할 정도로 긴 다리를 쭉 뻗고 노려보았다. "이유가 뭐지? 유세용으로도 별 쓸모가 없을 텐데. 그게 네 어머니가 노리는 거라면 말이야. 마법도 잃고 있고, 누구든 지금 내 모습을 보면 뭔가 잘못됐다는 걸 금방 알 수 있을걸. 거기다 내 신성을 비밀로 하고 싶어 한다니 아귀가 안 맞잖아.”

샤하르가 한숨을 쉬더니 발을 멈추고 눈을 문질렀다. “어머니는 신들과 아라메리의 관계를 개선하고 싶어 해. 원래는 어머니의 아버지 때부터 착수했던 계획인데, 그게 다 어머니의 조부인 티브릴 아라메리가 세상을 떠난 후부터 네가 하늘궁에 오지 않았기 때문이야. 이제껏 어머니는 도시에 거주하는 소격신들에게 선물을 보내거나 행사 때 초청을 한다거나 하는 다양한 시도를 하셨지. 실제로 가끔은 정말로 우릴 찾아오는 소격신도 있었고.” 샤하르가 어깨를 으쓱했다. “심지어 어떤 소격신을 남편감으로 보고 구애를 한 적도 있다고 들었어. 하지만 그 소격신이 받아 주지 않았대. 사람들 말로는 그래서 어머니가 결혼을 안 했다고도 해. 신에게 거절당한 후로 그보다 못한 사람은 다 너무 약해 보인대나.”

“그거 진짜야?” 쌀쌀맞은 레마스가 내 동생들의 사랑을 얻으려고 애썼다니 웃음이 절로 나왔다. 몇몇은 나름 유혹받는 걸 즐겼을 수도 있다. 레마스가 청혼한 게 누굴까? 자기를 오래 버텨 줄 수만 있다면 뭐든 가리지 않고 올라타는 걸 좋아하는 디마? 아니면 엘러레일 수도 있겠다. 오만함으로 따지면 어떤 아라메리한테도 뒤지지 않고 레마스처럼 빳빳한 타입을 좋아하니까.

“그래. 그래서 나를 너한테 바치려 한 것 같아.” 내가 놀라 눈을 깜박이자 샤하르가 힘없이 미소 지었다. “그게, 넌 어머니 취향엔 너무 어리잖아. 하지만 나한텐 아니지.”

나는 튕기듯이 벌떡 일어나 뒤로 화다닥 물러났다. “너 정신 나갔어?”

내 격렬한 반응에 놀란 샤하르가 빤히 쳐다보았다. "정신이 나갔냐고?" 그녀의 턱에 불끈 힘이 들어갔다. "그렇구나. 날 그렇게 혐오하는 줄은 몰랐네."

나는 신음했다. "샤하르, 난 '어린 시절의 신'이야. 생각이란 걸 좀 해 볼래?"

샤하르가 얼굴을 찡그렸다. "애들도 결혼할 수 있거든?"

"그래, 어떤 애들은 자식도 있지. 하지만 그런 상황에서 어린 시절은 오래가지 못해." 나는 무심코 몸을 부르르 떨며 샤하르와 똑같이 가슴 앞에서 팔짱을 끼었다. 물론 나 자신을 보호하는 수단으로는 턱없이 약하고 부족했다. 몸을 더듬는 손길, 거친 숨소리를 떠올리지 않을 수 없었다. 샤하르의 많은 선조가 예쁘고 쉽게 망가지지 않고 늙지 않는 소년을 곁에 두는 걸 좋아했고 —

신이여, 토할 것 같았다. 숨을 헐떡이며 떨리는 몸을 책상에 기댔다.

"시에?" 샤하르가 다가왔다. 그녀의 따뜻한 손이 등에 닿는 게 느껴졌다. "왜 그래?"

"넌 재미로 뭘 해?" 심호흡을 했다.

"뭐?"

"재밌게 놀고 싶을 때 하는 거 말이야! 젠장, 여가 시간에 음모를 짜는 거 말고 다른 건 안 해? 진짜 삶이라는 걸 살기는 하고?"

샤하르가 나를 노려보았다. 그 앵돌아진 반응 덕분에 조금 기분이 나아졌다. 나는 몸을 돌려 샤하르의 손을 붙잡고 데카의 방에 있는 작은 침대로 끌고 갔다. 그녀가 놀라 숨을 삼키더니 잡힌 손을 빼내려고 몸부림쳤다. "대체 왜 이러는 거야?"

"침대에서 방방 뛰는 거 하자." 신발은 벗지 않았다. 신발을 신고 해야 제대로 하는 거니까. 푹신한 매트리스 한가운데 어색하게 서서 샤하르를 침대 위로 끌어올렸다.

"뭐?"

"날 기쁘게 해 줘야 한다며, 맞지?" 나는 그녀의 어깨를 붙잡았다. "어서, 샤하르. 겨우 팔 년밖에 안 지났잖아. 넌 새로운 걸 시도하는 걸 좋아했어. 기억나? 내가 구름 방방 하고 놀자고 했을 때 너도 하고 싶어서 몸이 들썩였잖아. 내가 갓난애를 죽이는 괴물이라는 걸 생각해 내기 전까지 말이야." 나는 씩 웃었다. 샤하르가 두 눈을 깜박였다. 그날의 기억이 떠오르자 그녀의 부아가 누그러지는 게 느껴졌다. "네가 날 계단에서 걷어차서 굴러떨어지는 바람에 멍이 잔뜩 들었었잖아!"

샤하르가 애매하게 엷은 웃음을 지었다. "그걸 잊고 있었네. 널 찼던 거."

나는 고개를 끄덕였다. "그때 기분 좋았지, 응? 넌 내가 신이라는 것도, 화가 나서 널 해칠지도 모른다는 것도 신경 안 썼잖아. 결과가 어떻게 되든 그냥 하고 싶은 대로 했잖아."

그래, 드디어. 예전의 눈빛이 살아났다. 이제 샤하르는 나이를 먹고 현명해졌다. 어린애처럼 바보 같은 짓은 절대로 안 할 거다. 하지만 그렇다고 그런 걸 하고 싶어 하지 않는다는 뜻은 아니다. 충동은 항상 존재했다. 그저 깊은 곳에 묻혀 있을 뿐 죽지 않았다. 그거면 충분했다.

"그러니까 지금 하자, 재미있는 거 하자." 나는 부드럽고 통통 튀는 침대 위에서 발을 구르며 뛰기 시작했다. 샤하르가 자그맣게 꺅 비명을 지르더니 몸의 균형을 잡으려 휘청였다. 하지만 그러면서도 웃음을 터트렸다. 나도 웃었다. 메스꺼움은 진즉에 사라졌다. "생각하지 마! 그냥 기분 좋은 일을 해!"

이번엔 진짜로 매트리스를 힘있게 박차며 공중으로 뛰어올랐다. 내가 침대에 착지한 순간, 침대 바닥이 출렁이는 바람에 샤하르가 밑으로 굴러떨어질 뻔했다. 그녀가 공포와 흥분과 순수한 해방감이 역력한 비명을 내지르더니 드디어 자기방어를 한답시고 위로 뛰어올랐다. 하지만 내가 매트리스를 워낙 심하게 흔들고 있어서 비틀거리느라 제대로 서 있지도 못했다. 나는 깔깔거리면서 그녀를 붙잡아 함께 뛰어올랐다. 마법도 사용하지 않고 최대한 높이, 높이! 아치형으로 둥글게 굽은 천장에 거의 손이 닿을 뻔하자 샤하르가 또다시 비명을 질렀다. 엄청난 속도로 쿵 하고 내려앉았을 때는 데카의 침대가 항의하듯 신음을 내뱉었다. 그다음번에 또다시 높이 솟구치자 샤하르가 웃고, 웃고, 얼굴이 너무 밝게 피어올라서 그만 충동적으로 샤하르를 확 끌어당겨 안았는데 그러다 균형을 잃는 바람에 몸이 모로 기울고 말았고…… 안전하게 등으로 떨어지게 하느라 마법을 써야 했다. 하지만 그래도 괜찮았다. 마법을 쓰는 게 별안간 쉬워졌기 때문이다. 기분이 너무 좋은 나머지 웃으면서 그녀에게 입을 맞췄다.

아무 의미도 없었다. 그냥 침대 위에서 뛰고 노는 게 너무 좋았고, 웃는 게 너무 좋았고, 샤하르와 키스를 하는 것도 좋았을 뿐이다. 그녀의 입술은 부드럽고 따뜻했다. 그녀의 숨결이 내 윗입술을 간지럽혔다. 미소를 지으며 입술을 떼고 일어나 앉았다.

하지만 그러기도 전에 샤하르의 손이 내 셔츠 뒷판을 움켜쥐더니 나를 밑으로 끌어내렸다. 샤하르의 입술이 다시 내게 닿았을 때는 깜짝 놀라고 말았다. 꽃송이에 맺힌 이슬보다 더 맛있고 달콤했다. 그녀의 혀가 내 입술 사이로 미끄러져 들어왔다. 꿀보다 더 진한 달콤함이 황금빛으로 변해 목구멍을 타고 부드럽게 흘러내려 온몸으로 퍼져 나갔다. 샤하르가 봉긋한 가슴을 내 가슴팍에 대고 눌렀다.(잠깐만, 어린 여자애들한텐 가슴이 없지 않나?) 오, 신들이여. 등을 누르는 손이 너무 기분 좋았다. 그토록 오랜 세월 동안 필멸자를 이렇게까지 좋아해 본 건 처음이다. 혹시 이것도 레마스의 계략인 걸까? 아냐. 난 샤하르를 이미 사랑하고, 어렸을 때부터 사랑했는걸. 오 그래 오 그래 오 그래. 아름답고 절묘한 필멸자여, 여기 내 영혼이 있으니 제발 알아줘.

우리의 몸이 서로 떨어졌을 때, 샤하르는 숨을 헉 삼키며 후다닥 물러났고 나는 천천히 떨리는 한숨을 내쉬었다.

"뭐…… 뭐……." 샤하르가 손으로 입술을 꼭 눌렀다. 오후의 햇살 아래에서 홍채에 새겨진 빗살무늬를 일일이 셀 수 있을 만큼 투명하게 보이는 초록색 눈이 커다래졌다. "시에, 이게 대체……"

나는 손바닥으로 그녀의 뺨을 감싸며 나른하게 한숨을 내쉬었다. "그게 나야." 나는 눈을 감으며 지금 이 순간을 충분히 만끽했다. "고마워."

"뭐가?"

설명할 기분이 아니었기 때문에 굳이 말해 주지 않았다. 그저 침대에 등을 대고 멍하니 누워 있었다. 고맙게도 샤하르도 아무 말 없이 내 옆에 조용히 누워 있었다.

평화의 순간은 오래가지 않는 법. 그래서 이윽고 샤하르가 말을 걸었을 때도 별로 언짢지 않았다. "네 본성의 반(反)개념인 거지? 결혼이랑 뭐 그런 거. 어른이 되는 거랑 관계가 있는 건 전부 다."

나는 하품을 했다. "어."

"그런 얘기만 해도 상태가 안 좋아지는 거지?"

"아니. 내가 벌써 죽어 가고 있고 내 태양계를 걱정하는 중인데 거기다 결혼 이야기까지 해서 안 좋아진 거야. 내가 강한 상태였다면 그런 사소한 걸로는 별 영향 없어."

"태양계?" 샤하르가 팔꿈치로 지탱하며 상체를 일으키자 침대가 출렁이는 게 느껴졌다. 그녀의 숨결이 내 얼굴을 간지럽혔다.

"별거 아냐. 지금은 없어."

"오." 샤하르는 잠시 침묵했다. "하지만 곧 죽을지도 모르는데 죽음에 대한 생각을 어떻게 안 할 수가 있어?"

나는 눈을 떴다. 샤하르는 이제 옆으로 길게 누워서 주먹으로 머리를 받치고 있었다. 깔끔하게 정돈돼 있던 머리는 반쯤 풀어져 있고 눈빛은 그 어느 때보다 부드러웠다. 늘 침착하고 자제심 강한 가문의 후계자가 아니라 완전히 흐트러진 장난꾸러기처럼 보였다.

"어떻게 죽음에 대해 생각하지 않을 수 있냐고?" 나는 손가락 끝으로 그녀의 코를 툭 건드렸다. "너희 필멸자들은 평생 그런 두려움을 안고 살잖아? 너희가 할 수 있으면 나도 할 수 있어." 그리고 그렇게 해야만 할 것이다. 그러지 않으면 더 빨리 죽을 테니까. 하지만 분위기를 망칠까 봐 그 말은 하지 않았다.

"그렇구나." 샤하르가 손을 들어 올리고 잠시 머뭇거리더니 결국 충동에 굴복해 내 가슴 위에 얹었다. 이런 형태일 때는 가르랑거릴 수 없지만 대신 그녀의 손길을 따라 몸을 둥글게 휘며 만족스런 한숨을 내쉬었다. "그건 그렇고…… 방금 뭐였어?"

"그건 말이죠, 레이디 샤하르, 세늄어로 키스라고 하는데요, 테마어로는 우미쉬데이라고 하고 우비에서는 그걸……"

샤하르가 거의 화끈거릴 정도로 내 가슴을 찰싹 내리쳤다. 그러더니 자기가 무슨 짓을 했는지 깨닫고 사색이 됐다. 뺨이 울긋불긋한 분홍색으로 변했는데, 속이 울렁거리거나 아니면 아픈 사람의 경우에는 감정이 격해질 때도 그럴 수 있었다. 내 생각엔 부끄러워서 그런 것 같다. "그러니까 내 말은, 왜 그랬는데?"

"그럼 넌 어젯밤에 왜 나한테 키스했는데?"

샤하르가 얼굴을 찡그렸다. "나도 몰라. 왠지 그냥 그래야 할 것 같았어."

"나도 그래." 나는 다시 하품을 했다. "젠장, 자야 할 것 같아."

샤하르도 몸을 일으켜 앉았지만 바로 침대를 떠나지는 않았다. 나를 등지고 있어서 어깨가 긴장으로 굳어 있는 게 보였다. 뭔가 또 다른 걸 물어볼 것 같다는 느낌이 들었다. 정말로 그럴 수도 있었을 테지만 대신에 샤하르는 이렇게 말했다. "네가 돌아와서 기뻐, 시에. 정말이야. 그리고…… 또 다행인 건 그날 있었던 일이……" 샤하르가 숨을 깊이 들이마셨다. "오랫동안 널 미워했었어."

나는 한숨을 쉬며 깍지 낀 두 손으로 뒤통수를 받쳤다. "아마 지금도 조금은 날 미워하고 있을 거 같은데. 나 때문에 동생을 잃었잖아."

"아니, 어머니 때문이지." 하지만 그녀의 말투에는 자신감이 부족했고 나는 필멸자의 마음이 항상 이성적으로 작동하는 건 아니라는 걸 알고 있었다.

"상처가 아무는 데는 시간이 걸려." 내 마음에 난 상처를 떠올리며 말했다.

"그럴지도." 잠시 후, 샤하르가 한숨을 쉬며 바닥에 내려섰다. "난 갈게."

샤하르가 방을 떠났다. 그대로 계속 누워 잠을 자고 싶은 충동과 싸우고 싶었지만 세상엔 어린애같이 굴어야 할 때가 있고 현명하게 굴어야 할 때가 있다. 나는 한숨을 내쉬며 옆으로 돌아누워 몸을 웅크리고는 충동에 굴복했다.

5장

필멸자 위에는 신이 있고 우리 위에는 우리가 대혼돈이라 부르는 불가지가 있다. 대혼돈은 어떤 이유에서인지 셋이라는 숫자를 좋아한다. 세 주신은 대혼돈의 자식으로 우리를 창조하였고, 스스로 이름 짓고 존재를 아우르는 위대한 신들이다. 셋은 또한 우리 하급신을 구분하고 서열 짓는 숫자이기도 하다. 우리가 네 번째를 죽였기 때문이기도 하지만.

세상에 가장 먼저 온 것은 니와, 즉 균형자(均衡者)였다. 나 역시 자랑스럽게도 이들 중 하나이다. 우리는 세 주신의 성교를 통해 태어난 최초의 자식들이다. 그보다 훨씬 오래전, 성교와 번식 사이에 관련이 생기기 전에 그들은 다른 방식으로 사랑을 나눴기 때문이다. 처음에 셋은 부모가 되는 법을 몰랐기에 많은 잘못을 저질렀지만 워낙 오래전 일이라 우리 중 대부분은 이미 그들을 용서한 지 오래다.

우리가 균형자라 불리는 이유는 우리의 정신이 조화롭고 균형 잡혀 있기 때문이 아니라 셋 중 가장 조화로운 결합인 둘 사이에서 탄생했기 때문이다. 내 경우에는 나하도스와 에네파를 부모로 두고 있고 다른 이들은 이템파스와 에네파 사이에서 태어났다. 나하도스와 이템파스의 이부동기들은 서로를 별로 좋아하지는 않지만 그래도 사랑한다. 가족이라는 게 다 그렇지.

그다음이 엘론티드, 불균형자이다. 다시 말하지만 이들이 그렇게 불리는 이유는 존재의 유지 또는 파괴에 있어 능동적인 역할을 하기 때문이 아니라 불균형적인 결합을 통해 탄생했기 때문이다. 처음에 우리는 우리끼리의 특정한 결합이 위험하다는 사실을 알지 못했다. 무엇보다 나하도스와 이템파스의 결합이 그러했다. 에네파는 둘이 같이 번식할 수 있게 만들었지만 그들은 너무도 비슷하고 또 너무도 달라서 쉽게 번식할 수가 없었다.(성별하고는 아무 상관도 없다. 우리에게 성별은 유희 같은 것이고, 이름이나 육신처럼 본질이 아니라 껍데기에 불과하다. 우리가 성별을 사용하는 건 우리의 필요에 의해서가 아니라 너희에게 필요하기 때문이다.) 그래서 아주 드물게 나하와 템파가 결합해 아이를 낳게 되면 그 결과는 항상 강력하고도 무시무시했다. 다 자랄 때까지 살아남은 아이들은 소수에 불과했다. 드래곤 랄, 부정(否定)의 이아, 굶주림의 릴이 그들이다. 또 신과 소격신의 결합으로 태어난 이들도 엘론티드인데, 이는 그들을 탄생시킨 결합이 불균형적이었음을 의미한다. 그들은 조수(潮水), 유행, 욕망, 취향처럼 차고 이지러지는 것들의 신이다.

나와 같은 니와 중 몇몇은 이들을 가엾은 존재로 취급하지만 강조컨대 이들은 잘못된 부분이 없다. 그런 생각 자체가 잘못된 거다. 그들은 그저 우리와 다를 뿐이다.

세 번째는 므나사트, 즉 우리 소격신끼리의 결합으로 탄생한 자식들이다. 여기에도 상대적 의미에서 단점이 있는데, 이런 므나사트조차 과도한 압박을 받으면 세상을 파괴할 수 있다. 억겁의 세월 동안 헤아릴 수 없이 많은 므나사트가 태어났지만 대부분은 세 주신의 끝없는 다툼과 교미에 휘말리거나, 우연히 대혼돈 속에 휘말려 들어가거나, 어린 신에게 닥칠 수 있는 다른 무수한 위험으로 인해 처음 몇백 년 사이에 도태된다. 특히 전쟁은 이들의 수를 극심하게 감소시켰다. 사실 거기에 어느 정도 내 책임이 있다는 것도 인정해야겠다. 하지만 그들보다 더 우월한 이들의 다툼에 끼어들 만큼 어리석은 아이들이었으니 그러지 말아야 할 이유도 없잖아? 그러나 므나사트 중에는 내가 죽일 수 없는 이들도 있었고 종말이라는 시험대에서 스스로의 가치를 입증한 이들도 있었다. 므나사트는 죽음이라는 가혹한 본보기를 통해 우리 사이의 분쟁을 결정짓는 데 중요한 것이 그저 무력이 아닌 *진실되게 사는 것*임을 알려 주었다. 본성에 충실한 이들은 가장 강력한 니와에게도 대적할 수 있었으나 자신이 무엇인지 잊은 자들은 아무리 타고난 힘이 강력한들 패배했다.

그리고 여기 또 다른 교훈이 있다. 삶은 죽음 없이는 존재할 수 없다는 것이다. 신들 사이에도 승자와 패자가 있고 먹는 자와 먹히는 자가 있다. 나는 같은 불멸자를 죽이는 데 주저한 적이 없으나, 가끔은 다른 선택이 없다는 것에 슬퍼했다.

그리고 혹시 궁금해할까 봐 말해 두자면 우리 중 네 번째는 바로 악마다. 하지만 그들에 대해 이야기해 줄 필요는 없겠지.

✳

나는 보기 흉하게 쩝쩝 꿍얼대며 잠에서 깨어났다. 꿈을 꿨다. 필멸자의 육신에 깃드는 병인 그걸 한동안 잊고 있었다. 인생의 너무 많은 시간을 무의식 상태로 낭비하는 것만도 끔찍한데 에네 파는 거기다 필멸자 자신과 우주에 대해 가르쳐 주는 꿈이라는 것까지 선사해 주었다. 하지만 진정 배워야 할 가르침에 귀를 기울이는 필멸자는 몹시 드물다. 내가 보기엔 창조력의 낭비일 뿐이다. 하지만 어쨌든 그런 이유로 나는 잠을 잘 때마다 이런 정신적 방귀를 견뎌 내야 했다. 아유, 좋아라.

아침이 오려면 한참 먼 늦은 밤중이었다. 겨우 서너 시간밖에 못 잤지만 더는 잠이 오지 않았다. 아마 내가 아직 완전한 필멸자가 아니기 때문일 것이다. 아침이 되어 샤하르가 날 즐겁게 해 주러 올 때까지 남는 시간을 어떻게 보내지?

나는 일어나서 다시 궁전 안을 배회했다. 이번에는 굳이 숨어 다닐 필요가 없었다. 옷차림도 이상하고 이마에 표식도 없는 내가 돌아다니는데 하인도 위병들도 아무 말도 하지 않았다. 하지만 그들의 시선이 등을 쿡쿡 찌르는 게 느껴졌다. 모라드나 근위대장이 나에 대해 일러 둔 걸까? 날 보는 눈빛에는 경외심도 혐오감도 없었다. 그저 호기심과 경계심뿐이었다.

제일 먼저 지하에 있는 '어디로도 이어지지 않는 계단'으로 향했다. 한데 충격적이게도 그것은 더 이상 존재하지 않았다.

계단이 있던 자리에 있는 건 뻥 뚫린 아트리움이었다. 3층 높이의 넓은 원형 발코니가 조각품과 관리가 거의 필요 없는 화분들로 재탄생한 공간 주위를 둥글게 둘러싸고 있었다.(적어도 이젠 먼지 투성이가 아니었다. 아라메리는 더 이상 지하궁전을 방치하지 않았다. 비밀이 숨어 있을 수도 있다는 사실을 깨달은 까닭이다.) 아트리움은 하늘궁의 다른 부분에서 볼 수 있는 의도적으로 가미한 느긋한 느낌이 부족했는데, 필경사들이 급히 서둘렀는지 발코니 가장자리에 고르지 않고 울퉁불퉁한 부분이 눈에 띄었다. 잔해는 사라졌지만 보는 방법을 아는 이의 눈에는 여전히 사고가 난 흔적이 남아 있었다.

가느다란 난간을 한 손으로 잡은 채 발코니 가장자리에 웅크려 앉아 바닥의 거칠거칠한 일광석을 만져 보았다. 돌에서 그때의 반향이 여전히 울려 나오고 있었다. 오래전에 사라져 버린 소리의 반향이 아니라 사건의 반향이었다. 나는 눈을 감고 그날 돌바닥이 목격했던 장면을 다시 돌려보았다.

어디로도 이어지지 않는 계단. 그 계단 아래에 아이들 셋이 둥글게 손을 맞잡고 있다.(어린 샤하르가 너무 작아서 새삼 신기했다. 자란 모습에 벌써 익숙해진 모양이다.) 나는 미소를 띠고 있던 필멸자 아이들의 얼굴이 경악으로 바뀌는 것을 보고, 매섭게 부는 바람을 느끼고, 아이들의 머리카락과 옷자락이 토네이도에 휘말린 것처럼 펄럭이는 것을 보았다. 발이 바닥에서 떠오르자 아이들이 비명을 내질렀다. 그러더니 그들의 몸뚱이가 거꾸로 빙글 뒤집혔다. 하지만 내 발은 바닥에 뿌리라도 내린 것처럼 꿈쩍도 하지 않았다. 아이들과 굳게 맞잡고 있는 내 손만이 그들이 공중으로 날아가지 않게 붙들고 있는 유일한 것이었다.

그리고 내 표정! 기억 속의 나는 멍한 눈빛으로 입을 벌린 채 미간을 찌푸리고 고개를 약간 쳐들고 있었다. 마치 다른 사람 귀에는 들리지 않는 소리를 듣고 있는 것처럼. 그리고 내가 뭘 들었는지는 몰라도 그 때문에 생각하는 능력조차 잃어버린 것 같았다.

그때 내 몸이 흐릿해지기 시작했다. 살갗 위로 하얀 선이 퍼져 나갔다. 내가 입을 벌렸다. 손끝 아래 돌에서 느껴지는 미세한 떨림과 함께, 내 목구멍에서 거대한 힘의 파동이 폭발했다. '어디로도 이어지지 않는 계단'이 유리처럼 산산조각 났다. 그 주변과 위아래 위치한 모든 일광석도 함께 박살났다. 아이들이 목숨을 구할 수 있었던 건 이 엄청난 에너지가 동그란 공 모양으로 바깥쪽을 향해 터져 나갔기 때문이다. 아이들이 피를 흘리며 꼼짝도 않고 잔해 속에 묻혀 있는 게 보였다. 그나마 다행인 건 아이들 위로 파편이 많이 떨어지지는 않았다는 것이다.

자욱한 먼지구름이 걷혔을 때, 나는 사라지고 없었다.

나는 돌에서 손을 떼며 눈살을 찌푸렸다. 내 뒤에서 벌써 십 분째 얼쩡거리고 있는 필멸자를 향해 물었다. "원하는 게 뭐야?"

남자가 다가왔다. 책과 화학 약품, 향이 섞인 익숙한 냄새가 나서 그가 입을 떼기도 전에 뭐 하는 사람인지 알 수 있었다. "죄송합니다, 시에 님. 방해할 생각은 없었습니다."

나는 몸을 일으키고 손을 턴 다음, 그를 향해 몸을 돌렸다. 초로의 제도 출신 남자로 희끗희끗한 붉은 머리에 주름진 황갈색 얼굴의 턱 주변에는 짧은 그루터기 수염이 나 있었다. 이마에 순혈인이 새겨져 있었지만 아라메리는커녕 아믄인으로도 보이지도 않았다. 그리고 순혈에게서는 이런 고된 노력의 냄새가 나지 않는다. 입양아로군.

"일등 필경사야?"

사내가 고개를 끄덕였다. 보아하니 내게 접근하고 싶은 마음과 저어함 사이에서 갈등하는 것 같았다. 하지만 결국 어색한 동작으로 고개를 숙여 내게 절했다. 신에게 보여 마땅한 경의를 표한다기에는 너무 미흡했고 그렇다고 독실한 이템파스 신도가 보내는 경멸의 표시라기엔 너무 정중했다. 나는 예전에 비레인이 보여 주던 미묘하게 성의 없는 태도를 떠올리며 웃음을 터트렸다. 하지만 이내 비레인이 왜 그런 것에 능숙했는지 이유를 기억해 내고는 웃음기를 지웠다.

"용서하십시오." 남자가 다시 말했다. "하지만 하인들이 당신이 궁을 돌아다니고 있다고 해서요, 제 생각엔…… 음, 당연히 이른바 범죄 현장에 들르리라 짐작했습니다."

"흠." 나는 주머니에 손을 찔러 넣고는 그의 앞에서 불안한 티를 내지 않으려고 애썼다. 지금은 예전과 달랐다. 이제 그는 내게 아무 힘도 행사할 수가 없다. "늦은 시간이야, 일등 필경사. 아니면 너무 이른 시간이라고 해야 하나. 새벽 기도를 하려면 너희 이템파스 신도들은 미리 푹 자 둬야 하지 않아?"

그가 눈을 깜박였다. 놀란 표정이 사라지고 재미있어하는 표정으로 바뀌었다. "그건 그렇지요. 하지만 전 이템파스 신도가 아닙니다. 그리고 당신을 만나기 위해 밤이 늦을 때까지 기다렸답니다. 제 연구에 따르면 그게 맞을 것 같아서요. 당신은 주로 밤에 움직이는 것으로 알려져 있으니까요." 그의 자신감 있는 태도에 슬쩍 동요가 일었다. "여기 계셨을 적에 말입니다."

나는 그를 빤히 쳐다봤다. "어떻게 이템파스 신도가 아닐 수가 있는데?" 모든 필경사는 이템파스 사제였다. 이템파스 교단은 마법에 재능을 가진 이들에게 오직 한 가지 선택지만을 제시했다. 교단에 가입하거나, 아니면 죽거나.

"그러니까 흠…… 한 오십 년 전쯤일까요? 리타리아가 귀족 컨소시엄에 이템파스 교단으로부터 독립을 허용해 줄 것을 청원했습니다. 리타리아는 이제 세속 단체입니다. 필경사는 각자 원하는 신을 몇 명이든 경배할 수 있습니다." 그가 잠시 멈칫하더니 살짝 웃었다. "아라메리를 섬기기만 한다면 누구든 상관없지요."

나는 그를 위아래로 훑어보며 입을 약간 벌리면서까지 냄새를 맡아 봤지만 아무것도 얻지 못하고 좌절했다. "그럼 넌 어떤 신을 우러르는 거야?" 내 신도가 아닌 것만은 확실했다.

"저는 모든 신을 우러릅니다. 하지만 영적인 측면에서 말하면 지식과 예술의 제단을 숭상하는 편을 선호하지요." 그는 내 기분이 상했을까 봐 작게 사죄하는 듯한 손짓을 했지만 나는 그 말에 오히려 활짝 웃음 지었다.

"무신론자란 말이야?" 나는 즐거워하며 허리춤에 양손을 얹었다. "세상에, 전쟁 이후론 한 번도 본 적이 없는데. 아라메리가 싹

쓸어버린 줄 알았더니."

"이템파스 외에 다른 신의 신도들에게 그런 것처럼 말이지요? 예, 그랬지요." 그 말에 나는 웃음을 터트렸고, 덕분에 남자는 자신감을 얻은 것 같았다. "사실 요즘 사람들 사이에서 이단이 유행이긴 해도 이곳 하늘궁에서는 당연히 조금 더 신중하게 굴어야 하긴 합니다. 그리고, 음, 저 같은 사람을 부르는 보다 적절한 말은 필멸근본주의자입니다."

"어, 너무 긴데."

"안타깝게도 그렇지요. '필멸자를 최우선으로 여긴다.'는 뜻인데, 저희의 철학을 정확하거나 완벽하게 설명하는 단어는 아니지만 말씀드렸다시피 그보다 더 부적절한 표현들이 있으니까요. 그리고 저희는 당연히 신을 믿습니다." 그가 내게 고개를 끄덕여 보였다. "그러나 '단절'이 보여 주었듯 우리가 신을 믿든 믿지 않든 신들은 완벽하게 기능하고 살아가는데, 우리가 왜 그런 무의미한 목적에 모든 열과 성을 쏟아야 할까요? 차라리 인류와 인류가 지닌 잠재력을 믿는 게 낫지 않겠습니까? 약간의 헌신과 훈련만 거치면 확실한 실리를 얻을 수 있는데요."

"전적으로 동의하는 바야!" 그리고 내 짐작이 틀리지 않았다면 내 형제자매 몇몇도 이런 필멸자 중심 운동에 참여하고 있을 것 같았다. 하지만 그가 알게 되면 껄끄러워할까 봐 말해 주진 않았다. "이름이 뭐야?"

남자가 다시 고개를 숙였다. 아까보다 훨씬 편안한 몸짓이었다. "셰비어라고 합니다, 시에 님."

나는 손사래를 쳤다. "아라메리한테나 님이라고 부르라고 시키는 거지. 그냥 시에라고 불러."

그가 떨떠름한 표정을 지었다. "어, 그게……"

"여기서 아라메리란 정신 상태를 말하는 거야. 난 이 가문에 완벽하게 어울리는 입양아들을 알아. 하지만 너, 아니 당신은 공들 사이의 주사위지." 미소를 지으며 그게 칭찬의 의미라는 걸 넌지시 암시하자 셰비어가 긴장을 풀었다. "레마스한테 내 이야기 들었어?"

"레이디 아라메리께서 당신의…… 상태를 알려 주셨습니다. 저와 동료들, 심지어 아래 도시에 있는 이들까지 원인을 파악하기 위해 노력 중입니다. 뭔가 알아내면 레이디 레마스에게 즉시 보고하도록 하겠습니다."

"고마워." 레마스에게 보고해 봤자 나한테 전달되지 않으면 하등 쓸모가 없다는 사실은 지적하지 않기로 했다. 그런 뻔한 건 본인도 이미 알 테니 그의 진짜 충정이 누구에게 있는지 넌지시 알려 주는 것일 테다. 필멸자 최우선. "팔 년 전에 여기 하늘궁에 있었어?"

"예." 그는 이제 내 옆에 다가와서 내 얼굴과 자세 등 모든 걸 거의 탐욕스러운 눈빛으로 샅샅이 훑고 있었다. 그러니까, 나를 연구하고 있었다. 하지만 그의 신념을 알기에 별로 개의치 않았다. "당시에 치유 중대의 지휘를 맡고 있었기에 수하들과 함께 데카르타 경과 레이디 샤하르의 부상을 치료했습니다. 그들의 생명을 구한 공로로 일등 필경사로 승진했고요." 그러고는 잠시 머뭇거렸다. "전임 일등 필경사는 신이 하늘궁을 방문했다는 사실을 감지하지 못한 책임을 물어 해임되었지요."

나는 눈동자를 굴렸다. "신의 존재를 감지할 수 있는 필경술 마법 따윈 없어. 우리가 들키고 싶어 했다면 모를까." 그리고 나는 들키고 싶지 않았다.

"레이디도 아십니다." 셰비어의 미소는 옅었지만 적어도 씁쓸한 기색은 없었다. 하긴 누굴 탓해 봤자 무슨 소용일까.

"그때 여기 있었다면 당신이나 전임자가 조사를 진행했겠네."

"예." 셰비어가 보고를 올릴 때처럼 허리에 힘을 주며 몸을 곧추세웠다. "사건은 이른 오후에 발생했습니다. 궁 전체에 진동이 발생했고, 모든 경계 감시 주문이 경보를 울려 궁전 내에서 승인되지 않은 마법이 발동되었음을 알렸습니다. 근위병들과 고용인들이 도착해 이걸 발견했고요." 그가 아트리움을 손짓했다. 사고의 잔해는 깨끗이 치워졌지만 달라진 건 아무것도 없었다. 전에 이곳을 본 적 있는 사람에게 저 아트리움이 실제로는 거대한 구덩이에 불과하다는 건 끔찍할 정도로 자명했으니까. "사흘 후 데카르타가, 그리고 다음으로 샤하르가 깨어날 때까지 무슨 일이 있었는지 아무도 알지 못했습니다."

사흘이면 소문이 눈덩이처럼 불어나 데카의 인생을 망치기에 충분한 시간이다. 가엾은 녀석. 그리고 그 애의 누나도.

"어떤 마법이었어?" 필경사들은 마법을 분류하고 범주화하는 걸 좋아했다. 선천적으로 마법이 깃들지 않는 필멸자의 정신으로 마법을 이해하는 데 도움이 되었기 때문이다. 어쩌면 그들만의 난

해한 논리에 나한테 도움이 될 만한 게 있을지도 모른다.

"모릅니다, 시에 니……" 그는 뒤늦게 실수를 깨달았다. "모릅니다."

"모른다고?"

"필멸계에서는 이런 일이 관찰된 바 없습니다. 적어도 역사 기록이 시작된 이후로는요. 리타리아 최고의 학자들이 확인해 주었습니다. 도시에서 인간과 친밀한 관계를 유지하는 소격신들에게도 문의해 봤지만 그들도 설명하지 못하더군요. 당신이 모르신다면……" 셰비어가 좌절감을 드러내며 거의 딱 소리가 나도록 입을 다물었다. 내가 대답해 줄 수 있길 바랐던 모양이다.

그 심정이 백분 이해가 된다. 나는 한숨을 쉬며 몸을 곧게 폈다. "애들을 다치게 할 의도는 없었어. 그날 일어난 일은 하나도 말이 안 돼."

"아이들은 손에서 피를 흘리고 있었습니다." 셰비어가 감정이 섞이지 않은 중립적인 어조로 말했다. "양손 모두 똑같은 방식으로 상처가 나 있었죠. 상처의 각도와 깊이로 판단하건대 각자 서로에게 낸 상처 같았고요. 제 동료 일부는 일종의 의식을 치렀으리라 추측했는데……"

나는 눈살을 찌푸렸다. "그 의식이란 건 전 세계 모든 아이들이 약속을 지키자고 맹세할 때 하는 행위였어." 나는 손을 들어 올려 상처 하나 없이 매끈한 손바닥을 들여다보았다. "만약에 그게 원인이었으면 온 세상에 죽은 애들이 속출했을걸."

셰비어가 다시금 사과의 손짓을 해 보였다. "이해해 주십시오.

우린 원인을 규명하려고 정말 필사적이었거든요."

나는 잠시 생각해 본 다음 난간에 훌쩍 걸터앉았다. 드디어 공중에서 발을 달랑달랑 흔들 수 있게 되어 기뻤다. 하지만 셰비어는 왠지 안절부절못하는 것 같았다. 하긴 필멸자라면 떨어져서 쉽게 죽을 수 있는 높이니까. 그러다 문득 나도 필멸자가 되고 있다는 게 생각나서 무겁게 한숨을 뱉으며 다시 바닥으로 내려왔다.

"그래서 쌍둥이 중 하나인 데카가 나를 소환해서 화나게 하는 바람에 내가 보복을 한답시고 애들을 날려 버렸다는 결론을 내렸단 말이지."

"전 믿지 않았습니다." 셰비어가 정색했다. "하지만 특정 세력이 의견을 굽히려 하지 않아서 결국 데카르타 경이 리타리아로 보내졌지요. 레이디는 아들이 타고난 재능을 더 잘 다스리는 법을 배우기 위해서라고 공표했고요."

"추방한 거네." 나직하게 중얼거렸다. "샤하르를 다치게 한 벌을 준 거야."

"예."

"지금은 어때? 데카 말이야."

셰비어가 고개를 가로저었다. "그날 이후로 그를 본 하늘궁 사람은 아무도 없습니다. 휴일이나 휴가 때도 집에 돌아오지 않았고요. 리타리아에서 잘하고 있다는 이야기는 들었습니다. 아이러니하게도 실제로 필경술에 재능이 있다는 사실이 밝혀졌고요. 하지만 그게…… 소문에 따르면 이제 그와 레이디 샤하르는 서로 미워한다더군요." 내가 얼굴을 찌푸리자 셰비어가 어깨를 으쓱했다. "사실 그를 탓할 수는 없죠. 아이들은 우리와는 다른 관점을 갖고 있으니까요."

나는 셰비어를 힐끗 쳐다봤지만 그는 생각에 잠겨 내게 어린아이가 어떻다 운운하는 게 얼마나 아이러니한지 알아차리지 못한 것 같았다. 하지만 그의 말이 옳긴 했다. 내가 알고 있는 다정한 데카는 자신이 샤하르가 다친 것과는 전혀 상관없는 이유로 쫓겨나야 한다는 걸 이해하지 못했을 것이다. 우정의 맹세가 어쩌다 잘못됐고 왜 사랑하는 누이와 헤어져야 했는지 나름대로 결론을 내렸겠지. 자책은 시작에 불과했을 것이다.

하지만 레마스는 왜 굳이 그를 추방하는 귀찮은 짓을 한 걸까? 예전에 아라메리는 어떤 방식으로든 선을 넘은 구성원이 있으면 재빨리 죽여 버렸다. 여러모로 아라메리의 틀에 맞지 않는 데카라면 훨씬 오래전에 처리해야 했다.

나는 한숨을 무겁게 내쉬며 허리를 세우고 난간에서 돌아섰다. "하늘궁에서 일어나는 일 중에 말이 되는 게 없긴 하지. 솔직히 내가 왜 계속 여기 오는지도 모르겠어. 수백 년간 이 지옥에 갇혀 있었던 것만으로도 충분한데."

셰비어가 어깨를 으쓱했다. "신들이야 어떨지 모르겠지만 필멸자의 경우엔 한곳에서 오래 지내다 보면…… 거기에 적응하게 되죠. 아무리 싫고 불쾌한 곳이라도 정상적인 것에 대한 감각이 왜곡되어서 그곳을 떠나는 걸 어색하게 느끼는 겁니다."

나는 그 말에 얼굴을 구겼다. 셰비어가 내 표정을 보고는 미소 지었다. "결혼한 지 십칠 년째랍니다. 아주 행복하게 살고 있다는 말도 덧붙여야겠군요."

"아." 그 말을 들으니 어젯밤에 샤하르와 나눈 이야기가 떠올랐다. "그 애에 대해 자세히 말해 봐."

"그 애"가 누군지 설명해 주지 않아도 셰비어는 필경사답게 언어를 해석하는 능력이 아주 뛰어났다. "레이디 샤하르는 매우 영특하고 나이에 비해 성숙하며 주어진 의무를 다하기 위해 최선을 다하는 분이지요. 듣기로는 다른 순혈들도 대부분 그녀가 모친의 뒤를 이어 통치자가 되는 데 부족함이 없다고 확신하……"

"아니, 아니." 나는 얼굴을 찡그리며 말했다. "그런 거 말고. 내가 알고 싶은 건……" 갑자기 자신이 없어졌다. 내가 왜 이런 걸 물어보고 있지? 하지만 알아야 했다. "그런 거 말고 그 애에 대해 말해 달라고. 어떤 친구들이 있어? 데카의 추방을 어떻게 받아들였어? 당신은 그 애를 어떻게 생각해?"

갑자기 쏟아진 질문 세례에 셰비어가 눈썹을 추켜세웠다. 나는 순간 끔찍한 사실 두 가지를 깨달았다. 첫째, 나는 샤하르에게 위험하리만큼 강한 끌림을 느끼고 있었다. 그리고 둘째, 난 방금 그걸 드러내고 말았다.

"어, 음…… 레이디 샤하르는 아주 신중하고 속마음을 잘 드러내지 않는 분이지요." 셰비어가 떨떠름하게 말을 시작했다.

이미 늦긴 했지만 손사래를 치며 어떻게든 실수를 주워 담으려고 했다. "아냐, 됐어." 나는 얼굴을 찡그리며 말했다. "필멸자들 일은 나랑 관계 없으니까. 어쨌든 내가 지금 신경 써야 할 문제는 나한테 일어나고 있는 일을 고칠 방도를 찾는 거고."

"그렇지요." 세비어는 화제가 바뀐 것을 다행으로 여기는 듯했다. "음…… 그 점에서…… 실은 저희에게 샘플을 주실 수 있을지 여쭤보러 왔습니다. 제 동료 필경사들, 그러니까 궁내 파견대 소속 필경사들은 이 정보를 그림자와 리타리아의 프레빗과 공유할 수 있지 않을까 생각하고 있고요."

나는 미간을 찌푸렸다. 수백 년간 있었던 다른 일등 필경사와 다른 실험, 그리고 다른 샘플들과 관련된 불쾌한 기억이 떠올랐기 때문이다. "내가 뭐가 변했는지 알아보려고?"

"네, 어, 그러니까…… 전에 거주하시던 시절의 자료가 있어서……" 그가 고개를 젓더니 드디어 빙빙 돌려 말하는 걸 포기했다. "당신이 이곳에 노예로 계실 적엔 불멸이었으나 필멸자의 육신에 갇혀 있었죠. 하지만 현 상태는 그때와 아주 다르지요. 그 둘을 비교해 보고자 합니다."

나는 인상을 썼다. "왜? 내가 곧 죽는다고 말해 주려고? 그건 이미 아는걸."

"필멸자로 어떻게 변하고 있는지 알아내면 그 원인을 파악하는 데도 도움이 될 겁니다." 자신의 전문 분야가 등장하니 세비어의 말투에도 활기가 돌았다. "그러면 원래대로 되돌릴 방법을 알아낼 수 있을지 모릅니다. 물론 인간의 재주가 신의 권능을 능가할 수 있을 거라곤 생각하지 않지만 저희가 수집한 지식이 어떤 방식으로든 유용하게 쓰일지 모르니까요."

나는 한숨을 내쉬었다. "알았어. 내 피를 원하는 거지?" 필멸자는 늘 우리의 피를 갈구했다.

"가능하다면 주실 수 있는 건 전부 다 부탁드리고 싶습니다. 머리카락, 손톱, 살점, 침 등 뭐든 다요. 키와 몸무게 등 신체적인 치수도 기록해 두고 싶군요."

그 말을 듣자 호기심이 일었다. "그건 또 뭣 때문에?"

"음, 일단 제가 보기에 지금 당신은 기껏해야 열여섯 살 정도로 보입니다. 레이디 샤하르와 데카르타 경과 같은 나이죠. 하지만 제가 알기로 처음에 쌍둥이와 만났을 때 당신은 둘보다 나이가 많았어요. 그러니까 그들이 여덟 살이었을 때 당신은 열 살 정도의 외모였죠. 그동안 나이를 먹었다면 팔 년이 지났으니……"

나는 숨을 삼켰다. 그래, 이해했다. 나는 전에도 수백 번이 넘게 나이를 먹은 적이 있고 내 몸이 일반적으로 어떤 패턴으로 자라는지 안다. 제대로 나이를 먹었다면 난 지금보다 더 크고, 무겁고, 완성되고, 목소리도 더 낮아야 했다. 열여섯 살이 아니라 열여덟 살이어야 했다. "샤하르와 데카르타 때문이구나." 나는 숨을 뱉었다. "그 애들한테 맞춰서 나이 든 거야."

셰비어가 고개를 끄덕였다. 내 반응에 흡족한 표정이었다. "다소 말라 보이긴 합니다만 그건 당신이…… 떠나 있던 동안 영양 섭취가 미흡해 성장에 지장이 있었기 때문일 수 있습니다. 하지만 그보다는……"

나는 멍하니 고개를 끄덕였다. 그가 옳았다. 어떻게 이런 중요한 걸 못 보고 놓칠 수가 있지?

왜냐하면 이런 건 필멸자나 알아차릴 수 있는 것이니까.

내가 이렇게 된 이유가 샤하르와 데카르타랑 맺은 우정의 맹세와 어떤 식으로든 관계가 있을 거라고는 진즉에 짐작했다. 그리고 이젠 그들의 필멸성이 마치 질병처럼 내게 전염되었다는 걸 안다. 하지만 무슨 놈의 병이 다른 환자에게 맞춰 진행 속도가 느려진 단 말이야? 여기엔 뭔가 목적이 있었다.

하지만 누구의, 무슨 목적?

"셰비어 필경사, 네 연구실로 안내해." 말투는 차분했지만 머릿 속에서는 온갖 추론과 상상이 정신없이 핑핑 돌고 있었다. "지금 당장 샘플을 줄 수 있을 것 같으니까."

✳

셰비어의 연구실을 나설 무렵에는 벌써 동이 트고 있었고, 배가 고팠다. 노예로 살던 시절 주인이 굶길 때마다 가끔 느꼈던 원초적이고 위태로울 정도의 통증은 아니었지만 내가 곧 죽으리라는 걸 알려 주는 증거 같아서 짜증이 났다. 지금 이걸 무시하면 굶어 죽을까? 평소처럼 놀이나 반항 같은 걸로 버틸 순 없을까? 한번 시도해 볼까 하는 마음이 들었다. 그러다 셰비어가 살점을 떼어 낸 다음 붕대를 감고 치유 인을 그려 놓은 위팔을 문지르며 쓸데없이 고통을 자처할 필요는 없다고 생각했다. 필멸자가 되면 내가 원하든 말든 충분히 고통스러운 삶을 살게 될 테니까.

갑자기 시끌벅적한 소음과 부산한 움직임이 나를 우울한 생각에서 끄집어냈다. 재빨리 복도 옆으로 비켜서자 위병 여섯이 무기를 들고 바쁘게 지나갔다. 그중 한 명은 손에 통신구를 들고 있었는데, 거기서 대장으로 추정되는 사람이 낮은 톤으로 빠르게 지시하는 게 들렸다. "북쪽 7구역 복도를 비우도록"이나 "전정광장" 같은 단어가 들렸고 그중에서 가장 또렷하게 들린 말은 "모라드의 수하들에게 냄새가 밴 물건을 가져오라고 해."였다.

샤하르의 소환만큼이나, 아니 그보다도 더 구미가 당기는 유혹에 저항할 수 있는 내가 아니었다. 나는 콧노래를 흥얼거리며 주머니에 손을 찔러 넣고 깡총거리며 다른 복도로 향했다. 그러고는 위병이 시야에서 사라지자마자 재빨리 벽을 열었다.

죽은 공간 중에서도 하필 가장 유용한 갈림길을 빈틈없이 차지하고 있는 세계수 가지와 너무 크게 자라 더는 좁은 통로를 통과할 수 없는 멍청하고 쓸모없는 내 몸뚱이 때문에 하마터면 계획이 물거품이 될 뻔했다. 다른 아는 길도 많긴 했지만 드디어 전정에 도착했을 즈음엔 늦은 데다 숨까지 할딱대고 있었다.(이것도 필멸자가 되어서 짜증 나는 점 중 하나다. 빨리 이 필멸의 몸뚱이를 튼튼하게 단련하지 않으면 나중엔 쓸모가 전혀 없어질 거다.)

하지만 그곳에 도착해 본 것은 그만한 고생을 할 가치가 있었다.

하늘궁의 전정광장은 지금은 고인이 된 내 누이 쿠루에가 설계한 것이다. 그녀는 필멸자가 지닌 가장 핵심적인 두 가지 심리 요소를 완벽하게 이해하고 있었다. 그들은 자신이 아무것도 아니라는 사실을 상기하기 싫어하면서도 동시에 압도적인 우위를 지닌 지도자가 강력하고 절대적인 지배권을 휘둘러 주기를 본능적으로 바란다. 그래서 이곳을 찾는 방문객들은 수직이동 게이트에 도착하자마자 네 개의 방위 지점에 위치한 각각의 웅장함을 마주하게 된다. 북쪽에는 하늘궁 아래 도시에 있는 수많은 건물보다도 높다란 깊은 아치형 입구가 있다. 동쪽과 서쪽에는 쌍둥이 단지인 십만정원의 이국풍 나무로 장식된 질서정연한 모자이크 화단이 있고 그 너머로는 푸른 하늘을 배경으로 백만 개의 나뭇잎을 매달고 아득한 곳까지 뻗어 있는 거대한 세계수 가지가 보였다. 쿠루에의 설계에는 이 나무가 없었지만 마치 원래 있었던 것처럼 보인다는 사실이 그녀의 솜씨가 얼마나 뛰어난지를 증명한다. 그리고 감히 남쪽을 바라볼 수 있는 대담한 사람들이 있다면, 거기에는 아무것도 없었다. 외로운 부두와 아무것도 없는 창공, 그리고 아주 멀리 펼쳐진 지평선뿐이었다.

지금 전정광장은 뭔가 끔찍한 것으로 유린되어 있었다.

하인들이 사용하는 지상 출입구를 통해 정원으로 나왔을 때 내가 거기 있다는 걸 알아차린 사람은 아무도 없었다. 병사들은 사방에 흩어져 우왕좌왕하고 있었다. 게이트가 있는 모자이크 한쪽에서 근위대장이 마부에게 어서 마차를 치워! 치우라고! 빌어먹을 빨리 화물 게이트에 있는 지상역으로 가져가서 아무도 건드리지 못하게 하라고 고함치는 게 보였다.

나는 전부 다 무시하고 소란을 헤치며 앞으로 나아갔다. 시선은 바닥에 놓인 두 개의 덩어리에 못 박힌 채였다. 누군가 그 아래 네모난 천을 까는 상식을 발휘하긴 했지만 그것만으로는 이 엉망진창을 가릴 수가 없었다. 수많은 덩어리가 온 사방에 흩어져 있고 병사들이 비틀비틀 주변을 돌아다니며 바닥에 떨어진 조각들을 주워 천 위에 모으고 있었지만 별 도움은 되지 않았다. 살점은 완전히 썩어 흐물흐물했고 형태를 유지하고 있는 것이라곤 해면처럼 물렁해진 뼈대 정도라는 것을 눈으로 볼 수 있을 만큼 가까이 다가가자 대장이 고개를 돌려 나를 발견했다. 그 즉시 반사적으로 허리에 찬 검에 손을 뻗을 만큼 용맹했지만 내가 누군지 깨닫고 실제로 발검하지는 않을 만큼은 현명했다. 그가 무심코 욕설을 내뱉더니 멈칫하고는 부하들이 보고 있지는 않은지 주변을 슬쩍 둘러본 다음 재빨리 내게 고개를 숙였다. 처세에 능한 자는 아니었다.

"각하." 그가 조심스러운 말투로 말했다. 하지만 실은 내게 맞는 적절한 경칭을 부르고 싶어 한다는 게 보였다. 이마에 아라메리 인이 새겨져 있긴 했지만 이템파스 신도는 아니었다. 그가 손을 들어 다가오지 말라고 제지하길래 엉망으로 더러워진 바닥의 가장 바깥쪽 경계에서 조금 떨어진 곳에서 멈춰 섰다. "위험합니다."

"구더기가 공격을 할 것 같진 않은데." 하지만 구더기는 없었기 때문에 내 농담은 실패로 돌아갔다. 천 위에 놓인 게 아주 완전히 죽어 버린 두 필멸자의 유해라는 건 확실했지만 기이한 점이 너무 많아서 당혹스러웠다. 냄새도 이상했다. 나는 조금 더 가까이 다가가 입을 살짝 벌렸다. 맛을 더 잘 보려고 그런 건 아니다. 난 썩은 고기는 좋아하지 않으니까. 하지만 암모니아와 유황, 그리고 평범한 죽음의 맛이 느껴졌다.

"아라메리 맞는 거지?" 나는 허리를 굽혀 더 자세히 살펴보았다. 이마의 표식, 아니 그냥 얼굴 자체를 알아볼 수가 없었다. 이상할 정도로 거무죽죽한 데다 얼굴의 형태도 거의 남아 있지 않아 평평했다. "누구야? 내가 알 수도 있을 만큼 죽은 지 오래돼 보이는데."

근위대장이 경직된 태도로 대답했다. "레이디 레마스의 육촌인 네브라 경과 레이디 크리시나로 추측됩니다. 순혈이지요. 그리고 저희는 이들이 어젯밤에 사망했다고 믿습니다."

"뭐?"

그는 같은 말을 반복하지 않았다. 그저 발을 움직여 네브라의 일부였던 걸로 추측되는 작은 액체 방울을 털어냈을 뿐이다. 아니면 크리시나일 수도 있고. 병사들이 흩어진 조각을 전부 모아 천 위에 담고 운반을 위해 조심스럽게 덮어 싸고 있었다. 수직이동 게이트와 천 사이의 바닥에 얼룩진 흔적이 길게 이어져 있는 게 보였다. 마차로 하늘궁까지 시신을 옮긴 게 분명한데 먼저 시신을 깨끗이 염해서 가져올 생각도 안 한 건가? 말이 안 되는데…… 문을 열어 보기 전까지 안에 있던 이들이 죽었다는 걸 몰랐다면 또 몰라도.

나는 대장에게 다가갔다. 내가 접근하는 것을 보고 그가 또다시 몸을 굳혔지만 용케 잘 버텨 내고 있었다. 나는 그의 이마에 낮은 피임을 알리는 단순한 막대 문양이 있는 것을 보고는 조금 놀랐다. 레마스만 빼고 내가 본 모든 혈인처럼 가운데가 비어 있었다. 낮은피가 하늘궁에서 이렇게 높은 지위에 오르는 경우는 매우 드물었다. 그 말은 이 사내에게 아주 강력한 후원자가 있거나(부모는 아닐 거다. 그러면 낮은피일 리가 없으니까.) 아주 유능하다는 의미다. 후자면 좋겠다.

"솔직히 난 죽은 필멸자한텐 관심이 없어." 나는 목소리를 낮췄다. "시체는 재미가 없거든. 하지만 필멸자의 주검이 이런 상태가 되려면 보통 몇 년까지는 아닐지 몰라도 최소한 몇 달은 걸리지 않아?"

"보통은 그렇습니다." 사내가 짧게 대답했다.

"그럼 어쩌다 이렇게 된 거야?"

그의 턱 근육이 실룩거렸다. "죄송합니다만, 이 일을 철저히 비공개로 처리하라는 명령을 받았습니다. 이건 가족 문제입니다." 그건 레마스가 비밀을 함구할 것을 명했고, 내가 그를 부두에 거꾸로 매달지 않는 이상 입을 열지 않을 것이라는 뜻이었다. 어쩌면 그걸로도 안 될지 모른다. 이 친구는 꽤 완고한 성격으로 보였다.

나는 눈동자를 굴렸다. "이런 끔찍한 장면을 연출할 수 있는 건 마법밖에 없다는 거 피차 알잖아. 필경사가 마법을 사용했다가 뭐가 잘못되거나 아님 내 형제자매 하나를 화나게 했을지도 모르지." 하지만 그랬을 것 같진 않았다. 아무리 온화한 본성을 지녔더라도 소격신이면 누구나 이런 짓을 할 수 있지만, 이런 짓을 실제로 할 만한 신은 생각나지 않았다. 우리는 생명을 빼앗을망정 모욕진 않는다. 우리는 죽음을 존중했다. 그렇게 하지 않는 건 에네파와 예이네에 대한 모독이었다.

"말씀드릴 수 없습니다."

진짜 고집 세네. "아까 나한테 왜 위험하다고 했지?"

그러자 놀랍게도 사내가 갑자기 나를 빤히 직시했다. 화가 난 건 아니었다. 물론 내가 알면서도 그를 귀찮게 굴고 있는 건 사실이지만. 그는 내가 본 중 가장 인상적인 회색 눈을 갖고 있었다.

하늘궁에서는 보기 드물고 마로네 사이에서도 찾아보기 힘든 색이었지만 피부색은 충분히 마로네다운 갈색이었다. 만일 그가 아라메리라면 아른 혼혈일 것이다.

그가 부드럽지만 단호하게 말했다. "말씀하신 대로 이런 건 오직 마법으로만 가능합니다. 이 마법은 접촉을 통해 발동되고요."

시체의 얼굴을 향해 그가 턱을 까딱였다. 병사들이 떨어져 나간 팔다리를 천으로 감싸고 있었지만 얼굴은 아직 드러나 있었다. 자세히 들여다보니 시신은 부패한 게 아니었다. 얼굴이 검게 변한 건 부패했기 때문이 아니라 까맣게 탔기 때문이다. 내가 얼굴이라고 생각한 것마저 실은 얼굴이 아니었다. 시신들은 얼굴에 일종의 가면을 쓰고 있었다. 그런데 가면이 심하게 타는 바람에 그 아래 살갗과 함께 녹아내려 원래 얼굴의 턱선과 눈만 남았다.

병사들이 유해 수습을 마쳤다. 병사 여섯 명이 시체를 천천히 옮기기 시작했다. 그들이 궁전 입구에 도착했을 즈음 청소 도구와 향로를 든 하인 무리가 나타났다. 그들은 전정광장에서 끔찍한 일이 있었다는 걸 귀족들이 눈치채지 못하도록 신속하게 오물을 닦아 낼 것이다.

"레이디 아라메리에게 보고를 해야 합니다." 대장이 몸을 돌리며 말했다.

"이름이 뭐지?"

대장이 경계심을 드러내며 멈칫했다. 내 소문을 들은 모양이다. 나는 씩 웃었다.

"여기저기 소문내고 다니려는 건 아냐, 진짜로. 장난을 치거나 골탕을 먹이려는 것도 아니고. 내 기분을 상할 짓은 아무것도 안 했으니 걱정 안 해도 돼."

그가 긴장을 풀었다. "래스 아라메리입니다."

진노(瞋怒)라는 의미의 이름이라니. 마로네가 분명하다. "좋아, 래스 대장. 내가 여기 왔었다고 레마스에게 말할 거면 이…… 일의 원인을 규명하는 데 내가 도움을 주고 싶어 한다고도 전해 줘." 나는 시신들이 누워 있던 자리를 향해 애매하게 손짓했다.

래스가 미간을 찌푸렸다. "이유가 뭡니까?"

"심심해서." 나는 어깨를 으쓱했다. "호기심이 고양이를 죽인다잖아. 난 이제 장난감을 갖고 놀기엔 나이가 너무 많거든."

혼란스러운 표정이 얼굴을 스쳤지만 래스는 고개를 끄덕였다. "그렇게 전해 드리겠습니다." 그가 몸을 돌려 궁 쪽으로 향했다. 그러다 계단 앞에서 멈춰 서더니 궁 입구에 나타난 하얀 옷을 입은 날씬한 사람에게 허리 숙여 절했다. 샤르였다.

나는 보다 느릿한 걸음으로 래스를 따라가며 습관처럼 하인들에게 고개를 끄덕여 보이다(그들이 놀란 표정을 지었다.) 샤르를 보고 널찍한 계단 아래에 멈춰 섰다. 그녀는 푹신푹신한 하얀 모피로 만든 단순한 실내용 로브를 걸치고 있었다. 굉장히 험악한 표정을 짓고 있어서 그 앞에 서니 오랜 습관 때문에 쭈뼛한 기분이 들었다.

"일어났는데 네가 없잖아. 그런데 난 널 얼마나 만족시킬 수 있는지에 따라 평가받을 예정이란 말이야." 오, 끝내줘라. 보일락말락 아주 살짝 독기가 올라 있는 저 말투라니. 샤르는 정말 솜씨가 좋았다. "그래서 나한테 주어진 아주아주 많은 책무를 완수하기 전에 널 찾는 게 급선무였어. 이 사건에 대한 보고를 받기 전까진 어떻게 해야 할지 막막했는데, 너라면 문제가 생긴 곳에 있을 줄 알았지."

내가 할 수 있는 가장 매력적인 미소를 지어 보이자 샤하르의 눈빛이 더욱 차가워졌다. 나이가 너무 많아져서 이젠 이것도 안 통하나 보다. "그냥 날 부르면 됐는데. 이틀 전에 그런 것처럼."

샤하르가 눈을 깜박였다. 순식간에 화가 가라앉는 걸 보니 진짜로 부아가 난 건 아님을 알 수 있었다. "그게 될까?"

나는 어깨를 으쓱했지만 겉으로 보이는 것처럼 속도 아무렇지 않은 건 아니었다. "나중에 한번 시험해 보면 되지."

"그래." 샤하르가 깊은 한숨을 내쉬더니 수직이동 게이트 주변을 바지런히 청소하고 있는 하인들에게로 시선을 돌렸다. 그중 한 명은 검은 타일을 하나라도 밟지 않으려고 애쓰면서 게이트 주변을 청소 용액으로 닦고 있었다.

"아는 사람이었어?" 혹시 가까운 사이였을지도 모른다는 생각에 조심스럽게 물었다.

"물론. 둘 다 나한테 위협이 되지도 않았고." 이 집안이 어떻게 돌아가는지 생각하면 거의 우정을 나누는 사이였다는 선언이나 다름없었다. "하이노스와 제도에서 가문의 물류와 운송 부문을 관리했어. 유능하고 분별력도 뛰어났지. 둘은 남매 사이였는데, 꼭……"

나와 데카처럼이라고 말하려 했던 것 같았다. "가문으로선 큰 손실이야. 이번에도."

샤하르의 침울한 표정을 보고 있다가 문득 그녀가 이들이 어떻게 죽었는지 보고도 별로 놀라지 않는다는 걸 깨달았다. 샤하르의 말은 래스의 경고와 더불어 또 다른 단서가 되어 주었다.

"나 배고파. 뭘 먹을 수 있는 곳에 데려다줘. 같이 밥 먹자."

샤하르가 나를 노려보았다. "그거 명령이야?"

나는 눈동자를 굴렸다. "시키는 대로 하라고 강요하는 게 아니잖아."

"강요에도 여러 종류가 있지." 돌처럼 딱딱한 눈빛이 날아왔다. "네가 어머니한테 말하면……"

나는 짜증 섞인 신음을 뱉었다. "난 고자질쟁이가 아냐! 그냥 배가 고픈 거라고!" 그러고는 샤하르에게 한 발짝 가까이 다가갔다. "이 일에 대해 둘이서 조용한 곳에서 얘기하고 싶기도 하고."

샤하르가 눈을 깜박였다. 그러더니 얼굴이 붉어졌다. 그럴 만도 하다. 내가 왜 그런 말을 하는지 진즉에 눈치채고도 남았어야 하니까. 자존심 같은 것에 사로잡혀 있지만 않았어도 당연히 그랬을 거다. "아." 샤하르가 잠시 머뭇거리더니 전정광장 가득 우리를 감시하는 시선이 도사리고 있기라도 한 양 주위를 둘러보았다. 사실 보통은 실제로도 그랬다. "삼십 분 뒤에 도서관 큐폴라*에서 만나. 음식을 가져갈게." 그 말과 함께 샤하르가 하얀 모피 자락을 휘날리며 돌아섰다. 그녀가 발을 옮길 때마다 신발 바닥이 일광석에 부딪쳐 또각또각 선명한 소리가 울렸다.

---

* 건축물 꼭대기에 있는 작고 높이 솟은 구조물로 주로 돔 형태를 띠는 경우가 많다 ─ 옮긴이

나는 그 뒷모습을 즐거운 마음으로 지켜보다가 내 시선이 샤하르의 엉덩이 곡선과 뻣뻣하고 거만한 걸음걸이가 만드는 더 미세한 흔들림에 머물러 있다는 사실을 깨달았다. 갑자기 온몸에서 힘이 쭉 빠지는 느낌에 저도 모르게 비틀거리며 뒷걸음질 쳤다. 그 모습을 본 건 모라드의 명령 때문인지 내게 눈길을 주지 않으려 조심스럽게 애쓰고 있는 하인들뿐이었다. 나는 재빨리 자세를 바로잡고 재미없는 나무와 꽃에 매료된 양 슬그머니 정원으로 몸을 숨겼다. 하지만 사실은 떨고 있었다.

내가 어떻게 할 수 있는 문제가 아니었다. 셰비어는 내 나이가 대략 열여섯 즈음일 거라고 추정했고 나는 그 나이가 필멸자 소년에게 어떤 의미인지 아주 잘 알고 있었다. 땀을 뻘뻘 흘리며 몸을 둥글게 말고 격렬하게 자위하는 나 자신을 발견하기까지 얼마나 남았을까? 그 순간이 왔을 때 내가 누구의 이름을 부르며 신음할지 이제는 알 것 같았다.

오, 신이여. 난 정말 사춘기가 싫다.

어떻게 할 수 있는 문제가 아냐. 나는 다시금 속으로 중얼거리며 바닥에 구멍을 열었다.

도서관에 도착하기까지는 별로 오래 걸리지 않았다. 나는 구석진 곳에 있는 한동안 아무도 사용하지 않은 크고 오래된 두 개의 책장 사이에 반짝 나타나, 책 더미 사이를 지나 반쯤 숨겨진 나선형 계단에 이르렀다. 쿠루에는 문자를 사랑하는 궁전 사람들을 위해 이 큐폴라를 만들었다. 책 더미를 뒤지거나 두루마리나 책, 서판에 푹 빠져 있다 보면 이곳을 발견할 수 있었는데 그래서 샤하르가 이곳을 찾아냈다는 게 은근 대견스러웠다. 그리고는 내가 그런 자부심을 느낀다는 데 짜증이 났고 내가 짜증이 났다는 데 또 짜증이 났다.

하지만 막상 계단 꼭대기에 도착했을 때 나는 놀라서 그 자리에 멈춰 설 수밖에 없었다. 이미 누군가 와 있었는데 그 사람은 샤하르가 아니었다.

웬 남자가 쿠션 붙은 긴 의자에 앉아 있었다. 금발에 풍채가 좋고 진줏빛 광택이 나는 실크 재질만 아니었다면 더욱 그럴듯해 보였을 군용 재킷을 입고 있었다. 큐폴라의 지붕은 유리였고 벽은 뚫려 있었다.(물론 하늘궁의 다른 곳처럼 마법으로 바람과 희박한 공기로부터 보호되고 있었지만.) 햇빛 한 줄기가 남자의 곱슬머리와 보석 단추, 그리고 조각 같은 얼굴 위로 소용돌이치며 흘러내렸다. 이마의 표식을 볼 필요도 없이 아라메리 본계임을 알 수 있었다. 거기 앉아 있는 모습이 너무도 익숙하고 편안해 보였기 때문이다.

하지만 그가 내게 고개를 돌렸을 때, 나는 이마의 인을 뚫어지게 쳐다볼 수밖에 없었다. 내가 기억하는 모든 주문이 거기 있었다. 에네파데가 샤하르의 직계 후손을 보호하고 섬기게 하는 계약, 아라메리 가문의 구성원이 가주에게 충성을 바치게 하는 강제 명령. 어째서 오직 이자만이, 모든 아라메리 본계 가운데 오직 이자만이 예전과 같은 형태의 인을 갖고 있는 걸까?

"이런, 이런." 나처럼 재빨리 상대에 대한 분석을 끝낸 남자가 말했다.

"미안." 나는 떨떠름하게 말했다. "아무도 없는 줄 알았어. 다른 곳을 찾아볼게."

"당신이 그 소격신이군요." 그 말에 깜짝 놀라 나는 멈춰 섰다. 남자가 희미하게 웃었다. "이곳에서 비밀을 지키기가 얼마나 어려운지 기억할 텐데요."

"내가 살 적엔 아주 잘 기억했었지."

"맞아요. 아주 다행한 일이었죠. 그러지 않았다면 우리에게서 벗어날 수 없었을 테니."

짜증이 났지만 또 어디 해 보라는 심경으로 턱을 치켜들었다. "순혈이 보기에도 과연 다행한 일이었을까?"

"그럼요." 사내가 몸을 움직여 무릎에 놓여 있던 근사하게 제본된 커다란 책을 옆으로 치웠다. "안 그래도 마침 당신과 다른 에네파데에 대해 읽고 있었습니다. 당신이 하늘궁에 머무르는 기념으로요. 우리 조상들은 정말 안간힘을 다해 괴물 꼬리를 붙잡고 있었더군요. 솔직히 당신들이 먼저 풀려난 덕에 내가 상대할 일이 없어서 아주 다행이라고 생각합니다."

왜 이 사내에게 이런 명백한 경계심이 드는지 알 수가 없어서 눈을 가느스름하게 뜨고 살펴보았다. "왜 당신이 마음에 안 들지?"

남자가 놀란 듯 눈을 깜박이더니 약간 얄궂은 미소를 지었다. "아마 당신이 아직도 노예이고 내가 주인이라면, 내가 목줄을 가장 짧게 잡을 상대가 당신이기 때문이겠죠."

정말일지는 모르겠지만 어쨌든 아무 도움도 안 되는 대답이었다. 나는 내가 얼마나 위험한지 파악할 줄 아는 필멸자는 신뢰하지 않는다. 그건 보통 그들도 그만큼 위험하다는 의미니까. "너 누구야?"

"내 이름은 라미나 아라메리입니다."

나는 고개를 끄덕이며 그의 얼굴선과 뼈대를 훑어보았다. "레마스의 동생?" 아니, 조금 다른데.

"정확히 말하면 이부(異父)동생이지요. 레마스의 아버지가 전대 가주였습니다. 내 아버지는 아니었고." 그가 대수롭지 않다는 듯 어깨를 으쓱했다. "어떻게 알았죠?"

"본계처럼 생겼고 레마스랑 비슷한 냄새가 나. 그리고……" 나는 그의 이마를 힐끗 쳐다보았다. "힘을 속박당한 분위기가 나거든."

"아." 라미나가 자조적인 미소를 지으며 이마를 어루만졌다. "그리고 이게 확신을 줬겠지요? 내가 알기로 당신이 있던 시절엔 진인(眞印)이 일반적이었겠죠."

"진인?" 나는 눈살을 찌푸렸다. "그럼 딴 사람들한테 있는 수정된 건 뭐라고 부르는데?"

"반인(半印)이라고 합니다. 레마스를 제외하면 현재 가문 내에서 진인을 달고 있는 건 내가 유일하죠." 라미나가 고개를 돌려 저 멀리 세계수 가지 주위를 맴돌고 있는 한 무리의 새 떼를 응시했다. 새들이 날아오르며 바람을 타고 활공하자 그의 시선이 느리고 안정적으로 하늘을 가로지르는 새 떼의 궤적을 따라갔다. "누님이 가주가 되었을 때 받았습니다."

그제야 이해가 됐다. 진인을 가진 이는 자신의 의지에 반하더라도 가문의 수장에게 충성해야 한다. 라미나는 마치 태양에게 지라고 명령할 수 없는 것처럼 누이에게 해가 되는 행동을 절대로 할 수 없었다.

"악마 같네." 왠일로 그가 안됐다는 마음이 들었다. "왜 그냥 널 죽이지 않았지?"

"날 싫어하니까요, 아마도." 라미나는 여전히 새 떼를 바라보고 있었다. 표정을 읽을 수가 없었다. "아니면 날 사랑하거나. 어느 쪽이든 결과는 같죠."

내가 뭐라 대답하기도 전에 나선형 계단에서 발소리가 들렸다. 하인 두 명이 나타나자 우리는 둘 다 입을 다물었다. 하인들은 재빨리 라미나에게 절을 한 다음 내게 거북한 시선을 던지며 나무 쟁반을 내려놓고 핑거푸드가 담긴 커다란 접시를 내놓았다. 그들이 서둘러 떠난 뒤 나는 접시로 다가가 음식 몇 개를 입안에 쑤셔 넣었다. 라미나가 한쪽 눈썹을 올리자 나는 으르렁거리며 이를 드러내 보였다. 그가 가볍게 코웃음을 치며 고개를 돌렸다. 좋았어. 나쁜 놈.

그렇게 한입 가득 먹고 나니 벌써 배가 불렀다. 내가 아직 완전히 필멸자가 된 게 아니라는 뜻이라 기분이 좋아졌다. 그래서 트림을 하고 손가락을 핥으며 라미나가 보고 역겨워하길 내심 빌었다. 하지만 이럴 수가, 그는 나를 쳐다보지도 않았다. 잠시 후 라미나가 다시 계단으로 시선을 돌렸다. 바닥에 있는 입구에서 샤하르가 나타났다. 그녀가 내게 고개를 까딱하더니 라미나를 발견하고는 얼굴이 환해졌다. "삼촌! 여기서 뭐 하는 거예요?"

"세상을 정복할 음모를 꾸미고 있었지." 라미나가 샤하르에게 활짝 웃으며 대답했다. 샤하르는 진심 어린 애정을 담아 그를 껴안았고, 그도 똑같이 애정 넘치는 포옹을 되돌려주었다. "여기 이 새로운 젊은 친구와 즐거운 대화를 나누고 있었단다. 여기서 만나기로 한 거니?"

샤하르가 라미나 옆에 앉아 나와 그를 번갈아 쳐다보았다. "네. 하지만 삼촌도 있어도 괜찮아요. 무슨 일이 있었는지 알아요?"

"무슨 일이 있었는데?"

샤하르의 표정이 가라앉았다. "네브라와 크리시나요. 오늘 아침 병사들이 시신을 가져왔어요."

라미나가 얼굴을 일그러뜨리며 눈을 감았다. "어떻게?"

샤하르가 고개를 가로저었다. "또 가면을 쓰고 있었대요. 그리고 이번엔……" 그녀가 얼굴을 찡그렸다. "보진 못했어요. 냄새는 맡았지만."

나는 큐폴라의 그늘 아래 있는 맞은편 긴 의자에 앉아 그들을 지켜보았다. 비쳐 들어온 햇빛이 그들의 곱슬머리 위로 후광을 만들어 내고 있었다. 슬픔에 젖은 똑같은 표정. 그래, 이토록 명백한데 레마스가 왜 굳이 비밀로 하려고 애쓰는지 모르겠다.

라미나가 일어나 험악한 표정으로 왔다 갔다 서성였다. "악마와 어둠이여! 모든 높은피들이 새파랗게 분노할 거야. 그러는 것도 당연하고. 그리고 이 빌어먹을 자식들을 찾지 못했다고 레마스를 비난하겠지." 갑자기 발을 멈추고 샤하르를 돌아보는 그의 눈이 가느스름해졌다. "이 정체 모를 범인들이 점점 대담해지면 너도 위험에 처하게 될 거다, 조카야. 당분간은 외부 활동을 자제하는 게 좋겠다."

샤하르는 그 말에 미간을 약간 찌푸렸지만 그리 놀란 것 같진 않았다. 전정광장에서 그 광경을 본 뒤로 그녀도 비슷한 생각을 했던 게 틀림없었다. "오늘 저녁에 회색지구에서 레이디 하이노를 만나기로 되어 있어요."

회색지구? 뭔지 궁금했다.

"일정을 변경해."

"안 돼요! 제가 요청한 만남이라고요. 일정을 바꾸면 그쪽에서 뭔가 잘못됐다는 걸 알아차릴 거예요. 어머니가 이 살인 사건에 관해 모든 걸 철저하게 비밀에 부쳐야 한다고 말씀하셨어요."

라미나가 발을 멈추고 나를 쳐다보았다. 나는 그에게 보란 듯이 내 매력 만점 미소를 지어 보였다.

샤하르가 짜증 가득한 소리를 내뱉었다. "또 시에가 원하는 건 뭐든 다 들어주라는 말씀도 하셨죠." 그녀가 나를 노려보았다. "그리고 시에는 시체를 봐 버렸고요."

"그랬지. 하지만 더 자세히 설명해 주면 완전 고마울 것 같아. 전에도 이런 일이 있었던 거야?"

내 의욕적인 모습에 라미나가 얼굴을 찡그렸지만 샤하르는 자포자기한 기색을 감추려고도 하지 않고 그저 어깨를 축 늘어뜨릴 뿐이었다. "순혈은 처음이야. 하지만 비슷한 일은 전에도 있었어."

"다른 아라메리가 죽은 일?"

"응, 그리고 가끔은 우리 밑에서 일하던 사람들도. 항상 가면을 쓰고 있었고 항상 지독했어. 범인이 어떻게 피해자에게 가면을 씌웠는지는 우리도 몰라. 효과도 매번 달랐고. 그리고 네가 본 것처럼 가면은 나중에 타 버리지."

굉장하네. 옛날엔 아무도 감히 아라메리를 죽일 생각조차 못 했다. 에네파데에게 살인범을 찾아 벌하라는 명령이 떨어질까 봐 두려웠기 때문이다. 세상 사람들이 단 몇 세대 만에 아라메리에 대한 두려움을 극복했다니 필멸자의 회복력과 복수심은 나를 끊임없이 놀라게 한다.

"누가 이런 짓을 하고 있다고 생각해?" 두 사람 모두 내게 짜증 가득한 눈빛을 던지기에 나는 눈썹을 추켜세웠다. "범인이 누군지 모른다는 건 알아. 알았다면 벌써 잡아 죽였을 테니까. 하지만 의심이 가는 사람은 있을 거 아냐."

"없습니다." 라미나는 뒤로 편하게 기대앉아 다리를 꼰 채 긴 머리카락을 등받이 뒤로 넘겼다. 그러고는 극도로 한심하다는 눈빛으로 나를 쳐다보았다. "의심 가는 자가 있었다면 그쪽도 벌써 죽였을 테니까요."

슬슬 나도 짜증이 올라왔다. "가면이 아무리 손상됐다 한들 손에 들어오긴 했잖아. 요즘 필경사들은 추적 주문 엮는 법도 잊어버렸대?"

"그게 아냐." 샤하르가 몸을 앞으로 기울이며 강렬한 눈빛을 보냈다. "이건 필경술이 아니거든. 필경사들은 이게, 이…… 가짜 마법이 어떻게 작동하는지 전혀 몰라. 그리고……" 그녀가 머뭇거리며 라미나를 슬쩍 쳐다보더니 한숨을 내쉬었다. "막을 방법도 모르고. 우린 이런 공격에 속수무책으로 당하고 있어."

나는 하품을 쩍 했다. 일부러 타이밍을 맞춘 것도 아니고 그들의 곤경 따위 알 바 아니라는 걸 보여 주려는 의도도 아니었지만 둘이서 똑같이 찡그린 얼굴로 나를 쳐다보았다. 나는 입을 다문 다음 똑같이 노려봐 주었다. "내가 무슨 말을 해 주길 바래? 참 안 됐다? 하지만 난 전혀 그런 생각이 안 들거든? 너희도 알잖아. 옛날엔 세상 사람들 전부 그런 두려움에 떨며 살아가야 했어. 패턴도 이유도 없는 살인, 예고도 없이 습격하는 마법. 그것도 수 세기 동안이나. 다 너희 아라메리 때문이었지." 나는 어깨를 으쓱했다. "어떤 필멸자가 너희한테 똑같은 공포를 안겨 줄 방법을 알아냈다는 이유로 그 사람을 비난할 생각 없어. 젠장, 오히려 내가 응원하지 않는 걸 다행으로 여기라고."

라미나의 얼굴에서 표정이 사라졌다. 아라메리는 이러면 자기들이 속내를 알 수 없는 신비한 존재처럼 보인다고 생각하나, 사실은 화가 났는데 그걸 드러내고 싶지 않다는 의미일 뿐이다. 적어도 샤하르는 나한테 똑바로 분노를 쏟아 낼 만큼 솔직하긴 했다. "우리가 그렇게 밉다면 어떻게 해야 하는지 알잖아." 그녀가 날카롭게 응수했다. "그냥 다 죽여 버리지 그래? 아니면……" 입 꼬리가 말려 올라가더니 심술궂은 목소리가 말했다. "그럴 힘이 없으면 나하도스나 예이네한테 가서 부탁하든가."

"너 그 말 다시 해 봐!" 나는 자리에서 벌떡 일어섰다. 샤하르가 싸가지 없이 군 대가로 아라메리 가문을 전부 다 죽여 없애버릴 수도 있을 것 같았다. 샤하르가 남자였다면 한 방 먹였을 거다. 하지만 사내애들끼리는 주먹다짐을 하고도 친구로 남을 수 있지만 남자애와 여자애의 관계는 그것보다 더 복잡했다.

"얘들아." 라미나가 말했다. 온화한 목소리였지만 평온한 표정과는 달리 나를 응시하는 눈빛에서는 뚜렷한 긴장감이 느껴졌다. 내 본성을 확실히 인지해 줘서 고마웠다. 덕분에 화를 쉽게 가라앉힐 수 있었다. 아마 그걸 의도한 거겠지.

샤하르는 토라진 것 같았지만 금세 진정되었고 잠시 후엔 나도 자리에 앉았다. 하지만 속으론 여전히 발끈한 상태였다.

"참고로 말하자면." 나는 침을 탁 뱉고는 다리를 꼬았다. 절대로 삐친 게 아니다. "그건 가짜 마법이 아냐. 더 뛰어난 마법일 뿐이지."

"필경사의 마법보다 뛰어난 건 신의 마법뿐이야." 샤하르가 품위를 되찾으려고 애쓰는 소리가 들리는 것 같았다. 그렇게 생각하니 왠지 더 괴롭히고 싶어졌다.

"아니야." 나는 샤하르를 괴롭히고 싶은 충동을 누그러뜨리려고 긴 의자에 드러누워 지붕을 지탱하고 있는 섬세한 기둥에 발을 올렸다. 신발이 더러웠다면 더 좋았을 텐데. 물론 하인들이 고생을 하긴 하겠지만. "필경술은 이제껏 너희가 알아낸 것 중에서 가장 뛰어날 뿐이지. 앗, 미안, 그러니까 너희 아몬인들 말이야. 어쨌든 너희가 그보다 나은 걸 아직 알아내지 못했다고 해서 그게 더 뛰어나다는 뜻은 아니야."

"맞습니다." 라미나가 무겁게 한숨을 내쉬며 말했다. "셰비어가 설명해 준 적이 있습니다. 필경술은 신의 권능을 흉내 낸 것뿐이며 그것도 제대로 된 것은 아니라고요. 단순한 문자를 통해 전달되는 개념만 포착한 것일 뿐, 말로 하는 마법 쪽이 더 효과적이라고 하더군요."

"그리고 너희가 그런 마법을 쓸 수 없는 건 필멸자는 우리의 말을 정확하게 할 수 없기 때문이고." 긴 의자는 의외로 편안했다. 나중에 여기서 자 봐야겠다. 밤에, 저물어 가는 달 아래 이렇게 사방이 뚫린 곳이라면 나하도스의 품에 안겨 잘 때와 비슷한 기분이 들 거다. "발음이나 문법은 그럭저럭 흉내 낼 수 있을지 몰라도 정확한 맥락은 절대로 익히지 못할 거야. 낮에만 말해야 하는 단어를 밤에 말하거나 태양이 이쪽에 있을 때 해야 하는 말을 저쪽에 있을 때 하기도 하겠지. 그냥 무슨 계절인지만 생각하면 되는데 너흰 그런 걸 절대 못 한단 말이야! 다스-안칼레이라고 말해야 할 때 *게비르흐*라고 말하고 브레비라네이노텟은 또 빼먹고……" 두 사람을 쳐다봤다가 내 말을 전혀 이해하지 못하고 있다는 걸 깨달았다. "……음, 어쨌든 너희는 말을 다 틀리게 해."

"더 잘할 수 있는 방법이 없으니까 그렇지." 샤하르가 말했다. "필멸자가 그 모든…… 맥락을 이해할 수 있을 리가 없잖아. 너도 알면서."

"너희가 우리처럼 말할 수 있는 방법은 없지. 그건 맞아. 하지만 정보를 전달하는 방법은 말과 글 외에도 많잖아. 손짓이라든가 몸짓이라든가……" 라미나와 샤하르가 서로 얼굴을 마주 보며 눈빛을 교환하자 내가 삿대질을 했다. "바로 그런 의미심장한 눈빛이라든가! 마법이 대체 뭐라고 생각하는 거야? 소통이야, 소통. 우리 신들이 현실에 말을 걸면 현실이 거기 응답하는 거라고. 현실 중 일부는 우리가 만든 거라서, 그래서 우리의 팔다리나 영혼

의 흐름과도 같아 우리와 존재 자체가 일치하지. 하지만 나머지
는……."

이번에도 그들은 내 설명을 못 따라오고 있었다. 아, 이 멍청하
고 꽉 막힌 대가리들. 그들은 내 말을 이해할 만큼 똑똑하다. 애초
에 에네파가 그렇게 창조했으니까. 그냥 머리가 딱딱하게 굳어서
못 받아들이는 것뿐이다. 나는 한숨을 내쉬며 체념했다. 어떻게든
이해시키려는 것도 이젠 질렸다. 동생들 중에 누구든 날 보러 와
줬으면 좋겠다…… 하지만 지금 내 상태에 대한 소문이 퍼지는 위
험을 감수할 수는 없다. 나하도스의 말처럼 내겐 적이 많으니까.

"셰비어와 함께 연구에 참여해 보는 건 어떻습니까?" 라미나가
물었다. "이 새로운 마법의 정체를 알아내는 데 도움을 주실 수 있
을 텐데요."

"싫어."

샤하르가 짜증이 역력한 소리를 냈다. "오, 물론 그렇겠죠, 신이
여. 우린 그저 머리 위를 막을 지붕이랑 먹을 것을 내어줬을 뿐이
니……."

"너희가 나한테 준 건 아무것도 없어." 나는 사납게 대꾸하며 그
녀를 노려보았다. "기억하는지 모르겠는데, 이 지붕을 만든 건 바
로 나야. 그리고 레이디 샤하르, 의무에 대해 떠들고 싶다면 너희
어머니한테 가서 지난 이천 년간 나한테 밀린 임금이나 내놓으라
고 하시지? 공물로 대신할 거면 그것도 좋고. 둘 중 어느 쪽이 됐
든 내가 필멸자로 죽을 때까지 평생 먹고살고도 남을걸." 샤하르
의 입이 순수한 모욕감으로 벌어졌다. "싫다고? 그럼 당장 닥쳐!"

샤하르가 얼마나 번개 같은 동작으로 일어섰는지 다른 세계였다면 하늘 높이 펑 하고 날아갔을 거다. "내가 왜 이런 말을 들어주고 있어야 돼?" 그녀가 모피 자락과 씩씩거리는 열기를 휘날리며 계단을 내려갔다. 신발 소리가 도서관 바닥을 따라 멀어지더니 이윽고 그마저 사라졌다.

뿌듯한 만족감을 느끼며 머리 밑에 팔베개를 베고 누웠다.

"즐기고 있군요."

"왜 그렇게 생각하는데?" 내가 웃음을 터트렸다.

라미나는 난감하기보다 진저리가 난다는 듯 한숨을 내쉬었다. "샤하르와 티격태격하는 게 당신은 재밌을지 몰라도, 아니 실제로도 재미로 그러는 거겠지만, 저 애가 어떤 압박감에 시달리고 있는지 상상도 못 할 겁니다. 내 누님은 당신 때문에 샤하르가 죽을 뻔한 일로 저 애의 쌍둥이 동생을 추방한 이후 샤하르에게 절대로 다정하게 구는 법이 없어요."

나는 움찔 놀라며 내가 샤하르에게 진 빚을 떠올렸다. 라미나도 그걸 상기시키려고 그런 말을 한 것일 테다. 돌연 마음이 불편해져서 기둥에서 발을 떼고 몸을 돌려 엎드린 다음, 팔꿈치를 세워 상체를 지탱하며 그를 바라보았다.

"레마스가 왜 데카를 추방했는지는 알겠어. 하지만 그 방법을 택했다는 게 아직도 놀라워. 보통은 후계자가 될 후보가 하나 이상이면 일부러 서로를 대립시키니까."

"저 두 아이의 경우엔 불가능했지요." 라미나가 다시 시선을 돌려 이번에는 궁 반대편에 펼쳐져 있는 광활한 풍경을 바라보았다.

그의 시선을 따라가 봤지만 전에도 수없이 봤던 풍경일 뿐이었다. 조각보처럼 얼룩덜룩한 농경지와 반짝반짝 빛나는 아이글래스 호수. "데카르타는 후계자가 될 가능성이 없습니다. 솔직히 말하자면 오히려 하늘궁에서 멀리 떨어져 있는 편이 더 안전하죠."

"순혈 아른인이 아니라서?" 나는 그를 뚫어져라 바라보았다. "그리고 정확히, 어쩌다, 그렇게 된 거죠, 라미나 삼촌?"

그가 고개를 돌려 나를 쳐다보더니 눈을 가늘게 좁혔다. 그러고는 한숨을 내쉬었다. "빌어먹을."

나는 씩 웃었다. "진짜로 친누나랑 뒹군 거야, 아니면 필경사가 유리병과 주사기로 세세한 부분을 처리한 거야?"

라미나가 나를 노려보았다. "배려라는 게 본성과 안 맞는 겁니까, 아니면 일부러 이렇게 못되게 구는 겁니까?"

"일부러. 하지만 근친상간이라는 게 신에게는 별로 낯선 개념이 아니라는 건 알아줘."

라미나가 한쪽 다리를 꼬았다. 방어적으로 취한 자세일 수도 있고 아니면 그저 무심함에서 나온 자세일 수도 있다. "정치적인 해결책이었습니다. 레마스는 믿을 수 있는 사람이 필요했고, 어쨌든 우린 남매긴 해도 반쪽짜리니까요." 그가 어깨를 으쓱하고는 나를 힐끗 쳐다보았다. "샤하르와 데카르타는 모릅니다."

"샤하르를 말하는 거겠지. 데카의 부친은 누구야?"

"납니다." 내가 웃음을 터트리자 그의 턱 근육이 불룩거렸다. "필경사들이 신중에 신중을 거듭해 확인했습니다. 내 말을 믿으십시오, 시에 님. 데카르타와 샤하르는 의심의 여지 없이 친남매

입니다. 내가 아믄인인 것처럼."

"불가능해. 아니면 당신이 본인이 생각하는 만큼 온전한 아믄인이 아니겠지."

라미나는 아주 우아한 방식으로 발끈했다. "내 혈통은 초대 가주인 샤하르 님까지 직통으로 거슬러 올라갑니다. 낮은피가 섞인적이 한 번도 없어요. 문제는 레마스죠. 일단 그녀의 켄 혼혈 조부가……" 라미나가 과장된 몸짓으로 몸서리를 쳤다. "다른 건 몰라도 아이들이 빨간 머리가 아니라는 게 천만다행이죠. 하지만 문제는 그게 다가 아닙니다."

"그 애의 영혼이지." 나는 데카의 미소를 떠올리며 조용히 말했다. 내가 죽이겠다고 협박을 한 뒤에도 수줍어하던 아이였다. "데카는 밝고 무자비한 대낮의 햇빛이 아니라 대지와 어룽거리는 그림자의 아이지."

라미나가 무슨 소리냐는 듯이 나를 쳐다봤지만 필멸자한테 맞춰 주는 데에는 이제 진절머리가 난다. "데카가 너무 유순하다는 의미라면…… 솔직히 샤하르도 그렇습니다. 하지만 샤하르는 적어도 외모는 그럴듯하니까요."

"데카는 언제쯤 돌아올 수 있어?"

"이론상으로는 훈련을 마친 이 년 뒤면 가능하겠지요. 하지만 현실적으로는……" 라미나가 어깨를 으쓱했다. "아마 영원히 안될 겁니다."

나는 그 말에 미간을 찌푸리며 양팔을 포개고 그 위에 턱을 얹었다. 라미나도 무겁게 한숨을 내쉬면서 자리에서 일어났다. 나는 그가 자리를 뜰 것이라고 생각했고 그래서 한시름 놓았다. 필멸자의 느려 터진 정신머리와 복잡한 인간관계라면 지겨웠으니까. 하지만 라미나는 계단 꼭대기에서 발을 멈추더니 한참 동안 나를 응시했다.

"필경사들이 아라메리를 공격하는 범인을 찾는 걸 돕지 않겠다면 최소한 샤하르를 보호하는 건 도와줄 겁니까? 샤하르는 적들의 표적이 될 겁니다. 아니면 자신들의 음모를 감추기 위해 이 사건을 이용할 친척들이 노릴 수도 있고요."

나는 한숨을 쉬며 눈을 감았다. "걔는 내 친구야, 바보야."

라미나는 짜증이 난 것 같았다. 아마 "바보야"라는 말 때문일 거다. "그게 무슨……" 하지만 그는 곧 멈칫하더니 한숨을 내쉬었다. "아니, 감사해야겠군요. 우리 아라메리에게 항상 부족했던 건 신들의 우애였으니까요. 샤하르가 당신의 우애를 얻었다면…… 그 애가 살아남아 가문을 물려받을 확률이 내가 처음 생각한 것보다 높아질지도 모르겠군요."

그 말과 함께 라미나는 자리를 떴다. 나는 여전히 그가 마음에 들지 않았다.

6장
—

사랑하는 이에게 편지를 보냈네
부치러 가는 길에 떨어뜨렸지
작은 강아지가 그것을 주워
주머니에 넣었네
네가 아냐
네가 아냐
하지만 너야

하늘궁은 심심한 곳이다. 내가 노예로 살던 시절에도 가장 싫었던 게 그거였다. 이 궁전은 첨탑 하나에 마을 하나가 통째로 들어갈 수 있을 정도로 거대하고 방마다 즐길 거리가 가득하다. 하지만 그 모든 것도 한 이천 년쯤 지나면 고통스러울만큼 지겨워질 수밖에 없다. 젠장, 이천 년이 다 뭐야, 이십 년만 지나도 그렇다.

내가 더는 이곳을 견딜 수 없을 거라는 사실은 금방 분명해졌다. 뭐, 상관없었다. 어차피 저 바깥 세상에 나가서 치료법을 알아보긴 해야 했으니까. 물론 그 해결책이 필멸계에 진짜로 존재한다면 말이지만. 하지만 하늘궁은 내 목숨이 걸린 문제를 규명하는데 반드시 필요한 발판이었고 경제적 뒷받침이라는 아주 중대한 부분에서도 비교적 안전하고 편안한 보금자리였다. 여길 나가면 어디서 살아야 하지? 머지않아 마법이 날 버리고 나면 어떻게 살아가야 할까? 나는 가진 재산이나 특출난 기술도 없고 필멸자 사회에서의 인맥도 없었다. 특히 새로 얻은 약점을 고려하면 필멸계는 내게 위험할 수도 있었다. 이런 걸 극복하려면 계획이 필요했다.

(내가 지금 처한 상황이 얼마나 역설적인지 생각하지 않을 수가 없었다. 어릴 적 자란 집을 떠나 어른들의 가혹한 세계로 들어가야 한다는 건 모든 필멸자 청소년의 본성이다. 물론 이 사실을 안다고 해서 기분이 나아지진 않았다.)

오후가 되어도 뚜렷한 결론을 내릴 수가 없었다. 하지만 지금쯤 이면 샤하르의 마음이 풀렸을 것 같아 그녀를 찾아 나섰다.

샤하르의 거처에 들어서자 세 하인에게 둘러싸여 있는 그녀의 모습이 보였다. 시중을 받으며 옷을 입는 중인 것 같았다. 내가 갑자기 응접실 문 앞에 나타나자 그녀가 재빨리 몸을 돌리는 바람에 반쯤 손질해 둔 머리카락이 풀려 흘러내렸다. 한 하인의 얼굴에 낭패감이 떠올랐다가 사라졌다.

"도대체 어디 있었던 거야?" 샤하르가 물었다. 나는 문설주에 몸을 기댔다. "하인들 말로는 벌써 몇 시간 전에 큐폴라에서 나갔다던데."

"나도 다시 보니 반가워." 나는 느릿한 말투로 응수했다. "뭐 하러 이렇게 꽃단장 중인 거야?"

샤하르가 한숨을 내쉬며 다시 하인들의 손에 몸을 맡겼다. "저녁 만찬이 있어. 테마 보호령을 다스리는 삼위회의 레이디 하이노와 그녀의 파이메스를 만나야 해."

샤하르는 그 단어를 완벽하게 발음했다. 어렸을 때부터 테마어를 배웠을 테니 그럴 만도 했다. 파이메스는 "후계자"와 비슷한 의미를 지니는데 다만 남성 접미사가 붙은 단어다. 아른식으로 표현하면 "왕자"라고 할 수 있겠다. 하지만 내가 마지막으로 테마에 관심을 가졌던 시절 이후로 몇백 년 사이에 수정 헌장(憲章)이 반포되었다면 모를까 그건 세습 지위가 아니었다. 테마인들은 영특한 젊은이 중에서 지도자를 뽑아 한 십 년 정도 필요한 교육과 훈련을 시킨 다음에야 실질적으로 모든 일에 대한 책임을 맡겼다. 내가 처음 필멸자의 외형을 택했을 때 테마인을 본보기로 삼은 것도 이런 합리적인 사고방식 때문이었다.

그러다 문득 하인들이 샤하르의 몸 주위에 감고 있는 드레스가 눈에 들어왔다. 진짜로 그랬다. 손바닥 너비의 은은한 금색 천으로 된 띠를 몸 주위로 둘러 헤링본 무늬로 엮고 있었는데, 전체적으로 매우 우아하고 아직 발달 중인 몸의 곡선이 오묘하게 강조되는 형태였다. 내가 휘파람을 휘익 불자 그녀가 못마땅하다는 눈초리를 던졌다. "내가 널 잘 몰랐다면 그 왕자한테 구애하는 줄 알았을 거야. 하지만 넌 아직 어린 데다, 아라메리가 언제부터 외국인과 결혼했어? 그러니 뭔가 다른 목적이 있는 거겠지."

샤하르가 어깨를 으쓱하더니 몸을 돌려 침실 거울에 비친 자신의 모습을 살폈다. 드레스는 거의 완성되어 다리 주위에 몇 번만 더 두르면 끝날 것 같았다. 근데 저 옷은 어떻게 벗는 거야? 그냥 자르나?

"레이디 하이노는 아름다운 것을 좋아하고 하이노스에서 오는 화물의 관세를 관리하고 있기 때문에 깊은 인상을 심어 줄 필요가 있어. 실제로 우리를 곤란하게 할 수 있는 몇 안 되는 귀족 중한 명이지." 샤하르가 몸을 옆으로 돌려 옆모습을 점검했다. 하인들이 머리를 다시 손질하고 나자 그녀는 완벽해 보였다. 본인도 그 사실을 잘 알고 있었다. "그리고 칸루 왕자는 어릴 때부터 알고 지낸 친구 사이라서 걔를 위해 치장하는 것도 별로 싫진 않아."

나는 놀라 눈썹을 쓱 치켜올렸다. 아라메리는 보통 아이들에게 친구를 사귀게 허락해 주지 않는다. 물론 이제는 그들을 봐줄 신이 없으니 친구가 필요하긴 할 거다. 나는 응접실 소파 위에 벌렁 드러누웠다. 하인들의 눈초리 따윈 아랑곳하지 않았다. "그럼 오늘 만찬은 일과 즐거움 양쪽 모두를 위한 거네."

"주로 일이지." 하인들이 뭐라 중얼거리더니 샤하르가 자신의 모습을 꼼꼼히 살펴보는 동안 손을 멈춘 채 기다렸다. 만족한 그녀가 고개를 끄덕이자 하인들이 밖으로 나갔다. 샤하르가 옅은 노란색의 긴 장갑을 손수 꼈다. "실은 레이디 하이노에게 내 사촌들에게 무슨 일이 있었는지 물어볼 생각이야."

나는 몸을 옆으로 굴려 그녀를 쳐다보았다. "그 사람이 그걸 어떻게 아는데?"

"테마는 귀족 컨소시엄에서 중립파에 속해 있거든. 대체적으로 우릴 지지하긴 하지만 새로 개정된 십일조 제도나 세속학교 같은 진보적인 의견도 지지하고 있어. 이템파스 교단은 더 이상 아홉 살 이상의 아동을 교육할 여력이 없거든. 알다시피……"

"그래, 그래." 나는 눈을 비비며 대꾸했다. "그런 세세한 것에 관심 없어, 샤하르. 그냥 핵심만 말해 줘."

샤하르가 짜증 섞인 한숨을 내뱉더니 소파로 다가와 거만한 자세로 나를 내려다보았다. "난 하이노가 컨소시엄에서 지속적으로 아라메리의 이익에 반대표를 던지는 하이노스 귀족들과 손잡고 있다고 생각해. 그리고 바로 그들이 우리 가문을 공격하고 있는 배후라고 생각하고."

"그렇게 생각한다면 왜 놈들을 아직 안 죽였는데?" 몇 세대 전 선조들이라면 벌써 죽이고도 남았을 거다.

"또 어떤 다른 국가들이 연루되어 있는지 모르니까. 그 중심에 하이노스가 있다는 건 확실하지만 하이노스에만도 최소한 스물네 개의 국가가 있어. 그리고 난 세늄 대륙에서도 몇몇 국가와 심지어 일부 섬나라도 관련되어 있다고 의심 중이거든." 샤하르가한숨을 쉬며 허리에 양손을 얹고 미간을 찌푸렸다. "난 뱀의 송곳니나 비늘이 아니라 머리를 원해, 시에. 그래서 네 조언대로 적극적으로 나서 볼 생각이야. 내가 가주가 되기 전에 날 죽여 버리지 않으면 우리 가문을 향한 위협에 대한 대응으로 하이노스 전체를 파괴해 버리겠다고 알려 주는 거지."

나는 깊은 감명을 받았다는 듯 몸을 뒤로 기댔다. 하지만 뱃속에서는 차가운 분노가 똬리를 틀고 있었다. "알겠어. 놈들이 모습을 드러내게 유인하려고 허세를 부리는 거구나."

"당연하지. 이젠 우리가 대륙 하나를 멸망시킬 수 있을지도 확실치 않고 실제로 그런 시도를 했다간 우리 필경사 군단이 먼저 지쳐 나가떨어져 버릴걸. 이런 시기에 자발적으로 전력을 약화시키는 건 바보 같은 짓이고." 샤하르가 뿌듯한 표정으로 내 옆에 앉았다. 그녀가 걸친 드레스가 몸과 함께 유연하게 접히면서 듣기 좋은 소리의 조화를 만들어 냈다. 독특한 구조를 활용해 세심하게 설계한 효과였다. 저걸 만드는 데 아마 소국 하나의 국가 예산 정도는 족히 들어갔을 것이다. "하지만 래스 대장과 이미 이야기를 해 뒀으니 적당히 위협적으로 보일 만한 작전을 준비해 둘 거야……"

"그러니까 너희 조상들 방식은 안 쓸 거라는 거지." 내가 날카롭게 말했다. "넌 착한 아라메리가 되고 싶으니까. 하지만 목적을 달성하기 위해 조상들의 평판을 활용하지 않을 건 아니란 말이지? 내 말이 맞지?"

샤하르가 놀랐는지 잠시 할 말을 잃고 나를 빤히 바라보았다. "뭐?"

나는 자리에서 일어났다. "너희 말을 안 들으면 대량학살을 저지르겠다고 협박하면서 왜 너희가 공격을 받는지 모르겠다니, 진심이야, 샤하르? 난 네가 이런 걸 바꾸고 싶어 하는 줄 알았는데."

그 즉시 그녀의 표정이 어두워졌다. "진짜로 그런 짓을 하진 않아, 시에. 맙소사, 내가 무슨 괴물인 줄 알아?"

"그럼 그들이 알고 사랑하는 사람들을 전부 죽여 버리겠다고 협박하는 건 뭐야?" 혼란과 분노에 휩싸인 샤하르는 침묵했고, 나는 내 숨결이 그녀의 뺨을 간질일 정도로 몸을 깊숙이 기울였다. "자기가 얼마나 추악한지 인정하지도 못하는 비겁한 괴물."

샤하르의 낯빛이 창백해졌다. 뺨에 울긋불긋한 홍조가 떠오르고 두 눈에는 충격과 분노가 서로 앞다퉈 치밀었다. 하지만 다행히도 내게 역습을 가하거나 몸을 뒤로 무르지는 않았다. 그녀의 콧구멍이 실룩거렸다. 손 하나가 주먹을 굳게 말아 쥐었다가 느슨해졌다. 그녀가 턱을 치켜올렸다.

"그들에게 진짜로 대재앙을 안겨 주라는 뜻으로 하는 말은 아닐 테고." 샤하르의 목소리는 작고 부드러웠다. "그럼 내가 어떻게 해야 할까, 트릭스터? 순혈들이 전부 죽을 때까지 놈들의 암살 시도를 그냥 모른 척하라는 거야?" 그녀의 표정이 더욱 굳어졌다. "아냐, 관두자. 내가 왜 너한테 이런 걸 물어보고 있는지도 모르겠다. 어차피 우리가 죽든 말든 관심도 없을 텐데."

"내가 왜 그래야 하는데?" 나는 주위를 손짓했다. "이렇게 아라메리가 넘쳐나는……"

"아니, 없거든!" 샤하르의 입에서 만질 수도 있을 만큼 생생한 분노가 터져 나왔다. 그녀가 몸을 앞으로 기울여 손과 무릎에 체중을 실은 채 울화통을 터트리며 나를 노려보았다. "궁 안을 둘러본 적 있지, 시에? 사람들이 그러는데 네가 있던 시절엔 지하궁전에 사람이 가득했다지. 한때는 이곳 하늘궁만큼이나 많은 아라메리가 궁 밖에 살았고 그중에서 가장 유능한 아라메리를 골라 우리에게 봉사하게 할 수도 있었다지. 하지만 우린 요즘에 핏방울 하나 안 섞인 사람들을 가족으로 입양하고 있어! 오, 그게 무슨 뜻인지 한번 말씀해 보시죠, 소격신 중 가장 오래된 이여!"

나는 얼굴을 찡그렸다. 샤하르가 한 말은 이치에 맞지가 않았다. 인간은 토끼처럼 새끼를 친다. 내가 노예로 있던 시절 아라메리는 수천 명에 달했다……. 하지만 샤하르의 말이 옳았다. 지하궁전은 지금처럼 비어 있어선 안 된다. 마로네의 피가 짙게 섞인 낮은피는 근위대장 자리에 오를 수 없다. 그리고 레마스는 이부동생과 짝짓기를 해서도 안 됐다. 이제껏 그런 일은 한 번도 없었다. 물론 근친상간이야 드문 일이 아니었지만 적어도 자식을 낳으려고 그 짓을 하진 않았다. 하지만 아무도 모르는 방식으로 핏줄이 희석된 레마스가 본계의 힘을 강화할 방법을 찾고 있었다면……

처음 하늘궁에 왔을 때부터 징후가 있었건만 알아채지 못했다. 나는 아라메리가 많고 강하다는 선입견에 젖어 있었을 뿐, 사실 그들은 점차 줄고 있었다. 죽어 가고 있었다.

"설명해 봐." 이상하게 마음이 착잡해졌다.

샤하르의 분노가 사그라들었다. 그녀는 다시 내 옆에 앉아 어깨를 축 늘어뜨렸다. "높은피를 노린 건 최근에 일어난 일이지만 사실 우리에 대한 공격은 오래전부터 일어나고 있었어. 상황이 심각해질 때까지 우리가 알아차리지 못했을 뿐이지." 샤하르의 표정이 일그러졌다.

"낮은피들 말이구나." 그들은 혈통적으로 본계와 멀리 떨어져 있는 아라메리로, 보유한 자원이나 사회적 지위에 있어 별 의미가 없는 것으로 취급됐다. 하인이나 위병. 소모품이었다.

"그래." 샤하르가 한숨을 내쉬었다. "이미 오래전에 시작됐어. 아마 너와 다른 에네파데가 떠나고 수십 년쯤 지났을 때였을 거야. 시작은 사업을 관리하거나 새로운 피를 들이기 위해 밖에 자유롭게 풀어 둔 방계들이었지. 처음엔 포착하기 힘들 정도로 미묘했어. 아이들이 이상한 질병으로 죽고, 젊은 아내와 남편이 불임이 되고, 사고나 자연재해 같은 걸로 목숨을 잃는 일들. 가계(家系)가 하나둘씩 끊어졌고, 우린 그들의 재산을 동맹국에게 분배하거나 직접 관리하기 시작했지."

나는 벌써부터 고개를 가로젓고 있었다. "잠깐만. 사고야 의도적으로 만들 수 있고 어린애를 죽이는 게 쉽다는 건 신들도 알지만 *자연재해*라니? 샤하르, 그건……" 필경사의 짓일 수도 있을까? 그들은 비와 바람과 햇빛을 다루는 주문을 안다. 하지만 폭풍우는 통제하기가 악마만큼 어렵다. 잠깐 왔다 가는 홍수를 일으키려다 아차 하는 순간 해일이 닥치기 십상이다. 하지만 그게 아니라면…… 아냐. 그럴 리가.

내 최악의 추측을 읽었는지 샤하르가 피식 웃었다. "그래. 지난 오십 년이 넘는 동안 신이 우리를 전부 죽여 없애 버리려 하고 있다는 의미일 수도 있지."

나는 벌떡 일어나 방 안을 왔다 갔다 하기 시작했다. 갑자기 피부가 팽팽하게 당기고 숨이 막히는 느낌이 들었다. 필멸자의 거죽을 벗어 던지고 싶었다. "내가 아라메리를 없애고 싶었다면 그냥 다 죽여 버렸을 거야." 나는 딱딱한 말투로 내뱉었다. "궁 전체를 비누 거품으로 가득 채우고 욕탕용 장난감 더미에 너희를 묻어 버릴 거야. 바닥이란 바닥에 구멍을 숭숭 뚫어서 못을 거꾸로 박은 다음 안 보이게 그 위에 양탄자를 덮어 둘 거야. 아직 열두 살이 안 된 아라메리 애들은 전부 다 고꾸라져 죽어 버리게 할 거야. 왜냐하면 난 진짜로 그렇게 할 수 있거든!" 나는 그녀에게 어디 응수해 보라며 왈칵 소리쳤다.

하지만 샤하르는 미소가 사라진 얼굴로 그저 힘없이 고개를 끄덕일 뿐이었다. "나도 알아, 시에."

그녀가 아무 반박도 하지 않고 순순히 항복하는 걸 보니 너무 찜찜했다. 체념하는 그녀를 보는 건 익숙하지 않았다. 아라메리 가문 전체는커녕 단 한 명의 아라메리가 스스로를 무력하다거나 연약한 존재로 여기는 건 내게 낯선 일이었다.

"아라메리에게 복수하는 건 예이네의 명으로 금지되어 있어." 나는 나직하게 말했다. "너희를 생각해서 그런 게 아니라…… 예이네는 우리 중 누구한테도 뒤지지 않을 만큼 너희를 미워하거든. 하지만 그녀는 세상이 전쟁에 휘말리는 걸 원하지 않았고……" 아라메리는 나쁘고 사악하긴 했지만 세상이 혼란에 빠지지 않게 통제할 최선의 희망이기도 했다. 심지어 나하도스조차 그런 점에서는 예이네와 뜻을 같이했고 내 형제자매 중 그녀를 거역할 이는 아무도 없었다.

하지만 정말 그럴까?

불안한 마음을 샤하르한테 들키지 않으려고 일부러 창가로 다가갔다.

샤하르가 한숨을 쉬며 일어났다. "가 봐야겠어. 혹시 모를 암살자를 속이려면 일찍 출발해야 하니까……" 그러다 내가 묘하게 조용한 것을 깨닫고는 말을 멈췄다. "시에?"

"가 봐." 나는 부드럽게 말했다. 창문 너머로 해가 지면서 하늘 가득 진홍빛 물결이 번져 나가는 게 보였다. 이템파스도 날이 저물고 하루가 끝나는 걸 느낄 수 있을까? 예전에 나하도스가 매일 새벽 동이 틀 때마다 죽었던 것처럼? 밤이 오면 그의 일부가 겁에 질려 움츠러들며 바로 침묵에 잠기는 걸까, 아니면 저 하늘에 내려앉는 여러 색채의 띠처럼 영혼이 천천히 순차적으로 희미해지면서 어두워지는 걸까?

내가 더 이상 아무 말도 하지 않자 샤하르가 문으로 향했고, 그제야 뒤늦게 정신이 들었다. "샤하르." 그녀가 발을 멈추는 소리가 들렸다. "만약에 무슨 일이 생기면, 혹시 위험에 처하게 되면 날 불러."

"그거 아직 시험 안 해 봤잖아."

"될 거야." 본능적으로 알 수 있었다. 어떻게 아는지는 몰라도 그냥 알았다. "아라메리가 얼마나 많이 죽든 난 상관 안 해. 진짜로. 하지만 넌 내 친구니까."

등 뒤에서 샤하르가 몸을 굳혔다. 놀란 걸까? 감동했나? 예전엔 공기 중에서 그녀의 감정을 맛볼 수 있었는데 이젠 짐작밖엔 할 수가 없다.

마침내 그녀가 말했다. "좀 쉬어. 식사를 보내 줄게. 돌아와서 다시 얘기하자." 그러고는 자리를 떴다.

나는 창문에 몸을 기댄 채 그녀가 떠난 후에야 비로소 몸을 떨며 가장 끔찍한 가능성에 대해 생각했다.

주신을 거역하는 소격신이 있다고? 그럴 리가 없었다. 우리는 그들에 비하면 굉장히 하찮은 존재다. 주신은 손쉽게 우리를 죽일 수 있다. 그렇다고 우리가 완전히 무력하다는 건 아니다. 우리 중 몇몇은(옛날옛적 나만 해도) 적어도 잠깐 동안은 그들과 직접적으로 맞설 수 있을 만큼 강했다. 그리고 우리 중에서 가장 약한 이들도 비밀을 감추거나 문제를 일으킬 수 있다.

소격신 하나가 말썽을 부리는 건 별로 걱정되지 않는다. 하지만 만일 우리 중 여럿이 필멸자들의 여러 세대에 걸쳐 음모를 꾸미고 복잡한 계획을 실행하고 있다면, 그건 더 이상 단순한 말썽이 아니다. 그건 반란이다. 지금 북부인들이 아라메리에게 하는 일보다 훨씬 더 위험한 일이다.

왜냐하면 소격신들이 주신에게 대항해 반란을 일으킨다면 주신들은 오래전 악마의 위협을 받았을 때처럼 반격할 것이기 때문이다. 하지만 소격신은 악마만큼 약하지 않고 그중 상당수가 필멸계를 안전하게 지키고자 할 이유도 없었다. 그건 즉 두 번째 신들의 전쟁을 의미한다. 두 번째 전쟁은 첫 번째보다 훨씬 더 끔찍할 것이다.

무려 오십 년 동안이나 코앞에서 이런 일이 벌어지고 있었는데 난 눈치조차 못 채고 있었다.

내 뒤로 핏빛 하늘이 소리 없는 자책 속에서 점차 검게 물들어 갔다.

7장

바빌론까지 거리는 얼마나?
육십하고도 열
촛불을 타고 갈 수 있어?
그럼, 갔다 돌아올 수도 있지
발이 민첩하고 가벼우면
촛불로도 갈 수 있지

나는 도움이 필요했다. 하지만 나하도스나 예이네의 도움을 받고 싶진 않았다. 그들의 성미를 건드릴 위험을 무릅쓸 순 없었으니까. 적어도 더 많은 걸 알 때까지는 안 된다.

형제자매 중 누구를 믿을 수 있을까? 당연히 자카른이지. 하지만 그녀는 교활하지 못해서 음모를 밝히는 데는 도움이 되지 않을 거다. 다른 이들은…… 젠장. 대부분은 지난 이천 년 동안 말을 섞은 적도 없다. 그 전에 내가 죽이려고 한 이들도 있고. 돌아갈 다리는 태워 버렸고 재는 불어서 날렸으며 땅에는 소금을 잔뜩 뿌려 버렸다.

지금 상태로는 신계로 돌아갈 수 없다는 사소한 문제도 있었다. 생각만큼 심각한 문제는 아니다. 다행히 하늘궁 아래 있는 도시에는 아직 필멸계의 신기함에 푹 빠진 어린 동생들이 많이 살고 있으니까 그중 한 명에게 도와 달라고 부탁한다면…… 하지만 누구한테?

답답한 마음에 다시 창문을 등지고 돌아서 방 안을 빠른 걸음으로 서성였다. 하늘궁 벽이 빛을 발하는 모습이 마치 내 무능함을 말해 주는 증거 같아서 보기 싫었다. 예전 같으면 적어도 내가 있는 곳에선 조금이나마 빛을 잃고 어둑해졌을 텐데. 나는 나하도스는 아니지만 내 안에도 그의 어둠이 깃들어 있기 때문이다. 하지만 이젠 나를 비웃기라도 하는 양 여러 개의 벽에서 새어 나오는 빛이 모든 그림자를 옅게 분산시키며 ——

잠깐, 그림자.

나는 발을 멈췄다. 어쩌면 날 도와줄 동생이 하나 있을지도 모르겠다. 날 좋아해서가 아니라 정반대의 이유에서다. 하지만 비밀은 그녀의 본성이고 우리 둘이 공유하는 것이기도 하다. 공통점이 있는 형제자매와는 언제나 공감대를 끌어내기가 더 쉬웠다. 그 점에 호소하면 내 말을 들어 주지 않을까? 아니면 날 죽여 버릴까?

"위험 없는 보상은 없지." 혼잣말을 중얼거리며 현관 쪽으로 향했다.

승강기를 타고 지하궁전 가장 밑에서 두 번째 층으로 내려갔다. 이곳의 복도는 항상 그렇듯이 조용했고 밝게 빛나는 다른 층들에 비해 침침했다. 그래, 바로 여기다.

향수를 불러일으키기 위해 문 앞을 지나칠 때마다 손잡이를 일일이 만지며 기억을 떠올렸다. 여긴 내 누이들의 방이었다. 바닥에 대포알이 박혀 있고 벽에는 방패가 걸려 있는 자카른의 방. 피에 젖은 슬링과 채찍으로 만든 해먹.(경험을 통해 약간 따끔거리긴 해도 누우면 꽤 편안하다는 걸 알고 있었다.) 배신자 쿠루에의 방은 거의 모든 표면에 진주와 동전이 흩어져 있고 남은 공간에는 도서관에서 훔쳐 온 책이 천장 높이까지 쌓여 있었다. 지금쯤 그 동전들은 녹슬어 변색되어 있을 것이다.

내 거처도 봤지만 어떤 기분이 들까 두려워 거긴 들르지 않았다. 내가 거기에 다시 살 수 있게 되려면 시간이 얼마나 걸릴까? 계속 그쪽으로 향하는 생각을 애써 다른 쪽으로 틀었다.

이제 남은 건 이 지하층 한가운데 위치한 네 번째 방이었다. 나하도스의 방.

안은 칠흑처럼 어두웠지만 고양이 눈을 하지 않아도 조금은 볼 수 있었다. 방은 완전히 텅 비어 있었다. 가구도, 장식도, 방이 사용된 흔적도 없었다. 하지만 아직도 방 안의 모든 구석구석이 우리를 가둬 둔 자들을 향한 저항과 경멸을 울부짖고 있었다. 영원히 빛 한 점 나지 않는 벽. 방 중앙을 향해 움푹 가라앉은 천장. 그리고 같은 지점에서 뭔가 아주 끔찍한 힘이 빨아들인 것처럼 솟아올라 있는 바닥. 하늘궁의 다른 방에선 찾아볼 수 없는 날카로운 모서리. 어둠 속을 뚫어져라 바라보고 있노라면 거기서 나하도스의 모습이 보이고 그의 부드럽고 깊은 목소리가 들릴 것만 같았다. 또 이야기를 들으러 왔느냐? 욕심 많은 것.

그를 밀어낸 건 잔인한 짓이었다. 나중에 그에게 사죄의 기도를 해야겠다.

나는 셔츠 안으로 손을 집어 넣어 내 머리카락으로 엮어 만든 목걸이를 꺼냈다. 엔을 끈에서 빼내 바닥과 천장에 돌출된 부위

사이의 공간에 띄웠다. 다행히 이번에는 내 의지가 먹혔다. 엔이 공중에 잠깐 머물렀다가 행복하게 회전하기 시작했다. 그걸 보니 내 태양계가 생각났다. 다른 행성들이 없어서 외로워 보였다.

"미안." 나는 손을 내밀어 엔의 매끄러운 표면을 어루만졌다. "나중에 친구 행성을 더 많이 데려올 테니까. 그때까지 내게 빛을 비춰 줄 수 있겠어?"

엔이 대답을 대신해 눈부신 황백색 빛을 터트렸다. 명랑하고 유쾌한 촛불 같았다. 갑자기 나하도스의 방이 작아지는 느낌과 함께 짙은 그림자가 드리워졌다. 내 뒤로 머리만 커다란 내 그림자가 어렴풋이 떠올랐다. 마치 나를 조롱하듯 내 본연의 모습이어야 할 어린아이의 신형으로. 무시하고 눈앞의 일에만 집중하기로 했다.

"비밀의 여신이여." 내가 손을 내밀자 그림자도 똑같이 움직였다. 손가락으로 벽에 사람의 옆얼굴처럼 보이는 그림자를 만든 다음 말을 걸었다. "어둠 속의 그림자. 네머 즈루 임. 동생아, 내 말 들려?"

조용했다. 하지만 다음 순간 나는 전혀 움직이지 않았는데 내 손 그림자가 혼자서 고개를 쳐들었다.

"이런. 이건 예상 못 했는데." 여자의 목소리가 말했다. "우리 시에 오빠 아냐. 오랜만이야."

나는 다른 손을 덧붙여 이번에는 그림자를 당나귀 머리 모양으로 만들었다. 내가 좀 당나귀 궁뎅이같이 굴었었지. "너에 대해 흥미로운 이야기를 들었어, 네머. 얘기 좀 하자."

"벌써 대답했잖아?" 첫 번째 그림자가 움직이더니 놀랍게도 쭉 쭉 늘어나 팔과 손이 생겼다. 손은 허리 부근에 얹혀 있었다. "하지만 나도 너에 대해 아주 흥미로운 이야기를 들었지. 진짜인지 알고 싶어 죽을 것 같거든."

젠장. 그럴지도 모른다는 생각이 들긴 했다. "내가 아주 맛깔나는 부분까지 시시콜콜 다 말해 줄게. 대신에 날 위해 해 줄 일이 있어."

"아, 그래?" 그 말투에서 경계심이 느껴져 조금 긴장됐다. 네머가 날 믿지 않는다는 건 별로 중요하지 않았다. 그녀는 누구도 믿지 않았으니까. 하지만 나를 좋아하지 않는다는 건 완전히 다른 문제였다. "난 너와는 어떤 거래도 하고 싶지 않아, 트릭스터."

나는 고개를 끄덕였다. 예상한 것과 크게 다르지 않았다. "너한테 해를 끼칠 생각은 없어, 네머. 내 심장에 대고 목숨 걸고 맹세할게." 나도 모르게 목소리에 씁쓸함이 배어 나왔다. 손가락을 움직여 이번에는 노인의 머리 모양을 만들어 냈다. "전쟁 때 넌 우리를 배신하지 않았고, 난 너한테는 아무 원한도 없어."

"난 그 말 안 믿어." 네머가 팔짱을 끼며 말했다. "네가 아무것도 안 하고 방관했던 이들을 이템파스를 위해 싸운 형제자매만큼이나 증오한다는 건 누구나 아는 사실인걸."

"증오는 너무 강한 표현 아냐?"

네머의 그림자가 고개를 살짝 뒤로 젖히며 세상 어디서나 눈알을 굴리고 있다는 의미로 통하는 몸짓을 했다. "그럼 원망한다고 하지 뭐. 우릴 간절히 죽이고 싶어 한다 정도면 적당해?"

나는 움직임을 멈추고 손을 떨어뜨리며 한숨을 내쉬었다. 하지만 말하는 그림자는 사라지지 않고 있던 자리에 그대로 머물렀다. "내 본성을 알잖아, 동생아. 나한테 뭘 바라는 거야? 철든 행동?" 웃음을 터트리고 싶었지만 그러기엔 영혼 속까지 너무 지쳐 있었다. "알았어. 그럼 솔직하게 말할게. 난 널 증오하고 다른 선택의 여지가 있었다면 절대로 연락하지 않았을 거야. 그리고 우리 둘 다 그 사실을 알지. 자, 그럼 이제 내 얘기를 들어 볼 거야, 아님 지옥에나 가라고 서로 욕설을 퍼붓고 파투 낼래?"

네머는 잠시 침묵에 잠겼다. 덕분에 나도 충분히 걱정할 시간이 생겼다. 네머가 안 도와주겠다고 하면 누구를 부르지? 남은 건 더 나쁜 선택지밖에 없었다. 만약에 ──

"알았어." 마침내 대답을 듣자 꽉 막혀 있던 뱃속이 스르륵 풀리는 것 같았다. "하지만 나도 일을 정리할 시간이 필요해. 일주일 뒤에 보자. 여기서, 정오에." 네머가 원하는 장소가 이제껏 늘 알았던 곳처럼 머릿속에 자연스레 떠올랐다. 하늘궁 아래 도시에 있는 집. 남쪽 뿌리. "혼자 와."

나는 팔짱을 끼었다. "너도 혼자 올 거야?"

"그럼, 당연하지."

나는 손으로 고양이 머리를 만들었다. 귀를 한껏 뒤로 젖히고 이빨을 드러낸 모습이었다. 네머가 웃음을 터트렸다.

"내 말을 믿든 말든 상관없어. 만남을 요청한 건 내가 아니니까. 일주일 뒤에 거기로 오든가, 아님 전부 관두든가." 그녀의 그림자가 몸을 기울여 입김을 세게 불었다. 엔이 깜짝 놀란 듯 화르륵 타오르더니 돌연 빛을 잃고 바닥에 툭 떨어졌다. 다음 순간 네머는 사라지고 없었다.

나는 어둠 속에서 엔을 찾아냈다. 무척 속상해하는 게 느껴져서 위로의 말을 중얼거리며 다시 셔츠 안에 집어넣고 생각에 잠겼다.

만일 네머가 내게 일어난 일을 알고 있다면(그런 걸 아는 건 그녀의 본성이었고, 심지어 세 주신마저도 그녀가 제 할 일을 못 하게 막을 수는 없었다. 물론 네머가 그런 걸 떠들고 다닐 만큼 어리석진 않지만.) 일주일 뒤에 약속 장소에 갔을 때 네머는 물론 내가 제일 싫어하는 형제자매를 맞닥뜨리게 될지도 모른다. 그중에 이천 년간 신들의 전쟁 때 있었던 일을 보복할 기회를 노리던 놈들이 있을지도 모를 일이다.

하지만 네머는 우리 가족이 즐기는 게임에 발을 들인 적이 없다. 그녀가 왜 신들의 전쟁에 관여하지 않았는지는 모른다. 다른 수많은 형제자매처럼 두 아버지 사이에서 고민한 걸까? 아니면 우리의 전쟁 때문에 거의 멸망할 뻔한 필멸계를 구하려고 애쓴 소격신 무리 중 하나였을까? 나는 착잡한 기분으로 한숨을 내쉬었다. 내가 맏이다운 맏이였다면 세 부모의 지저분한 드라마가 아니라 바로 이런 것에 신경을 썼어야 했다. 내가 동생들과 화해하려 노력했더라면, 아니면 동생들이 나하도스를 배신한 이유를 이해하려고 애썼더라면 —

"그랬다면 내가 아니었겠지." 나는 어둠 속에서 한숨을 내쉬었다.

그래서 결국, 그게 바로 내가 위험을 무릅쓰고 네머를 믿기로 한 이유였다. 네머 역시 자신의 본성에 따라 행동하는 것뿐이다. 그녀는 생각을 드러내지 않고, 비밀을 수집하고, 자신이 최선이라고 생각되는 곳에 정보를 전하고, 자신에게 도움이 될 때만 동맹을 맺었다. 어쨌든 동맹을 맺을 일이 생긴다면 말이다. 그건 즉 다른 일이 생기지 않는다면 그녀는 내 적이 아니란 뜻이었다. 결국 그녀가 내 친구가 될지 말지는 나한테 달려 있었다.

✳

데카의 방으로 돌아갔다가 손님이 또 와 있어서 깜짝 놀랐다. 풍성한 머리결을 지닌 궁내집사 모라드와 다른 하인이었다. 하인은 침대를 정돈하느라 정신이 없었다. 두 사람 모두 아라메리 높은피를 대하듯 내게 고개를 깊이 숙여 절했다. 하인은 곧장 다시 청소를 시작했고 모라드는 못마땅한 표정을 숨기지도 않은 채 나를 위아래로 쓱 훑어보았다.

그 눈빛에 얼굴을 찡그리면서 나도 내 몸을 내려다보았다. 그러고는 지하궁전으로 가던 길에 왜 하인들이 하나같이 나를 그렇게 빤히 쳐다봤는지 이해했다. 나는 아직도 이틀 전에 만들어 낸 옷을 입고 있었다. 그때야 아무 문제 없었지만 그동안 먼지투성이 복도와 세계수가 빽빽한 죽은 공간을 헤집고 다녔다 보니 꼴이 아주 볼만했다. 게다가…… 나는 한쪽 겨드랑이를 킁킁거렸다가 코를 찡그렸다. 이제껏 아무 생각도 없이 이러고 돌아다녔다니 기겁할 노릇이다. 나는 이 세계에 돌아온 후 목욕을 한 적이 없고, 사춘기에 들어선 몸은 확실히 어린아이일 때보다 악취를 생성하는 능력이 탁월했다.

"어." 나는 멋쩍은 미소를 지었다. 모라드는 한숨을 내쉬었지만 왠지 재미있어하는 표정이 슬쩍 지나간 것 같은 느낌도 들었다.

"목욕을 도와 드리겠습니다." 그러고 나서 모라드는 내 머리를 유심히 바라보았다. "그리고 미용사를 불러야겠어요. 재단사와 손 관리사도요."

나는 힘없이 웃으며 먼지가 잔뜩 묻은 더러운 머리카락을 만지작거렸다. "확실히 필요할 것 같네."

"바라시는 대로 하지요." 모라드가 침대 정리를 거의 마친 하인을 건드리며 뭐라 중얼거렸다. 남자가 고개를 끄덕이고 즉시 내 거처에서 나갔다. 그러고는 놀랍게도 이번에는 모라드가 손수 소매를 걷어붙이고 매트리스 밑으로 시트를 집어넣기 시작했다. 침대 정돈이 끝나자 그녀가 욕실로 향했다. 잠시 후, 물이 흐르는 소리가 들렸다.

호기심을 참을 수가 없어 욕실로 따라 들어갔다. 모라드가 욕조 가장자리에 걸터앉아 손가락으로 물 온도를 확인하고 있었다. 등을 돌리고 있는 데다 안 그래도 숱 많은 머리칼이 한눈에 들어오니 그 풍성함이 더욱 도드라졌다. 모라드가 순수한 아믄인이 아니라는 데는 의심의 여지가 없었다. 그녀의 머리칼은 부유한 아믄인이 많은 시간과 돈을 들여야만 가능한 모양새로 작고 촘촘하게 똘똘 말려 있었고 마치 내 아버지의 영혼처럼 검었다. 피부는 적당히 흰 편이었지만 이목구비에는 누가 봐도 다른 인종의 흔적이 남아 있었다. 그녀가 혼혈임을 부끄러워하지 않는다는 것 또한 확연했다. 모라드는 마치 여왕처럼 곧고 우아한 자세로 앉아 있었다. 하늘궁이나 아믄 땅에서 자랐을 리가 없다. 그랬다면 이미 오래전에 그 영혼이 잔인한 말로 짓밟혔을 테니까.

"마로네야?" 나는 짐작해 보았다. "적어도 머리카락은 그쪽 혈통 같은데. 나머지는…… 테마? 우서? 켄이 좀 섞였나?"

모라드가 한쪽 눈썹을 우아하게 추켜올리며 나를 돌아보았다. "조부모 네 분 중 두 분이 마로네 혼혈이셨죠. 한 분은 테마인이고 다른 한 분은 민 출신이었어요. 아버지는 사실 톡 혼혈인데, 훈타우 부대에 입단하기 위해 세늠인인 척했다는 이야기가 있고요. 어머니는 아믄인이었죠."

아라메리가 얼마나 절박한 상태에 있는지를 보여 주는 또 다른 증거였다. 예전 같으면 이렇게 피가 뒤죽박죽 섞인 사람을 집사로 임명하기는커녕 아라메리로 인정하지도 않았을 것이다. "그럼 어떻게……"

모라드는 이런 무례한 질문을 질릴 만큼 들었다는 듯 쓴웃음을 지었다. "전 남부 세늠에서 자랐습니다. 성년이 되었을 때 네 번째 조부님의 힘을 빌어 이곳에 오게 해 달라고 청원했고요. 그분은 아라메리 높은피였거든요." 내가 얼굴을 찡그리자 그녀가 고개를 끄덕였다. 흔한 이야기였다. "아트리 할머니는 할아버지의 이름을 몰랐답니다. 할아버지는 여행차 마을을 지나던 중이었거든요. 할머니의 가족 중엔 힘 있는 분이 없었고 할머니는 무척 아름다운 분이셨죠." 모라드는 어깨를 으쓱했지만 미소는 사라져 있었다.

"그래서 강간범 할아버지를 찾아 인사라도 하려고 했던 거야?"

"그 사람은 이미 오래전에 죽었어요." 모라드가 물 온도를 한 번 더 확인하더니 수도꼭지를 잠갔다. "제가 여기 온 건 사실 할머니의 생각이었습니다. 우리가 살던 지역엔 일자리가 별로 없었고 어쨌든 할머니의 고통 덕에 전 더 나은 삶을 살 수 있었죠."

모라드가 욕조에서 일어나 몸을 씻는 공간에 놓인 의자 옆에 서더니 샴푸가 담긴 병을 집어 들었다.

나는 일어나 옷을 벗었다. 모라드가 내 알몸을 보고도 전혀 아랑곳하지 않아서 좋았다. 욕조에 들어가 앉자 내가 미처 경고를 하기도 전에 그녀가 내 목에 걸려 있는 엔의 목걸이를 빼내 탁자에 내려놓았다. 엔이 항의하지 않아서 다행이었다. 아까 힘을 써서 상당히 지친 모양이다. 게다가 엔은 늘 필멸자에 대해 나름의 취향이 있었다.

"더 나은 삶을 원했다면 여기 올 필요가 없었잖아." 모라드가 내 머리를 물에 적신 다음 샴푸를 문지르기 시작하자 하품이 나왔다. 네머와 대화를 나누느라 피곤했고 모라드의 손길은 능숙하고도 편안했다. "여기 사람들의 미친 짓을 참아 주지 않아도 딴 곳에서 먹고살 방법은 많을 텐데."

"여기만큼 돈을 주는 곳은 없어요."

모라드의 대답에 나는 고개를 휙 돌려 그녀를 응시했다. "돈을 준다고?"

모라드는 내 반응이 재미있는지 고개를 끄덕이고는 내 머리를 지그시 눌러 원래 있던 자리로 되돌린 다음 계속 손을 놀렸다. "네, 선대 티브릴 경의 업적이죠. 사분혈인 저는 오 년만 더 일하면 남은 평생 온 가족이 먹고살 돈을 마련할 수 있답니다. 그 정도면 미친 짓도 참을 만하지 않나요?"

나는 얼굴을 잔뜩 찌푸리며 최대한 이해해 보려고 했다. "당신한테 가족은 그 사람들이구나. 남쪽에 남겨 두고 온 사람들 말이야. 아라메리는 그냥 고용주일 뿐이고?"

모라드의 손이 멈췄다. "글쎄요. 여기 온 지도 벌써 십오 년이 다 됐으니 이젠 제게도 이곳이 집이죠. 하늘궁에서의 삶이 전부 다 끔찍한 건 아니랍니다. 그건 시에 님도 아실 텐데요. 그리고…… 이곳에도 제가 사랑하는 사람들이 있답니다."

그때 깨달았다. 모라드가 다시 말없이 손을 움직이기 시작했다. 내 머리에 따뜻한 물을 붓고 다시 거품질을 했다. 나는 그녀가 샴푸병을 집으려고 내 옆으로 몸을 기울였을 때 그녀의 내음을 크게 들이마셨다. 일광석과 종이, 인내심, 효율적인 관료주의. 그리고 한 가지가 더 있었다. 각각의 요소가 서로를 떠받치며 더욱 풍성해지는 겹겹이 쌓인 복잡하고 친숙한 냄새. 꿈. 실용주의. 신중함. 사랑.

레마스.

필멸자의 영혼에 관한 열쇠를 손에 넣을 때마다 그걸 이용하는 게 내 본성이었다. 내가 예전과 같은 나 자신이었다면, 그러니까 어린아이나 고양이였다면 나는 지금 알게 된 지식으로 모라드를 괴롭힐 방법을 찾았을 것이다. 노래를 만들어 심지어 모라드의 친구들마저 흥얼거리고 다닐 때까지 여기저기 퍼트렸을 수도 있다. 아마 후렴구는 이거겠지. *여기 좀 봐, 이 멍청한 계집애, 어떻게 감히 사랑에 빠질 수 있담.*

나는 언제까지고 어린아이일 것이고 그 어린아이는 남을 괴롭히는 걸 좋아했지만 그래도 차마 그녀에게 그런 짓을 할 수는 없었다. 마음이 약해졌나 보다. 아니면 철이 들고 있거나. 그래서 나는 입을 다물었다.

모라드는 내 머리를 다 감긴 후 비누를 묻힌 스펀지를 건네주고 뒤로 물러섰다. 몸의 다른 부분은 씻겨 주지 않겠다는 의미였다. 내 머리카락은 축축한 수건으로 돌돌 감싸 머리 꼭대기에 벌집처럼 높이 세워져 있었는데, 몸을 다 씻고 일어나 거울에 비친 모습을 보고는 나 스스로 낄낄댈 정도였다. 그러다 무심코 시선이 아래쪽으로 향했다. 나는 내 몸을 보고는 침묵했다.

내가 과거에 수도 없이, 때로는 고의로 그리고 때로는 약해졌을 때 반사적으로 만들어 내던 바로 그 육신이었다. "나이"에 비해 작은 체구였다. 앞으로 반 뼘 정도는 더 자라겠지만 아픈인의 기준으로는 절대로 크다고 말할 수 없었다. 내가 평소에 취하던 모습에 비해 말랐는데, 아마 나하도스의 품 안에서 필멸자로 변화하던 중 오랫동안 아무것도 먹지 않았기 때문일 것이다. 팔다리는 길쭉길쭉하고 관절 부위마다 갈색 피부 아래에서 뼈마디가 불거져 있었다. 뼈를 감싸고 있는 근육도 흉하게 여위어 있어 전혀 강한 몸이 아니었다.

나는 거울에 몸을 더 가까이 기울여 비판적인 시선으로 내 얼굴을 살펴보았다. 그리 매력적이라고는 할 수 없었다. 물론 점점 나아지겠지만 지금은 조화롭지가 않았다. 아주 피곤한 눈빛. 샤하르는 훨씬 예쁜데. 하지만 그래도 그 애는 나한테 키스했잖아? 나는 손가락으로 입술 윤곽을 따라 어루만지며 샤하르의 입술이 어떤 느낌이었는지 떠올렸다. 그녀는 내 입술의 촉감에 대해 어떻게 생각할까?

모라드가 헛기침을 하며 목을 가다듬었다.

샤하르가 한 번이라도 내 —

"물이 식습니다." 모라드가 부드럽게 말했다. 나는 눈을 깜박이며 얼굴을 붉혔다. 문득 그녀를 놀리지 않길 잘했다는 생각이 들었다. 나는 다시 욕조에 앉았고 모라드는 방금 도착했다고 기별받은 재단사를 맞으러 욕실을 나갔다.

내가 푹신한 로브를 걸치고 엄청 우스꽝스러워 보이는 몰골로 나타나자 재단사는 내 치수를 재면서 마른 체형을 감추려면 옷을 헐렁하게 만들어야겠다고 혼잣말로 중얼거렸다. 그다음에는 손 관리사와 제화공이 왔고, 모라드가 부른 이들이 한두 명쯤 더 왔다 갔다. 나도 모르는 사이 언제 이 사람들을 다 불렀는지 모르겠다. 마법을 쓰는 건 못 봤는데. 어쨌든 모든 일이 끝났을 무렵엔 진이 완전히 다 빠져 버렸다. 다행히 모라드도 알아차렸는지 전문 하인들을 내보내고 자신도 문으로 향했다.

그제야 뒤늦게 모라드가 엄청나게 큰 도움이 되었다는 생각이 들었다. 집사로서 해야 할 책무도 많을 텐데 나를 돌봐 주려고 얼마나 많은 일을 미뤄 놔야 했을까? 그녀가 문을 연 순간 내가 불쑥 말했다. "고마워."

모라드가 멈칫하더니 놀란 표정으로 나를 돌아보고는 이내 진심에서 우러나온 순수한 미소를 지어 보였다. 그 순간 레마스가 그녀에게서 무엇을 본 건지 알 것 같았다.

모라드가 떠난 뒤에는 자리에 앉아 하인들이 놓고 간 음식을 먹었다. 그런 다음엔 데카의 침대에 알몸으로 퍼지게 누워 처음으로 잠이 쏟아지기를 기다렸다. 어쩌면 사랑에 대한 꿈을 꿀 수 있을지도 모르고 또 어쩌면

잊어라

✳

나는 광활한 유리거울처럼 펼쳐진 평원 위에 서 있었다. 또 거울이다. 나하도스의 영역에서도 거울을 봤지. 무슨 의미가 있는 걸까? 나중에 더 깊이 생각해 봐야겠다.

머리 위에 천상의 둥그런 천장이 펼쳐져 있었다. 끝없이 이어진 회전하는 구름 기둥과 넓고 무한히 뻗어 있지만 왠지 밀폐된 느낌을 주는 하늘. 구름은 왼쪽에서 오른쪽으로 흐르고 있고 어디에서 비쳐 오는지 알 수 없는 빛은 그 반대 방향으로 움직이며 느릿하고 일정한 비율로 밝아졌다 어두워지기를 반복하고 있었다.

신계. 또는 꿈의 형태로 구현된 신계. 물론 아주 흡사한 모습으로 모방한 것에 불과했다. 딱 필멸자가 된 내 정신으로 이해할 수 있는 정도로만.

눈앞 평원 위에 솟아 있는 궁전은 불가능하게도 옆으로 누워 있다. 은색과 검은색의 이 건축물은 필멸자의 어떤 건축 양식과도 닮지 않았지만 신기하게도 모든 양식들을 조금씩 연상케 하며, 차원도 없고 정의할 수도 없는 선과 그림자로 구성되어 있다. 이것은 실제로 존재하는 게 아니라 그저 하나의 인상일 뿐이다. 궁전

아래에 맺혀 있는 상은 거울에 반사된 게 아니라 본래의 것과 상
반된 모습이다. 흰색과 금색. 더욱 현실적이고 상상력은 덜 가미
된, 같으면서도 다른 모습. 여기에는 의미가 있고 그 의미는 매우
확연하다. 검은 궁전이 우위에 있고 하얀 궁전은 이미지에 불과하
다. 은빛 평원은 그 둘을 서로 반사하고 반영하여 균형을 유지하
고 나아가 구분하고 분리한다. 짜증이 나서 한숨이 나왔다. 내가
벌써 대부분의 필멸자처럼 상상력 하나 없는 따분한 존재가 되어
버린 걸까? 너무 굴욕적이다.

"두려워?" 등 뒤에서 어떤 목소리가 물었다.

놀라서 몸을 돌리려는데 목소리가 재빨리 "안 돼!" 하고 저지했
다. 그 명령에 담긴 힘, 현실을 지배하고 내 육신을 지배하는 힘에
내 몸이 그대로 얼어붙었다. 그러자 이젠 진짜로 겁이 나기 시작했
다. "너 누구야?" 내가 물었다. 아는 목소리는 아니었지만 그건 아
무 의미도 없었다. 내게는 수십이 넘는 형제자매가 있고 그들 모두
원하는 모습으로 변신할 수 있다. 특히 여기서는 더욱 그랬다.

"그게 왜 중요한데?"

"그거야 내가 알고 싶으니까."

"왜?"

나는 눈살을 찌푸렸다. "무슨 질문이 그래? 우린 가족이잖아. 내
동생 중에 누가 날 겁주려고 하는지 알고 싶은 게 당연하지." 게다
가 성공하는 중이었다. 물론 난 절대로 시인하지 않을 테지만.

"난 당신 동생이 아냐."

그 말에 혼란스러워 미간을 찌푸렸다. 신계에 들어올 수 있는

건 신들뿐이다. 거짓말을 하는 걸까, 아니면 내가 너무 필멸자에 가까워져서 진짜 의미를 이해하지 못하고 있는 걸까?

"내가 당신을 죽여야 할까?" 낯선 이가 물었다. 내가 보기에 그는 아직 어렸다. 물론 넓은 의미에서 이런 추측은 별 의미가 없긴 하다. 그의 음성은 이상할 정도로 온화하고 부드러웠다. 지금처럼 엄밀히 말해 위협이라고까지는 할 수 없는 말을 할 때도 그랬다. 지금 화가 나 있나? 그런 것 같긴 하지만 확신할 수는 없다. 고저 없는 말투에는 감정이 담겨 있지 않았고 약간 싸늘하게 들리기까지 했다.

"모르겠는데. 꼭 그래야 해?"

"거의 평생 동안 그 문제를 고민했거든."

"아, 그래? 우리 둘이 어쩌다 첫발을 잘못 디뎠나 보네." 가끔 이런 일이 있었다. 나는 오랫동안 좋은 맏이가 되려고 노력했고 동생이 새로 태어날 때마다 찾아가 소격신들에게 가장 힘든 시기인 처음 몇 세기 동안을 잘 헤쳐 나가게 도와주곤 했다. 그중 몇 명과는 아직도 친구로 지내고 있다. 하지만 눈을 마주치는 순간부터 혐오감이 드는 동생도 있었고 그 반대의 경우도 있었다.

"시작부터 그랬지, 맞아."

나는 한숨을 쉬며 주머니에 손을 집어넣었다. "그럼 결정하기 어렵겠네. 아니면 벌써 결정을 내렸을 수도 있고. 어쩌다 나 때문에 화가 났는진 몰라도 그렇게까지 나쁘거나 용서할 수 없는 일은 아니었을 거야."

"아, 그래?"

나는 어깨를 으쓱했다. "정말로 그렇게 나빴다면 날 죽일지 말지 고민도 안 했을걸. 만약에 도저히 용서 못 할 일이었으면 워낙 화가 심하게 나서 복수를 해 봤자 달라질 게 없을 거고. 날 죽여 봤자 아무 의미도 없는 거지. 그래서 어느 쪽이야?"

"세 번째도 있지. 용서할 순 없지만 당신을 죽이는 건 의미가 있는 거."

"흥미로운데." 마음은 편치 않았지만 수수께끼를 들으니 흥미가 돋았다. 나는 씩 웃었다. "그래서 그 의미라는 게 뭔데?"

"난 단순히 복수를 원하는 게 아니야. 난 그게 필요하고 그걸 통해 구현되고 진화해."

나는 눈을 깜박였다. 머리가 차갑게 식었다. 만일 복수가 그의 본성이라면 이건 완전히 다른 문제가 된다. 하지만 형제 중에 복수의 신은 기억나지 않았다.

"내가 무슨 짓을 했길래 네 분노를 산 거지?" 나는 고민에 빠졌다. "그리고 왜 애초에 이런 걸 묻는 거야? 자기 본성에 따르는 건 당연한 건데."

"날 위해 죽어 주겠단 뜻이야?"

"아니, 악마한테나 잡혀가 버려. 네가 날 죽이려 들면 나도 널 죽일 거야. 자살은 내 본성이 아니거든. 하지만 왜 그런지 알고 싶긴 하네."

그가 한숨을 쉬더니 몸을 움직였다. 나는 우리 발밑에 있는 거울을 힐끗 쳐다보았지만 여전히 아무 도움도 되지 않았다. 각도가 안 맞아서 상대방의 팔과 다리, 팔꿈치만 약간 보일 뿐이었다. 그도 손을 주머니에 넣고 있었다.

"당신이 저지른 일은 용서받을 수 없어. 하지만 당신은 몰랐기 때문에 난 용서해야만 하지."

무슨 소린지 알 수가 없어 얼굴을 찡그렸다. "내가 아는 게 무슨 상관이야? 내가 뭘 했는지 몰랐더라도 남에게 해가 된 건 사실이 잖아."

"그건 맞아. 하지만 만일 알았다면 당신이 과연 그렇게 행동했을지 모르겠거든, 시에."

그가 내 이름을 부른 순간 더더욱 혼란스러워졌다. 말투가 갑자기 바뀌었기 때문이다. 순간적으로 차갑고 무관심한 표면이 깨지고 그 아래 있던 낯설고 이상한 것이 드러났다. 슬픔. 아쉬움? 그리고 어쩌면 약간의 애정도. 하지만 나는 이 신을 몰랐다. 그것만은 확실했다.

"그런 건 상관없어." 나는 이렇게 말하며 할 수 있는 데까지 최대한 고개를 돌려보았다. 어느 정도까지 도달하자 더 이상 머리가 움직이지 않았다. 마치 누가 머리 양쪽에 베개 두 개를 대고 꼭 누르고 있는 것 같았다. 그것도 절대 흔들리지 않는 불굴의 의지로 이뤄진 베개. 나는 최대한 긴장을 풀었다. "가정을 토대로 결정을 내릴 순 없어. 내가 어떻게 했을지는 중요하지 않아. 넌 그저 내가 한 일만 알 뿐이지." 그러고는 은근한 암시를 주며 잠시 말을 멈췄다. "그냥 말해 주는 게 어때." 지금은 게임을 할 기분이 아니었다.

하지만 불행히도 상대방은 그럴 마음이 가득한 것 같았다. "당신은 본성대로 살아가기로 결심했지." 그는 내가 보내는 신호를 무시했다. "왜?"

　얼굴이 보이면 좋을 텐데. 때로는 어떤 말보다도 표정이 더 많은 걸 말해 줄 수 있으니까. "왜냐니? 대체 뭔 소리를 하는 거야. 지금 농담해?"

　"당신은 우리 중에 가장 나이가 많으면서도 제일 어린 척을 해야 하잖아."

　"난 아무 척도 하지 않아. 난 원래 그래야 하는 존재고 아주 끝내주게 잘 해내고 있다고. 감사 인사는 됐어."

　"그럼 우린 필멸자보다도 약한 존재구나." 그의 목소리가 부드러워졌다. 거의 서글프게 들릴 정도였다. "운명의 노예가 되어 절대 자유로워질 수 없는."

　"닥쳐. 그 둘이 똑같은 거라고 생각한다면 넌 노예가 된다는 게 뭔지 아무것도 모르는 거야."

　"똑같지 않아? 선택할 권리가 없다는 건……"

　"선택권이 왜 없어?" 나는 시선을 들어 머리 위에서 끊임없이 변화하고 있는 창공을 바라보았다. 낮에서 밤으로, 밤에서 낮으로. 짙어지고 밝아지는 흐름과 강도는 규칙적이지 않았다. 오직 필멸자들만이 하늘을 믿을 수 있고 예측 가능한 것으로 생각했다. 우리 신들은 나하도스와 이템파스와 함께 살아야 했고 그래서 더 잘 안다. "우린 스스로를 받아들이고, 자신의 본성을 통제하여 원하는 대로 다듬을 수 있지. 그러니까 네가 복수의 신이라고 해서 누가 누구한테 뭘 빚졌는지 혼자 주판알을 튕기면서 음험하게 중얼거리는 진부한 존재가 될 필요가 없다는 뜻이야. 본성을 통해 자신을 어떤 모습으로 빚고 다듬을지 스스로 선택하도록 해. 그걸 받아들이고 그 안에서 힘을 찾아. 아니면 너 자신과 싸우느라 영원히 불완전한 상태로 남을 수도 있으니까."

내 대화 상대는 아무런 대답도 하지 않았다. 어쩌면 내 충고를 곱씹고 있는지도 모른다. 그건 좋은 일이었다. 내가 그에게 무슨 짓을 저질렀는지는 몰라도 해를 끼친 건 분명해 보였기 때문이다. 난 그가 누군지 기억나지 않았다. 그건 그가 태어난 후에 찾아가 가르치거나 이끌어 준 적이 없다는 얘기다. 그리고 그에게는 그런 도움이 필요했다. 왜냐하면 그가 운명 또는 대혼돈이 내민 손을 좋아하지 않는다는 것은 가슴이 아릴 만큼 명백했기 때문이다. 거기에 대해 그에게 뭐라고 할 수는 없다. 나라도 복수의 신이 되고 싶진 않았을 테니까. 하지만 그는 복수의 신이었고 앞으로 그렇게 살아야 할 방법을 찾아야 한다.

거울 속에서 내 뒤에 있던 사내가 가까이 다가와 손을 번쩍 들어 올리는 모습이 보였다. 나는 맞서 싸울 각오를 했다. 이론적으로는 그랬다는 거다. 어차피 할 수 있는 건 아무것도 없다. 내게 남아 있는 보잘것없는 마법에 비하면 그가 훨씬 강하다는 사실도 확실했다. 그렇지 않았다면 벌써 속박을 풀고 몸을 움직일 수 있었을 것이다.

하지만 그의 손은 내 머리카락을 건드렸을 뿐이다. 나는 진심으로 놀랐다. 그는 마치 그 감촉을 외우기라도 하려는 듯이 잠시 그대로 멈춰 있었다. 그러다 그의 손가락이 내 목덜미를 스치는 바람에 흠칫 놀랐다. 이건 일종의 협박인가? 하지만 나를 해칠 기미는 보이지 않았다. 손가락이 내 목 뒤에 있는 척추를 따라가다 옷깃을 만나자 움직임을 멈췄다. 그러더니 마지못한 기색으로 손을 뗐다.

마침내 그가 말했다. "고마워. 내게 필요한 말이었어."

"더 빨리 말해 주지 못해 미안해." 나는 잠시 말을 멈췄다. "이제 날 죽일 거야?"

"조만간."

"아. 좋은 복수를 하려면 시간이 걸리나?"

"그래." 그의 목소리가 다시 차가워졌고 이번에는 그게 뭔지 알 수 있었다. 분노가 아니다. 결의였다.

나는 한숨을 내쉬었다. "그 말을 들으니 유감이네. 전에 알았다면 널 꽤 좋아했을 것 같은데."

"그래, 나도."

어쨌든 대답은 그랬다. "너무 오래 고민하지 마. 내가 살날이 몇십 년밖에 안 남았거든."

그가 미소를 지은 것 같다는 생각이 들었다. 내가 이긴 거나 다름없었다. "이미 시작했어."

"잘했네." 비아냥대는 거라고 오해하지 말았으면 좋겠다. 어린 동생들이 제 할 일을 잘하고 있는 걸 보면 언제나 기분이 좋다. 설령 그게 내게 위협이 될 수 있는 일이라도 말이다. 세상의 이치란 게 그렇다. 아이들은 자란다. 그리고 항상 남들이 원하는 대로 자라는 건 아니다. "그렇지만 부탁 하나만 들어줄래?"

그는 새로 찾은 결의에 충실하게도 아무 대답도 하지 않았다.

그래도 괜찮았다. 그가 내게 원하는 게 적이 되는 거라면 되어 줄수 있다. 그냥 그렇게까지 할 필요가 없을 뿐이다.

"난 더 이상 여기에 속하지 않아." 나는 거울에 비친 평원과 궁전, 하늘을 손짓하며 말했다. "이런 식으로 현실이 희석된 꿈도 마찬가지고. 나 좀 깨워 줄래?"

"좋아."

별안간 등 뒤에서 손이 내 가슴을 뚫고 튀어나왔다. 깜짝 놀라 고통 가득한 비명을 내지르며 내려다보자 날카로운 손톱을 펼친 손가락이 내 필멸의 심장을 움켜쥐고 있 ─

＊

아치형 천장 밑으로 울려 퍼지는 내 비명 소리에 제풀에 놀라 깨어났다.

빛을 발하는 아치형 천장. 밤이었다. 샤하르가 내 가슴에 손을 얹은 채 걱정스러운 표정으로 내려다보고 있었다. 나는 잠이 아직 덜 깨서 다소 어리둥절한 상태였다. 재빨리 가슴께를 확인하니 심장은 무사했다. 무심코 샤하르의 가슴이 눈에 들어와 꿈속의 적이 그녀도 해치려 들었나 하는 생각이 들었다. 드레스는 반쯤 열려 허리까지 벌어져 있고 한 손에 든 헐렁한 잠옷으로 가슴을 눌러 가리고 있었는데 내 방에 들어오기 전에 몸을 가리려고 아무거나 집어 든 것 같았다. 하지만 그것만으로는 다른 아름다운 부분, 즉 목에서 어깨로 이어지는 부드러운 선과 허리의 곡선을 숨기는 데에는 아무 도움이 되지 않았다. 그리고 가슴도. 팔꿈치 근처에 둥그스름한 그림자가 보였다.

나는 샤하르의 팔을 잡아떼려고 손을 뻗었다가 그녀에게 닿기 직전 멈췄다. 그녀가 내 움직임을 깨닫기까지는 조금 시간이 걸렸다. 샤하르는 무슨 일이 일어나고 있는지 모르겠다는 듯 다가오는 내 손을 멍하니 바라보다가 갑자기 눈을 크게 뜨더니 파드득 뒤로 물러났다.

나는 손을 내렸다. "미안." 중얼거렸다.

샤하르가 나를 노려보았다. "내 방에서도 들릴 만큼 크게 비명을 질러서 나쁜 일이라도 생긴 줄 알았잖아."

"꿈을 꿨어."

"좋은 꿈이 아니었나 봐."

"사실 별로 나쁘진 않았는데 마지막이 좀." 두려움은 금세 사라졌다. 꿈속의 내 형제는 그다지 상냥한 방식은 아닐지 몰라도 아주 효과적인 방식으로 나를 필멸계로 돌려보냈다. 더 이상 신계에 발을 들일 수 없다는 걸 알게 됐으니 상실감에 가슴이 찢어져야 하건만 그런 슬픔도 거의 느껴지지 않았다. 그저 짜증만 솟구칠 뿐이었다. "필멸자랑 붙어먹을 망할 새끼. 마법이 돌아오기만 해봐라. 입고 있는 육신의 뼈를 하나도 빠짐없이 다 부러뜨려 줄 테다. 어디 그것도 보복해 보라지."

하지만 그 순간, 샤하르가 나를 묘한 표정으로 쳐다보는 바람에 입을 다물었다. "도대체 그게 다 무슨 소리야?"

"아무것도 아냐. 그냥 헛소리야." 나는 하품을 쩍 했다. 턱에서 딱 하는 소리가 났다. "잠을 자면 멍청해져. 이래서 잠자는 게 싫은데."

"필멸자랑 붙어먹을 새끼라." 샤하르가 생각에 잠긴 표정으로 중얼거렸다. "그거……" 그녀가 잠시 머뭇거리더니 얼굴을 찌푸렸다. 내 상스러운 말을 입에 담기에 그녀는 너무 고상했다. "필멸자랑 하는 걸 욕으로 사용할 만큼 신들 사이에선 그게 혐오스러운 일이야?"

내 얼굴이 확 붉어졌다. 나도 모르게 그런 반응을 했다는 게 당혹스러웠다. 부끄러워할 필요가 없는데 왜 그랬지. 나는 팔꿈치를 세워 상체를 살짝 들며 말했다. "아니, 전혀 그렇지 않아. 오히려 그거하곤 거리가 멀걸."

"그럼 왜 그런 말을 써?"

나는 애써 태연을 가장했다. "필멸자를 사랑하는 게 위험한 일이라서 그래. 필멸자는 쉽게 망가지니까. 시간이 지나면 죽고 그럼 우리는 상처 입고." 나는 어깨를 으쓱했다. "그러니 쾌락을 위해 이용하는 정도에서 끝내는 게 안전해. 하지만 그것도 어려운 일이지. 왜냐하면 우린 우리 자신의 일부를 나눠 주지 않으면 즐거움을 얻을 수가 없거든. 우리는……" 나는 적절한 단어를 찾아 머릿속 세늠어를 뒤져보았다. "우리는…… 그건 우리의 방식이 아냐. 아니다, 그런 건 우리한테 자연스러운 방식이 아냐. 그러니까, 육신으로만 기능하는 거, 오직 내 안에만 갇혀 있는 거 말이야. 그래서 우린 다른 이들과 함께하게 되면 나 자신을 밖으로 내뻗고 필멸자를 우리 안으로 받아들이지. 그럴 수밖에 없거든. 그런데 또 그들을 우리 안에 들어오지 못하게 밀어내는 것도 해가 되어서……" 나는 말꼬리를 흐렸다. 샤하르가 나를 너무 빤히 쳐다보고 있었기 때문이다. 우리 소격신에게 그게 어떤 느낌인지 설명하다 보니 나도 모르게 말이 점점 빨라져서 단어들이 서로 뒤엉켜 엎치락뒤치락하고 있었다. 나는 한숨을 쉬며 평범한 필멸자들이 말하는 속도로 돌아왔다. "필멸자와 함께하는 건 혐오스러운 일은 아니지만 그렇다고 좋은 것도 아냐. 끝이 좋게 끝나는 법이 없거든. 분별력 있는 신이라면 피하는 게 정상이지."

"그렇구나." 나 스스로도 그 말을 믿는지는 잘 모르겠지만. 어쨌든 그녀가 한숨을 쉬었다. "음, 잠시만." 샤하르가 문을 열어 놓은 채 자신의 방으로 향했다. 안에서 잠시 옷과 씨름하는 소리가 들리더니 이번에는 손에 들려 있던 잠옷을 제대로 몸에 걸친 채 나타났다. 그때쯤 나는 일어나 앉아 얼굴을 문지르며 잠기운과 피투성이 심장에 대한 기억을 없애려 애쓰는 중이었다. 샤하르가 침대 가장자리에 조심스럽게 걸터앉았다. 내 손이 닿지 않을 만한 거리였다. 그런 걸로 그녀를 타박할 순 없었다. 또 성관계를 피하는 게 좋다는 내 연설을 듣고 아까보다 더 마음이 놓인 듯한 모습에 대해서도.

하지만 샤하르의 태도에는 딱히 꼬집을 순 없지만 어딘가 이상한 데가 있었다. 왠지 불안하고 초조해 보였다. 긴장한 것 같았다. 내가 안 죽었다는 걸 확인했는데 왜 다시 자기 방으로 자러 가지 않는지 의아했다.

"만남은 어땠어? 누구였지, 어……" 나는 모호하게 손을 내저었다. 어디 귀족이었는데.

샤하르가 키득 웃었다. "잘 끝났어. 잘이라는 걸 어떻게 정의하느냐에 따라 다르겠지만." 그녀의 표정이 진지해지더니 눈빛이 어두워지고 다시금 약간의 분노가 드러났다. "네 충고대로 반란 세력을 도발한다는 계획을 실행에 옮기지 않았으니 이제 만족해? 대신에 협상을 할 용의가 있다고 넌지시 암시했어. 레이디 하이노에 대한 내 짐작이 맞길 바랄 뿐이야. 그쪽의 요구 사항에 대해 더 자세히 들어 보고 우리가 그걸 들어줄 수 있을지 알아보겠다고 말했어. 세상을 혼란에 빠트릴 순 없잖아." 샤하르가 쭈뼛거리며 나를 힐끔거렸다.

"대단한걸." 나는 솔직하게 감탄했다. "놀랐어. 협상, 그러니까 타협은 이템파스 신도들한테 혐오의 대상이잖아. 근데 나 때문에 마음을 바꿨다고?" 나는 조금 웃었다. 나이가 든다는 것에도 몇 가지 좋은 점이 있었다. 사람들이 내 말에 귀를 기울여 준다는 것이다.

샤하르가 한숨을 쉬며 시선을 돌렸다. "어머니가 소식을 듣고 뭐라고 하실지 두고 봐야지. 안 그래도 이미 내가 나약하다고 생각하시는데 이번 일로 후계자 자리에서 쫓겨날지도 몰라." 그녀가 무겁게 한숨을 내쉬며 침대에 털썩 드러누워 팔을 머리 위로 쭉 뻗었다. 얇은 잠옷 아래 눈에 띄게 도드라지는 유륜에 절로 눈이 가는 걸 막을 수가 없었다. 그녀의 하얀 피부를 생각하면 신기할 정도로 짙은 색이었다. 갈색의 완벽하게 동그란 원. 그리고 그 한가운데 부드럽고 작고 소담하게 솟은—

이 쓸모없고 멍청한 짐승 같은 필멸자 몸뚱아리 같으니. 내가 뭘 어떻게 하기도 전에 성기가 발딱 일어서 배를 찌르는 바람에 평소처럼 구부정하게 앉아 있던 자세를 빠릿하게 곧추세울 수밖에 없었다. 거의 아프게 느껴질 정도였다. 병에 걸린 것처럼 온몸에 열이 홧홧하게 올랐다.(병에 걸린 게 맞긴 하지. 사춘기라는 병. 아주 지독하고 사악한 질병이다.) 하지만 나를 잡아끄는 건 단순히 샤하르의 육체만이 아니었다. 신들 고유의 감각이 무너지고 있어서 잘 보이지는 않았지만 그녀의 영혼은 열심히 문지른 실크처럼 반짝반짝 살랑대고 있었다. 우리는 진정한 아름다움에 약하다.

샤하르의 가슴에서 억지로 눈을 뗐더니 그녀가 나를 빤히 지켜보고 있었다. 그녀 자신을 바라보는 나를 바라보는 샤하르. 미처 몰랐지만 그녀의 무심하고 관조적인 눈빛에 내 안의 굶주림이 날카롭게 곤두섰다. 안간힘을 다해 그 갈망을 가라앉히려고 했지만 너무 힘들었다. 이 질병의 또 다른 증상이었다.

"바보처럼 굴지 마." 나는 세속적인 것에 집중하기로 했다. "타협을 하려면 힘이 필요해, 샤하르. 단순히 상대를 위협하거나 파괴할 때보다 더 큰 힘이 필요하지. 적뿐만 아니라 자기 자존심하고도 싸워야 하거든. 너희 아라메리들은 그걸 평생 이해하지 못했어. 사실 우리가 있을 땐 그럴 필요도 없었고. 그냥 우리를 부리기만 하면 됐으니까. 어쩌면 드디어 너희가 힘세고 못된 불량배가 아니라 진정한 통치자가 될 방법을 배울 기회인지도 몰라."

샤하르가 몸을 데굴 굴려 엎드린 채로 내 다리 사이에 자리를 잡더니 팔꿈치를 괴어 상체를 세웠다. 나는 미간을 찌푸리고 그 모습을 바라보았다. 왠지 수상쩍은 느낌이 들었다. 그러다 왜 이렇게 불편한 기분이 드는 건지 의아해졌다. 샤하르는 여성성이라는 새로운 영역을 시험하는 어린 소녀에 불과했다. *네 걸 보여 주면 내 것도 보여 줄게* 같은 거. 그녀는 그저 내가 자신을 매력적으로 느끼는지 알고 싶은 것뿐이다. 그렇다면 나도 솔직하게 대답해 줘야 하지 않을까? 나는 무릎을 낮추고 팔꿈치에 기대 몸을 뒤로 젖혀 불룩한 앞섶에 담긴 내 찬탄의 증거와 열기 어린 시선을 보여 주었다. 샤하르가 즉시 얼굴을 붉히며 시선을 피했다. 나를 힐끗 쳐다봤다가 또다시 화들짝 눈을 돌렸다. 그러다가 결국 움찔거리며 시트 위에 포개져 있는 자신의 팔에 시선을 고정했다.

"어머니는 내가 칸루와 결혼하기를 바라셔." 샤하르가 가까스로 용기를 내어 말했다. "전에 말한 테마 후계자 말이야. 그래서 어렸을 때부터 개랑 친구로 지낼 수 있었던 거겠지. 다른 사람들은 내 근처에 얼씬도 못 하게 하셨거든."

나는 어깨를 으쓱했다. "그럼 결혼하면 되잖아."

샤하르가 새침하게 굴던 것도 까먹고 나를 매섭게 노려보았다. "안 하고 싶거든?"

"그럼 안 하면 되지. 맙소사 샤하르, 넌 아라메리 후계자야. 네 맘대로 할 수 있다고."

"못 해. 만약에 어머니가 원하신다면……" 그녀가 아랫입술을 깨물며 먼 곳으로 시선을 돌렸다. "우리 가문은 이제까지 결혼 장사를 해 본 적이 없어, 시에. 얻을 게 없었으니까 그럴 필요가 없었지. 동맹도, 돈도, 땅도 필요하지가 않았거든. 하지만 이젠…… 내 생각에⋯⋯ 어머니는 하이노스의 분위기가 심상치 않은 상황에서 테마가 중추적 역할을 하게 될 거라고 생각하시는 것 같아. 그래서 내게 레이디 하이노의 일을 맡기신 것 같고. 날 전시하는 거지."

그때 그녀가 갑자기 눈을 들어 나를 올려다보았다. 그 표정이 너무도 강렬해서 주먹으로 가슴을 얻어맞은 것 같은 거센 충격이 밀려왔다. 왜지?

"난 어머니의 자리를 물려받고 싶어, 시에. 어머니의 뒤를 이어 가문의 수장이 되고 싶어. 권력을 갖고 싶어서가 아냐. 우리 가문이 너와 이 세상에 얼마나 나쁜 짓을 했는지 알거든. 하지만 우린 좋은 일도 많이 했어. 아주 좋은 일 말이야. 난 그게 바로 우리가 남기는 유산이 되길 바라. 그렇게 되기 위해서라면 무슨 짓이든 할 거고."

나는 그녀를 빤히 바라보았다. 당황스럽고, 또 안타까웠다. 그녀는 불가능한 것을 원하고 있었다. 어린 시절 샤하르가 했던 약속, 즉 착한 아라메리가 되어 가문의 힘으로 세상을 더 좋은 곳으로 만들겠다는 결심은 순진함 그 자체였다. 전에도 그녀와 같은 말을 하는 아라메리를 본 적이 있다. 몇 안 되긴 하지만 이템파스가 선택한 가문에서도 몇 세대에 한 번씩은 그런 이들이 나오곤 했다. 그들은 빛 중의 빛, 때 묻은 무리 중에서 가장 영광스러운 영혼들이었다. 특별하기에 미워할 수 없는 자들이었다.

그러나 한번 권력을 잡고 나면 결심은 오래가지 못했다. 그들은 하늘을 가로질러 떨어지는 별똥별처럼 삶의 한 부분에 찬란한 획을 그었지만 결국은 찰나에 불과했다. 권력은 영광을 살해했고 특별함은 무뎌져 절망이 되었다. 희망이 죽어 가는 모습을 지켜보는 것은 참으로 가슴 아픈 일이었다. 그래서 나는 한숨을 쉬고는 재미없다는 듯 옆으로 돌아누웠다. 사실은 울지 않으려는 간절함에서 나온 행동이었다.

샤하르의 좌절감이 성냥처럼 화르륵 타올랐다. 무릎걸음으로 다가오더니 나를 양팔 사이에 가두고 내 얼굴을 뚫어져라 노려보았다. "도와 달란 말이야, 빌어먹을, 넌 내 친구잖아!"

나는 하품을 억눌렀다. "내가 어떻게 해 주길 바라? 사랑하지도 않는 남자랑 결혼하라고 말해 줘? 아니면 결혼하지 말라고 해 줄까? 이건 어린애 동화책이 아니야, 샤하르. 사람들은 가끔 사랑하지도 않는 이들과 결혼해. 그게 늘 끔찍한 건 아냐. 어릴 적부터 친구 사이라며. 그보다 훨씬 나쁜 경우도 많아. 그리고 네 어머니가 원한다면 어차피 넌 선택의 여지가 없는 거 아냐?"

이불을 움켜쥐고 있는 샤하르의 손이 달달 떨리는 게 보였다. 그녀의 상충하는 갈망이 흔들리자 내 감각도 고동쳤다. 샤하르의 내면에 있는 어린아이는 불가능한 희망에 매달려 원하는 걸 하고 싶어 했다. 한편 그녀 안의 어른은 올바른 결정을 내리고 희생을 감수하더라도 성공을 이룩하길 바랐다. 어른이 이길 것이다. 그건 불가피한 일이다. 하지만 어린아이는 조용히 패배하지 않을 것이다.

샤하르가 떨리는 손을 내 어깨에 얹더니 힘주어 밀었다. 나는 하는 수 없이 몸통을 비틀어 그녀의 얼굴을 마주 볼 수밖에 없었다. 다음 순간 그녀가 몸을 기울여 내게 입을 맞췄다.

나는 피하지 않았다. 가장 큰 이유는 호기심 때문이었다. 키스는 서툴렀고 오래 지속되지도 않았다. 입술 중앙에서 약간 비켜난 곳에, 주로 아랫입술만을 머금었을 뿐이다. 나는 그녀에게 나 자신을 나눠 주지도 않았다. 그녀가 입술을 떼며 얼굴을 찌푸렸다.

"기분이 좀 나아졌어?" 나는 진심으로 궁금했다. 샤하르의 얼굴이 구겨졌다. 몸을 픽 돌리더니 내 뒤에 등을 돌리고 드러누웠다. 그녀가 눈물을 참으려고 애쓰는 게 느껴졌다.

마음이 불편하기도 하고 내가 상처를 준 건 아닌지 걱정이 되어 샤하르를 향해 돌아앉았다. "도대체 네가 원하는 게 뭐야?"

"어머니가 날 사랑해 주면 좋겠어. 내 동생이 돌아오면 좋겠어. 세상이 우릴 미워하지 않으면 좋겠어. 전부 다."

나는 그 말을 곰곰이 생각해 보았다. "내가 데카를 데려올까?"

샤하르가 흠칫 몸을 굳히더니 내 쪽으로 돌아누웠다. "그럴 수 있어?"

"나도 몰라." 나는 더 이상 내 모습을 바꾸지 못한다. 먼 거리를 단숨에 이동하는 것은 현실을 변형해 세계를 작게 줄이는 것이라는 점에서 모습을 바꾸는 것과 비슷했다. 하나를 못 한다면 다른 하나도 못 할지 모른다.

하지만 그때 샤하르의 얼굴에서 간절한 열의가 사라졌다. "아냐, 데카는 이제 날 사랑하지 않을지도 몰라."

나는 놀라 눈을 깜박였다. "그럴 리가 없잖아."

"마음에도 없는 소리 하지 마, 시에."

"그런 거 아냐." 나는 재빨리 대꾸했다. "난 우리가 얼마나 끈끈하게 연결되어 있는지 느낄 수 있단 말이야. 이렇게 생생하게." 나는 그녀의 물결치는 머리카락을 붙잡고 부드럽게, 하지만 힘 있게 잡아당겼다. 샤하르가 놀란 소리를 내자 머리카락을 놓아주었다. 구불거리는 머리카락이 다시 예쁘게 말려 올라갔다. "너희 둘 다 나를, 그리고 서로를 끌어당기고 있어. 지금은 너희 둘 다 나를 별로 좋아하지 않지만 그것만 빼면 너희 사이는 몇 년 전 지하궁전에서 만났을 때와 달라진 게 없어. 너는 여전히 그 애를 사랑하고 데카도 너를 사랑해. 난 신이야, 기억하지? 난 다 안다고."

엄밀히 말해 전부 다 진실은 아니었다. 나에 대한 샤하르의 감정은 확실히 약해졌다. 하지만 함께 시간을 보낼수록 점점 강해지고 있었다. 하지만 데카의 경우엔 지난 반평생 동안 아무 접촉이 없었는데도 감정이 점점 더 강해지고 있었다. 이걸 어떻게 해석해야 할지 알 수 없어서 아예 말을 꺼내지 않았다.

내 말에 샤하르의 눈이 휘둥그레지더니 눈물이 고이기 시작했다. 어린애처럼 짧고 유치한 소리가 입 밖으로 튀어나왔다. 피이. 그녀는 그 소리를 듣자마자 즉시 떨리는 손으로 입을 틀어막았다.

나는 한숨을 쉬며 샤하르의 얼굴이 내 가슴에 푹 묻힐 정도로 그녀를 끌어안았다. 그리고 그제야, 자신의 인간적인 모습을 약점으로 여길 시선으로부터 안전하다는 판단이 섰을 때에야 비로소 샤하르는 울음을 터트렸다. 가슴이 찢어질 듯 애절한 울음소리가 벽에 부딪쳐 방 안 가득 울려 퍼졌다. 눈물은 뜨거웠지만 내 살갗과 침대 시트 위로 떨어진 후에는 금세 식어 버렸다. 그녀의 어깨가 내 팔에 기대 격렬하게 들썩였다. 흐느낌이 점점 심해질수록 두 팔로 나를 꽉 둘러 안으며 내가 주는 안정감과 침묵에 목숨이라도 걸려 있는 양 필사적으로 매달렸다. 그래서 나는 그 두 가지를 기꺼이 내주었다. 샤하르의 머리를 쓰다듬고, 창조의 언어로 달래는 말을 중얼거리며 나도 사랑한다고 말해 주었다. 그런 짓을 하다니 난 정말 바보였다.

마침내 샤하르의 눈물이 멈췄을 때도 나는 계속 그녀를 어루만지고 있었다. 곱슬머리가 납작해졌다가 내 손이 지나가고 나면 다시 퐁 하고 솟아오르는 모습이 너무 좋아서 아무 생각도 나지 않았다. 그래서 그녀의 팔이 느슨해지고, 그녀의 손이 내 옆구리와 등, 허리를 만지작거리고 있다는 것도 알아차리지 못했다. 그녀가 내 셔츠를 걷어 올리고 배에 가볍게 입맞춤을 했을 때도 아무 생각도 들지 않았다. 간지러운 느낌에 미소를 지었을 뿐이다. 그때 샤하르가 일어나 앉아 나를 바라보았다. 붉게 충혈된 눈은 눈물이 말라 건조했고, 묘한 의도가 담겨 있었다.

이번 키스는 완전히 달랐다. 그녀는 내 입술을 살짝 벌리고 달콤하고 축축하고 신맛이 나는 혀로 내 혀를 건드렸다. 내가 반응하지 않자 내 셔츠 아래로 손을 밀어 넣어 자신과는 다른 밋밋하고 낯선 신체를 탐색했다. 기분이 좋았다. 하지만 손 하나가 더 밑으로 내려가 내 바지선과 그 위의 털을 간지럽히자 나는 그녀의 손목을 붙잡았다. "안 돼."

샤하르가 눈을 감았다. 그녀의 고통스러운 공허감이 느껴졌다. 이건 욕정이 아니었다. 동생에 대한 그리움과 외로움이었다. "널 사랑해." 이건 고백이 아니었다. 단순히 달이 예쁘다거나 넌 죽을 거야처럼 사실을 말하는 것뿐이었다. "어렸을 때부터 항상 그랬어. 안 그러려고 노력했는데."

나는 고개를 끄덕이며 그녀의 손을 쓸었다. "알아."

"나 스스로 선택하고 싶어. 권력을 위해 날 팔아야 한다면 내가 원하는 사람한테 먼저 주고 싶어. 사랑을 위해. 친구를 위해."

나는 한숨을 쉬며 눈을 감았다. "샤하르, 말했잖아. 이건 좋지 않아."

그녀가 미간을 찌푸리더니 갑자기 달려들어 내게 다시 입을 맞췄다. 나는 깜짝 놀라 조용해졌고 튀어나오려던 항변은 목구멍 안에서 죽어 버렸다. 왜냐하면 이번에는 신과 키스하는 것 같았기 때문이다. 샤하르의 정수가 내 입술 사이로 흘러 들어와 미처 막기도 전에 내 영혼 깊숙이 파고들었다. 순간적으로 숨을 멈췄다가 들이켜자 강약을 오가며 맥동하지만 결코 꺼지지도 않고 폭발하지도 않는 하얗게 전율하는 태양이 흘러들었다. 바위처럼 단단한 결의, 아직은 뒤죽박죽이지만 뾰족뾰족 날카롭고 언젠가는 굳건한 기반암이 될 수 있을 것이다. 눈을 떴을 때 나는 누워 있고 그녀는 내 위에 올라타 입맞춤을 이어 나가고 있었다. 그녀의 손이 움직이자 마지못한 저항에도 불구하고 한숨이 새어 나왔다. 나는 그녀를 말리지 않았다. 나는 어린아이여야 하지만 실제로는 아이가 아니고 현실에 대한 어린아이 특유의 방어기제를 발휘하기엔 이미 내 몸조차 너무 나이가 많았다. 아이들은 다른 이와 하나가 되는 게 얼마나 멋진 일인지 생각하지 않는다. 아이들은 힘과 관능과 헐떡임 속에 빠져들어 자신을 잃기를 갈망하지 않는다. 아이들은 오직 결과에 대해서만 생각하며, 그조차 그 결과를 피하기 위해서 생각하는 것일 뿐이다. 그런 생각에서 완전히 벗어나려면 어른이 되어야 한다.

그래서 이번에 샤하르의 손이 바지 속으로 미끄러져 들어왔을 때도 나는 막지 않았다. 그녀가 내 몸 이곳저곳을 만질 때에도 저항하지 않았다. 처음에는 손가락으로, 그다음에는 오 맙소사, 아좋아 입으로. 다른 모든 건 필멸자 남편한테 주더라도 그녀의 입과 손하고는 내가 결혼해야지. 내가 무심코 뭐라 중얼거리자 벽이침침해졌다. 왜냐하면 지금 우리가 하는 일에는 장난기가 섞여 있었고, 그래서 내게 힘을 주었기 때문이다. 그럼에도 나는 그녀가 나를 신음하게 하는 법을 배우는 동안 어둠 속에 무력하게 누워 있었다. 샤하르는 내 몸의 모든 부분을 맛보며 나를 괴롭혔다. 심지어 내 가슴 위에 놓여 있는 엔을 혓바닥으로 핥기까지 했다. 엔,이 욕심 많은 녀석. 반대쪽도 핥아 달라고 데굴 굴렀는데 그녀는알아차리지 못했다.

나도 샤하르를 만졌다. 그녀도 아주 많이 좋아했다.

그러더니 그녀가 두 다리를 벌리며 내 위에 올라탔다. 딱 한 번, 그녀의 엉덩이를 붙잡고 올려다보며 "확실해……?"라고 묻던 기억만이 유일하게 선명하게 남아 있지만 그녀가 몸을 아래로 내려앉는 순간 울부짖고 말았다. 아플 정도로 너무 좋아서, 육신이 항상 끔찍한 것만은 아니며 도리어 기분 좋을 수도 있고 전혀 징그럽지 않은 데다 이용당하지 않는 게 이렇게 좋은 것임을 그동안까맣게 잊고 있었기 때문에. 샤하르의 안은 여신 같았다. 그렇게속삭이자 그녀가 미소 지으며 내 위에서 다시 몸을 움직였다. 벌어진 입, 달빛에 반사되는 치아, 움직이는 하얀 그림자 같은 머리카락. 다음 순간 우리의 자세가 바뀌었고, 이번에는 내가 그녀의 위에 있었다. 상대를 지배하려는 필멸자스러운 쓸데없는 욕구 때문이 아니라 안으로 치고 들어갈 때마다 그녀가 내는 그 가냘프고 달콤한 소리가 좋아서, 그리고 나는 아직 신이고 아무리 약하다 한들 신은 필멸자에게 위험하기 때문. 물질은 정말 연약한 존재다. 그래서 나는 그녀의 살결, 내 등을 쓰다듬는 손(나도 모르게 가르랑거렸다.), 뱃속을 조이며 점점 빨라지는 흥분감 등 오직 샤하르라는 존재의 좋은 것에만 집중하고 나쁜 부분에는 신경 쓰지 않는 방법으로 스스로를 자제했다.

그리고 그녀가 더 이상 참을 수 없게 되었을 때, 그녀에게 스스로를 되돌려 주어도 안전하다는 것을 알았을 때, 내가 육신을 유지할 수 있다는 확신이 들었을 때, 오직 그제야 그녀를 놓아주고 나 자신도 놓아 버렸다.

샤하르는 혼절했다. 필멸자와 성교를 할 때 이런 건 평범한 일이다. 신성과 접촉했을 때 압도당하지 않는 건 굉장히 비범한 자들뿐이다. 나는 화장실에서 젖은 수건을 가져와 땀과 타액 같은 것을 닦아 낸 다음 샤하르의 머리카락 내음을 맡으려고 이불 밑에서 그녀를 끌어안았다.

후회는 없었지만 슬픈 기분이 들었다. 샤하르는 이제 나와 멀어졌다. 그리고 그녀를 멀리 떠나보낸 건 바로 나였다.

8장

이야기를 들려줘
최대한 빨리
세상을 만들고 무너뜨려
네 손에 쥐어

나는 또다시 잠들었다. 하지만 이번에는 샤하르 덕분에 신력을 회복했기 때문에(실험과 방종은 나에게 맞는 어린아이다운 충동에 충분히 가깝다.) 신다운 수면을 취할 수 있었고 꿈도 저지할 수 있었다.

잠에서 깼을 때 샤하르는 옆에 없었고 시간은 벌써 정오가 되어 있었다. 일어나 앉으니 샤하르가 시트를 두른 채 창가에 서 있는 게 보였다. 밝고 푸른 하늘을 배경으로 날씬한 몸매가 비쳐 보였다.

나는 침대에서 폴짝 일어나 먼저 대소변이 필요한 건 아닌지 몸 상태를 살펴봤다. 아직은 아니었다. 확실히 양치질은 해야겠지만. 샤하르에게 다가갔다. (젠장, 몸이 또 추운 느낌이 들었다.) 내가 가까이 갔는데도 샤하르는 꼼짝도 않고 생각에 잠겨 있었다. 나는 씩 웃으며 몸을 기울여 어젯밤 일에도 머리카락이 완전히 풀리지 않아 드러나 있는 목덜미 뒤쪽을 할짝 핥았다.

샤하르가 소스라치게 놀라며 고개를 홱 돌리더니 나를 보고 미간을 찌푸렸다. 그제야 그녀가 장난칠 기분이 아닐지도 모른다는 걸 깨달았다.

"안녕." 갑자기 난감한 기분에 어색하게 말을 걸었다.

샤하르가 한숨을 쉬더니 긴장을 풀었다. "안녕." 그러더니 시선을 내리깔고는 다시 창밖으로 고개를 돌렸다.

바보가 된 느낌이었다. "악마여, 혹시 내가 아프게 했어? 처음이라…… 조심하려고 했는데 그게……"

샤하르가 고개를 저었다. "아프진 않았어. 네가 조심하는 것도 알았고."

아픈 게 아니면 왜 저렇게 꺼림칙하고 답답하게 응고된 감정이 느껴지는 걸까? 나는 전쟁 전에 필멸자 여성과 나눴던 몇 안 되는 경험을 떠올려 보았다. 이런 게 정상인가? 그럴 수도 있다는 생각이 들었다. 그렇다면 어, 이럴 때 연인 사이에서는 뭐라고 하지? 맙소사, 차라리 노예였을 때가 더 쉬웠다. 강간범들은 내가 나중에 그들에게 신경을 써 줄 거라곤 아예 기대를 안 했으니까.

나는 한숨을 쉬고 양발에 번갈아 체중을 옮겨 실으며 체온을 유지하려고 가슴 위에 팔짱을 끼었다. "그럼…… 우리가 했던 게 마음에 안 들었던 거구나."

샤하르가 한숨을 내쉬었다. 이상하게도 오히려 그녀의 기분이 더 어두워졌다. "그건 정말 좋았어, 시에."

이쯤 되니 피곤해지기 시작했다. 내가 필멸자로 변하고 있다는 것과는 아무 상관도 없었다. 그냥 뭔가 잘못되었다. 그것만은 분명하다. 내가 여성형이었다면 더 좋았을까? 아직 형태를 바꿀 수 있을지는 잘 모르겠지만 어쨌든 아주 작은 변화에 불과하니까 샤하르를 위해서라면, 그게 도움이 된다면 시도해 볼 수도 있었다.

"그럼 왜 그래? 왜 제일 친한 친구를 잃은 사람처럼 구는 거야?"

"정말로 그런지도 몰라." 그녀가 작게 속삭였다.

나는 샤하르를 응시했다. 그녀가 나를 향해 돌아섰다. 한쪽 어깨에서 시트가 흘러내렸고 머리카락은 대부분 엉망이었다. 마치 아무 힘도 없고 뜻대로 할 수 있는 것도 없고 어찌해야 할지도 몰라 넋이 나간 사람처럼 보였다. 어젯밤 그녀가 얼마나 거침없이 굴었는지 떠올렸다. 예의나 지위, 품위 따위는 전부 다 버리고 오직 열정만으로 순간에 몸을 던지던 모습. 참으로 영광스럽고 눈부신 순간이었건만 그런 방종이 그녀에게 어떠한 대가를 치르게 한 것만은 분명했다.

문득 시트를 붙잡고 있는 샤하르의 손 말고 다른 한쪽 손이 어디 있는지 알아차렸다. 그녀는 배 위에 손을 올려놓고 마치 그곳 피부가 얼마나 강한지 재 보기라도 하는 듯이 어루만지고 있었다. 이제껏 필멸자 여성이 똑같은 행동을 하는 것을 수만 번도 넘게 봤건만 하마터면 거기 담긴 의미를 놓칠 뻔했다. 내가 관여하는 영역이 아니기 때문이다.

마침내 문제의 원인을 알아낸 게 기뻐서 미소를 지으며 한 발짝 더 다가갔다. 샤하르의 손을 붙잡고 배에서 떼어 낸 다음, 그녀를 살살 유도해 내가 안으로 들어갈 수 있도록 시트 자락을 벌리게 했다. 샤하르가 어색한 동작으로 천을 움직여 우리 둘을 모두 감싸 안자 나는 그녀의 온기를 만끽하며 한숨지었다. 그러고는 그녀의 눈빛에 담긴, 내가 이해했다고 생각한 불안감을 해소해 주었다. 원래 내 성격이 그런 데다 늘 현명한 건 아니었기 때문에 나는 일부러 놀리듯이 말했다. "날 죽일 거야?"

샤하르가 무슨 소리냐는 듯이 미간을 찌푸렸다. 나는 처음으로 샤하르가 나와 키가 비슷하다는 것을 깨달았다. 그녀는 계속 자라고 있었고 좋은 혈통의 아픈 소녀답게 길고 늘씬했다. 나는 샤하르의 허리에 팔을 감고 끌어당겼다. 아직도 몸에서 긴장이 완전히 풀리지 않은 게 느껴졌다.

"아이 말이야." 나는 방금 그녀가 그런 것처럼 샤하르의 배에 손바닥을 얹고 놀리듯이 원을 그리며 문질렀다. "애가 태어나면 난 죽을 거야." 문득 지금 내 상태가 어떤지 떠오르자 기분이 조금 가라앉았다. "어쨌든 더 빨리 죽겠지."

샤하르가 흠칫 몸을 굳히며 나를 응시했다. "뭐?"

"말했잖아." 손바닥에 닿는 그녀의 살갗이 기분 좋았다. 나는 그 매끈한 어깨에 뼈가 움푹 들어간 곳에 입을 맞추며 고양이처럼 올라타서 깨물고 싶다고 생각했다. 그녀가 날 위해 냥냥거릴까? "어린 시절이 살아남을 수 없는 것들이 있어. 같이 자는 건 괜찮아. 친구끼리라도 말이야." 나는 그녀의 피부에 입술을 묻고 웃었다. "결과가 없으니까. 하지만 결과가 생기면 모든 게 달라지지. 예를 들어 애를 만든다거나."

"맙소사, 그게 네 반개념이구나."

난 그 단어가 싫었다. 그걸 만들어 낸 건 필경사들이다. 그 단어는 딱 그들과 똑같다. 차갑고, 열정 없고, 지나치게 논리적이다.

그 단어는 우리를 지금의 우리로 만들어 주는 진정한 요소를 아무것도 잡아내지 못한다. "그건 내 본성을 타락시켜. 사실 나에게 해를 끼칠 수 있는 건 많지. 난 주신이 아니라 소격신일 뿐이니까. 하지만 제일 효과가 확실한 건 그거야." 나는 다시 그녀의 목을 핥았다. 이번에는 열성을 다해 노력했지만 성공할 것이라는 희망은 크지 않았다. 나하도스는 내게 진짜 제대로 된 유혹의 기술을 가르쳐 준 적이 없다.

"시에!" 샤하르가 나를 밀쳤다. 고개를 들었을 때 나는 그녀의 눈빛에서 공포를 읽었다. "나 아무것도 안 했어…… 예방 조치 같은 거…… 어젯밤에 우리가 같이 누웠을 때……" 그녀가 떨면서 시선을 돌렸다. 너무 심하게 놀린 것 같아 미안했다. 샤하르는 진심으로 겁을 먹고 있었다. 하지만 그만큼 나를 소중히 여기고 있다는 의미라 내심 기쁘기도 했다.

나는 부드럽게 웃으며 달랬다. "괜찮아. 내 어머니 에네파가 이미 오래전에 그게 위험하다는 걸 알았거든. 그래서 날 바꿔 줬어. 무슨 뜻인지 이해해? 애는 없을 거라고."

샤하르는 안심한 표정이 아니었다. 안심할 수 없는 것 같았다. 그녀의 고뇌가 주변의 공기를 물들였다. 내 형제자매 중에는 인간의 감정을 견디지 못하는 이들이 있다. 그들은 주로 신계에만 머물며, 우리가 들려주는 필멸자의 이야기를 게걸스레 집어삼키면서 질투가 나지 않는 척하는 가엾은 존재들이다. 아마 방금 그들의 절반 이상이 샤하르 때문에 죽어 버렸을 거다.

"에네파는 죽었어."

내가 진지해지는 데에는 그 말만으로도 충분했다. "그래. 하지만 그녀가 한 일이 사라지는 건 아니지. 그랬다면 너도 나도 지금 여기 이렇게 서 있지 못했을 테니까, 샤하르."

그녀가 긴장되고 걱정스러운 표정으로 나를 올려다보았다. "넌 전과 달라, 시에. 넌 이제 더 이상 신이 아니야. 그리고 인간은……" 누그러진 그녀의 얼굴이 너무도 아름다웠다. 이런 대화를 나누는 중에도 저절로 미소가 지어졌다. "인간은 성장해, 시에. 제발 아이가 들어서지 않았는지 확인해 줘. 너라면 할 수 있잖아? 왜냐하면…… 왜냐하면……" 샤하르가 눈을 내리깔자 갑자기 혀끝에서 시큼하고 씁쓸한 맛이 느껴졌다. 지금 그녀는 수치심을 느끼고 있었다. 수치심, 그리고 두려움.

"뭔데?"

샤하르가 숨을 깊이 들이켰다. "난 아이를 갖는 걸 피하려 하지 않았어. 사실은." 그녀의 턱에 힘이 들어갔다. "필경사를 찾아갔지. 그들이 주문을 사용했어." 샤하르는 얼굴을 붉히면서도 계속 말을 이어 갔다. "아이가 더 쉽게 생길 수 있게, 한 사나흘 정도 가능성이 높아지게 말이야. 그래서 일단, 어, 너랑 시간을 보낸 뒤에 그들을 찾아가기로 되어 있었어. 또 다른 주문이 있는데…… 상대가 신이어도 임신 마법은 똑같은 방식으로 작용한댔어."

워낙 심하게 더듬으며 횡설수설해서 처음에는 무슨 말을 하고 싶은 건지 알아들을 수가 없었다. 그러다 불현듯, 차가운 얼음 혜성 같은 깨달음이 나를 관통했다.

"너, 아이를 갖고 싶었어?"

샤하르가 쓸쓸한 탄식을 내뱉었다. 창가 쪽으로 다시 돌아섰을 때, 그녀의 눈빛은 냉정했고 평소보다 훨씬 나이 들어 보였다. 완벽한 아라메리의 눈이었다. 그때 알았다.

"네 어머니구나."

샤하르는 나와 눈을 마주치지 않은 채 고개만 끄덕였다. "'신을 소유할 수 없다면 우리 자신이 신이 되면 된다.' 그렇게 말씀하셨지. 옛날옛적에 살던 악마들은 필멸자였지만 강력한 마법을 갖고 있었어. 아니면 최소한의 경우 악마가 가졌던 가장 위대한 마법을 손에 넣을 수 있겠지. 신을 죽이는 능력 말이야."

나는 그녀를 멍하니 응시했다. 속이 메스꺼웠다. 진즉에 알았어야 했다. 아라메리는 악마를 손에 넣기 위해 벌써 수십 년 동안 안간힘을 쓰고 있었다. 레마스가 소격신을 연인으로 삼으려 했다는 이야기를 들었을 때 알아차렸어야 했는데. 그녀가 왜 나를 하늘궁에 들이는 걸 그리도 기꺼워했는지 알았어야 했다. 그리고 왜 내게 자신의 딸을 주려고 했는지도.

나는 어깨를 털어 시트를 미끄러뜨린 다음 샤하르를 홀로 남겨두고 자리를 옮겨 옷을 구현해 입었다. 이번 옷은 검은색이었다. 내가 고양이일 때 털 색깔처럼. 내 아버지의 진노처럼.

"시에?" 샤하르가 욕설을 중얼거리더니 시트를 바닥에 떨어뜨리고 재빨리 로브를 집어 들었다. "시에, 뭐 하는……"

나는 발을 멈추고 몸을 돌려 그녀를 응시했다. 내 눈빛을 본 샤하르가 얼어붙었다. 어쩌면 내 눈 자체 때문인지도 모른다. 절반은 필멸자가 되어 약해진 상태에서도 이 정도로 격분하면 고양이의 모습이 약간은 드러나게 되니까.

발톱은 레마스를 위해 남겨 둘 것이다.

"왜 나한테 털어놓는 거야?" 내가 묻자 샤하르의 낯빛이 하얗게 질렸다. "이유가 있어서 지금까지 기다린 거 아냐?" 마법이 약간 돌아왔다. 세상을 만져 레마스가 어디 있는지 찾아냈다. 그녀는 알현실에서 가신들과 청원자들에게 둘러싸여 있었다. "내가 목격자들 앞에서 그녀를 죽여서, 다른 높은피들이 너는 아무 관련도 없다고 생각하도록 하게끔 하려는 거였어? 그러면 네 손으로 직접 모친을 해친 것처럼 느껴지지 않을 것 같아서?"

샤하르가 입술에 핏기가 사라질 정도로 입을 꾹 다물었다. "어떻게 그런……"

"그럴 필요 없었는데." 참담함이 서린 말로 가로막자 즉시 그녀의 얼굴에서 분노가 사라졌다. "부탁만 하면 죽여 주겠다고 했잖아. 난 그저 널 믿을 수 있기만을 바랐는데. 그런 믿음을 줬더라면 널 위해 뭐든 해 줄 수 있었는데."

샤하르는 마치 내게 주먹을 맞기라도 한 양 움찔했다. 그녀의 눈에 눈물이 고였다. 어젯밤과는 달랐다. 지금 그녀는 이템파스의 태양이 내뿜는 비스듬한 오후 햇살 아래 알몸이면서도 당당하게 서 있었고 눈물도 굴러떨어지지 않았다. 왜냐하면 아라메리는 울지 않으니까. 설령 신의 마음을 찢어 놓을 때조차도.

"데카." 마침내 그녀가 말했다.

나는 말없이 고개를 절레절레 흔들었다. 내 본성에 너무 사로잡혀 있어서 그녀의 필멸자식 사고를 따라갈 수가 없었다.

샤하르가 다시 숨을 깊이 들이마셨다. "내가 이 일을 하겠다고 한 건 데카 때문이야. 어머니와 거래를 했어. 너와 하룻밤을 보내면 데카를 데려오기로. 나머지는 필경사들이 알아서 할 거라고. 하지만 아까 네가 아이를 낳으면 네가 죽을 거라고 해서……" 샤하르의 목소리가 떨렸다.

나는 그녀가 나 때문에 어머니를 배신했다고 믿고 싶었다. 하지만 저 말이 사실이라면 이는 또한 그녀가 동생을 위해 내 사랑을 희생하기로 했다는 의미이기도 했다.

나는 샤하르가 나를 사랑한다고 말할 때의 눈빛을 기억했다. 그녀를 만질 때의 촉감, 한숨 소리를 기억했다. 나는 그녀의 영혼을 맛봤고 그것은 내가 상상했던 것보다 훨씬 더 달콤했다. 지난밤 우리가 나누었던 행위는 그 무엇도 거짓이 아니었다. 하지만 어머니와의 거래가 없었다면 샤하르는 이렇게 빨리 자신의 욕망을 따랐을까? 나보다 더 절실하게 원하는 다른 사람이 없었다면 그런 걸 하긴 했을까?

나는 그녀를 등지고 돌아섰다.

"레마스는 순수해야 하는 것을 변질시켰어." 초롱초롱한 눈망울의 두 필멸자 아이들과 손을 잡은 이래 처음으로, 세상과 세상 사이의 공간에서 내 진정한 자아가 흘러나와 나를 채우기 시작했다. 목소리가 깊고 낮아져 내가 육체적으로는 아직 도달하지 못한 성인 남성의 저음이 울려 나왔다. 그 순간 나는 원하는 어떤 모습이든 될 수 있었다. 그런 건 더 이상 내 능력 밖의 일이 아니었다. 하지만 나 자신의 상처 입은 일부분은 어린아이나 고양이가 아니라 남성이었고 그래서 그 아픔을 달래 줘야 하는 부분 역시 남성이었다. 남성은 나라는 자아에서 가장 약한 부분이었지만 목적을 이루려면 어쩔 수가 없었다.

"시에." 샤하르가 속삭였다. 그러나 곧이어 침묵이 뒤따랐다. 오히려 다행이었다. 그녀의 말을 들어 줄 기분이 아니었으니까.

"나는 세상 모든 악으로부터 아이들을 보호해 줄 순 없어. 고통을 겪고 감내하는 것도 어린 시절의 일부니까. 하지만 이건⋯⋯" 의도했던 것보다 더 갈라지고 긁는 소리가 나왔다. 나는 작게 으르렁거리며 변화에 맞서 싸웠다. "이건, 샤하르, 내 죄야. 난 너를 너 자신의 본성으로부터 보호했어야 했어. 난 나 자신을 저버렸고, 그러니 그 때문에 누군가 죽게 될 거야."

나는 그 말과 함께 발을 옮겼다. 샤하르의 방문이 부르르 떨리더니 먼지로 화했다. 복도에 들어서자 내 발밑에서 일광석이 신음하며 갈라졌고, 벽을 따라 균열이 가지를 치듯 뻗어 올랐다. 복도에 눈에 띄지 않게 서 있던 위병들과 하인들이 내가 성큼성큼 다가가자 놀라 바짝 긴장했다. 그들 넷은 필멸자의 미숙한 감각으로도 내가 함부로 대할 상대가 아님을 깨닫고 움직임을 멈췄다. 네 번째 위병이 내 앞을 가로막았다. 나를 막으려는 건지 아니면 단지 공간이 넉넉한 복도 반대편으로 이동하려는 건지 알 수가 없었다. 이런 때는 생각하지 않는다. 그냥 기분 좋은 일을 할 뿐이다. 그래서 나는 그에게 내 의지를 발톱처럼 휘둘렀다. 남자의 몸뚱이가 예닐곱 조각으로 갈라져 바닥으로 떨어졌다. 누군가가 비명을 질렀다. 이제는 아무도 내 앞을 가로막지 않았다. 나는 계속 나아갔다.

바닥이 열리고 내 주변의 공간이 구부러져 계단과 경사, 새로운 길이 생겨났다. 나는 레마스의 알현실로 이어지는 한낮의 눈부신 복도로 들어섰다. 복도 끝에 있는 화려한 겹문을 향해 다가가니 그 앞에 다르 전사 두 명이 서 있는 게 보였다. 다르의 여성 전사들은 체력적으로 부족한 완력을 보완하기 위한 정교한 전투기술과 기지로 유명하다. 우리가 하늘궁에서 탈출한 이래 이들은 아라메리 가문의 다른 일원들로부터 가주를 보호하는 임무를 맡고 있었다. 하지만 내가 복도를 따라 주변 유리창에 거미줄 같은 균열을 일으키며 한 걸음 한 걸음 가까워지자 그들은 서로의 얼굴을 마주 보며 눈빛을 교환했다. 이 멍청한 다르인들은 자부심은 강할지 몰라도 그들의 문화를 오래도록 유지하지 못했고 나와 맞서 싸울 방도가 없음을 알고 있었다. 하지만 나를 달랜다는 선택을 해 볼 수는 있었다. 그래서 그들은 문 앞에 무릎을 꿇고 머리를 조아리며 내게 자비를 구했다. 나는 그 둘을 각각 반대 방향에 날려 버리는 것으로 화답했다. 벽에 부딪쳐 멍은 좀 들겠지만 죽진 않을 거다. 그러고 나서 나는 문짝을 뜯어내 날려 버린 다음 알현실 안으로 들어갔다.

알현실에는 가신들과 더 많은 근위병, 하인, 서기, 필경사로 가득했다. 그리고 레마스. 그녀는 차가운 돌왕좌에 앉아 무릎 위에 손을 겹쳐 얹은 채 마치 기다렸다는 양 앉아 있었다. 그녀를 제외한 모두가 놀라 말문이 막힌 채 나를 멍하니 쳐다보았다.

나는 엔을 끈에서 풀었다. "날 위해 죽여 주렴, 사랑하는 것아."

나는 중얼거리며 엔을 바닥에 떨어뜨렸다. 엔이 바닥에서 한번 튕겨 오르더니 쏜살같은 속도로 날아다니며 벽과 창문, 레마스의 돌의자에 마구잡이로 몸을 던지며 충돌했다. 인간의 살을 만났을 때 엔은 튕겨 나오지 않다. 충분한 수의 몸뚱이에 구멍을 뚫고 사람들의 비명이 멈추자 엔이 내게 돌아와 화르륵 불꽃을 피워 몸에 묻은 피를 증발시킨 다음 다시 차갑게 식어 내 손바닥 위에 자랑스럽게 내려앉았다. 나는 엔을 주머니에 집어넣었다.

레마스는 상처 하나 입지 않았다. 엔은 내 마음을 읽을 줄 안다. 학살이 벌어지는 동안 레마스는 꼼짝도 하지 않고 앉아 있었고, 내가 방금 거의 서른 명에 달하는 친인척을 죽였는데도 눈썹 하나 까딱하지 않았다.

"뭔가 불만이 있는 모양이군요."

나는 씩 웃었다. 내 날카로운 이빨이 드러난 순간 레마스의 눈동자가 일순 흔들리는 게 보였다. "그래." 나는 손을 들어 올리며 말했다. 손바닥 위에는 가능성으로 구성된 은색의 두꺼운 뜨개바늘 열 개가 놓여 있었다. 하나같이 내 손바닥보다도 길었다. "하지만 곧 기분이 나아질 거야. 심장을 걸고 죽어도 좋다고 맹세했지, 레마스. 여기 이 바늘로 네 눈을 찌를 거야."

대견스럽게도 레마스의 목소리에는 한치의 떨림도 없었다. "난 약속을 지켰습니다. 당신에게 아무 해도 끼치지 않았어요."

나는 고개를 가로저었다. "샤하르는 내 친구였어. 그런데 넌 내게서 그녀를 빼앗았지."

"소소한 일이죠." 레마스가 말하더니 놀랍게도 작게 미소를 지어 보였다. "하지만 당신은 트릭스터이니, 논쟁을 벌이는 건 무의미할 테죠."

"맞아." 나는 맞장구를 쳤다. 그러고는 손바닥에서 첫 번째 바늘을 뽑아 손가락 사이에서 굴리며 앞으로 뚜벅뚜벅 걸어가기 시작했다. 기대감으로 가슴이 부풀었다. 왜냐하면 어쨌든 나는 남들 괴롭히는 걸 좋아하는 못된 애새끼이기 때문이다.

샤하르가 소리를 지르며 달려오는 소리가 들렸지만 무시했다. 그녀는 알현실에 도착하자마자 사방에 널려 있는 핏자국과 주검들을 보고 놀라 숨을 삼켰지만 다음 순간 재빨리 앞으로 돌진해 (중간에 누군가의 내장 조각에 한 번 발이 미끄러지긴 했다.) 내 팔을 붙들었다. 하지만 내 걸음을 늦추지는 못했다. 지금 이 순간 나는 그 어떤 필멸자보다도 강했으니까. 샤하르는 내 팔에 매달려 한두 발짝 질질 끌려간 후에야 나를 멈춰 세우려는 노력을 포기했다. 하지만 이번에는 나를 앞질러 달려 나가 내가 레마스의 왕좌가 놓여 있는 높은 단을 향해 첫 번째 계단에 발을 올려놓은 순간, 내 앞을 가로막았다. "시에, 이러지 마."

나는 한숨을 쉬며 최대한 부드럽게 그녀를 옆으로 밀쳐냈다. 그 바람에 샤하르는 비틀거리며 계단에서 떨어지고 말았는데 하필 그 자리에는 그녀의 사촌인지 다른 친척인지의 피 웅덩이가 있었다. 어쨌든 그 사람한테선 아라메리 냄새가 났다. 아니지, 더 이상 사람한테서 나는 냄새가 아니지. 나는 혼자 피식 웃었다.

죽음이 한 발짝씩 다가오는데도 여전히 침착하게 자리를 지키고 있는 레마스의 앞에 내가 멈춰 섰을 때, 샤하르가 다시 내 앞에 나타났다. 이번에는 어머니가 앉아 있는 왕좌를 향해 말 그대로 몸을 던졌다. 금빛의 새틴 로브는 한쪽이 피에 흠뻑 젖어 있고 어찌된 일인지 얼굴 옆쪽에도 피가 묻어 있었다. 머리카락 절반은 축 늘어져 피가 뚝뚝 떨어지고 있었다. 나는 다시 웃었다. 그녀를 놀릴 만한 말장난을 떠올려 보려 했다. 공포랑 운율이 맞는 단어엔 뭐가 있지? 나중에 생각해 봐야지.

하지만 샤하르가 앞길을 가로막고 있어 더는 앞으로 나아갈 수가 없었다. "비켜."

"싫어."

"어차피 그녀가 죽길 원하잖아."

"이런 식으로는 아냐. 빌어먹을!"

"불쌍한 샤하르." 나는 노래를 지어 부르기 시작했다. "불쌍한 꼬마 공주님. 어떻게 앞을 보는 거야? 손가락도 발가락도 눈도 다 나한테 있는데." 나는 샤하르의 눈앞에 바늘을 내밀었다. "넌 날 배신했어, 사랑스런 샤하르. 널 죽이는 건 나한테 아무것도 아냐."

그녀의 턱에 힘이 들어갔다. "날 사랑하는 줄 알았는데."

"난 네가 날 사랑하는 줄 알았는데."

"날 해치지 않겠다고 맹세했잖아!"

그건 사실이었다. 샤하르가 약속을 지키지 않았다고 해서 나도 똑같은 수준으로 떨어질 필요는 없었다. "좋아. 그럼 넌 안 죽일게. 이 여자만 죽이면 되지."

"우리 엄마야! 내 눈앞에서 엄마를 죽이는 게 나한테 해가 안 될 것 같아?"

그녀가 내 신뢰를 배신하는 바람에 내가 입은 것과 비슷한 상처를 입겠지. "협상에는 관심 없어, 샤하르. 비켜. 아니면 내가 비키게 해 주지. 이번엔 그다지 부드럽지 않을 거야."

"제발." 원래라면 그 말에 더 자극을 받았을 테지만(천생 못됐다니까.) 이번에는 이상하게 그러지 않았다. 주체할 수 없이 날뛰던 분노가 나 자신도 놀랄 만큼 천천히 가라앉더니 마침내 고요해졌다. 나는 폭풍 뒤에 찾아오는 고요함 속에서 샤하르를 물끄러미 바라보다 그동안 샤하르가 숨겨 왔던 또 다른 진실을 깨달았다. 그녀가 그 진실을 숨긴 건 나뿐만이 아니었다. 나는 레마스를 힐끔 쳐다보았다. 레마스는 처음으로 놀란 표정으로 샤하르를 뚫어져라 바라보고 있었다. 그래.

"어머니를 사랑하는구나."

그리고 샤하르 역시 아라메리였기에, 그녀는 번개라도 맞은 것처럼 움찔 튀어 오르며 수치스럽다는 듯 시선을 피해 버렸다. 하지만 비켜서지는 않았다.

나는 길고 무거운 한숨을 내쉬었다. 그와 함께 내 힘도 사라지기 시작했다. 어차피 오래 버틸 수도 없었다. 생떼를 부리며 난리법석을 떨기에 난 이제 너무 자라 버렸으니까.

고개를 가로저으며 바닥에 바늘을 떨어뜨렸다. 금속 바늘이 계단 위로 흩어지면서 고요한 방 안 가득 쨀그랑거리는 소리가 울려 퍼졌다. 주변 세상에 귀를 기울여 보니 사람들의 고함과 황급히 뛰어오는 발소리가 들렸다. 근위대장 래스와 부하들이 자기들 목숨을 내놓을 기세로 레마스를 구하러 달려오고 있었다. 그들은 다르 전사들만큼 이성적이지 못하니까. 심지어 필경사들마저 자기들에게 있는 가장 강력한 주문을 들고 모여들고 있었다. 하지만 우왕좌왕하는 오합지졸 같았다. 왜냐하면 셰비어가 여기 있었으니까. 그의 주검이 내가 죽인 다른 이들과 함께 바닥에서 차갑게 식어 가고 있었다. 나는 고개를 돌려 그를 바라보았다. 얼굴은 깜짝 놀란 표정으로 굳어 있고 그 위 이마에는 구멍이 뚫려 있었다. 후회가 밀려왔다. 그는 일등 필경사치곤 나쁘지 않은 사람이었다. 그리고 나는 아주 나쁜 소년이었다.

나는 아직 남아 있는 힘을 이용해 하늘궁을 떠났다. 발 닿는 곳이 어디든 상관 없었다. 그저 편안하고, 조용하고, 이 비참한 기분을 홀로 평화롭게 즐길 수 있는 곳으로 가고 싶었다.

나는 그 뒤로 이 년 동안 샤하르를 보지 못했다.

제2부

정오에는
다리가 둘

나는 벽에 붙은 파리, 덤불 속의 거미다. 사실 그게 그거지. 거미가 포식자라서 내 본성에 더 잘 맞는다는 점만 빼면.

나는 그가 발견하기만 하면 나라는 걸 즉시 알아차릴 수 있을 거미줄에 앉아 있다. 이슬이 송송 맺힌 거미줄 가닥으로 웃는 얼굴 모양을 엮어 놨거든. 하지만 주변에 존재하는 사소한 것들까지 신경 쓰는 건 그의 본성이 아니고, 무성한 나뭇잎이 거미줄을 반쯤 가리고 있다. 나는 거미의 무수한 눈으로 이템파스, 광명의 하늘, 아침을 가져오는 자가 하얗게 구운 점토로 만든 옥상에 앉아 해가 뜨기를 기다리는 모습을 지켜본다. 그가 그런 걸 보기 위해 앉아 기다린다는 것도 놀랍지만 오늘은 그것 말고도 벌써 많은 것에 놀란 참이다. 저 옥상이 필멸자 가족이 사는 집이고, 그 집에 그가 사랑하는 필멸자 여자와 그 여자와의 사이에 낳은 필멸자(하지만 반신인) 아이가 살고 있다는 사실 같은 거 말이다.

뭔가 잘못됐다는 걸 알 수 있었다. 요전에 어느 날 신계에 변화가 일어났다. 나하도스인 허리케인이 에네파인 지진과 만나 서로에게서 평온을 찾은 것이다. 아름답고 거룩한 일이었다. 나는 안다. 직접 봤으니까. 하지만 머나먼 곳에서는 이렘파스인 꼭대기가 하얀 부동의 산이 희미하게 빛나다가 사라져 버렸다. 그 뒤로 그는 자취를 감췄다.

그 뒤로 필멸자의 기준으로 십 년의 시간이 흘렀다. 우리한테는 눈한번 깜짝할 찰나에 불과하지만 그래도 그에게는 이례적인 일이다. 그는 토라지지 않는다. 그보다 그는 혼란의 근원에 정면으로 맞서 공격하고, 가능하다면 파괴하고, 파괴할 수 없다면 평형을 이룰 것이다. 하지만 이번에 그는 그중 어느 것도 하지 않았다. 대신에 연약한 생명들이 가득한 이 세계로 도망쳐 와 그들 사이에 몸을 숨겼다. 마치 태양이 성냥불 사이에 숨을 수 있다고 믿는 것처럼. 다만 엄밀히 말해 그는 숨은 건 아니다. 그저…… 살고 있다. 평범하게. 집에 돌아오지 않고.

옥상 문이 열리고 아이가 걸어 나온다. 이상하게 생긴 생명체다. 머리는 너무 크고 다리는 길어서 비율이 안 맞는다.(나도 필멸자의 형상을 하고 있을 때 저렇게 보일까? 다음번엔 머리를 더 작게 조정해야겠다.) 아이는 갈색 피부에 금발을 지녔고 얼굴엔 주근깨가 있다. 아이의 눈은 지금 내 모습을 감춰 주고 있는 잎사귀 같은 초록색이다. 나이는 여덟아홉 살 정도. 딱 좋은 나이, 내가 제일 좋아하는 나이다. 세상을 알 만큼 나이를 먹었지만 아직 그 안에서 기쁨을 느낄 만큼 어리다. 나는 흙먼지 날리는 이 작은 마을에서 다른 아이들이 이 소년의 이름을 속삭이는 것을 들었다. 신다. 아이들은 신다를 무서워한다. 나도 아이들도 한눈에 알 수 있다. 소년이 필멸자이긴 해도 결코 그들 중 하나가 되지는 못할 것이라는 사실을.

소년이 이템파스의 뒤로 다가가 아버지의 어깨를 두 팔로 감싸 안으며 촘촘한 곱슬머리에 뺨을 꾹 누른다. 이템파스는 고개를 돌리지는 않지만 손을 뻗어 소년의 팔을 어루만진다. 부자(父子)는 말없이 해가 뜨는 모습을 함께 지켜본다.

날이 완연히 밝아지자 옥상 문 앞에 또 다른 움직임이 나타난다. 한 여자가 거기 서 있다. 레마스와 비슷한 나이, 비슷한 금발, 비슷하게 아름답다. 이천 년 후에 나는 여자의 후손이자 그녀의 이름을 딴 소녀와 손을 잡고 필멸자가 될 것이다. 두 사람은 닮았다. 이 샤하르와 그 샤하르. 눈만 빼고. 이 샤하르는 눈을 깜박이지도 않고 이템파스만을 뚫어져라 응시하고 있다. 내 숭배자들에게서 그것과 똑같은 눈빛을 본 적이 없다면 나는 거의 겁을 먹었을 것이다. 아들이 몸을 일으켜 어머니에게 다가가 인사하지만 그녀는 쳐다보지도 않는다. 정신을 딴 데 집중한 채 아들의 어깨를 만지며 뭐라 말할 뿐이다. 소년이 집 안으로 들어가고 그녀는 옥상에 남아 대사제의 광신적인 열정이 담긴 눈빛으로 연인을 지켜본다. 하지만 그는 그녀를 돌아보지 않는다.

나는 자리를 뜬다. 나하도스와 에네파에게 받은 명령대로 돌아가서 보고한다. 부모들은 종종 자기들끼리 문제가 생기면 정탐꾼이나 중재자 역할로 아이들을 보낸다. 나는 그들에게 이템파스가 화나지 않았고 그보다는 슬프거나 약간 외로워 보인다고 말한다. 그러고는 그가 너무 오래 집을 비웠으니 빨리 집으로 데려와야 한다고 말한다. 그들에게 그의 필멸자 여인과 필멸자 아들에 대해 말하지 않으면 어떻게 될까? 그 여자가 그를 사랑하고, 필요로 하고, 그가 없으면 미쳐 버

릴지도 모른다는 게 뭐 그리 중요하겠어? 그가 집으로 돌아오면 필멸
자 가족과 그가 그들에게서 찾은 평화가 깨지고 말 터라는 걸 뭐 하러
우리까지 신경 써 줘야 하지? 우리는 신이고 그들은 아무것도 아닌데.
나는 저 잡종 악마 자식보다 훨씬 훌륭한 아들인데. 그가 집에 돌아오
자마자 증명해 보이리라.

9장

나는 추락했다.

아무 계획 없이 삶을 여행하다 보면 가끔 그런 일이 일어난다. 이 경우에 나는 공간과 움직임, 개념 속을 여행하고 있었는데, 필멸자가 살아남을 수 없다는 점만 빼면 다 그게 그거다. 나는 이미 반쯤은 필멸자였기 때문에 사실 그러면 안 됐지만, 상관없었다.

그래서 나는 하얀 하늘궁의 층층을 뚫고 세계수의 속살을 지나 아래로, 아래로, 아래로 내려갔다. 차갑고 축축한 구름의 가장 낮은 층을 통과했다. 실체가 없었기에 필멸자와 신 양쪽 모두의 눈으로 도시를 보았다. 건물들의 울룩불룩한 윤곽과 굽이치는 거리의 선들이 필멸자들이 켜 놓은 불빛 속에서 빛나고, 가끔은 그보다 더 밝고 다채로운 형제자매의 색채가 군데군데 흩어져 있었다. 그들은 나를 발견할 수 없었다. 아직은 자기보호 감각을 완전히 잃지 않았기 때문이기도 하지만 내 영혼의 색은 부루퉁해 있지 않을 때도 원래 어둡기 때문이다. 그것은 아버지의 유산이자 어머니가 물려준 것이기도 했다. 그래서 나는 들키지 않고 몰래 돌아다니는 솜씨가 탁월했다. 발견되지 않고 싶을 때 숨어 있는 능력도.

아래로. 세계수 줄기 주위로 둥그렇게 붙어 있는 대저택들, 나무 위 오두막 주제에 터무니없이 비싸고 사다리도 없고 여자애들의 호기심을 불태우는 '계집애들은 출입금지!' 표지판도 없는 곳을 지나 더 아래로 내려가면 도시의 또 다른 층이 있으니 이곳은 새로운 도시였다. 세계수 뿌리 위에 세워진 주택과 작업장, 상점들이 가파르게 경사진 거리와 버팀대 위에 위태롭게 자리 잡고 있다. 아, 당연하지. 저기 저 높은 곳에 사는 저명한 인사들은 하인과 요리사, 유모와 재단사 없이는 살아갈 수가 없으니까. 그치? 나는 이 중간도시와 위쪽에 있는 우아한 버팀대를 연결해 주는 기묘한 기계장치가 증기와 연기, 금속성 신음을 내뿜는 것을 보았다. 사람들은 이 위험하게 생긴 것들이 안전하리라 믿고 이것을 타고 위아래를 오고 갔다. 잠시나마 필멸자의 독창적인 재주에 경탄하느라 내 비참한 처지도 잊어버릴 뻔했다. 하지만 이곳은 내게 맞지 않았기에 나는 계속 움직였다. 샤하르가 여기 이야기를 한 적이 있는데 이젠 왜 그런 이름으로 불리는지 알 것 같았다. 회색지구. 밝음을 의미하는 하늘과 저 아래 어두운 그림자 사이에 있는 곳.

아래로. 난 이제 그림자에 섞여 들었다. 이곳, 세계수의 뿌리와 그 널따란 초록색 지붕 사이에는 너무도 많은 것이 있다. 그래, 내게는 이곳이 더 잘 맞았다. 그림자. 한때 하늘이라 불리던 도시.

마침내 내가 있어야 할 곳에 있다는 느낌이 들었다. 아주 약간이지만. 사실 나는 필멸계 그 어디에도 속하지 않으므로.

그걸 까먹으면 안 됐었는데. 나는 씁쓸하게 생각하면서 드디어 떨어지는 것을 멈추고 다시 육신의 형태를 되찾았다. 애초에 하늘궁에서 살 생각 자체를 말았어야 했는데.

뭐, 사춘기 때는 원래 잘못을 저지르기 마련이니까.

나는 냄새나고 쓰레기가 널려 있는 골목에 내려앉았다. 나중에 알았는데 그곳은 남쪽 뿌리였다. 이 도시에서도 가장 가난하고 폭력이 만연한 지역. 그리고 워낙 가난하고 폭력이 만연한 지역이었기 때문에 내가 쓰레기 더미 위에 사흘 내내 앉아 있었는데도 아무도 나를 건드리지 않았다. 정말 다행이었다. 그땐 나 자신을 방어할 힘도 없었으니까. 하늘궁에서 발작적으로 분노를 터트린 데다 마법을 사용해 여기까지 이동한 탓에 너무 약해져서 가만히 누워 있는 것 말고는 아무것도 할 수가 없었다. 하늘궁을 떠나기 전부터 배가 고팠기 때문에 뭐든 다 주워 먹었다. 옆에 있는 쓰레기통에는 곰팡이 핀 과일 껍질이 있었고 쥐 한 마리가 내게 다가와 자기 살점을 바쳤다. 눈도 멀고 죽어 가는 나이 많은 녀석이었는데 고기에서 역한 맛이 나긴 했지만 그런 신성한 행위를 무시할 만큼 내가 막돼먹진 않았다.

비가 내려서 빗물을 마셨다. 머리를 뒤로 한껏 젖히고 몇 시간이나 공을 들여서 겨우 입안 가득 몇 모금을 들이켤 수 있었다. 설상가상으로 백 년 만에 처음으로 창자가 운동을 시작했다. 바지를 내릴 힘은 간신히 남아 있었지만 냄새나는 결과물로부터 멀리 떨어질 힘은 남아 있지 않아서 그 옆에 앉아 한참을 흐느꼈다. 이 세상 모든 게 증오스러웠다.

그러다 신비한 힘을 지닌 숫자인 셋째 날에 이르러, 드디어 상황이 변했다.

＊

"일어나." 골목에 들어온 여자아이가 말했다. 내 관심을 끌려고 나를 발로 걸어찼다. "길을 막고 있잖아."

나는 두 눈을 끔벅이며 멍하니 아이를 바라보았다. 보기 흉한 헐렁한 옷을 걸치고, 우스꽝스럽다고밖에는 표현할 길이 없는 모자를 쓴 조그만 것이 나를 노려보고 있었다. 그 모자는 정말 예술적이었다. 머리 꼭대기에 붙어 있는 꼴이 꼭 술에 취한 원뿔 같았는데 양옆에는 귀를 덮는 긴 덮개가 달려 있었다. 덮개에는 턱 밑에 채울 수 있는 단추가 달려 있었지만 아이는 단추를 채우고 있지 않았다. 늦은 봄인 데다 항상 그림자가 드리워져 있는 도시인데도 날씨가 낮아버지의 성질머리만큼이나 더워서 그런 것 같았다.

나는 한숨을 쉬며 힘겹게 몸을 일으켜 옆으로 피했다. 소녀는 고맙다는 의미치고는 지나치게 퉁명스럽게 고개를 끄덕이고는 나를 지나 옆에 쌓여 있던 쓰레기 더미를 뒤지기 시작했다. 내가 쓰레기 더미에 추가해 놓은 작은 덩어리에 대해 경고하려고 입을 벌렸지만 소녀는 그걸 보지 않고도 피해 가는 데 성공했다. 아이가 깨져서 두 조각이 된 접시를 발견하고는 기쁨의 탄성을 지르더니 어깨에 멘 가방에 집어넣은 다음 자리를 옮겼다. 소녀가 발을 옮길 때 한쪽 발을 분명히 위로 들어 올렸는데도 여전히 땅바닥에 질질 끌리는 게 보였다. 한쪽 발이 다른 발보다 더 크고 보기 흉한 모양새로 비틀려 있고 발목 근처에 천 쪼가리까지 감겨 있어 실제보다 더 부해 보였다.

나는 소녀를 따라 골목 안쪽으로 더 깊이 들어갔다. 아이는 쓰레기 더미를 차례차례 뒤지며 이상한 물건들을 챙겨 들었다. 손잡이 없는 점토 항아리, 녹슨 금속 용기, 깨진 유리 조각 등등. 소녀의 얼굴에 떠오른 기쁜 표정으로 보아 마지막 물건이 가장 마음에 든 모양이었다.

나는 몸을 쓱 기울여 아이의 어깨 너머로 들여다봤다. "그걸로 뭘 할 거야?"

아이가 번개처럼 몸을 돌렸고, 나는 순간 얼어붙었다. 길고 고약하게 생긴 날카로운 유리 단검 끝이 내 목에 닿아 있었다.

"이렇게. 물러나."

나는 두 손을 공중으로 들어 올려 해를 끼칠 의도가 없음을 보여 주며 재빨리 그녀의 말에 따랐다. 소녀가 단검을 치우고 하던 일로 돌아갔다.

"유리는 갈아서 칼 만들고 남은 건 딴 거 갈 때 써. 됐어?"

나는 소녀의 말투에 반하고 말았다. 그림자에 사는 사람들의 세 늘어는 하늘궁 사람들보다 더 빠르고 거칠었다. 그들은 길고 장황한 언어 구성에 대한 참을성이 부족했고 그들이 새로 만들어 낸 간결한 구성에는 반항심이라는 또 다른 층위가 덧대져 있었다. 나도 거기에 맞춰 내 말투를 조절해 보았다.

"됐어. 그다음엔?"

소녀가 어깨를 으쓱했다. "태양시장에 갖다 팔아. 돈 못 내면 걍 줄 때도 있고." 아이가 나를 힐끗 쳐다보더니 위아래로 쓱 훑어보고는 코웃음을 쳤다. "넌 낼 수 있겠네."

나는 내 몸을 내려다보았다. 하늘궁에서 내가 구현한 검은 옷은 더럽고 냄새가 나긴 했지만 고급 옷감이었고 셔츠와 구두까지 모두 한 벌이었다. 소녀가 입고 있는 것과는 달랐다. 확실히 부유해 보일 터였다. "그치만 난 돈 없는데."

"그럼 일자리를 구해." 소녀가 대꾸하고는 다시 하던 일로 돌아갔다.

나는 한숨을 쉬며 닫혀 있는 오물통 뚜껑 위에 앉았다. 내 무게가 실리자 찌그러지는 소리가 났다. "그래야겠다. 아는 사람 중에……" 내가 가진 기술 중에 필멸자 세계에서 쓸 만한 게 있을지 생각해 봤다. "흐음. 도둑, 저글러, 아님 살인자 구하는 사람 있어?"

소녀가 멈칫하더니 나를 뚫어져라 응시했다. 그러더니 가슴 앞에 팔짱을 끼고 말했다. "당신, 소격신?"

나는 놀라 눈을 깜박였다. "어, 그래. 어떻게 알았어?"

"그런 정신 나간 질문은 걔네들만 하니까."

"오, 소격신을 많이 아나 봐?"

소녀가 어깨를 으쓱했다. "몇 명. 날 잡아먹을 거야?"

나는 눈을 깜박이며 얼굴을 찌푸렸다. "내가 뭐 하러?"

"싸울 거야? 나한테서 뭐 훔쳐 갈 거야? 내 모습을 딴 걸로 바꿔 버릴 거야? 아니면 죽을 때까지 고문?"

"맙소사, 신이여, 내가 왜 그런……" 하지만 그때 소녀가 말한 모든 일은 물론, 그보다 더 지독한 짓도 할 것 같은 형제자매가 몇 명 머리를 스치고 지나갔다. 솔직히 우리 가족은 그리 상냥한 이들이 아니다. "그런 건 내 본성이 아냐. 걱정 마."

"잘됐네." 다시 몸을 돌린 소녀가 방금 발견한 물건을 살펴보기 시작했다. 내가 보기엔 낡은 지붕널 같았다. 소녀가 짜증 섞인 한숨을 내쉬며 옆으로 내던졌다. "그렇게 앉아 있기만 하면 경배자도 안 생길 텐데. 사람들 흥미를 끌 일을 해야지."

나는 한숨을 쉬며 무릎을 모아 세운 다음 팔로 끌어안았다. "난 더 이상 흥미를 끌 게 없어."

"흠." 소녀가 허리를 펴더니 우스꽝스러운 모자를 벗고 이마를 닦았다. 모자를 벗고 나니 아든인이라는 걸 알 수 있었다. 구불구불한 백금발을 짧게 자른 다음 뒤로 잡아당겨 싸구려처럼 보이는 머리핀으로 고정했다. 열 살이나 열한 살 정도로 보였는데 눈빛에는 더 많은 세월이 담겨 있었다. 아마도 열네 살 정도 됐을 것이다. 자라면서 제대로 먹지 못한 티가 났지만 아직 내면에 어린 시절이 남아 있는 게 느껴졌다.

"히픈." 이름이었다. 내 미심쩍은 표정이 겉으로 드러났는지 여자아이가 눈을 굴렸다. "히므네사미나를 줄인 거야."

"난 사실 긴 이름 좋아해."

"난 아냐." 소녀가 나를 건성으로 훑어보았다. "겉모습은 별로 안 나쁘네. 좀 마르긴 했는데 그건 바꿀 수 있으니까."

나는 다시 눈을 끔벅였다. 지금 날 꼬시려는 건가. "나도 알아."

"그럼 도둑질, 저글링, 살인 말고도 다른 거 할 수 있겠네."

갑자기 피곤함이 밀려와 한숨을 내쉬었다. "몸은 안 팔아."

"정말? 살인만 빼면 다른 거보다 더 많이 벌 수 있는데. 그치만 당신은 별로 안 강해 보이는걸."

"신한테 겉모습은 아무 의미도 없거든?"

"하지만 인간한텐 그래. 사람 죽이는 걸로 돈을 벌고 싶으면 그렇게 보여야지." 소녀가 팔짱을 끼었다. "내가 아는 데가 하나 있는데, 당신이라면 고객을 직접 고를 수 있어. 아픈인처럼 보이게 바꾸면 돈을 더 많이 받을 수도 있을 거고." 소녀가 고개를 기울이며 생각에 잠겼다. "아니면 외국인처럼 보이는 게 나을 수도 있겠다. 나도 몰라. 전문 분야가 아니라서."

"먹을 것만 살 수 있으면 돼." 하지만 나이가 들수록 필요한 게 많아질 것이다. 언젠가는 옷이나 생필품을 만들지 못하게 될 때가 올 테고. 아마도 곧. 그러니 거처도 단순히 있으면 좋은 것 이상의 의미를 갖게 될 테지. 세늠 중부의 겨울은 필멸자의 목숨을 앗아 갈 수도 있었다. 나는 다시 한숨을 쉬며 무릎에 뺨을 얹었다.

히믄도 한숨을 내쉬었다. "맘대로 해. 어…… 또 봐." 소녀가 몸을 돌려 골목 어귀로 향했다가, 돌연 얼어붙었다. 눈을 희번덕거리며 갑자기 겁에 질렸다. 이미 긴장감으로 무르익은 공기가 한층 더 무거워지면서 아이가 골목 입구에서 슬금슬금 물러나 그림자 속으로 몸을 숨겼다.

히믄의 반응은 나를 우울감에서 빠져나오게 하기 충분했다. 나는 허리를 세우고 소녀를 관찰했다. "거지야, 깡패야, 부모님이야?"

"오물꾼." 너무 작게 말해서 평범한 필멸자라면 알아듣지 못했을 테지만 히튼은 내가 들을 수 있다는 걸 알았다.

말투로 보아 그렇게만 말해도 내가 이해할 거라고 생각한 모양이다. 어쨌든 대충 짐작은 갔다. 어떤 도시에서든 쓰레기 수거는 돈을 받고 처리하는 것에서부터 유용한 물건들을 내다 파는 것에 이르기까지 돈을 벌 수 있는 일이었다. 호기심이 일어 자리에서 일어나 히늠이 비스듬히 비치는 횃불을 피해 몸을 숨기고 있는 곳으로 다가갔다. 아이의 어깨 너머로 내다보니 여기저기 패어 있는 길 건너편, 노새가 끄는 낡은 수레 옆에 한 무리의 남자들이 모여 있는 게 보였다. 둘은 웃으면서 오물통을 들어 수레에 붓고 있고 다른 둘은 옆에서 빈둥대며 잡담을 떨고 있고 다섯 번째 사내는 코와 입을 가린 채 수레에 있는 김이 모락모락 나는 뭔가를 갈퀴로 휘젓고 있었다.

나는 고물이 담겨 있는 히튼의 가방을 힐끗 쳐다보았다. "그런 쓰잘머리 없는 물건 몇 개 갖고도 문제가 돼?"

히튼이 나를 노려보았다. "그런 건 상관없어. 전부 다 자기들 거니까. 교단에 돈을 주고 권리를 샀으니까 딴 사람들이 자기들 것에 손대는 게 싫은 거야. 그리고 벌써 경고도 한 번 들었고." 히튼은 뿔이 난 표정을 하고 있었지만 그 밑에는 두려움의 냄새가 깔려 있었다. 소녀의 시선이 나를 지나 골목 안쪽을 훑었다. 하지만 도망칠 길은 없었다. 이곳은 건물 세 개가 교차하는 지점으로 가장 가까운 창문만 해도 6미터 위에 있었다. 들키지 않고 몰래 빠져나갈 가능성이 완전히 없는 건 아니었다. 사내들은 일과 수다에 정신이 팔려 있었으니까. 하지만 만에 하나 놈들의 눈에 띄면 저 뒤틀린 발로는 멀리 가지 못할 거다.

놈들은 쓰레기 악취가 아니더라도 거친 냄새를 풍기고 있었고 어린애도 아무 거리낌 없이 해칠 작자들로 보였다. 나는 그들을 보며 이를 부득 갈았다. 나도 평생 저런 필멸자들을 미워했다.

그러자 나의 옛 자아가 꿈틀거리기 시작했다. 나는 히죽 웃었다.

"이봐!" 내가 소리쳤다. 옆에서 히튼이 화들짝 놀라 숨을 삼키더니 도망치려 황급히 몸을 돌렸다. 나는 놈들이 볼 수 있게 아이의 팔을 꼭 붙들어 도망치지 못하게 막았다. 두리번거리던 오물꾼들이 나를 발견했다. 하지만 히튼을 보자 놈들의 얼굴이 일그러졌다.

"이게 무슨 짓이야!" 히튼이 울부짖으며 내 손을 뿌리치려 발버둥쳤다.

"괜찮아." 나는 중얼거렸다. "너한텐 아무 해도 안 가게 할게." 수레 옆에 모여 있던 사내들이 무시무시한 의도와 확고한 걸음걸이로 우리를 향해 다가왔다. 하지만 셋이 다였다. 남은 둘은 있던 자리에 그대로 서서 우리를 지켜보고 있었다. 나는 그들을 향해 씩 웃으며 또다시 목소리를 높였다. "여어! 너네들 똥 좋아하지? 이거나 먹어라!" 그러고는 돌아서서 바지를 내리고 엉덩이를 흔들었다. 히튼이 신음했다.

오물꾼들이 고함을 질렀다. 이제는 길 건너편에서 구경하던 나머지 두 사람까지 이쪽으로 달려오기 시작했다. 성인 남성 다섯 명이 좁다란 골목을 향해 전속력으로 돌진해 오고 있었다. 나는 낄낄거리며 바지를 끌어 올린 다음 히픈의 팔을 다시 붙잡았다. "어서!" 골목 안쪽으로 서둘러 끌고 갔다.

"어디……" 하지만 히픈은 더 이상 말을 잇지 못했다. 누군가 오물통 사이에 버린 곰팡이 덮인 장작 더미에 걸려 넘어지고 말았기 때문이다. 나는 히픈을 일으켜 세운 다음 등을 떠밀며 골목 안쪽 막다른 벽까지 몰고 갔다. 잠시 후, 사내들의 몸집이 횃불을 가리자 이미 어두웠던 골목길이 더욱 어두컴컴해졌다.

"지금 뭐 하자는 거야?" 한 사내가 히픈에게 물었다. "우리 물건을 훔치지 말라고 이미 경고했을 텐데. 근데 이번엔 친구까지 데려와? 엉?" 그가 주먹을 불끈 쥐며 곰팡이 장작 더미를 훌쩍 뛰어넘었다. 나머지도 그 뒤에서 바짝 좁혀 들며 다가왔다.

"그런 게 아니……" 히픈이 떨리는 목소리로 말했다.

"얘는 내 보호를 받고 있어." 내가 히픈의 앞으로 나서며 말했다. 미친 사람처럼 히죽대는 걸 멈출 수가 없었다. 마치 장막이 휘날리듯 내 주변에서 힘이 너울대는 게 느껴졌다. 장난은 세상 어떤 와인보다도 짜릿하고 달콤하다.

사내가 발을 멈추더니 믿을 수 없다는 표정으로 나를 쳐다보았다. "네가 뭔데, 이 새끼야?"

나는 눈을 감고 환희에 빠져 숨을 들이켰다. 누가 나를 새끼라고 부른 게 얼마나 오랜만인지! 나는 웃음을 터트리며 히픈을 놓아주고 두 팔을 넓게 펼쳤다. 내 의지가 닿은 순간, 골목에 있는 모든 오물통과 나무상자의 뚜껑이 폭발해 하늘 높이 솟구쳤다. 남자들이 놀라 비명을 질렀지만 이미 늦었다. 이들은 내가 갖고 놀 장난감이었다.

"나는 혼돈과 죽음의 아들이다." 경악에 가득 찬 비명과 공중에 솟구친 뚜껑들이 다시 바닥에 충돌하는 시끄러운 소리에도 모두가 내 목소리를 마치 귀에 대고 속삭이는 것처럼 똑똑히 들었을 것이다. 세찬 바람이 몰아치고 난잡하게 흩어진 쓰레기들이 바닥 위에서 휘휘 돌며 모두의 눈에 먼지가 날아 들었다. 나는 눈을 가늘게 뜨며 웃었다. "나는 고통의 게임의 모든 규칙을 알지. 하지만 지금은 재밌으니까 자비를 베풀어 줄게. 그리고 이건 경고로 여기도록."

나는 손가락을 발톱처럼 둥글게 구부렸다. 오물통이 폭발하더니 안에 들어 있던 쓰레기가 공중으로 용솟음쳤다. 오물과 파편으로 구성된 허리케인이 다섯 사내의 주위를 빙빙 돌며 한데 몰았다. 내가 짝 하고 손뼉을 치자 모든 게 원 안쪽으로 휘리릭 빨려 들어갔고 사내들은 머리부터 발끝까지 필멸자들이 만들어 낸 온갖 역겨운 것들로 뒤덮였다. 내 배설물을 약간 추가하는 것도 잊지 않았다.

마음만 먹으면 정말로 잔인하게 굴 수도 있었다. 어쨌든 놈들은 히늠을 해치려 했으니까. 곰팡이투성이 장작 더미를 잘게 쪼개 포자가 뒤덮인 파편으로 놈들의 창자를 일일이 쑤셔 줄 수도 있었다. 육신을 조각조각 잘라 전부 다 쓸어모은 다음 오물통에 던져 버릴 수도 있었다. 하지만 지금은 그냥 즐기는 게 좋았으니까 살려 주었다.

사내들이 비명을 질렀다. 그나마 개중에 비명을 지르면 입에 뭐가 들어올지 모르니 잠자코 다물고 있을 만큼 정신머리가 박힌 놈도 있긴 했지만. 어쨌든 자기들 직업을 생각하면 신기할 정도로 격렬하게 몸부림치며 발광했다. 그렇지만 또 생각해 보면 똥을 삽질해 갖다 버리는 것과 그걸로 목욕을 하는 건 완전히 다른 문제긴 하다. 그들의 옷과 몸에 있는 여러 구멍에 똥이 들어찰 수 있게 내 딴에는 각별히 신경도 써 주었다. 좋은 장난을 치는 비결은 세세한 점까지 신경 쓰는 데 있지.

"명심해." 나는 놈들에게 다가가며 말했다. 그나마 눈에서 오물을 닦아 내어 나를 볼 수 있는 자들이 아직도 뵈는 게 없어 우왕좌왕 꽥꽥거리는 동료들을 붙들고 비틀비틀 뒷걸음질 쳤다. 나는 그들이 도망가게 내버려 두었다. 손가락 끝에 나무 조각 하나를 올려놓고 팽이처럼 빙글빙글 돌리며 히죽 웃었다. 마법이 아깝긴 했지만 힘이 지속되는 동안만큼은 최대한 즐기고 싶었다. "다시는 이 애를 건드리지 마. 안 그러면 내가 너희를 다시 찾아갈 테니까. 이제 꺼져!" 그들을 향해 발을 한번 쿵 굴렀다. 장난기 가득한 몸짓이었지만 그들은 겁에 질려 꽥 비명을 지르며 몸을 돌려 골목 밖으로 줄행랑을 쳤다. 중간에 발을 헛디뎌 미끄러지기도 했다. 수레도 노새도 남겨 놓고 길을 따라 저 멀리 도망치는데 한참 뒤까지도 놈들이 우는 소리가 들렸다.

우리는 골목 안쪽에 있었기 때문에 상대적으로 바닥이 깨끗한 편이었다. 나는 털썩 주저앉아 폭소를 터트렸다. 옆구리가 아플 때까지 웃고 또 웃었다. 하지만 그 와중에 히튼은 오물을 밟지 않고 골목을 빠져나가려고 지저분하게 널린 잔해 사이로 조심스레 발을 내딛고 있었다.

날 버리고 가다니! 충격에 웃음을 멈추고 한쪽 팔꿈치에 몸을 기댄 채 히믄을 쳐다봤다. "어디 가?"

"당신이 없는 곳에." 소녀가 말했다. 그제야 나는 히믄이 머리끝까지 화가 났다는 걸 알아차렸다.

눈을 깜박이며 자리에서 일어나 히믄에게 다가갔다. 장난을 친 덕에 확실히 강해져 있어서 팔로 히믄의 허리를 감고 골목길 앞쪽 절반을 훌쩍 뛰어넘어 더 맑고 신선한 공기를 맡을 수 있는 거리에 착지하는 건 일도 아니었다. 달아나는 오물꾼들의 뒷모습을 쳐다보며 웅성거리고 있던 구경꾼 몇몇이 내가 자갈길 위에 착지하자 놀랐는지 다들 한꺼번에 숨을 헉 들이켰다. 모두들 재빨리 (어떤 이들은 황급히) 흩어져 자리를 떴고 몇몇은 내가 따라올까 봐 무서운 듯 뒤를 힐끔거렸다.

나는 어리둥절해하며 히믄을 내려놓았다. 소녀는 발이 땅에 닿자마자 서둘러 달아나기 시작했다. "야!"

히믄이 멈춰 서더니 내가 찔끔할 정도로 경계심 가득한 표정으로 돌아봤다. "뭐?"

나는 허리춤에 양손을 올렸다. "내가 구해 줬는데 고맙다는 말도 안 해?"

"고마워." 히믄이 이를 꽉 물고 말했다. "하지만 당신이 놈들 관심을 끌지 않았음 위험할 일도 없었을걸."

그건 사실이었다. 하지만…… "다시는 널 괴롭히지 않을 거야.

그걸 원한 거 아니었어?"

히믄이 벌겋게 상기된 얼굴로 말했다. "내가 원한 건, 평화롭고 조용하게 내 일을 하는 거야. 소격신인 줄 알자마자 피했어야 됐는데! 글고 당신은 더 나빠. 너무 슬퍼 보여서 그래도 어쩌면 더……" 히믄은 잠깐 동안 말도 못 이을 정도로 성이 나 있었다. "인간적일지도 모른다고 생각했지. 하지만 역시 다른 놈들이랑 똑같았어. 인간들 삶을 망쳐 놓는 주제에 자기들은 좋은 일을 해 주고 있다고 생각하지." 몸을 홱 돌린 히믄이 빠른 걸음으로 걷기 시작했다. 절뚝이는 걸음걸이 때문에 흉한 모양새로 반쯤 뛰는 것처럼 보였다. 그리고 내 생각은 틀렸다. 히믄은 저런 발로도 전혀 느리지 않았다. 나는 한참 동안 그녀가 사라진 방향을 바라보다 히믄이 멈추지 않을 게 확실해졌을 때에야 한숨을 내쉬며 그 뒤를 따라갔다.

거의 따라잡을 뻔했을 때 히믄이 내 발소리를 듣고는 멈춰서 벌컥 화를 냈다. "또 왜?"

나도 말을 멈추곤 주머니에 손을 찔러 넣었다. 어깨를 구부정하게 굽히지 않으려고 애쓰며 말했다. "난 너에게 보상을 해 줘야 해." 그냥 가 버릴 수 있으면 정말 좋겠다고 생각하며 한숨을 내쉬었다. "뭐 원하는 거 없어? 네 발을 고쳐 줄 순 없지만…… 모르겠다. 뭐든 좋으니까."

히믄이 이를 가는 소리를 들은 것 같았지만 아이는 아무 말도 하지 않았다. 어쩌면 신에게 고래고래 고함을 지르기 전에 울화를 다스리려고 그러는지도.

"내 발은 이대로도 괜찮아." 히믄이 감탄스러우리만큼 침착하게 대꾸했다. "너한테 원하는 것도 없고. 하지만 네 본성 때문에 이러는 거면, 그리고 원하는 걸 얻을 때까지 계속 날 귀찮게 할 거면 나한테 필요한 게 있긴 하지. 돈."

나는 눈을 깜박였다. "돈? 하지만……"

"당신은 신이잖아. 돈이야 금방 벌지."

돈을 벌 수 있는 놀이나 장난감 같은 게 있는지 생각해 봤다. 도박은 성인용 놀이라 내 본성과 전혀 안 맞는다. 어쩌면 애들용 동화나 자장가를 현실로 구현할 수 있을지도? 황금밧줄과 진주 등불에 관한 동화는 어떨까…… "대신 보석은 어때?"

히믄이 질렸다는 소리를 내며 자리를 뜨려고 돌아섰다. 나도 끙하고 신음하고는 재빨리 쫓아갔다. "들어 봐. 내가 비싼 걸 만든 다음에 네가 그걸 팔면 되잖아. 뭐가 문젠데?"

"못 파니까 문제지." 히믄이 걸음을 재촉하며 쏘아붙였다. 나는 허둥지둥 아이를 따라잡았다. "귀중품을 팔려다간 죽을 수도 있어. 전당포에 가져가면 내가 가게를 뜨기도 전에 모든 남쪽 뿌리 사람들이 나한테 돈이 있다는 걸 알게 될걸. 집에 강도가 들거나 친척이 납치당할 수도 있고. 상인 카르텔에 연줄이 없으니 거래를 맡길 수도 없고 맡긴다 해도 '수수료'라면서 반절은 떼어 가겠지. 이템파스 교단한테 잘 보일 신분도 아니니 나머지도 십일조로 뜯길 거고. 마을에 사는 소격신을 찾아가면 또 당신 같은 자를 상대해야 하잖아." 히믄이 내게 자비 한 점 없는 표정을 지어 보였다. "우리 엄마아빠 나이가 많고 난 외동딸이야. 나한테 필요한 건 먹을 거 사고 집세 내고 지붕 고치고, 그리고 앞으로 어떻게 살지 잠시나마 잊을 수 있게 가끔 아버지한테 와인 한 병 사 줄 수 있는 돈이라고. 그러니까 나한테 돈 줄 수 있어?"

말이 어쩌나 쉼없이 쏟아지는지 다 끝난 뒤에도 머리가 좀 멍했다. "나는…… 어, 아니."

히믄이 나를 한참 쏘아보았다. 결국 한숨을 내쉬더니 두통이라도 생긴 것처럼 손으로 이마를 문질렀다. "저기, 당신은 뭐야?"

"시에."

히믄은 약간 놀란 듯 보였다. 오랜만에 경멸과 분노에서 벗어난 새롭고 반가운 변화였다. "모르는 이름인데."

"그럴 거야. 예전엔 여기 살았는데……" 나는 주저했다. "아주 오래전 일이야. 며칠 전에야 필멸계로 돌아왔어."

"맙소사. 형편없는 이유가 있구나. 여긴 처음인 거네." 그걸 알고 나니 화가 조금 풀렸는지 히믄이 나를 위아래로 훑어보며 말했다. "알았어. 본성이 뭐야?"

"속임수. 장난." 필멸자에겐 이렇게 설명하는 게 더 편했다. 그들은 "어린 시절"을 구체적인 개념으로 이해하기 어려워한다. 하지만 히믄이 고개를 끄덕이길래 그 틈에 재빨리 하나를 덧붙였다. "순수."

히믄이 생각에 잠겼다. "오래된 소격신인가 보다. 어린 소격신은 더 단순하잖아."

"단순한 게 아냐. 필멸자가 창조된 후에 태어났기 때문에 그들의 삶에 맞춰져 있을 뿐……"

"나도 알아." 히튼이 다시 짜증스러운 표정을 지었다. "잘 들어, 이 도시 사람들은 당신네랑 아주 오래 같이 살았어. 그래서 소격신이 어떤지 아니까 설명해 줄 필요 없어." 재차 한숨을 내쉬며 히튼이 고개를 가로저었다. "소격신이 본성에 맞는 일을 해야 한다는 건 알아. 하지만 난 장난이나 속임수 같은 건 필요 없어. 나는 돈이 필요해. 뭔가 만들 거면 직접 판 다음에 나한테 그 돈을 줘. 그건 괜찮으니까. 다만 그럴 때도 좀 조심해 줄래? 그리고 그때까진 날 좀 내버려 두고. 부탁이니까."

그 말과 함께 히튼은 다시 몸을 돌려 걸었다. 이번에는 화가 좀 진정됐는지 걸음이 느렸다. 나는 그녀가 멀어지는 모습을 바라보며 무슨 수로 돈을 마련해야 하나 고민에 빠졌다. 히튼의 말이 맞다. *페어플레이*는 어린 시절만큼이나 내 본성의 근원이기 때문에 히튼에게 한 잘못을 바로잡지 않고 그대로 두면 그녀의 남은 어린 시절을 좀먹게 될 것이다. 내가 필멸자로 변하기 전에 이런 짓을 했다면 앓아누웠겠지. 그럼 지금은 어떨까? 이런 게 나한테 어떤 영향을 미칠지 전혀 모르겠다. 하지만 어쨌든 좋은 일이 생기진 않을 거다.

그렇다면 필멸자들이 하는 방식으로 돈을 벌어야 할 것이다. 하지만 일자리를 구하기 쉬웠다면 애초에 히튼이 오물통을 뒤지고 깨진 그릇으로 칼을 만들고 있었을까? 그보다 더 나쁜 건 내가 지금의 도시에 대해 아는 게 하나도 없고 일을 구하려면 어디서부터 시작해야 하는지도 전혀 모른다는 사실이었다.

그래서 나는 다시 히튼을 쫓아가기 시작했다.

도로는 조용했고 텅 비어 있었으며 아침을 알리는 어스름한 여명에 물들고 있었다. 오물꾼들을 괴롭히는 사이 새벽이 왔다 갔고 도시가 깨어나 하루가 시작되면서 온 도시가 빠르게 맥동하는 것을 느낄 수 있었다. 길 양쪽의 어둠 속에서 오랫동안 도색을 하지 않았지만 튼튼하고 낡고 여전히 아름다운 건물들이 유령처럼 희끄무레하게 모습을 드러났다. 반쯤 가려진 커튼 뒤에 숨어 창밖을 내다보는 얼굴들이 보였다. 건물과 건물 사이로 태산처럼 거대한 세계수 뿌리의 검은 윤곽이 보였다. 세계수 뿌리는 도시의 이쪽 구역을 완전히 에워싸고 있었다. 나무 자체는 훨씬 더 북쪽에 우뚝 솟아 있었는데 이 지역은 훤한 대낮에도 햇빛이 들지 않았다.

모퉁이를 돌았다가 우뚝 멈춰 섰다. 히픈이 거기 서서 나를 노려보고 있었다.

나는 한숨을 쉬었다. "미안. 정말로 미안! 하지만 네 도움이 필요해."

＊

우리는 히픈의 집에 있는 작은 응접실에 앉아 있었다. 히픈의 말에 따르면 이곳은 오래된 여관이었다. 하지만 이제 여행자 손님은 거의 오지 않고 구할 수 있는 장기 숙박객을 받아 아직껏 버티고 있다고 한다. 하지만 당장은 그런 손님조차 없었다.

"그게 유일한 방법이야." 찻잔을 두 번째로 비웠을 즈음 드디어 결론에 도달했다. 내게 차를 대접한 건 히픈의 어머니였는데 나한테 차를 따라 주는 손이 부들부들 떨리고 있었다. 나는 최선을 다해 그녀를 안심시켜 주려고 했다. 히픈이 어머니에게 뭐라 중얼거리자 그녀는 다른 방으로 물러났지만 여전히 문가에 붙어 엿듣고 있는 걸 알 수 있었다. 심장 소리가 어찌나 큰지.

히픈이 어깨를 으쓱하며 어머니가 고집스레 내놓은 마른 치즈와 오래된 빵이 담긴 접시를 만지작거렸다. 소녀는 아주 조금만 먹었을 뿐이고 나는 입도 대지 않았다. 이 가족이 얼마나 없이 사는지 금방 알 수 있었기 때문이다. 다행히 소격신에게 그건 무례한 행동이 아니었다. 어차피 우리 중 대다수는 음식을 먹을 필요가 없다.

"물론 선택은 당신 몫이야." 히픈이 말했다.

내 앞에 놓인 선택지가 마음에 들지 않았다. 히픈은 일자리가 거의 없을 거라는 내 추측을 사실로 확인해 주었다. 최근 몇 년 사이 북쪽에서 들어온 혁신 때문에 도시 경제가 기반을 잃었기 때문이란다.(예전이라면 아라메리가 전염병을 퍼트려 평민의 수를 줄이고 노동력 수요를 높였을 것이다. 일자리가 없다는 건 실망스러운 일이었지만 그래도 이건 진보가 이뤄지고 있음을 의미했다.) 성지 순례로 도시에 찾아와 신들의 축복을 기원하는 필멸자들을 위해 일해 주고 돈을 버는 방법도 있었지만 소격신을 고용할 고용주는 많지 않았다. "사업상 안 좋지." 히픈이 설명했다. "당신 존재 때문에 다른 사람들 기분이 상할 수 있으니까."

"그렇겠지." 나는 한숨을 쉬었다.

합법적인 일은 닫혀 있으니 유일한 희망은 불법적인 일뿐이었다. 적어도 그 점에서는 나도 뚫고 들어갈 여지가 있었다. 네머가 있었으니까. 우리는 사흘 뒤에 만나기로 되어 있었다. 형제자매 중 하나가 아라메리를 노리고 있을지도 모른다는 사실에는 신경 끄기로 했다. 전부 죽어 버리라지, 뭐. 가능하면 데카는 빼고. 그 애는 앞으로도 계속 귀여우라고 거세를 한 다음에 목줄을 채워야 한다. 하지만 우리 부모님을 노리는 음모가 있다는 건 네머를 만나 봐야 한다는 의미였다. 그때 일자리를 찾게 도와 달라고 부탁하면 된다.

내가 그 수치심을 감당할 수만 있다면 말이다. 하지만 나한테 그런 건 무리다. 그래서 도시의 어두운 곳에 발을 들일 수 있는 다른 방법을 시도해 보기로 했다. 히믄이 말한 방법. 밤의 팔. 히믄이 내게 권한 매춘업소였다.

"친구가 몇 년 전에 거기서 일했어. 매춘부로 일한 건 아냐! 걔는 사람들 취향에 안 맞았거든. 하지만 거기서도 종업원 같은 건 필요하고, 급여도 잘 준대." 히믄이 어깨를 으쓱했다. "그리고 그런 일이 싫으면 언제든 다른 걸 해도 돼. 특히 요리나 청소를 할 수 있으면 좋고."

그 제안도 마음에 들지 않았다. 하늘궁에서 필멸자로 살았을 때 이런저런 방식으로 봉사한 것만으로도 충분하다. "거기 손님 중에 술래잡기 좋아하는 사람은 없겠지?" 히믄은 묵묵히 나를 쳐다보았다. 나는 한숨을 쉬었다. "그렇지."

"얘기라도 해 볼 거면 지금 가야 해. 밤엔 바쁘거든." 히믄은 이미 나한테 질렸다는 점을 감안하면 놀라울 정도로 연민이 담긴 목소리로 말했다. 내 비참한 표정이 그 애의 냉소적인 갑옷마저 뚫은 모양이다. 어쩌면 그래서 지금 와서 나를 만류하려 드는 것인지도. "날 죽일 뻔한 일을 보상해 주려고 이러는 거면 난 괜찮아. 말했잖아."

나는 무겁게 고개를 끄덕였다. "나도 알아. 하지만 너 때문에 이러는 게 아냐."

히믄이 한숨을 쉬었다. "알아, 알아. 자기 자신을 유지하려고 그러는 거지." 나는 놀라서 고개를 쳐들었다. 히믄이 픽 웃었다. "말했잖아. 여기 사람들은 소격신이 어떤지 다 안다니까."

그래서 우리는 여관을 나와 거리로 향했다. 잠시 자리를 비운 사이 거리는 북적거리는 곳으로 변해 있었다. 짐마차꾼이 낡아서 금방이라도 내려앉을 것 같은 마차를 덜컹거리며 지나갔고 상인들은 과일과 고기튀김을 파는 노점 수레를 밀고 있었다. 한쪽 모퉁이에서는 노인이 담요를 깔고 앉아 신발을 수선한다고 외쳐 댔다. 때 묻은 작업복을 입은 중년 사내 하나가 노인 앞에 쪼그려 앉아 흥정을 벌였다.

히믄은 이런 혼잡한 시장통을 절뚝거리며 지나면서 이 사람 저 사람에게 명랑하게 손을 흔들었다. 나와 함께 있을 때보다 훨씬 편안해 보였다. 나는 그런 모습을 넋을 잃고 빤히 쳐다보았다. 히믄의 냉소적인 실용주의 아래에는 굳건한 순수함이 자리 잡고 있었고 그와 함께 아주 희미한 약간의 경이감도 있었다. 왜냐하면 아무리 삶에 지친 필멸자라도 신과 함께 있을 때는 뭔가를 느끼지 않을 수가 없었기 때문이다. 히믄은 분명 짜증을 내면서도 내 덕분에 어느 정도 즐거움을 느끼고 있었다. 그걸 보니 나도 웃지 않을 수가 없었다. 히믄이 주위를 둘러보다 내 표정을 발견했다.

"왜?"

"너." 나는 히죽히죽 웃으며 대답했다.

"내가 왜?"

"넌 내 사람이야. 음, 아니면 네가 원한다면 그렇게 될 수 있지." 나는 고개를 한쪽으로 기울였다. "벌써 다른 신에게 서약하지 않았다면 말이야."

히믄이 고개를 가로저었다. 아무 말도 하지 않았지만 왠지 약간 긴장한 듯 보였다. 두려움은 아니었다. 뭔가 다른 거다. 곤혹스러워하는 건가?

세비어가 말해 준 단어가 떠올랐다. "너도 필멸근본주의자야?"

소녀가 눈을 굴렸다. "너 입 다물 줄은 알아?"

"조용하고 얌전하게 구는 건 나한테 너무 어렵거든." 내가 솔직하게 털어놓자 히믄이 코웃음을 쳤다.

우리가 가는 길은 한참 동안 오르막을 유지했다. 아마 땅 밑, 지표면과 가까운 곳에 세계수 뿌리가 박혀 있는 모양이었다. 높이 올라갈수록 비교적 밝은 지역이 나타났다. 태양이 세계수의 초록빛 잎사귀 지붕 아래로 내려올 때마다 적어도 하루 한 번은 직사광선이 내리쬐는 곳이었다. 건물이 점차 높아지고 말끔해졌으며 거리도 점점 붐벼 갔다. 지금 우리가 도시의 중심부로 향하고 있기 때문일 것이다. 이제는 마차와 때때로 남자들이 땀을 뻘뻘 흘리며 지고 가는 화려한 가마를 피하기 위해 인도로 올라가야 했다.

드디어 활기로 가득한 두 거리의 교차로 부근에 기이한 삼각형 모양 블록의 대부분을 차지하고 있는 커다란 저택에 도착했다. 그 자체도 쐐기 형태인 6층짜리 위풍당당한 건물이었는데 이 저택이 사람들의 눈길을 사로잡는 이유는 그게 아니었다. 내가 길 한복판에서 발을 멈추고 멍하니 쳐다본 건 누군가 대담하게도 그 집을 검은색으로 칠했기 때문이다. 목재 상인방과 흰색으로 포인트를 준 부분만 빼면 지붕 가장자리부터 건물 기초에 이르기까지 전체의 모든 부분이 완벽하게, 무자비할 정도로, 뻔뻔스러우리만큼 새까맸다.

입을 떡 벌린 내 표정을 보고는 히믄이 피식 웃으면서 나를 앞쪽으로 잡아끌었고, 덕분에 나는 사람이 끄는 수레에 치이지 않을 수 있었다. "놀랍지? 어떻게 백색법을 어기지 않고 저걸 지었는지 모르겠어. 아빠가 그러는데 옛날엔 집을 흰색으로 안 칠하면 교단 수호자들이 이단으로 몰아서 죽였대. 지금도 가끔 벌금이 나오거든? 근데 '밤의 팔'은 아무도 안 건드려." 히믄이 어깨를 쿡 찌르길래 퍼뜩 놀라 돌아봤다. "나한테 정말로 보상을 해 주고 싶으면 얌전히 굴어. 이 사람들은 매음굴만 운영하는 게 아냐. 이 사람들 심기는 아무도 거스르지 않는다고."

나는 슬쩍 웃어 보였지만 실은 너무 불안해서 배가 꽉 조여드는 느낌이었다. 하늘궁을 탈출해서 또다시 권력을 쥔 필멸자의 손에 떨어진다니. 하지만 히믄에게 빚진 게 있으니 한숨을 쉬며 "잘할게."라고 대답할 수밖에 없었다.

히믄이 고개를 끄덕이더니 나를 데리고 정문을 지나 넓고 평범하게 생긴 겹문 앞으로 다가갔다.

노크를 하자 보수적인 옷차림을 한 하인이 문을 열었다. "안녕하세요." 히믄이 공손하게 고개 숙여 인사했다.(그러고는 날 노려보길래 황급히 나도 따라 했다.) "여기 제 친구가 업주님과 함께 일하고 싶다고 해서요."

다부진 체격의 아믄인 여성 하인은 나를 재빨리 훑어보고는 관심을 기울일 가치가 있다고 판단한 듯했다. 골목길에서 사흘 동안 쌓였을 때와 오물을 생각하면 내 외모를 자랑스러워해도 될 것 같았다. "이름은?"

가명을 대여섯 개쯤 생각해 봤지만 숨겨 봤자 아무 소용도 없을 거라는 판단을 내렸다. "시에."

여자가 고개를 끄덕이더니 이번에는 히믄에게 시선을 보냈다. 히믄도 이름을 밝혔다. "주인님께 전해 드리죠." 여자가 말했다. "응접실에서 기다리세요."

그녀는 나무 패널 벽에 바닥에는 정교한 무늬의 멘체이 카펫이 깔려 있는 작고 고루한 방으로 우리를 안내했다. 방 안에 의자가 없어 여자가 문을 닫고 떠난 뒤에도 계속 서 있어야 했다.

"여긴 별로 사창집 같지 않네." 나는 창밖으로 번화한 거리를 내다보며 말했다. 공기를 맡아 봐도 예상했던 것과는 달리 욕정의 냄새 같은 건 나지 않았다. 어쩌면 지금 손님이 없어서 그럴지도. 하지만 비참함이나 괴로움, 고통의 냄새도 나지 않았다. 여자와 남자, 성교의 냄새는 났지만 동시에 향과 종이, 먹, 고급 요리의 냄새도 있었다. 추잡하다기보다는 사무적인 분위기가 느껴지는 냄새였다.

"여기 사람들은 그 단어 안 좋아해." 히픈이 중얼거리며 대화하기 편하게 내 옆으로 붙어 섰다. "말했잖아. 여기서 일하는 사람은 창부가 아니라니까. 그러니까 돈을 위해서라면 뭐든 하는 그런 사람들이 아니라고. 어떤 사람들은 돈을 벌려고 여기서 일하는 게 아냐."

"뭐?"

"어쨌든 내가 들은 얘기론 그래. 그리고 여길 운영하는 사람들은 이 도시에 있는 모든 매춘업소를 인수해서 다 똑같은 방식으로 운영해. 그래서 교단수호자들도 그냥 맡겨 놓고 안 건드린다고 했어. 어둠을 걷는 자들이 내는 십일조도 다른 사람들이 내는 거랑 똑같이 반짝거리니까."

"어둠을 걷는 자들?" 입이 쩍 벌어졌다. "믿을 수가 없다. 이 사람들, 그러니까 업주인지 뭔지 하는 작자들이 나하도스를 숭배한다고?" 오래전, 신들의 전쟁이 일어나기 전에 나하도스를 경배하던 자들을 떠올리지 않을 수가 없었다. 그들은 도락가와 몽상가, 반항아였고 고양이가 복종을 거부하는 것처럼 조직이라는 개념 자체를 거부했다. 하지만 시대가 변했다. 이천 년 동안 이어진 이템파스의 치세는 그 흔적을 남겼다. 이제는 나하도스의 추종자들마저 사업을 운영하고 세금을 냈다.

"그래, 이들은 나하도스를 경배해." 히픈이 내게 던지는 도전적인 눈빛을 보자마자 알 수 있었다. "그래서 꺼림칙해?"

나는 뼈만 남은 히픈의 어깨에 손을 얹었다. 이제 그녀가 누구에게 속해 있는지 알았기에, 할 수만 있다면 축복을 내려 줬을 것이다. "내가 왜? 내 아버지인데."

히른은 눈을 깜박였지만 경계심을 거두지는 않았다. 긴장감이 한쪽 어깨에서 다른 쪽 어깨로 옮겨 갔다. "그분은 소격신들 대부분의 아버지잖아. 맞지? 하지만 모두가 좋아하는 것 같진 않던데."

나는 어깨를 으쓱했다. "가끔은 좋아하기 힘든 분이니까. 나도 그걸 물려받았지." 내가 씩 웃어 보이자 히른의 얼굴에도 미소가 떠올랐다. "하지만 그를 섬기는 사람은 내 친구야."

"다행이군." 등 뒤에서 목소리가 들렸다. 듣자마자 온몸이 얼어붙었다. 다시는, 다시는 듣지 못하리라 생각했던 음성이었다. 남성. 중후하고 깊은 무심하고 잔인한 목소리. 지금 당장 가장 두드러지는 건 잔인함이나 거기에 약간의 즐거움이 섞여 있었다. 왜냐하면 내가 지금 여기 그의 응접실에 의지할 곳 하나 없이 무력한 필멸의 존재가 되어 서 있고, 그건 그에게 거미줄에 잡힌 파리 새끼나 다름없었기 때문이다.

나는 천천히 몸을 돌렸다. 주먹을 말아 쥐었다. 그가 거의 완벽한 입술에 미소를 띤 채 충분히 어둡지 않은 눈빛으로 나를 바라보고 있었다. "너." 내가 내뱉었다.

내 아버지의 살아 있는 감옥. 나의 고통. 나의 피해자.

"안녕, 시에. 다시 만나 반갑군."

10장

있을 수 없는 일이었다.

이템파스의 광기, 에네파의 죽음, 나하도스의 패배. 우리 가족의 붕괴.

하지만 그 모든 일은 실제로 일어나고 말았고, 나는 갓 태어났을 때보다도 더 무력한 상태로 고깃덩이 안에 갇혀 쿨쩍이고, 질질 싸고, 버둥거리고, 꿈틀댔다. 적어도 갓 태어난 신은 자유롭기라도 하지. 하지만 나? 나는 아무것도 아니었다. 아무것도 아닌 것보다 더 아무것도 아니었다. 나는 노예였다.

우리는 노예라면 응당 그래야 하듯 서로를 보살펴 주기로 맹세했다. 처음 몇 주일간은 최악이었다. 우리의 새 주인들은 망가진 세상을 복구한답시고 우리를 뼈 빠지게 부려 먹었다. 솔직히 인정하자면 사실 우리가 그걸 망가뜨리는 데 일조하긴 했다. 자카른은 온 사방을 돌아다니며 생존자를 구조했다. 심지어 무너진 잔해에

깔려 있거나 용암이나 번개에 반쯤 구워진 이들까지 전부 다. 난
장판을 수습하는 데 누구보다 익숙한 나는 대륙마다 마을을 하나
씩 지어 생존자들이 모여 살 곳을 마련했다. 그동안 쿠루에는 바
다를 되살리고 토양을 다시 비옥하게 만들었다.

(놈들은 시키는 대로 쿠루에가 하게 만들기 위해 날개를 찢어 버렸다. 명령을 내
리자니 너무 복잡했고 쿠루에는 너무 똑똑해서 놈들의 말에서 너무도 쉽게 허점을
찾아낼 수 있었기 때문이다. 날개가 다시 자라자 놈들은 다시 또 찢어 버렸고, 쿠루
에는 차가운 침묵 속에서 고통을 감내했다. 놈들이 쿠루에의 두개골에 달군 못을 박
아 필멸자가 되어 약해진 뇌를 망가뜨려 버리겠다고 협박한 후에야 그녀는 항복할
수밖에 없었다. 생각을 할 수 없다는 사실을 참을 수가 없었기 때문이다. 이제 그녀
에게 남은 것은 그것뿐이었기에.)

그 끔찍했던 첫해, 나하도스는 홀로 내버려졌다. 어떻게 보면
어쩔 수 없는 일이었다. 이템파스의 배신은 그에게 침묵과 상처만
을 남겼기 때문이다. 그 무엇으로도 그를 움직일 수가 없었다. 말
도 채찍질도 아무 소용도 없었다. 아라메리가 명령을 내리면 몸을
움직여 명령을 따랐지만 딱 거기까지였다. 일을 마치면 그는 자리
에 주저앉아 버렸다. 이런 부동의 고요함은 그의 본성이 아니었
다. 그에게 문제가 있다는 게 너무도 자명해서 심지어 아라메리조
차 내버려 둘 정도였다.

하지만 또 다른 문제는 나하의 불안정성에 있었다. 그는 밤에는
권능을 발휘할 수 있었지만 해가 떠 있는 세상 반대편으로 보내
면 침만 줄줄 흘리는 이성 없는 고깃덩어리로 변했다. 그런 상태
에서는 아무 힘도 없었고 심지어 인격조차 발현되지 않았다. 고깃

덩어리의 마음은 갓 태어난 아기처럼 텅 비어 있었다. 하지만 위험하긴 매한가지였다. 특히 해넘이가 다가올 때는 더욱 그러했다.

그리고 어찌 보면 그건 어린아이였기에 내게 맡겨졌다.

처음부터 정말 싫었다. 녀석은 매일, 때로는 한 번 이상 똥을 쌌다.(필멸자 여성 하나가 기저귀 채우는 법을 알려 준다고 했지만 난 귓등으로도 듣지 않았다. 그냥 알아서 싸라고 바닥에 던져 뒀다.) 끊임없이 신음하고 끙끙거리고 소리를 질러 댔다. 내가 뭘 먹이려고 하면 피가 나도록 날 물어뜯었다. 방금 태어났든 아니든 녀석은 성인 남성의 육신을 갖고 있었고 이도 엄청나게 튼튼하고 날카로웠다. 처음에 물렸을 땐 화가 나서 이를 몇 개 빼 버렸는데 밤이 지나고 보니 다시 자라 있었다. 하지만 다시는 나를 물지 않았다.

하지만 시간이 지날수록 나도 점차 내가 할 일을 받아들이게 되었고 고깃덩어리에게 다정하게 대해 주다 보니 녀석도 나름의 단순한 애정을 담아 나를 대했다. 걷는 법을 익힌 후에는 어디든 나를 졸졸 따라다녔다. 나와 자카른과 쿠루에가 최초의 백색전당을 건설했을 즈음엔(그때까지만 해도 아라메리는 여전히 사제단인 척하고 있었다.) 말하는 법을 배워서 하얗게 빛나는 복도를 알아들을 수도 없는 옹알이로 가득 채웠다. 내가 약해져 필멸자들이 잠이라고 부르는 끔찍한 상태에 빠질 때면 그 고깃덩이가 나를 꼭 끌어 안아 주곤 했다. 그래도 난 참아 주었다. 왜냐하면 가끔 황혼이 내려앉아 녀석이 다시 아버지가 되면 그 품을 파고들며 눈을 꼭 감고 전쟁 같은 건 일어난 적도 없었다고 상상을 할 수 있었기 때문이다. 원래 그래야 마땅한 세상처럼.

하지만 그 꿈은 결코 오래 지속되지 않았다. 위태롭고 무기력한 새벽이 되면 항상 내가 책임져야 할 그 지성 없는 존재가 다시 돌아와 있었다.

차라리 언제까지고 그런 상태였다면 나았을 텐데. 하지만 녀석은 아니었다. 그는 언젠가부터 생각이란 걸 하기 시작했다. 녀석의 내면을 들여다본 나와 동료 소격신들은 그 안에서 다른 모든 생각과 감정을 지닌 존재들과 마찬가지로 영혼이 자라기 시작했음을 알게 되었다. 무엇보다 최악은 그것이, 그가, 나를 사랑하기 시작했다는 것이다.

그리고 절대로, 결코 그런 일이 벌어지면 안 되건만 나 역시 그를 사랑하게 되었다.

✳

히믄과 나는 멋지게 꾸며진 널찍한 사무실에 서 있었다. 역겨운 연기가 공기를 부옇게 채우고 있었다.

"앉으라고 말하고 싶지만." 남자가 말하더니 입에 물고 있는 것을 한 번 더 깊숙이 빨아들이고는 나른한 모습으로 연기를 내뿜었다. "앉을 것 같지 않군." 그가 책상을 마주 보고 있는 근사한 가죽 의자를 손짓했다. 그러고는 자신은 책상 건너편에 있는 또 다른 고급 의자에 앉았다.

응접실에서 올라올 때부터 나를 불안한 눈길로 쳐다보던 히믄이 의자에 앉았다. 나는 앉지 않았다.

"각하……" 히믄이 입을 열었다.

"각하?" 나는 팔짱을 낀 채 툭 내뱉었다.

남자가 재미있다는 표정으로 나를 쳐다보았다. "요즘엔 혈통이나 아라메리와의 친분보다는 돈이 귀족을 결정하지. 난 돈이 많고, 그래서 이젠 이런 대접을 받아." 그가 잠시 말을 멈췄다. "그리고 지금은 '아하드'라는 이름을 쓰고 있다. 마음에 드나?"

나는 조소했다. "독창성을 발휘할 생각도 없었네."

"내겐 네가 지어 준 이름뿐이니까, 사랑스러운 시에." 그는 전혀 변하지 않았다. 말투는 여전히 벨벳을 씌운 면도날 같았다. 나는 이를 부득 갈며 거기에 베이지 않게 조심하자고 다짐했다. "사랑스럽다는 말을 하니 생각났는데, 지금은 영 사랑스러운 모습이 아니군. 또 자카른을 열받게 했나? 그건 그렇고 그녀는 요즘 어떻게 살지? 난 늘 그녀를 좋아했는데."

"오천만 지옥에 맹세코, 도대체 어떻게 아직 살아 있는 거야?" 그 말에 히믄이 작게 숨을 헉 들이켰지만 나는 무시했다.

아하드의 미소는 조금도 흔들리지 않았다. "내가 왜 살아 있는지는 아주 잘 알 텐데. 너도 그 자리에 있지 않았나. 기억나? 내가 태어났을 때." 나는 흠칫 몸을 굳혔다. 그의 눈은 너무도 많은 것을 알고 있었고, 내가 두려워하고 있음을 보았다. "살아가라고 그녀가 말했지. 그땐 그녀도 막 태어났을 때니 여신의 말이 곧 법이라는 걸 몰랐을지도 몰라. 하지만 내 생각엔 알았을 것 같군."

긴장이 약간 풀리는 것 같았다. 그가 새로 탄생한 자신을 예전과는 완전히 다른 별개의 존재인 듯이 말했기 때문이다. 하지만 그로부터 세월이 얼마나 지났지? 아하드는 한참 전에 늙어 죽었어야 했다. 한데 그는 그게 마치 어제 일어난 일인 양 여전히 젊고 건강한 모습으로 내 눈앞에 있었다. 아니, 심지어 그때보다도 더 좋아 보였다. 말쑥한 외양으로 잘 차려입었고 손가락에는 여러 개의 은반지가 묵직하게 끼워져 있었으며 길고 곧은 머리카락은 군데군데 야만인처럼 땋아 내렸다. 나는 눈을 깜박였다. 아니, '다르인처럼'이라고 해야겠다. 그게 지금의 모습이었으니까. 필멸자 다르 남성. 예이네는 당시 그를 그녀의 취향에 맞는 모습으로 다시 빚었다.

다시 만들었다. "너 대체 뭐야?" 나는 의심스러운 표정으로 물었다.

아하드가 어깨를 으쓱하며 빛나는 검은 머리칼을 어깨 뒤로 물결치듯 넘겼다.(그 동작이 묘하게 익숙해서 꺼림칙할 정도였다.) 그러더니 대수롭지 않다는 투로 한 손을 슥 들어 올렸다. 손이 검은 안개로 변하자 나는 입을 떡 벌렸다. 아하드의 미소가 살짝 더 깊어졌다. 그의 손이 원래대로 돌아왔다. 그가 다시 손을 움직여 여전히 손가락 사이에 끼워져 있는 냄새 고약한 궐련을 깊숙이 빨아들였다.

내가 갑자기 번개 같은 속도로 달려들자 아하드가 의자에서 벌떡 일어섰다. 다음 순간, 나는 그가 만들어 낸 부드러운 빛의 완충지대에 가로막혔다. 보호막 같은 건 아니었다. 단단하거나 구체적이지도 않았다. 그저 그의 의지가 만들어 낸 작용에 불과했다. 아하드는 내가 가까이 다가오는 걸 바라지 않았고 그래서 그의 의지가 현실로 구현된 것이다. 더불어 가까이 다가갔을 때 맡은 냄새가 내 의심을 사실로 확인해 주었다. 경악스러운 일이었다.

"소격신이구나." 나는 속삭였다. "그녀가 너를 소격신으로 만들었어."

아하드는 더 이상 웃지 않았다. 말도 하지 않았다. 나는 그가 선호하는 것보다 내가 더 가까이 다가서 있다는 걸 깨달았다. 그의 불쾌한 기분이 시큼한 물결처럼 밀려왔다. 내가 한 발짝 뒤로 물러나자 그가 긴장을 풀었다.

*

알겠지만, 나는 필멸자가 된다는 것이 진짜로 어떤 의미인지 이해하지 못했다. 그것은 내 동족에게 알맞은 거주지인 안정감을 주는 에테르와 보다 심원한 차원에 의지하지 않고 끊임없이, 계속해서 살아가야 한다는 의미다. 오랜 세월이 지나서야 나는 필멸의 육신에 속박된다는 것이 단순히 마법적으로나 육체적으로 나약해지는 것이 아니라 정신과 영혼이 퇴화하는 것임을 깨달았다. 그리고 처음 몇 세기 동안 나는 이를 잘 견뎌 내지 못했다.

고통을 견뎌 내기 위해 이를 더 약한 자에게 전가하는 것은 너무도 쉬운 일이다. 나를 믿고 보호해 줄 것이라 믿는 이의 눈을 똑바로 들여다보며 미워하는 것도 너무나 쉬웠다. 왜냐하면 나는 그를 보호해 줄 수 없었으니까.

그가 이렇게 된 건 내 잘못이다. 나는 나 자신에게 죄를 지었고, 이를 속죄할 방법은 없다.

"그런 것 같군. 난 이제 특별한 능력이 있고 알다시피 더 이상 늙지도 않아." 아하드가 잠시 말을 멈추더니 나를 위아래로 살펴보았다. "하지만 너에 대해선 잘 모르겠군. 너한테서 하늘궁의 냄새가 난다, 시에. 아라메리한테서 다시 괴롭힘을 당한 것처럼 보이기도 하고. 하지만……" 그가 멈칫하더니 눈가를 가늘게 좁혔다. "그게 다가 아니야. 그렇지? 마치…… 뭔가 잘못된 느낌이 들어."

아하드가 신이 되지 않았더라도 그에게만큼은 절대로 내 상태를 밝히고 싶지 않았다. 하지만 그가 나를 본 이상 숨길 방도가 없었다. 그는 필멸계에 있는 그 누구보다 나를 잘 안다. 내가 사실을 숨기려 든다면 훨씬 더 악랄하게 굴 것이다.

나는 한숨을 내쉬며 손을 저어 주변에 자욱한 연기를 흩었지만 그런 보람도 없이 연기가 다시 모여들었다. "일이 있었어. 그래, 하늘궁에 며칠 있었는데 아라메리 후계자가……" 아냐, 거기에 대해선 말하고 싶지 않다. 곧바로 최악의 이야기를 꺼내는 게 낫다. "아무래도 난……" 나는 꼼지락대며 주머니에 손을 찔러 넣었다. 아무렇지도 않은 척하려고 노력했다. "죽어 가는 거 같아."

히픈의 눈이 휘둥그레졌다. 아하드는(이 바보 같은 이름이 정말 싫다.) 미심쩍다는 표정을 지었다.

"소격신을 죽일 수 있는 건 악마와 신뿐이야. 그리고 내가 마지막으로 들은 바에 따르면 이 세상에 악마는 더 이상 존재하지 않아. 나하가 제일 귀여워하던 자식한테 드디어 싫증이 난 건가?"

나는 주먹을 불끈 쥐었다. "그는 시간이 끝날 때까지 날 사랑할 거야."

"그렇다면 예이네?" 놀랍게도 아하드의 얼굴엔 더 이상 의심의 기색이 없었다. "그녀는 현명하고 따뜻한 마음을 지녔지. 하지만 그땐 너를 잘 몰랐어. 순진한 어린애인 척 연기를 워낙 잘했어야 말이지. 그녀라면 너를 필멸자로 만들 수 있지 않나? 만일 그렇다면 네게 느리고 잔인한 죽음을 선사해 준 데 대해 칭찬해 줘야겠군."

내 잔인한 기질이 표면으로 튀어나오지 않았다면 이보다 훨씬 더 지독하게 분노했을 것이다. "지금 뭐 하자는 거야? 자식신이 예이네한테 마음이라도 품은 거야? 소용없을걸. 알잖아, 예이네가 사랑하는 건 나하도스야. 넌 그의 찌꺼기일 뿐이고."

아하드의 얼굴에는 계속 미소가 떠 있었지만 눈만큼은 검고 차가웠다. 조금일 뿐이라고 무시하기에 그는 아버지의 모습을 너무 많이 간직하고 있었다. 그것만은 분명했다.

"넌 그저 그들 중 누구도 너를 원하지 않아 화가 난 것뿐이야."

방 안이 회색과 붉은색으로 변했다. 나는 소리 없는 분노의 포효를 터트리며 그에게 다가갔다. 내 생각엔 아마도 발톱으로 그를 찢어발겨서 내 옆에 아무도 없다는 걸 잊어버리려고 했던 것 같다. 그리고 멍청하게도 이제 그는 신이고 나는 신이 아니라는 사실을 까먹고 있었다.

아하드는 나를 죽일 수도 있었다. 심지어 실수로 그럴 수도 있었다. 갓 탄생한 어린 신들은 자기가 얼마나 강한지 모른다. 하지만 아하드는 내 목을 부여잡고 공중으로 들어 올렸다가 나무가 쪼개질 정도로 책상 위에 거세게 처박았을 뿐이었다.

나는 엄청난 충격과 두 개의 문진 위로 추락한 통증 속에서 반쯤 정신을 잃은 채 신음했다. 아하드가 한숨을 내쉬더니 다른 쪽 손에 들린 궐련을 더 깊게 빨아들였다. 그는 나를 한 손으로도 손쉽게 꼼짝도 못 하도록 제압하고 있었다.

"이 녀석이 원하는 게 뭐지?" 그가 히른에게 물었다.

시야가 조금 걷히자 히른이 엉거주춤 몸을 반쯤 굽힌 채 의자 뒤에 숨어 있는 게 보였다. 아하드의 질문을 듣자 그녀가 조심스럽게 허리를 곧추세웠다.

"돈이요. 오늘 저를 곤경에 빠트리게 돼서 저한테 보상을 해 줘야 한대요. 하지만 전 그가 할 수 있는 속임수나 장난은 필요하지 않거든요."

아하드가 지난 수십 세기 동안 그런 것처럼 웃음기 하나 없는 웃음을 터트렸다. 그가 진심으로 즐거워했던 게 언제인지 기억도 나지 않는다. "이 녀석답네." 아하드가 미소 띤 얼굴로 나를 내려다보더니 한 손을 들어 올렸다. 손바닥 위에 지갑이 나타났고 안에서는 무거운 동전이 절그럭거리는 소리가 났다. 아하드가 쳐다보지도 않고 지갑을 휙 던지자 히른이 눈 하나 깜짝하지 않고 공중에서 낚아챘다.

"그 정도면 충분한가?" 히른이 주머니의 끈을 잡아당겨 안을 들여다보자 아하드가 물었다. 히른은 눈을 크게 뜬 채 고개를 끄덕였다. "좋아. 이제 가 봐."

히른이 침을 꼴깍 삼켰다. "혹시 제가 곤란해질 일이 있을까요?" 그녀가 아하드의 손아귀 안에서 목이 졸려 숨을 껵껵대고 있는 나를 힐끔 쳐다보았다.

"그럴 리가. 내가 이 녀석을 안다는 걸 네가 어떻게 알았겠니?" 아하드가 히튼에게 의미심장한 눈빛을 보냈다. "하지만 넌 여전히 아무것도 모르는 거다. 무슨 뜻인지 알겠지? 내가 무엇이고 시에가 누구인지. 너는 그를 만난 적도 없고 여기에 온 적도 없다. 돈을 빼앗기지 않으려면 천천히 조심해서 쓰고."

"알아요." 히튼이 눈살을 찌푸리며 주머니를 보이지 않는 곳에 감췄다. 그러고는 놀랍게도 다시 내게 눈길을 보냈다. "그를 어쩔 건가요?"

나 자신도 궁금해지기 시작했다. 아하드의 손은 혈관에서 맥박이 뛰는 게 느껴질 만큼 내 목을 힘주어 쥐고 있었다. 팔을 뻗어 그의 손목을 마구 긁었지만 세계수의 뿌리처럼 꿈쩍도 하지 않았다.

아하드가 느른하고 잔인한 눈빛으로 내가 발버둥치는 모습을 바라보았다. "아직 결정 못 했다. 그게 중요한가?"

히튼이 입술을 초조하게 핥았다. "난 피 묻은 돈은 안 받아요."

아하드가 소녀를 올려다보았다. 한참 동안 길고 고요한 침묵이 흐른 후, 마침내 그가 입을 열었다. 적어도 눈빛보다는 따스한 말투였다. "걱정 마라. 이 녀석은 세 주신 중 둘이 귀여워하는 자식이니까. 그런 자를 죽일 만큼 멍청하진 않아."

히늠이 빠르고 깊게 숨을 들이켰다. 아마도 용기를 내려고 그러는 것일 테다. "저기요, 난 둘 사이에 무슨 일이 있었는지 몰라요. 관심도 없고요. 하지만 절대로…… 그런 생각은……" 그녀가 입을 다물더니 다시 심호흡을 했다. "아까 그 돈 다시 줄 테니까 우리 둘 다 보내요."

아하드의 손아귀에 힘이 들어가자 눈앞에 별이 핑핑 돌았다. "하지 마라." 순간 그의 목소리가 아버지와 너무도 흡사하게 들렸다. "다시는 내게 명령하지 마."

히믄은 영문을 몰라 당황한 것 같았다. 필멸자들은 자신들이 얼마나 자주 명령형으로 말하는지 모른다. 그러니까 평범한 필멸자들 말이다. 아라메리는 아주 오래전 그걸 잊어버리는 바람에 우리한테 죽었을 때 그 교훈을 배웠다지만.

나는 두려움에 저항하며 정신을 집중했다. *그 애를 내버려 둬, 이 나쁜 자식아! 쟤가 아니라 나랑 놀잔 말이야!*

아하드가 퍼뜩 놀라 내게 날카로운 시선을 던졌다. 처음엔 왜 그런지 몰랐지만 이내 그가 아주 어리다는 걸 깨달았다. 그러니까 우리 소격신의 관점에서 보면 말이다. 덕분에 내가 그보다 우위에 있는 한 가지가 떠올랐다.

나는 눈을 감고 히믄에게 생각을 집중했다. 예전보다 훨씬 어두워진 내 인식의 지도 위에서 그녀는 밝고 뜨겁게 빛나는 점이었다. 오물꾼들을 맞닥뜨렸을 때 나는 히믄을 보호할 힘을 되찾았다. 혹시 소격신한테서도 보호할 수 있을까?

텅 비어 있는 내 영혼 속에 한 줄기 바람이 불어왔다. 시원하고 짜릿했다. 많지는 않았다. 원래 나한테 있었던 것에 비하면 턱도 없었다. 하지만 이 정도면 충분했다. 나는 씩 웃었다.

그러고는 손을 뻗어 아하드의 손을 꽉 붙들었다. "형제여." 내가 우리의 언어를 중얼거렸다. 아직 말을 할 수 있는 나를 보고는 그가 놀라 눈을 깜박였다. "내가 너를 느끼게 해 줘."

나는 그를 내 안으로 끌고 들어갔다. 우리는 흰색과 녹색과 금빛으로 밝게 타오르며 흑단처럼 검은 창공을 가로질러 아래로, 아래로, 아래로 떨어졌다. 내 정수(精髓)로 데려간 건 아니었다. 그를 신뢰할 수 없기에 그 달콤하고 얼얼한 곳으로는 데려갈 수 없었다. 하지만 그래도 충분히 내 핵심에 가까운 곳이었다. 그가 겁에 질려 몸부림치는 게 느껴졌다. 나의 모든 것, 흐름이자 파도가 그를 삼켜 버리겠다 위협하고 있었기 때문이다. 하지만 내 의도는 그런 게 아니었다. 빙글빙글 회전하며 계속해서 아래로 떨어지는 와중에 나는 그를 가까이 끌어당겼다. 육신이 없는 이곳에서 나는 그보다 더 연륜이 깊고 더 강했다. 아하드는 아직 자기 자신을 잘 몰랐고 그래서 쉽게 제압할 수 있었다. 나는 그의 셔츠 앞판을 움켜쥐고 겁에 질려 커다래진 눈을 들여다보며 히죽 웃었다.

"어디 널 살펴볼까." 나는 그의 입에 손을 쑥 집어넣었다.

아하드가 비명을 질렀다. 지금 상황을 고려하면 멍청한 짓이었다. 내겐 도리어 일이 쉬워졌으니까. 나는 둥글게 휜 발톱 하나에 나 자신을 압축해 그의 정수 안으로 뛰어들었다. 그 즉시 그와 나 양쪽 모두에게 거부감과 고통이 밀려들었다. 그는 내가 아니고, 모든 신은 어느 정도 상반되기 때문이다. 그의 본성을 맛보는데 무척 기이한 느낌이 섬광처럼 스치고 지나갔다. 어둡지만 어둡지 않고, 풍부한 기억을 지녔지만 갓 태어난 듯한 생생함, 원하지도 않고 자신에게 필요하다는 것도 모르고 있는 무언가에 대한 간절함. 그 갈망이 전혀 예상치도 못한 맹렬한 기세로 나를 덮쳤다. 어린 신은 대개 이렇게까지 흉포하지 않다. 다음 순간 집어삼켜진 건 나였고 ——

나는 비명을 지르며 재빨리 그에게서 빠져나왔다. 몸을 비틀어 뒷걸음치며 지독한 고통에 몸을 옹송거렸다. 아하드가 비틀거리며 의자 위에 털썩 주저앉았다. 그가 짧게 흐느끼는 듯한 소리를 한번 내더니 심호흡을 하며 마음을 진정시켰다.

그래, 잊고 있었다. 엄밀히 말해 그는 새로 태어난 신이 아니다. 심지어 예이네처럼 어리지도 않았다. 그는 지금과 같은 모습으로 다시 태어나기 전에 이미 필멸자로서 수천 년을 거쳤고 대부분의 필멸자라면 망가지고 말았을 끔찍한 지옥을 버티고 헤쳐 나왔다. 실제로 망가졌는데도 다시금 자기 자신을 모으고 추스러 더욱 강하게 재탄생했다. 하마터면 다른 존재가 될 뻔한 고통이 조금씩 수그러드는 것을 느끼며 나는 혼자 피식 웃었다.

"넌 도대체 변하질 않는구나." 내 목소리는 거칠게 쉬어 있었다. 목에는 손가락 자국이 아직 남아 있었다. "주변을 참 힘들게 한단 말이야."

아하드의 대답은 이미 죽어 버린 언어로 욕을 퍼붓는 것이었다. 하지만 그의 목소리에 피곤한 기색이 묻어 있어서 내심 뿌듯해졌다.

나는 천천히 몸을 일으켰다. 온몸의 근육이 욱신거렸고 뒤통수를 세게 부딪혀 혹도 났다. 시야 한쪽 구석에 움직임이 느껴졌다. 히믄. 정말 똑똑하게도 두 신이 싸우는 동안 자리를 피해 줬다가

막 돌아오는 참이었다. 소격신들이 어떤지 빠삭하게 안다면서 이 집은 물론이요 동네 밖까지 도망가지 않았다는 게 도리어 놀랄 일이었다.

"끝났어?"

"아주." 나는 몸을 끌어당겨 책상 가장자리에 걸터앉았다. 곧 다시 자야 할 것 같았다. 하지만 일단은 아하드와 화해를 하는 게 먼저였다. 그가 그럴 생각이 있다면.

아하드는 의자에 앉아 나를 노려보고 있었다. 충격에서는 거의 회복했지만 머리는 엉망이고 퀼런도 어디 갔는지 보이지 않았다. 미운 마음이 울컥 올라왔지만 결국 한숨을 쉬며 감정을 내려놓았다. 모든 걸 내려놓았다. 필멸자의 삶은 너무 짧다.

"우린 더 이상 노예가 아냐." 나는 차분히 말했다. "서로 적이 될 필요가 없어."

"우리가 서로 미워하게 된 건 아라메리 때문이 아니야." 그가 날카롭게 응수했다.

"그런 거 맞아." 내가 미소 짓자 그가 눈을 깜박였다. "그들이 아니었다면 넌 존재하지도 않았을걸. 그리고 난……" 나 스스로 허락하기만 한다면 수치심을 느낄 수 있으리라. 이제까지는 한 번도 그런 적이 없다. 하지만 그때 이후로 너무도 많은 게 변했다. 우리의 처지가 뒤바뀌었다. 그는 신이었다. 나는 아니었다. 나한테는 그가 필요했고 그는 나를 필요로 하지 않았다. "적어도…… 노력했겠지…… 더 나은……"

바로 그때, 아하드가 나를 놀라게 했다. 그는 항상 이런 데 뛰어났다.

"닥쳐, 이 멍청아." 아하드가 한숨을 쉬며 일어났다. "평소보다 더 머저리같이 굴지 말고."

나는 눈을 끔벅였다. "뭐?"

그러고는 한층 더 놀랍게도, 이번에는 아하드가 내게 다가왔다. 지난 수 세기 동안 그는 나와 가까이 있는 걸 좋아하지 않았다. 하지만 지금은 책상 위에 두 손을 짚어 나를 사이에 가두고 허리를 숙여 내 얼굴을 들여다보았다. "세월이 그렇게 지났는데 내가 아직도 화가 나 있을 만큼 속이 좁은 놈이라고 생각한 건가? 아, 저런. 하지만 전혀 그렇지 않아." 그의 미소가 번득였다. 순간적으로 송곳니가 뾰족해진 것처럼 보인 건 내 착각일 거다. 그러길 바란다. 왜냐하면 동물적인 본성이야말로 그에게 가장 필요하지 않은 것일 테니까. "자신이 중요한 존재라는 착각 때문에 아직도 깨닫지 못한 것 같군. 분명히 말해 두지. 난 너에게 관심이 없어. 넌 나와 아무 상관도 없어. 널 미워하는 것조차 내겐 에너지 낭비라고!"

나는 격렬한 반응에 놀라 멍하니 아하드를 바라보았다. 솔직히 그 말에 상처를 입은 건 사실이었다. 하지만.

"안 믿어." 나는 중얼거렸다. 그가 눈을 깜박였다.

아하드가 거친 동작으로 책상을 밀치며 일어났다. 얼마나 격했던지 책상이 뒤로 삐끗 밀려서 하마터면 책상에서 떨어질 뻔했다. 그가 히믄에게 다가가 윗도리 옷깃을 붙잡더니 문 쪽으로 반쯤 질질 끌고 갔다. 그러고는 문을 열었다.

"안 죽일 거다." 아하드가 이렇게 말하며 히믄을 문밖으로 세게 밀치자 히믄이 휘청거리다 하마터면 넘어질 뻔했다. "저 녀석이 느리고 굴욕적인 죽음을 맞이하는 걸 보면서 고소해하는 것 말고는 빌어먹을 아무 짓도 안 할 거다. 난 서두를 이유가 없으니까. 그러니 네 돈은 깨끗하고, 양심의 가책 없이 저 녀석에게서 손 뗄 수 있을 테지. 저 녀석이 네 인생을 망치기 전에 벗어날 수 있는 걸 다행으로 여겨라. 자, 이제 나가!" 아하드가 히믄의 얼굴 앞에서 문을 쾅 닫아 버렸다.

나는 나를 돌아보는 아하드를 멍하니 쳐다보았다. 그는 길고 느릿하게 심호흡을 하며 마음을 진정시키고 있었다. 그의 영혼을 잘 아는 탓에 그가 결정을 내리는 순간을 느낄 수 있었다. 아마 그도 내가 아까 무슨 결심을 했는지 짐작했을 것이다.

"한잔하겠나?" 마침내 아하드가 무뚝뚝하게나마 예의를 차리며 물었다.

"어린애는 술 마시면 안 돼." 나는 반사적으로 대답했다.

"네가 더 이상 어린애가 아니라 다행이군."

나는 움찔했다. "난, 어, 술을 안 마신 지 몇 세기는 됐는데." 우리 발밑에 놓인 이 새롭고 언제 깨질지 모르는 연약한 평화를 시험하며 조심스럽게 말했다. 물 위의 표면장력만큼이나 얇지만 세심하게 발을 디디면 그럭저럭 버틸 수 있을지도 모른다. "술 말고 다른 건 없어? 어……"

"신세 불쌍한 놈들이 마실 만한 거?" 아하드가 코웃음을 치더니 근사한 목재 진열장으로 다가갔다. 병이 열두어 개쯤 들어 있었는데 하나같이 짙은 색의 독한 액체로 가득 차 있었다. 어린애들이 아니라 진짜 남자들을 위한 것이었다. "없다. 죽기 아니면 까무러치기로 버텨 봐."

아무래도 죽을 거 같은데. 나는 병을 바라보며 무거운 한숨과 함께 휴전으로 가는 길에 몸을 싣기로 했다.

"그럼 부어 봐."

그는 내 말대로 했다.

※

한참의 시간이 흐른 뒤 구토가 배변 활동보다 훨씬 더 불쾌하다는 사실을 불행히도 너무 늦게 기억해 낸 후에 나는 아하드가 나를 팽개쳐 둔 바닥에 앉아 그를 아주 오랫동안 지긋이 바라보았다. "나한테 바라는 거 있지?" 나름 아주 또박또박 잘 말했다고 생각했다. 물론 머릿속 발음은 꼬여 있었지만.

아하드는 고상한 태도로 한쪽 눈썹을 쓱 치켜올렸다. 취기 하나 없이 아주 멀쩡한 모습이었다. 내 어리석은 짓으로 가득 차 출렁거리는 휴지통은 하인이 벌써 가져다 치워 버렸다. 창문이 열려 있는데도 다른 냄새보단 차라리 아하드의 궐련에서 나는 악취가 더 나았기에 이번에는 그의 흡연도 딱히 신경 쓰이지 않았다.

"너도 마찬가지일 텐데."

"맞아. 하지만 내가 원하는 건 항상 단순하잖아. 이번엔 그냥 돈이었고, 히른을 위해 원하던 거였는데 네가 벌써 개한테 줘 버려서 본질적인 문제가 해결돼 버렸어. 하지만 네가 원하는 건 절대로 단순했던 적이 없지."

"흠." 내 말에 그가 흡족해하는 것 같지는 않았다. "하지만 아직 여기 있는 걸 보니 원하는 게 더 있다는 뜻이군."

"내가 나이 들어 노쇠해지는 동안 돌봐줄 사람이 필요해. 죽을 때까지 한 오륙십 년은 걸릴 텐데 그동안 더 많은 음식과 살 곳과 그리고……" 책상 위 우리 사이에 놓인 술병을 바라보았다. "다른 많은 것들이 필요해지겠지. 필멸자들은 그런 걸 돈으로 사는 모양 인데 나는 필멸자가 되는 중이고, 그러니 앞으로 정기적인 자금원 이 필요해."

"직업 말이지." 아하드가 웃었다. "우리 관리인은 너를 조금만 다듬으면 좋은 코르티잔이 될 거라고 생각하던데."

몽롱한 술기운 사이로 날카로운 모멸감이 날아와 박혔다. "나는 신이야!"

"우리 코르티잔의 거의 3분의 1이 소격신이다, 시에. 들어올 때 가족들의 존재를 느끼지 못했나?" 그가 건물 주변을 가리키며 크 게 손짓했다. 얼굴이 달아올랐다. 사실은 그도, 혹은 어떤 소격신 도 감지하지 못했다. 내가 약해지고 있다는 또 다른 증거였다. "마 찬가지로 우리 고객의 상당수가 필멸자에게 호기심을 품고 있지 만 인정하기 두려워하거나 그러기엔 자존심이 너무 센 소격신들 이지. 단순히 무의미하고 부담 없는 성관계를 원하는 이들도 있고. 그런 점에선 우리도 그들과 별반 다르지 않아. 너도 알겠지만."

나는 주변 세상을 만져보려고 있는 힘을 다해 의지를 뻗었다. 하지만 내 감각은 여전히 둔하고 불안정했다. 그때 몇몇 형제자매가 느껴졌다. 대부분은 가장 어린 축에 속하는 이들이었다. 내가 필멸자들에게 푹 빠져 있던 시절이 떠올랐다. 나는 특히 아이들과 같이 노는 걸 좋아했지만 내 형제자매 일부는 어른에게 끌림을 느꼈고 그래서 어른의 것들을 갈망했다.

샤하르의 피부에서 나던 맛처럼.

나는 고개를 마구 흔들었다. 아직 속이 울렁거리고 있었던 탓에 커다란 실수였다. 생각을 몰아내려고 재빨리 화제를 돌렸다. "우린 그런 게 필요 없었어, 아하드. 필멸자를 갖고 싶으면 그들 앞에 나타나 누굴 하나 손가락으로 가리키면 됐으니까. 그러면 필멸자가 알아서 우리가 원하는 걸 바쳤지."

"시에. 세상에 관심이 없는 거야 그렇다 쳐도 관심이 있는 척 말을 하지는 말아야지."

"뭐?"

"시대가 바뀌었다." 아하드가 말을 멈추더니 사각 유리잔에 담긴 불타는 듯한 붉은 액체를 홀짝였다. 나는 딱 한 번 맛봤다가 그 후로 절대 입에 안 댄 물건이었다. 필멸자는 알코올 중독으로 죽을 수도 있으니까. 아하드는 잠깐 입속에서 술을 굴리며 그 찌릿한 느낌을 음미한 다음 말을 이었다. "인류는 이단자들을 제외하면 지난 수 세기 동안 오직 이템파스만을 숭배했다. 지금 그들은 그에게 무슨 일이 생긴 건지 몰라. 아라메리가 정보가 새어 나가지 않게 단단히 움켜쥐고 있고 우리 소격신도 마찬가지니까. 하지만 그들도 뭔가 바뀌었다는 건 알아. 신은 아니지만 그들도 존재의 새로운 색채를 볼 줄 알고 우리가 강하고 경배받을 만하지만 무류의 존재가 아니라는 것도 알지." 아하드가 어깨를 으쓱했다. "경배받고자 하는 소격신은 여전히 신도를 찾을 수 있지만 많진 않아. 그리고 솔직히, 시에, 우리 중 대다수가 어차피 경배받는 걸 원하지 않잖아. 너는 그런가?"

나는 놀라 눈을 깜박이며 곰곰이 생각해 보았다. "모르겠어."

"원한다면 너도 그럴 수 있어. 거리의 아이들은 신의 이름을 말해야 할 때 네 이름을 걸고 맹세한다. 네게 기도를 하는 아이들도 있고."

그래, 나도 그들의 기도를 들은 적이 있다. 하지만 그들의 관심을 얻기 위해 뭘 한 적은 없었다. 한때는 나도 수천에 달하는 추종자가 있었지만 요즘에도 나를 기억하는 사람들이 있다는 건 항상 놀라운 일이었다. 나는 무릎을 세우고 팔로 감싸 안았다. 아하드가 무슨 말을 하고 싶은 건지 드디어 알 것 같았다.

내 생각을 읽기라도 한 양 아하드가 고개를 끄덕이며 말을 이었다. "나머지 고객은 귀족, 부유한 상인, 그리고 아주 운 좋은 평민들이다. 죽기 전에 천국을 맛보고 싶어 하는 자들. 심지어 우리의 필멸자 코르티잔들조차 신들과 오래 교류한 탓에 천상의 기술을 보유하고 있지." 마치 영업사원 같은 미소는 한 번도 눈가까지 미치지 않았다.

"그걸 파는 거구나. 성(性)이 아니라 신성(神性)을 파는 거였어." 나는 눈살을 찌푸렸다. "맙소사, 아하드. 적어도 신에 대한 경배는 공짜이기라도 하지."

"그건 공짜였던 적이 없어." 그의 미소가 사라졌다. 어차피 진짜도 아니었지만. "신을 경배하는 모든 필멸자는 그 대가로 뭔가를 원했으니까. 축복, 천국에서의 자리, 지위 등등. 그리고 경배를 요구하는 모든 신은 그 대가로 충절이나 그 이상의 것을 기대했지. 그렇다면 우리가 하는 일에 그냥 솔직해지면 안 되나? 적어도 여기선 어떤 신도 거짓말을 하지 않아."

나는 움찔했다. 아마 그가 바랐던 반응일 테다. 예리한 면도날. 아하드가 말을 이었다.

"그리고 우리 전속 예술가들, 우린 그렇게 부르는데, 그들로 말하자면 여기서는 강간도 강압도 없어. 고객과 전속 예술가가 상호 합의하지 않는 한 고통도 없지. 비판이나 평가는 물론이고." 아하드가 잠시 말을 멈추더니 나를 위아래로 살펴보았다. "우리 관리인은 대개 새로운 인재를 알아보는 안목이 있는데 네 경우는 판단이 완전히 틀렸다고 말해 줘야 한다니 참 안타까운 일이야."

전적으로 술 때문은 아니지만 나는 상처 입은 자존심을 바로 세우려고 시도했다. "난 끝내주는 창부가 될 수 있거든?" 내가 연습을 얼마나 많이 했는지는 오직 신만이 알 거다.

"아. 하지만 너를 요청한 고객을 난폭하게 살해하고 싶다고 생각하는 걸 멈출 수가 없을걸. 네 본성과 마법의 예측 불허성을 고려할 때 실제로 그런 죽음이 발생할 가능성도 무시할 수 없고. 그건 사업에 안 좋아." 아하드가 말을 멈췄다. 그의 미소에 감돌고 있는 싸늘한 기색은 절대로 내 상상이 아니었다. "우연히 알게 됐지만 나 역시 똑같은 문제를 갖고 있는지라."

긴 침묵이 흘렀다. 무언의 비난은 아니었다. 그저 그의 말이 과

거의 침전물을 휘저어 표면에 떠오르게 했으니 다음 단계로 넘어가기 전에 다시 가라앉길 기다리는 건 당연한 수순이었다.

화제를 바꾸는 것도 또 다른 방법이었다. "고용 조건 같은 건 나중에 얘기해도 돼." 그가 나를 고용하리라는 걸 거의 확신했기 때문이다. 비합리적인 낙천주의는 아이다움의 기본이다. "그러니까 나한테 원하는 게 뭐야?"

아하드가 근사한 가죽 의자 팔걸이에 팔꿈치를 얹고 양손 끝을 맞대 세웠다. 그가 불안하거나 초조할 때 하는 버릇인지 궁금했다. "이미 짐작하고 있을 줄 알았는데. 거기서 네가 나를 얼마나 쉽게 제압했는지를 생각하면……" 그가 입을 다물며 미간을 찌푸렸다. 그제야 이해가 갔다.

"필멸자의 언어엔 그걸 표현할 단어가 없어." 나는 부드럽게 말했다. 외교적인 수사법을 사용해야 한다는 건 알지만 나한테 그건 쉬운 일이 아니다. "우리의 영역에선 말이 필요하지 않지. 수 세기 동안 같이 살았으니 자연스럽게 우리의 언어를 조금은 익혔겠지만……" 나는 아하드가 스스로 이해할 때까지 기다렸고, 그는 얼굴을 찡그렸다.

"많진 않아. 난 들을 수가 없었고…… 느끼지도……" 그는 여전히 고집스레 세슘어로 적절한 표현을 찾아 헤맸다. "예이네가 나를 이렇게 만들기 전까지는 다른 필멸자와 똑같았으니까. 너희 말을 해 보려다 몇 번 죽고 난 뒤로는 아예 시도하지도 않았지."

"이젠 네 언어이기도 해." 나는 아하드가 그 말을 소화하는 모습을 지켜보았다. 무표정한 얼굴에서는 아무것도 읽을 수가 없었다.

"원한다면 내가 가르쳐 줄 수도 있어."

"그림자에 사는 소격신만 수십이 넘어." 그가 뻣뻣하게 대답했다. "그럴 가치가 있다고 생각했다면 진즉에 배웠겠지."

머저리. 나는 속으로 생각했다. 하지만 굳이 목구멍 밖으로 내진 않고, 의도적인 무지성이 아주 좋은 생각이라는 양 고개를 끄덕여 주었다. "어쨌든 너한텐 더 큰 문제가 있어."

아하드는 나를 지그시 바라보기만 할 뿐 아무 말도 하지 않았다. 아마 몇 시간이고 계속 그러고 있을 수 있을 거다. 그가 하늘궁에 있을 때 배운 거니까. 내가 지금 무슨 말을 할지 과연 알고나 있을지 모르겠다.

"네 본성을 모르잖아." 이게 바로 우리의 의지 대결에서 내가 이길 수 있다는 것을, 아니면 적어도 그를 떨쳐 낼 수 있다는 것을 알았던 이유였다. 내 생각이 닿았을 때의 반응을 보고 깨달았다. 갓 태어난 필멸자 아기들도 손가락 끝으로 어루만지면 똑같은 행동을 한다. 깜짝 놀란 움츠림, 뭐가 어떻게 그리고 왜 날 건드렸는지, 혹시 날 아프게 할지 알아보기 위해 허둥대는 시선. 자신이 누구인지 파악하고 이 세상에서 어떤 위치에 있는지 이해해야만 다른 사람의 손길을 평범하게 받아들일 수 있다.

잠시 후, 아하드가 고개를 끄덕였다. 우리 사이에서 이건 신뢰의 표시였다. 옛날 같았다면 그는 절대로 내게 이렇게 많은 약점을 드러내지 않았을 것이다.

나는 한숨을 쉬며 일어났다. 용케도 아주 약간만 비틀거리면서 의자로 다가갔다. 아하드는 의자에서 일어나지는 않았지만 지난번에 가까이 다가갔을 때보다 훨씬 더 눈에 띄게 긴장해 있었다. 나는 발을 멈췄다.

"난 널 해치지 않아." 아하드의 겁먹은 표정을 보고 미간을 찌푸리며 말했다. 무슨 일이 있어도 인정머리 하나 없는 나쁜 놈처럼 굴면 안 되나? 이러면 불쌍해서라도 진심으로 미워할 수가 없잖아. "나보다 아라메리가 너한테 훨씬 더 깊은 상처를 줬잖아."

아주아주 조용하게, 그가 대답했다. "넌 그러라고 내버려 뒀고."

그 말에는 아무 대꾸도 할 수가 없었다. 사실이었으니까. 그래서 그냥 가만히 서 있었다. 오랜 상처를 헤집기 시작하면 아무것도 할 수가 없다. 아하드도 알고 있었기에 마침내 그가 긴장을 풀자 나는 더 가까이 다가갔다.

"모든 신은 자신이 누구고 무엇인지 스스로 깨우쳐야 해." 나는 며칠간 골목에서 지내느라 거칠고 더러워진 손으로 그의 얼굴을 최대한 살며시 감싸 쥐었다. "오직 너 자신만이 네 존재의 의미와 한계를 결정할 수 있어. 하지만 때로는 자신이 누군지 익히 아는 자들이 새로 태어난 이들에게 실마리를 줄 수도 있지."

나는 짧게 오고 간 우리의 형이상학적 공방 속에서 이미 그 실마리를 발견했다. 맹렬하고 탐욕적인 욕구. 무엇에 대한 욕구일까? 나는 이상할 정도로 필멸자처럼 보이는 눈을 들여다보며(이상한 일이었다. 그는 한 번도 진정으로 필멸자였던 적이 없으니까. 그런데도 필멸성이야말로 그가 아는 전부였다.) 그를 이해하려고 노력했다. 나는 그를 이해할 수 있어야 했다. 그가 탄생한 순간에 그 자리에 있었으니까. 나는 그가 처음으로 발걸음을 떼는 것을 보았고, 처음으로 내뱉은

말을 들었다. 나는 그를 사랑했다. 설령 ──

술 때문에 벌써 속이 안 좋은 상태라 바로 욕지기가 올라왔다. 간신히 몸을 돌려 바닥에 쓰러져 헛구역질 중간중간 괴로운 비명을 질러 댔다. 다리가 경련하고 척추가 뒤로 꺾였다. 위장이 방금 몸에 들어온 독소를 뱉어 내려 안간힘을 썼다. 하지만 그 독은 물리적인 것이 아니었다.

"역시 아직 애로군." 아하드가 귓전에서 한숨을 내뱉었다. 낮게 속삭이는 음성이 숨 가쁜 비명을 뚫고 내 귀에 와닿았다. "내가 널 형이라고 불러야 할까, 동생이라고 불러야 할까? 별로 중요하진 않겠지. 겉모습이 아무리 나이 먹는다 한들 넌 결코 완전히 자라지 못할 테니까, 형제여."

형제. 형제. 자식이 아니야 자식이

잊어라

아하드는 내 아들이 아니다. 심지어 비유적으로도 그랬다. 왜냐하면

잊어라

왜냐하면 어린 시절의 신은 아버지가 될 수 없고 아버지가 되고 싶어도 될 수 없기 때문에 그리고

잊어잊어잊어

형제. 아하드는 내 형제였다. 새로 태어난 동생. 예이네의 첫 아이. 나하도스는…… 글쎄, 자랑스러워하지는 않겠지만 재미있어 할 것이다.

내 몸뚱이가 축 늘어졌다. 고통이 충분히 가라앉자 비명과 경련

도 멈췄다. 어쨌든 이제 내 뱃속에는 아무것도 남아 있지 않았다. 나는 그대로 가만히 누워 있었다. 공포심이 사라지자 조금씩 정신이 돌아왔다. 조심스럽게 숨을 한 번 들이켰다. 그런 다음 또 한 번.

"고마워." 내가 속삭였다.

아하드가 내 위에 웅크리고 앉아 내려다보며 한숨지었다. 그는 얼마든지라고 대답하지 않았다. 그건 진심이 아니고 우리 둘 다 그 사실을 알고 있었으니까. 하지만 그는 그럴 필요가 없는데도 내게 친절을 베풀었고 그건 확실히 고마워할 만한 일이었다.

"너 냄새난다. 더럽기도 하고. 꼴이 말이 아니군. 여기서 제 발로 걸어 나가지도 못할 만큼 엉망이니 하룻밤 정도는 참아 주는 수밖에 없겠어. 하지만 익숙해지진 말고. 내일부턴 여기 말고 다른 곳에 살 곳을 구해." 아하드가 일어나 나가 버렸다. 아무래도 혼자서 하인을 찾아 잘 곳을 마련해달라고 부탁해야 할 것 같았다.

아하드가 돌아왔을 때 나는 간신히 바닥에 무릎을 대고 몸을 일으킨 상태였다. 아직도 떨렸다. 위장은 미쳐 버렸는지 다시 채워 달라고 아우성치고 있었다. 또 *게워* 낼 건데? 타일러 봤지만 내 말을 들은 체도 하지 않았다.

아하드가 내 앞에 웅크려 앉았다. "흥미롭군."

나는 힘겹게 시선을 들어 그를 바라보았다. 표정에서는 아무것도 읽을 수 없었지만 그가 손을 들어 올리더니 그 위에 작은 손거울을 만들었다. 너무 힘들어서 그를 부러워할 기력도 없었다. 아하드가 거울을 들어 내 얼굴을 보여 주었다.

나는 전보다 더 나이 들어 있었다. 거울 속에서 나를 마주 보는 얼굴은 전보다 더 길고 갸름했고 턱선도 더 뚜렷했다. 턱에 난 털도 더 이상 솜털이 아니었다. 거무스름하고 더 길었으며, 수염의 전조처럼 보였다. 청소년기 중반이 아니라 후반에 접어든 것 같았다. 내 인생의 이 년, 아니 삼 년이 훅 사라져 버린 거야? 완전히?

"영광으로 여겨야 하나. 옛 시절을 그렇게 애틋하게 기억하고 있을 줄은 몰랐군." 아하드의 말투에서 아슬아슬하게 위험한 기운이 풍기고 있었지만 두려움도 느끼지 못할 만큼 피곤했다. 그는 원한다면 언제든 날 죽일 수 있고 정말 그럴 생각이었다면 진즉에 그랬을 거다. 그는 그저 자신의 힘을 과시하는 걸 즐기고 있을 뿐이다.

갑자기 모든 게 너무 불공평하게 느껴졌다. "정말 싫어." 나는 조그맣게 중얼거렸다. 그에게 들리든 말든 상관없었다. "이제 내가 아무것도 아니라는 게 정말 싫어."

아하드가 고개를 흔들었다. 짜증스럽다기보다는 놀랍지도 않다는 투였다. 그의 손이 내 셔츠 뒤쪽을 움켜쥐더니 죽 당겨 나를 일으켜 세웠다. "넌 아무것도 아닌 게 아냐. 넌 필멸자고, 그건 아무것도 아닌 것과는 거리가 멀지. 그 사실을 빨리 인정할수록 편할 거다." 아하드가 내 한쪽 팔을 잡고 들어 올리더니 못 봐주겠다는 듯 신음을 뱉었다. "좀 먹어야겠군. 얼마 안 되는 남은 시간이라도 버티려면 몸 관리를 해야 할 거다. 아니면 그냥 지금 죽어 버리려고?"

나는 눈을 감고 그의 손에 몸을 내맡긴 채 힘없이 흔들렸다. "난 필멸자가 되고 싶지 않아." 나는 징징거렸다. 몸이 좀 자라긴 했어도 아직 어린애처럼 징징댈 수 있다는 걸 알고 나니 기분이 조금 나아졌다. "필멸자는 사랑한다고 말할 때도 거짓말을 해. 신뢰를 얻을 때까지 기다렸다가 칼을 푹 찔러 넣고 온갖 방법을 동원해서 확실히 숨통을 끊으려고 하지."

잠시 침묵이 흘렀다. 나는 눈을 감은 채 제대로 펑펑 울어 볼까 진심으로 고민했다. 하지만 이내 사무실 문이 열리더니 하인 둘이 들어오면서 아하드가 내 뺨을 그다지 다정하지 않게 찰싹 때리며 꾸짖는 걸로 상황이 끝나 버렸다.

"신들도 똑같아." 그가 쏘아붙였다. "그러니 어느 쪽이든 넌 끝장난 거야. 닥치고 받아들여."

그러고는 나를 기다리고 있던 하인들의 팔에 밀어 넣었다. 하인들이 나를 끌고 갔다.

11장

사-아-라-앙 당신을 사랑해
키-이-이-스 키스해 줄게요
그런 다음 그를 호수에 밀어 넣었지
그가 뱀을 꿀꺽 삼켜서
배탈이 났다네

하인들은 갓 세탁했는데도 쿠션에서 성교 냄새가 나는 근사한 긴 의자가 있는 크고 호화로운 목욕탕으로 나를 데려갔다. 내 옷을 벗겨 쓰레기 더미에 던져 넣어 태우고 감정이 실리지 않은 효율적인 움직임으로 내 몸을 문지르고 향유를 섞은 물로 헹궜다. 그런 다음 내게 로브를 입히고 방으로 데려가 밤까지 하루 종일 재웠다. 꿈은 꾸지 않았다.

동생 자카른이 내 머리를 창으로 찌르는 연습을 하는 것 같은 착각 속에 잠에서 깨어났다. 물론 그녀는 절대로 그런 짓을 하지 않을 것이다. 간신히 윗몸을 일으켜 앉았는데 다시 토할 것처럼 속이 울렁거렸다. 방에 놓인 작은 탁자에 오래전에 식은 음식과 물주전자 하나가 놓여 있어서 우선 배설보다는 음식을 섭취하기로 하고 우중충한 기분으로 배를 채우기 시작했다. 그나마 음식이 맛있어서 기분이 조금 나아졌다. 옆에 하얀 반죽 같은 게 담긴 작은 접시와 종이 카드가 놓여 있었는데 카드에는 사각형의 우아한 글씨체로 이렇게 적혀 있었다. '먹어라.' 익숙한 필체라 한숨을 쉬며 찍어 먹어 보았다. 골목에서 먹은 시궁쥐도 역했지만 이 정도까진 아니었다. 그래도 아하드의 집에 손님으로 온 거니 꾹 참고 나머지를 꿀꺽 삼킨 다음 입에 남은 쓴맛을 없애기 위해 재빨리 음식을 쑤셔 넣었다. 전혀 효과가 없었다. 하지만 조금은 몸 상태가 나아지는 것 같았다. 독약이 아니라 진짜 약이라는 걸 확인하니 안심이 됐다.

내가 입을 깨끗한 새 옷도 준비되어 있었다. 좋은 쪽으로 평범했다. 헐렁한 회색 바지에 베이지색 셔츠. 갈색 재킷, 갈색 부츠. 아마 하인들이 입는 옷일 것이다. 나한테 이런 걸 입히는 건 아하드의 잔인한 성품과도 딱 어울린다. 그래서 옷을 걸친 뒤 방문을 열었다.

그러고는 바로 그 자리에 멈춰 섰다. 아래층에서 음악과 웃음소리가 들려왔다. 밤이었다. 순간적으로 열 가지도 훨씬 넘는 음란하고 사악한 장난을 치고 싶은 충동에 꼼짝없이 사로잡혔고, 그 생각을 하자 몸 안이 간질거리며 힘이 샘솟는 게 느껴졌다. 이 집에 있는 모든 관능적인 향유를 고추기름으로 바꾸거나 침대에서 정욕과 향수 냄새 대신 곰팡이 냄새가 나게 하는 건 너무도 쉬운 일이다. 하지만 이제 나이도 들고 더 성숙해졌기에 그 충동은 금방 사라졌다. 뒤이어 짧은 슬픔이 밀려왔다.

하지만 미처 문을 닫기 전에 사람 둘이 오랜 친구나 새로운 연인 사이인 양 경망스럽게 찰싹 달라붙어 시시덕거리면서 계단을 올라오는 게 보였다. 무심코 고개를 쳐든 한 명과 시선이 마주치자마자 나는 얼어붙고 말았다. 여동생 이건이 이름 모를 필멸자의 허리에 팔을 감고 있었다. 나는 한눈에 그 사내를 가늠해 본 다음 관심을 끊었다. 값비싼 옷, 중년, 곤드레만드레 취한 상태. 그리곤 고개를 돌려 이건의 찡그린 눈빛을 마주했다.

"시에." 그녀가 나를 위아래로 훑어보며 피식 웃었다. "소문이 사실이었네. 돌아왔구나. 이천 년간 필멸자의 육신으로 사는 걸론 부족했나 봐?"

옛날옛적에 이건은 동부 세늠에 거주하던 사막 부족이 숭앙하던 신이었다. 그녀는 부족에게 비를 내리게 하는 음악을 가르쳐 주었고 그들은 보답으로 산 표면에 그녀의 형상을 조각했다. 이제 그 부족은 사라지고 없다. 신들의 전쟁이 시작되기 전 아믄인의 끝없는 정복 활동 중에 그들에게 흡수되었기 때문이다. 신들의 전쟁이 끝난 후 나는 이템파스를 모독하는 것이라면 아무리 아름답다 한들 무조건 파괴하라는 아라메리의 명령에 따라 이건의 부조상을 손수 파괴했다. 그리고 여기, 그녀가 필멸의 육신으로 내 앞에 서 있었다. 아믄인 남성의 손에 가슴을 맡긴 채로.

"난 어쩌다 오게 된 거야. 네 변명은 뭔데?"

이건이 아리따운 아믄인의 얼굴에 그려진 우아한 눈썹을 추켜세웠다. 당연히 새로운 얼굴이었다. 신들의 전쟁 전에 그녀는 사막 부족의 얼굴을 하고 있었다. 우리 둘 다 그녀의 목에 얼굴을 묻고 있는 필멸자 남성은 무시한 채였다.

"따분해서. 그리고 경험을 쌓으려고. 평범하지 뭐. 전쟁 때도 필멸자 사이에서 오래 지내며 본성을 찾아낸 이들이야말로 가장 잘 살아남았잖아." 이건의 눈이 가느스름해졌다. "너는 도움이 안 됐고."

"난 우리 가족을 망가뜨린 미친놈한테 맞서 싸웠어." 나는 지겹다는 듯 말했다. "그리고 그를 도운 모든 자들과도 싸웠지. 왜 다들 내가 무슨 끔찍한 짓이라도 한 것처럼 구는지 모르겠네."

"왜냐하면 너희들, 나하를 위해 싸운 너희 모두가 그러다가 자기 자신을 잃었으니까." 이건이 날카롭게 쏘아붙였다. 그녀의 몸이 분노 때문에 경직되자 필멸자 애인이 놀라 고개를 쳐들고 눈을 끔벅이며 그녀를 쳐다보았다. "그가 너희를 분노로 감염시켰어. 넌 단순히 너한테 대항한 이들뿐 아니라 너를 막으려고 한 이들까지 전부 다 죽였잖아. 너랑 같이 싸울 줄 알았는데 진정하라고 애원한 이들도, 네게 도움을 요청할 만큼 용기 있는 필멸자들도! 대혼돈의 이름으로, 그날 넌 미쳐 버린 템파랑 똑같았어!"

나는 그녀를 뚫어져라 응시했다. 속에서 분노가 꿈틀거리며 올라왔다. 하지만 놀랍게도 다음 순간 픽 꺼져 버렸다. 화를 유지할 수가 없었다. 어젯밤 뱃속에 집어넣은 술과 아하드의 구타 때문에 아직도 머리가 지끈거리고 피부는 근질거렸다. 눈에 보이지도 않는 미세한 각질이 죽어 가고 있었다. 일부는 재생되고 또 일부는 영원히 사라지겠지. 그리고 그들 모두가 천천히 말라비틀어지고 탄력을 잃어 언젠가는 주름과 기미밖에 남지 않을 것이다. 이건의 애인이 달랜답시고 그녀의 어깨를 만지작거렸다. 한심해 보였지만 나름 효과가 있었다. 이건이 긴장을 조금 풀더니 사내에게 씁쓸한 미소를 지어 보였기 때문이다. 마치 분위기를 깨 버려서 미안하다는 듯이. 그걸 보니 샤하르가 생각났다. 내가 얼마나 외로운지. 그리고 잔인할 정도로 얼마 남지 않은 짧은 인생 동안 얼마나 외로울 것인지도.

이런 상황에서 이천 년이나 묵은 원한을 계속 품고 있는 건 아주아주 어려운 일이다.

나는 고개를 가로저으며 방으로 돌아가려고 몸을 돌렸다. 하지만 문을 닫기 직전 이건의 목소리가 들렸다. "시에, 잠깐만."

나는 조심스럽게 문을 다시 열었다. 이건이 미간을 찌푸린 채 나를 바라보고 있었다. "너 뭔가 달라졌는데. 뭐지?"

나는 고개를 저었다. "네가 신경 쓸 거리는 아냐. 저기……" 문득 이건이나 다른 형제자매들에게 이런 말을 할 기회가 다시는 없을 거라는 생각이 들었다. 죽기 전에 끝내지 못할 일이 너무 많았다. 이건 불공평하다. "미안해, 이건. 지금 와서 이래 봤자 아무 의미도 없다는 건 아는데, 난 그냥……" 하고 싶은 게 너무 많았다. 나는 가볍게 웃었다. "관두자."

"여기서 일할 거야?" 이건이 필멸자 애인의 등을 손바닥으로 쓸었다. 남자가 한숨을 내쉬며 다시 행복한 기분으로 그녀에게 몸을 기댔다.

"아니." 하지만 아하드의 계획이 생각났다. "이런…… 건 아니고." 나는 턱을 까딱하며 이건을 가리켰다. "기분 나빠하진 마. 그냥 지금은 필멸자를 좋아할 기분이 아니거든."

"그동안 겪은 일을 생각하면 그럴 만도 하지." 내가 놀라 눈을 깜박이자 이건이 옅게 웃었다. "우리 중 누구도 이템파스의 행동을 좋아하진 않아, 시에. 하지만 그때는 이템파스가 저지른 수많은 미친 짓을 생각하면 너희를 가두기로 결정한 게 그나마 유일하게 제정신으로 한 선택 같았지." 그녀가 한숨을 내쉬었다. "그게 얼마나 잘못된 일이었는지 생각하는 데 우리 모두 오랜 시간이 걸렸고, 그리고 음…… 그가 마음을 바꾸는 것을 어떻게 생각하는지는 너도 알잖아."

그건 즉 그는 마음을 바꾸지 않는다는 뜻이다. "알지."

이건이 필멸자를 힐끗 쳐다보고 잠시 생각에 잠기는가 싶더니 내게 시선을 던졌다. 그러고는 다시 필멸자를 쳐다보았다. "어떻게 생각해?"

사내는 놀랐지만 상당히 기뻐하는 것 같았다. 그가 나를 쳐다보았다. 나는 불현듯 그들이 무슨 생각을 하는지 깨달았다. 얼굴이 절로 달아올랐다. 그걸 본 사내가 미소 지었다. "좋을 것 같은데."

"아냐." 나는 재빨리 대꾸했다. "나는, 어, 고마워. 좋은 뜻인 건 알겠는데…… 하지만 사양할게."

이건이 살짝 웃었다. 조금 놀랐다. 생각했던 것보다 훨씬 더 깊은 연민이 담겨 있었기 때문이다. "동족과 해 본 지 얼마나 됐어?" 나는 이건의 질문에 당황했다. 대답할 수가 없었다. 다른 신과 마지막으로 사랑을 나눈 게 언제인지 기억나지도 않았다. 나하도스였지. 하지만 예전 같진 않았다. 그는 약해져 있었고, 필멸자의 육신에 갇혀 있었고, 외로움 때문에 절박했다. 그건 사랑을 나누는 게 아니었다. 측은함의 발로일 뿐이었다. 그 전이라면 아마도 —

잊어라

자카였나? 아마도? 셀포린? 엘리샤드? 아냐, 그건 아주 오래전 일이다. 그가 아직 나를 좋아하던 시절에. 그윈?

잠깐이나마 다른 누군가에게 빠져 나 자신을 잃는 것도 좋을 것 같았다. 동족에게 영혼을 맡기고 위안을 얻는 것도 좋을 거다. 안 그래?

샤하르에게 그랬던 것처럼.

"안 돼." 이번에는 조금 더 부드럽게 말했다. "지금은…… 안 돼. 아직은. 하지만 고마워."

이건은 나를 한참 동안 응시했다. 내가 보여 주고 싶은 것보다 훨씬 더 많은 것을 보고 있는 듯한 눈빛으로. 혹시 내가 필멸자로 변하고 있다는 걸 눈치챈 건 아닐까? 제안을 받아들이지 말아야 할 또 다른 이유였다. 그랬다간 들키고 말 테니까. 하지만 그래서 저런 표정을 짓는 건 아닌 것 같았다. 어쩌면, 정말로 어쩌면, 나를 걱정하는 게 아닐까 하는 생각이 들었다.

"마음이 바뀌면 언제든지 말해. 제안은 유효하니까." 그녀는 활짝 웃어 보였다. "누군가와 나눠야 할 수도 있지만." 이건이 고개를 돌려 필멸자에게 미소를 지었고 둘은 함께 위층으로 올라갔다.

내가 잠깐 흔들렸다는 걸 알아챈 모양이었다. 이건의 뒷모습을 지켜보다 돌아서자 하인 하나가 조용히 위층으로 올라와 내게 고개를 숙였다. "시에 님? 아하드 님께서 준비되면 사무실로 와 달라 부탁하셨습니다."

나는 허리에 한 손을 얹었다. "그 자식이 부탁하지 않았다는 것쯤은 나도 알거든."

하인이 잠시 멈칫하더니 재미있다는 표정을 지었다. "그분이 당신 이름 대신 어떤 단어를 사용했는지 별로 알고 싶지 않으실걸요."

나는 하인을 따라 아래층으로 내려갔다. 하인은 지금 같은 저녁시간에 볼 수 있는 건 코르티잔뿐이라고 차분하게 설명했다. 저택 전체가 죄책감 없는 쾌락을 주는 아름다운 존재들로 가득하다는 환상을 유지하기 위해서였다. 하인들의 모습은 고객들에게 '밤의 팔'이 엄연한 사업이라는 사실을 상기시켰다. 딱히 말하진 않았지만 아마 다른 종류의 하인을 말하는 것일 텐데, 나 같은 이가 눈에 띄면 이곳을 소유한 자들이 문어발처럼 다른 냄비에도 손가락을 담그고 있다는 사실을 떠올리게 되는 것이다.

어쨌든 하인은 나를 벽장처럼 생긴 곳으로 데려갔다. 문 안쪽은 침침한 조명이 비추는 넓은 뒷계단으로 이어져 있었다. 하인들과, 가끔은 필멸자 코르티잔도 이곳을 사용하고 있었다. 누구나 마주칠 때마다 미소를 짓거나 반갑게 인사를 나눴다.(하늘궁의 하인들과는 사뭇 달랐다.) 1층에 이르자 하인이 죽은 공간을 연상시키는 짧고 구불구불한 통로로 안내한 다음 나무 벽을 잘라 내서 만든 듯한 문을 열어 주었다. "이곳입니다." 우리는 아하드의 사무실에 와 있었다. 별로 놀랄 일은 아니었다. 정말 놀라운 건 그가 혼자가 아니라는 사실이었다.

아하드의 맞은편 의자에 젊은 여성이 앉아 있었다. 상당한 미인이었는데 그렇지 않았더라도 눈에 띄었을 것이다. 여자는 마로네였고 앉아 있는 상태에서도 여자치고 키가 무척 컸다. 머리 주위로 후광처럼 너울대는 검은 머리카락은 높은 의자 등받이 위로 불쑥 올라와 있는 그녀의 키를 한층 더 돋보이게 해 주었다. 하지만 또한 우아한 자태를 갖추고 있었고 은은한 히라스꽃 향수가 존재감을 더욱 강조했다. 별다른 특징 없는 긴 치마와 재킷, 오래 신은 낡은 부츠까지 옷차림은 보잘것없었지만 여왕처럼 당당한 분위기를 풍겼다.

내가 막 들어섰을 때 그녀는 아하드가 한 말에 미소를 짓고 있었다. 방 안쪽으로 발걸음을 옮기자 그녀가 당혹스러울 만큼 강렬한 눈빛으로 나를 돌아보았다. 그러더니 얼굴에 미소가 사라지고 냉랭하고 경계심 가득한 표정으로 변했다. 순식간에 나를 평가하고 모자라다고 판단했다는 느낌이 들었다.

하인이 허리를 숙여 절한 다음 내 등 뒤에서 문을 닫았다. 나는 팔짱을 낀 채 여자를 물끄러미 바라보며 기다렸다. 지금 내 상태가 아무리 엉망이라도 상대방의 냄새를 맡고도 그 힘을 감지하지 못할 만큼은 아니었다.

"넌 뭐야? 아라메리 사생아? 필경사? 사창가에 온 걸 들키지 않으려고 변장한 귀족 여인?"

내 물음에 여자는 대답하지 않았다. 아하드가 한숨을 쉬더니 콧잔등을 손가락으로 집었다.

"글리는 '밤의 팔'을 소유하고 지원하는 단체의 일원이다, 시에. 너를 만나러 왔어. 그녀와 다른 파트너들이 이제껏 해 온 투자를 네가 위태롭게 만들진 않을지 확인하기 위해서지. 글리가 필요없다고 판단하면 넌 여기 있을 수 없어, 이 건방진 바보 자식아."

도무지 영문을 알 수가 없어 눈살을 찌푸렸다. "언제부터 소격신이 필멸자의 명령을 따랐는데? 그러니까 내 말은, 자진해서 말이야."

"신과 필멸자가 공통의 목표를 갖게 되었을 때부터죠." 여자의 음성은 낮았고 마치 따뜻한 바다에서 물결치는 파도처럼 너울거렸지만 발음이 너무 정확하고 또렷해서 종이도 벨 수 있을 것 같았다. 미소도 못지않게 날카로웠다. "신들의 전쟁 전에는 이런 관계가 꽤 흔하지 않았을까요? 우리의 경우엔 한쪽의 일반적인 감독보다는……. 협력 관계에 가깝지요." 여자가 아하드를 힐끗 쳐다보았다. "그리고 파트너라면 중요한 결정을 내릴 때 서로 동의해야 하고요."

아하드는 여느 때처럼 살짝 냉소적인 미소를 지으며 고개를 끄덕였다. 저 여자는 아하드가 자기한테 이득만 된다면 파트너로서 협력하기보다 배를 칼로 따 버릴 거라는 걸 알고 있을까? 제발 그러길 바라면서 어디 더 자세히 관찰해 보라고 손을 내밀었다. "그럼 평가 결과는? 내가 마음에 들어?"

"외모를 따지자면 대답은 아니요가 되겠네요." 순간 짜증이 나서 팔을 툭 떨어뜨리자 여자가 픽 웃었다. 하지만 농담 같진 않았다. "당신은 전혀 내 취향이 아니에요. 하지만 다행히도 외모는 내가 가치를 평가하는 기준이 아니죠."

"글리가 네게 맡길 일이 있다." 아하드가 의자를 돌려 내게 향하더니 등받이를 뒤로 젖히며 한쪽 발을 떡하니 책상 위에 올려놓았다. "일종의 시험이야. 네 독특한 재능을 어디에 활용할 수 있을지 알아보자는 거지."

"어떤 시험인데?" 발상 자체가 모욕이다.

글리? 환희(歡喜)라니, 마로네 여자 이름치곤 너무 밝은데. 그녀가 완벽한 아치형의 눈썹을 한쪽만 쓱 치켜세웠다. 묘하게 익숙한 느낌이었다. "가서 현 남작의 후계인 우세인 다르를 만나고 오세요. 혹시 최근 북부의 정치 상황에 대해 아는 게 있나요?"

하늘궁에서 우연히 엿듣거나 누가 말해 준 게 있는지 생각해 보다 문득 네브라와 크리시나 아라메리의 시신이 머리에 떠올랐다.

"새로운 마법이 뭔지 알아보라는 거구나. 그 가면 말이야."

"아뇨, 우린 그게 뭔지 이미 안답니다."

"안다고?"

글리가 두 손을 위아래로 포갰다. 어디선가 본 듯한 느낌이 더 강해졌다. 한 번도 만난 적 없는 건 확실한데, 굉장히 이상했다.

"그 가면은 예술 작품이에요. 광명의 시대보다 훨씬 전부터 있었던 멘체이-다르의 축원 풍습에서 유래한 건데 박해를 피해 비밀리에 이어 내려져 왔죠. 과거에 그들은 신을 찬미하거나 달랠 때 춤을 췄는데 춤꾼들은 가면을 쓰고 거기에 맞는 특정한 역할을 연기했어요. 춤을 추려면 그런 각각의 역할들이 주고받는 상호작용과 겉으로 표현되는 원형(原型)에 대한 공통된 이해가 필요했고요. 예를 들어 어머니는 사랑뿐만 아니라 정의를 상징해요. 그리고 실제로는 죽음을 의미하죠. 슬픔은 분노하고 교만한 사람이 쓰는 것으로 종국엔 큰 잘못을 저지르고 후회하게 됩니다. 이해가 되나요?"

하품이 나오려는 걸 억지로 참았다. "그래, 무슨 뜻인지 알겠어.

그러니까 누가 그 원형을 가져다가 일반적인 상징론과 섞어서 세계수로 가면을 깎은 다음에 살해된 갓난아기나 뭐 그런 것의 피를 이용해서……"

"소격신의 피였어요."

나는 깜짝 놀라 입을 다물었다. 글리가 설핏 웃었다.

"정확히 누구의 피인지는 모릅니다. 길에서 산 신혈일 수도 있죠. 하지만 그 피가 누구의 것인지는 중요하지 않아요. 그 안에 담긴 신력이 문제죠. 지금 그것도 조사 중입니다. 그리고 세계수에 대해선 잘 모르겠지만 그게 사실로 밝혀지더라도 별로 놀랍지 않을 것 같군요." 글리가 진지한 목소리로 말했다. "내가 당신을 다르에 보내는 건 가면에 어떤 힘이 있는지 알아내기 위해서가 아니에요. 우리의 관심사는 도구보다 그것을 사용하는 사람이랍니다. 그러니 우세인 다르에게 접근해 우리의 제안을 전해 주세요."

마음이 들떠 올랐다. 협상에는 늘 장난질을 끼워 넣을 여지가 있다. "그들의 마법을 원하는 거야?"

"아뇨, 우리는 평화를 원합니다."

나는 놀랐다. "*평화?*"

"평화는 필멸자와 신 양쪽 모두에게 이득이 되지." 내가 혹시 글리가 미친 게 아니냐는 표정으로 아하드를 쳐다보자 나온 대답이었다.

"나도 거기엔 동의해." 나는 그에게 얼굴을 찌푸려 보였다. "하지만 너도 같은 생각일 줄은 몰랐는데."

"난 이제껏 내 삶을 편하게 할 수만 있다면 무슨 짓이든 해 왔다, 시에." 아하드가 차분하게 두 손을 포갰다. "네가 항상 지적하는 것처럼 난 나하도스가 아니야. 난 오히려 예측성과 규칙적인 일상을 좋아하지."

"음, 그래." 나는 고개를 흔들며 한숨지었다. "하지만 필멸자들도 다 어느 정도는 나하도스야. 그리고 북쪽 사람들은 아라메리가 지배하는 세계 질서를 참고 견디느니 차라리 혼돈 속에 살고 싶어 할걸. 너희가 말하는 그 여자가 우두머리라면 우리가 그녀에게 틀렸다고 말하는 게 더 주제넘은 짓 아닐까?"

"우세인 다르는 북부에서 부상하고 있는 유일한 반란 세력이 아니에요. 그리고 지금 이 시점에서 그들은 반란 세력이라 불러도 마땅하죠. 다르는 현재 백색전당에 대한 십일조를 내부적으로 전면 중단한 북부의 다섯 국가 중 하나예요. 대신에 거기선 정부가 독자적으로 시민들에게 학교 교육과 노령층 돌봄 등을 제공하고 있지요. 덕분에 귀족 컨소시엄이 통치 실패를 묻는 불신임을 결의하지 못하게 할 수 있었고요. 어차피 하이노스에서는 벌써 일 년이 넘게 어떤 귀족도 컨소시엄에 참석하지 않고 있으니 그래 봤자 별 의미도 없지만요. 실질적으로 하이노스 전체가 컨소시엄의 권위를 인정하길 거부하고 있는 거지요." 글리가 한숨을 내쉬었다. "아직까지 그들이 하지 않은 유일한 일이라면 군대를 일으키는 것인데, 그랬다간 아라메리의 노여움을 부를 수 있으니까요. 즉 공개적인 저항만 빼고 모든 걸 다 하고 있는 셈이죠. 하지만 그래도 저항은 저항입니다. 그리고 다르는 그들의 머리는 아닐지 몰라도 심장인 건 확실하고요."

"그럼 나더러 이 다르인한테 뭘 제안하라는 거야? 이미 아라메리의 폭정으로부터 세상을 해방하기로 마음먹은 것 같은데? 거기다 솔직히 나도 그 목표에 찬성하지 않는다고는 말 못 하겠고." 나는 생각에 잠겼다. "죽여 줄 순 있는데."

"아뇨, 그건 안 돼요." 글리는 목소리를 높이지 않았지만 그럴 필요도 없었다. 종이를 벨 수 있을 것 같던 어조가 별안간 가죽도 벗길 수 있을 만큼 날카로운 칼날이 되어 날아들었다. "방금도 말했듯이 우세인 다르는 반란 세력을 이끄는 유일한 인물이 아니에요. 그녀를 죽이면 오히려 순교자로 인식돼 다른 이들을 자극할 수 있어요."

"다른 이유도 있지." 아하드가 말했다. "필멸계에 사는 소격신은 모두 레이디 예이네의 묵인하에 머무르고 있어. 그녀는 필멸자의 독립성을 소중히 여기고, 우리의 존재가 그들에게 해가 되지 않는지 면밀히 지켜보고 있지. 그리고 그녀가 한때 다르인이었다는 사실을 잊지 마. 우리가 아는 한 우세인은 그녀의 친족이다."

나는 고개를 가로저었다. "예이네는 더 이상 필멸자가 아냐. 이제 그런 건 그녀에게 아무 의미도 없어."

"확신할 수 있나?"

막상 그 말을 듣고 나니 갑자기 확신이 서지 않았다.

"그래, 그럼." 아하드가 양손 끝을 뾰족하게 맞대 세웠다. "일단 우세인을 죽인 다음에 무슨 일이 생기나 한번 알아보든가. 죽음의 여신이 되기도 전부터 불같은 성질머리로 유명했던 이를 열받게 하다니, 아주 재밌겠어."

나는 눈동자를 굴렸지만 반론하진 않았다. "알았어. 그럼 다르에 가서 뭘 하면 돼?"

글리가 어깨를 으쓱했다. 조금 놀랐다. 그렇게 편하고 거리낌 없는 행동을 할 사람으로는 안 보였기 때문이다. "우세인이 원하는 게 뭔지 알아봐요. 그리고 그게 우리 능력으로 할 수 있는 일이면 해결책을 제시하고."

"그게 댁들 능력으로 되는 건지 아닌지 내가 어떻게 알아?"

아하드가 짜증 가득한 신음을 뱉었다. "일단 뭐든 가능하다고 가정하고 아무것도 약속하진 마. 필요하다면 거짓말도 하고. 네가 아주 잘하는 거잖아, 안 그래?"

악마가 잡아갈 반필멸자 새끼 "알았어." 나는 주머니에 손을 집어넣으며 말했다. "언제 가면 돼?"

그런 말을 함부로 하는 게 아니었다. 왜냐하면 아하드가 갑자기 자세를 고쳐 앉더니 눈이 완전히 새까맣게 변했기 때문이다. 아하드가 평소보다 약간 더 비정한 미소를 짓더니 말했다. "알겠지만, 실제로 해 보는 건 처음이야."

놀란 기색을 드러내지 않으려고 안간힘을 써야 했다. "다른 마법이랑 크게 다를 것도 없어. 의지의 문제야." 하지만 만일 그의 의지가 흔들린다면……

"아, 하지만 시에, 그러다 실수로 네가 존재에서 지워져 버린다면 나는 아주 기쁠걸."

차라리 내가 겁을 먹었다는 걸 보여 주는 편이 나을 것 같았다. 그는 옛날부터 상대방의 두려움을 첩첩이 쌓아 올리는 걸 좋아했다. 자신이 강하다고 느끼고 싶어 했으니까. 그래서 나는 혀로 입술을 적시고는 그와 눈을 마주쳤다. "나한테 아무 관심도 없는 줄 알았는데. 미워하지도 않고, 사랑하지도 않고."

"그래서 문제가 더 복잡해지지. 내가 이걸 제대로 해내는 데 아예 관심이 없을 수도 있지 않을까."

나는 숨을 깊이 들이켜며 글리를 쳐다봤다. *지금 네가 상대하는 놈이 어떤 자식인지 알겠지?* 하지만 글리는 아무 반응도 보이지 않았다. 아름다운 얼굴은 여느 때처럼 평온했다. 훌륭한 아라메리감이다.

"그럴 수도 있겠네. 하지만 그…… 전문가 정신이나 뭐 그런 거에 조금이라도 관심이 있으면 제발 내 존재를 그냥 깨끗하게 지워 줄래? 현실의 표면에 내 내장을 얇게 펴 바르거나 하지는 말고? 전에 그런 걸 본 적이 있는데 엄청 아파 보였거든."

아하드가 웃음을 터트렸다. 주변에 점점 더 무겁게 감돌던 위험한 기운이 한결 가벼워졌다. "그럼 그 정도는 신경 써 주기로 하지. 난 깔끔한 게 좋으니까."

깜박. 온몸이 해체되어 세상 밖으로 밀려 나가는 게 느껴졌다. 아하드는 위협을 가하긴 했어도 실제 행동은 꽤 다정했다. 다음 순간 내 주위로 새로운 풍경이 스르륵 생겨났다.

아레바이아는 서로 다투며 성장하던 부족들이 한데 모여 그들끼리 싸우기보다는 외부의 다른 세력들과 싸우기로 결심한 가장 큰 도시였다. 나는 이들이 다르가 아니라 소멤과 라프리, 즈토릭이었던 시절을, 그 전에 그들 모두가 한 민족이었던 때를, 그리고 그보다도 이전에 이름도 없던 떠돌이 무리였던 시절을 기억한다. 하지만 지금은 다르다. 나는 도시 중심부 근처에 있는 성벽 꼭대기에 서서 이들이 발전한 모습을 보고 속으로 감탄했다. 하이노스의 이 지역을 뒤덮은 거대하고 복잡하게 뒤엉킨 정글이 다른 세계에 존재하는 하늘을 나는 드래곤처럼, 그리고 내 어머니가 화가 났을 때의 눈 색깔처럼 머나먼 지평선에서 녹색으로 빛나고 있었다. 바람결을 타고 정글의 습한 공기와 난폭하고 연약한 생명체들의 냄새가 느껴졌다. 주변에는 미로처럼 펼쳐진 거리와 사원, 동상과 정원이 도시 중심을 향해 오르는 돌층계처럼 층층이 솟아 있었고 다르인이 가꾸는 연두색의 관상용 잔디가 카펫처럼 깔려 있었다. 덕분에 도시 전체가 오후의 비스듬한 햇살 속에서 에메랄드처럼 빛났다.

앞쪽으로 그리 멀지 않은 곳에 사르에나넴의 거대한 사각형 피라미드가 어렴풋이 보였다. 아마도 저곳이 내 목적지일 터였다. 아하드는 빙빙 돌려 은근한 암시를 보내는 유형으로는 안 보였으니까.

하지만 내 모습을 아무에게도 들키지 않은 건 아니었다. 서 있는 벽에서 내려다보니 나이 많은 할머니와 네다섯 살가량 되어 보이는 사내아이가 나를 빤히 쳐다보고 있었다. 북적거리는 거리 한가운데 오직 그들만이 멈춰 있었는데, 둘 사이에는 약간 시들시들해 보이는 채소와 과일이 담긴 낡은 수레가 놓여 있었다. 아, 그래, 장날이 끝났구나. 나는 벽 위에 걸터앉아 다리를 흔들며 어떻게 내려가야 하나 고민했다. 높이가 한 3미터는 되어 보이는데 지금의 난 자칫하다가 뼈가 부러질 수도 있었다. 아하드 이 빌어먹을 놈.

"이봐, 거기!" 나는 세늠어로 말을 걸었다. "이 벽이 사르에나넴까지 이어져 있어?"

소년은 얼굴을 구겼지만 노파는 그저 생각에 잠긴 표정을 지으며 말했다. "아레바이아의 모든 것이 사르에나넴으로 이어지지. 하지만 안으로 들어가는 건 어려울 거야. 예전만큼 외부인을 꺼리진 않지만 에누의 포고에 따라 사원에는 출입이 금지되어 있거든."

"사원?"

"사르에나넴 말이야." 소년이 대꾸하더니 갑자기 깔보는 표정을 지었다. "넌 암것도 모르지, 그치?"

아이는 내가 지난 수 세기 동안 들어 본 중 가장 억양이 셌다. 소년의 세늠어는 다르어의 거센 흐름에 완전히 굴절돼 있었는데 반면에 노파의 세늠어에는 흔적만 약간 남아 있을 뿐이었다. 노파는 아마 어릴 적에 다르어를 익히기도 전에 세늠어를 배웠을 것이다. 소년은 그 반대였다. 그때 소년과 비슷한 또래의 아이들이 애들답게 마구 소리를 지르며 지나가길래 고개를 돌려 그쪽을 쳐다보았다. 그들 역시 다르어로 꺅꺅거리고 있었다.

"난 아주 많은 걸 알아. 하지만 모든 걸 알진 못하지. 사르에나넴이 예전에 사원이었다는 건 알아. 아주 오래전 아라메리가 세상을 지배하기 전에 말이야. 그런데 이제 다시 사원이 됐어?" 나는 활짝 웃었다. "누구의?"

"당연히 모든 신이지!" 소년이 허리에 두 손을 얹었다. 내가 바보라는 결론을 내린 게 틀림없었다. "그게 싫으면 꺼져 버려!"

노인이 한숨을 내쉬었다. "조용히 해라, 사내애야. 난 손님한테 무례하게 굴라고 가르친 적 없다."

"쟨 테마인이잖아요, 베바! 학교에서 위기가 그랬는데, 눈이 저런 애들은 믿으면 안 된다고 했어요."

내가 뭐라 반박하기도 전에 노파의 손이 튀어나와 소년의 손목을 낚아챘다. 소년의 짧은 악! 소리에 안됐다는 생각이 들기도 했지만 솔직히 애가 조금만 똑똑했어도 이렇게까지 되진 않았을 거다.

"집에 가면 어린 사내애의 올바른 몸가짐에 대해 진지한 대화를 나눠야 할 거다." 그녀가 덧붙이자 드디어 소년이 주눅 든 표정으로 움츠러들었다. 노인이 다시 내게로 관심을 돌렸다. "사원이 다시 사원이 된 것을 몰랐다면 기도를 하러 찾아온 건 아닐 테고. 여기 뭐 하러 왔지, 이방인?"

"에누, 아니 에누의 딸 우세인을 찾고 있는데." 누군가 다르 남작에 대해 언급한 게 기억나서 재빨리 말을 바꿨다. "어디 가면 만날 수 있어?"

노파는 눈을 가늘게 좁히며 한참 동안 나를 유심히 바라보았다. 그 자세에서는 주의 깊은 신중함이 느껴졌고, 특히 아주 약간이지만 몸을 움직여 무게중심을 뒤로 옮기는 게 보였다. 그리고 오른손을 허리춤으로 가져갔다. 언제든 등 뒤에 숨겨 놓은 칼을 재빨리 쥐기 위한 예비 동작이었다. 다르 여성이라고 전부 다 전사는 아니지만 이 노파가 전사라는 데에는 의심의 여지가 없었다.

내가 무해하다는 걸 알려 주려고 할 수 있는 한 최고로 천진난

만한 미소를 활짝 지어 보였다. 어린애였던 시절과는 달리 요즘에 내 미소는 잘 먹히지 않았지만 그녀의 입꼬리가 미소라고도 할 수 있을 만큼 작게 움찔거리는 게 보였다.

"라링가에 가 봐." 노인이 서쪽을 향해 고개를 까딱였다. 고대 하이노스에서 사용하던 무역어 중 하나로 '전사들의 자리'라는 뜻이었다. 전사의회가 모여 앞으로 에누가 될 어린 후계자의 위험한 행동에 대해 조언하고 있을 자리일 것이다. 주위를 둘러보니 사르에나넴에서 멀지 않은 곳에 돔 모양의 낮은 건물이 보였다. 별로 웅장하진 않지만 다르는 아믄과는 다르다. 그들은 자신들의 지도자를 외모가 아닌 다른 기준으로 평가한다.

"다른 건 없나?" 노파가 물었다. "근위대의 규모나 무장 수준 같은 건?"

어이가 없어서 눈알을 굴렸다가 새로운 생각이 떠오르는 바람에 멈칫했다. "있어. 다르어로 뭔가 말해 줘."

노인의 눈썹이 이마 꼭대기까지 치켜 올라갔지만, 그녀는 순순히 다르어로 말해 주었다. "정신이 나가 버렸다니 참 애석한 일이야, 예쁘장한 외국인 소년. 그렇지만 않았어도 꽤 흥미로운 딸이 될 씨를 제공해 줄 수 있었을 텐데. 아니면 그냥 멍청한 암살자일 수도 있지만 그런 경우라면 자손을 남기기 전에 죽는 게 나을 테지."

나는 씩 웃으며 자리에서 일어나 바지에 붙은 풀을 털어 냈다. "고마워, 이모." 내가 다르어로 말하자 노파와 소년 모두 놀라 입을 쩍 벌렸다. 내가 다르어를 마지막으로 말했던 시절에 비하면 언어가 조금 변했다. 지금은 멘체이어와 비슷하게 들렸고 모음과 마찰음도 약간 길었다. 내 말투가 조금 이상하게 들릴 수 있고 속어를 쓸 때도 주의해야겠지만 이 정도면 무난하게 원어민 흉내를 낼 수 있을 것이다. 나는 두 사람에게 아마도 오래전에 유행이 지났을 화려한 동작으로 절을 하고 찡긋 윙크를 해 보인 다음 라링가를 향해 어슬렁어슬렁 걷기 시작했다.

건물로 이어지는 널찍한 광장에 들어서자 내가 유일한 외국인이 아니라는 걸 알 수 있었다. 다양한 부류의 사람들이 돌아다니고 있었다. 일부는 현지인이고 어떤 이들은 자기 나라의 화려한 전통 복장을 걸치고 있었다. 아마도 외교관일 것이다. 그래, 이 지역에 들어선 새 권력의 환심을 사고 머지않아 그 고삐를 쥐게 될 여자의 내심을 떠보기 위해 왔겠지. 어쩌면 동맹 가능성을 타진하러 왔는지도 모른다. 물론 아주 은밀하게. 다르는 여전히 작은 나라였고 아라메리는 여전히 아라메리였다. 하지만 세상이 바뀌고 있다는 사실을 모르는 사람은 없었고 이곳은 변화의 진원지 중 하나였다.

정문으로 다가가니 행운이 내 편이라는 게 확실해졌다. 남자 위병들이 서 있었기 때문이다. 많은 외국인이 남성들이 권력을 쥔 땅에서 온 까닭에 그들의 마음을 조금이라도 편하게 하기 위한 언외의 외교 정책인 셈이다. 하지만 다르에서는 남자가 결혼할 수 있을 만큼 잘생기지 않았거나 사냥이나 임업처럼 존경받는 직업에 종사할 만큼 똑똑하지 못할 때나 위병이 된다. 그래서 라링가의 문을 지키는 두 사람은 내가 테마인의 얼굴을 하고 있지만 테마인 특유의 가닥가닥 꼰 머리를 하고 있지 않다거나 평범한 옷을 입고 있다는 등 똑똑한 남성이라면 알아챘을 법한 사실들을 눈치채지 못했다. 그저 내가 눈에 보이는 무기를 소지하지 않았다는 것만 겉핥기로 확인하고는 고개를 끄덕이며 통과시켰다.

필멸자는 주변과 다른 것들을 알아차리는 경향이 있기 때문에 어떻게든 튀지 않으려고 노력했다. 이런저런 회의로 향하는 외국인이나 라링가의 아치형 정문을 드나드는 보좌관들의 걸음걸이와 자세를 비슷하게 흉내 내기만 하면 됐다. 이곳은 넓지 않았고, 다르 사회가 보다 단순했던 시절에 누구든 아무렇지도 않게 걸어 들어가 지도자와 대화를 나눌 수 있던 시절에 설계된 것이었다. 그래서 가장 큰 문을 지나자 본회의실을 찾을 수 있었다. 의회 단상에 앉아 있는 여성 중 누가 우세인 다르인지도 금방 알 수 있었다. 그녀의 존재감이 문자 그대로 건물을 가득 채우고 있었기 때문이다.

우세인 다르는 몸집이 별로 크지 않았다. 심지어 다르의 기준으로도 그랬다. 그녀는 사람들이 둥글게 모여 앉아 있는 원의 가장 먼 쪽 끝에 낮고 장식이 없는 긴 의자에 책상다리를 하고 앉아 있었다. 다른 이들이 어깨를 구부정하게 숙이거나 쿠션 더미에 기대 앉아 있는 탓에 남들보다 머리 하나가 더 솟아 있었다. 그렇지만 않았다면 키 큰 사람들에 가려 전혀 보이지 않았을 것이다. 반항적일 정도로 곧게 뻗어 내려 어깨를 덮고 있는 긴 머리카락은 밤처럼 검었고, 일부는 정교하게 땋아 여러 개의 고리와 매듭을 만들어 머리 꼭대기에 모아 묶고 나머지는 자유롭게 늘어뜨렸다. 얼굴은 드높은 황갈색 평원과 빙하처럼 빛나는 꾸밈없는 경사면으로 이뤄져 있었는데, 어떤 기준으로 봐도 아름다웠지만 아른인은 절대로 그렇다고 인정하지 않을 터였다. 그리고 강하다는 점에서 그녀는 다르의 기준으로도 아름다웠다.

단상 주변에는 둥글게 두른 벤치가 설치되어 있어 군중이 앉아 편안하게 회의를 참관할 수 있었다. 사람들이 몇 명 앉아 있었는데 대부분은 다르인이었다. 나도 비어 있는 자리에 앉아 한동안 회의를 지켜보았다. 우세인은 말을 거의 하지 않았지만 의원들이 차례로 발언할 때 가끔 고개를 끄덕였다. 팔꿈치가 바깥쪽으로 튀어나오게 무릎에 손을 얹고 있었는데 지나치게 호전적인 자세가 아닌가 생각하다가 뒤늦게 접은 다리 위에 부풀어 있는 배를 발견했다. 그녀는 임신 중이었다.

나는 금세 지루해졌다. 우세인과 의회는 산림의 일부를 개간해 커피를 재배해야 할 것인지를 두고 열렬한 논쟁을 벌이고 있었다. 어휴, 재밌어. 하긴 공개적인 자리에서 전쟁 계획을 논의하길 바란 건 좀 무리긴 했다. 피곤하기도 하고 아직 숙취도 좀 남아 있다 보니 어느새 잠들고 말았다.

한참 뒤 누군가 나를 흔들어 깨우며 여인의 부푼 배로 가득한 흐릿한 꿈에서 끄집어냈다. 눈을 떴을 때 눈앞에 누군가의 배가 있길래 당연히 아직도 꿈을 꾸는 중인 줄 알았고 그래서 당연히 손을 내밀어 쓰다듬었다. 내게 임신이라는 현상은 언제나 너무 신기하고 흥미로웠으니까. 필멸자 여성이 허락하기만 한다면 나는 그 주변을 맴돌며 아이의 영혼이 무(無)에서 피어올라 내 영혼과 공명하는 순간이 올 때까지 귀 기울여 기다렸다. 영혼의 탄생은 우리 신들 사이에서도 논쟁이 끊이지 않는 신비로운 수수께끼다. 나하도스가 탄생했을 때, 어떤 어미도 그를 뱃속에 품지 않았건만 그의 영혼은 오롯이 형성되었다. 대혼돈이 영혼을 부여한 걸까? 하지만 영혼을 부여할 수 있는 건 영혼을 가진 것들뿐이다. 어쨌든 적어도 우리는 영겁의 세월 동안 그렇게 믿어 왔다. 그렇다는 건 대혼돈에게도 영혼이 있다는 뜻일까? 만일 그렇다면 그 영혼은 어디에서 온 걸까?

전부 다 부질없는 질문이었다. 왜냐하면 내 손이 우세인 다르의 배에 닿자마자 그녀의 칼끝이 내 눈 아래 피부에 닿았기 때문이다. 정신이 번쩍 들었다.

"미안, 우세인 에누." 나는 아주 조심스럽게 손을 거두며 말했다. 시선을 들어 그녀를 쳐다보려 했지만 내 관심은 온통 칼끝에만 쏠려 있었다. 그녀는 히믄보다 훨씬 빨랐다. 놀랄 일은 아니다. 나는 칼을 잘 다루는 여자에게 끌리는 것 같다.

"그냥 우세인." 그녀가 다르어로 말했다. 외국인에게는 무례한 짓이거니와 불필요한 말이기도 했다. 그녀의 칼이 그 자체로 무언의 의미를 전달하고 있었기 때문이다. "내 아버지는 건강이 좋지 않지만 다른 이들의 악의 어린 바람에도 아직 몇 년은 더 사실 수 있다." 그녀의 눈이 가느스름해졌다. "테마 여성들이 낯선 이가 몸을 더듬는 걸 좋아할 리가 없으니 네 행동에는 변명의 여지도 없군."

나는 마른침을 삼키며 드디어 시선을 들어 우세인의 얼굴을 쳐다보았다. "사과할게." 나는 재차 말했다. 이번에는 다르어였다.

그녀의 한쪽 눈썹이 치켜 올라갔다. "당신 같은 여자의 꿈을 꾸고 있었다고 말하면 변명이 될까?"

우세인의 입꼬리가 미소를 띠려는지 약간 실룩거렸다. "벌써 아버지가 된 거니, 꼬마야? 그렇다면 집에서 애들 담요나 뜨고 있어야 할 텐데."

"난 아버지가 아니고 절대 아버지가 되지도 못할 거야. 날 닮은 애를 원할 여자는 없을 테니까." (샤하르를 떠올리자 얼굴에서 미소가 사라졌다. 서둘러 머릿속에서 그녀의 생각을 떨쳐 버렸다.) "임신 축하해. 순조로운 출산을 기원하며 강한 딸을 얻기를."

우세인이 어깨를 으쓱하더니 잠시 후 내 살갗을 지그시 누르던 칼을 거뒀다. 하지만 칼집에 집어넣지는 않았다. 경고의 표시였다. "아이는 그 자신답게 태어날 거다. 아마 또 아들이겠지. 내 남편은 아들밖에 못 주는 것 같으니까." 그녀가 한숨을 쉬며 빈손을 허리에 얹었다. "회의가 진행되는 동안 널 발견했다, 예쁜아. 그래서 더 자세히 알아봐야겠다고 생각했지. 특히 테마에선 더 이상 다르를 방문하지 않으니까. 아라메리에 충성을 다하겠다는 입장을 확실히 밝혔거든. 자, 너는 첩자냐?"

아직도 노골적으로 드러나 있는 칼날을 불안하게 쳐다보며 어떤 거짓말이 좋을지 궁리하다가 진실이 워낙 터무니없다 보니 오히려 그쪽을 더 쉽게 믿을지도 모르겠다는 생각이 들었다. "난 그림자에 있는 소격신들 모임에서 파견된 소격신이야. 우린 당신이 세상을 멸망시키려고 한다고 생각해. 그거 그만두면 안 돼?"

우세인의 반응은 내가 예상한 것과는 꽤 달랐다. 그녀는 나를 황당하다는 듯 쳐다보거나 웃음을 터트리는 대신 묵직한 침묵 속에서 한참 동안 나를 응시했다. 표정을 전혀 읽을 수가 없었다.

마침내 그녀가 칼을 집어넣었다. "따라와."

＊

우리는 사르에나넴으로 갔다.

내가 졸던 사이 밤이 찾아왔다. 완연하게 차오른 달이 높이 떠올라 여러 갈래로 뻗어 있는 돌길을 비추고 있었다. 그 광경을 제대로 감상하기도 전에 우세인 다르와 나는 사원 안으로 들어섰다. 우리 옆에는 날카로운 눈빛의 여성 두 명과 우세인을 입맞춤으로 맞이하고 내게는 위협적인 눈빛을 보낸 젊은 남성 한 명이 동행하고 있었다. 여성 근위병 중 한 명은 임신 중이었는데 몸이 다부지고 딱 바라져 겉으로는 크게 티가 나지 않았다. 하지만 아이의 영혼이 벌써 자라고 있었기에 알아차릴 수 있었다.

문턱을 넘은 순간 우세인이 나를 왜 여기 데려왔는지 알 수 있었다. 마법과 신앙이 연못 수면에 떨어지는 물방울처럼 피부 위에서 춤을 췄다. 나는 눈을 감고 그 쾌감에 흠뻑 빠져 반짝이는 모자이크돌 위를 걸으며 오랜만에 깨어난 세상을 인식하는 감각에 발을 맡겼다. 세상을 이렇게 온전하게 느껴 본 게 얼마 만이지. 몇 달? 사르에나넴의 둥그런 천장 아래에서 나는 신들의 전쟁 이후에는 듣지 못한 노래를 들었다. 입술을 핥자 한때 제물로 사용되던, 때로는 핏방울이 가미되기도 했던 향신료 섞인 와인 맛이 느껴졌다. 나는 손을 내밀어 공기를 쓰다듬었고 그 보답으로 돌아온 애무에 몸을 떨었다.

환상과 추억. 내게 남은 건 그뿐이었다. 나는 있는 힘을 다해 그것들을 음미했다.

사원 안에 있는 사람은 몇 명 되지 않았다. 제사장 복장을 한 남자와 안달 난 아기 둘을 안고 있는 약간 통통한 여인, 기도실에 무릎을 꿇고 기도하는 신도 몇 명, 그리고 눈에 띄지 않는 소수의 위병뿐이었다. 나는 공명의 이끌림에 따라 받침대 위에 서 있는 작은 대리석 조각상 사이로 발을 옮겼다. 감았던 눈을 뜨자 정교하게 조각된 이목구비에 성격과는 맞지 않게 엄숙한 표정을 한 조각상이 나를 마주 보고 있었다. 손을 내밀어 그 작고 까불까불한 얼굴을 어루만지며 이제는 잃어버린 내 아름다움에 대한 아쉬움으로 가득한 한숨을 내쉬었다.

우세인 다르가 놀란 기색이라곤 한 치도 없는 음성으로 말했다. "그럴 줄 알았습니다. 다르에 오신 걸 환영합니다, 시에 님. 티브릴 아라메리가 죽은 뒤로는 인간사에 관여하지 않는다고 들었습니다만."

"그랬지." 몸을 돌려 내 동상과 똑같은 자세로 한 손을 허리 위에 얹었다. "하지만 상황이 상황이니만큼 어쩔 수가 없었어."

"이젠 당신을 노예로 만들었던 아라메리를 돕고 있는 건가요?" 기특하게도 그녀는 웃지 않았다.

"아니, 놈들을 위해 이러는 건 아냐."

"그렇다면 어둠의 군주를 위해? 아니면 내 고귀하신 전임자이

신 예이네 에누를 위해서인가요?"

나는 고개를 저으며 한숨을 뱉었다. "아니, 그냥 내가 알아서. 그리고 신들의 전쟁 전의 혼돈으로 돌아가고 싶지 않은 다른 소격신과 필멸자 몇 명이서."

"어떤 이들은 그때를 자유라고 부릅니다. 그 후에 있었던 일을 생각하면 당신도 그렇게 부를 것 같은데요."

나는 천천히 고개를 끄덕이며 한숨지었다. 여기 온 건 실수였다. 글리는 내게 이 임무를 맡기지 말았어야 했다. 내가 우세인과 협상을 잘할 수 있을 리가 없다. 왜냐하면 난 그녀의 목적에 별로 반대하지 않으니까. 필멸계가 다시 분쟁과 갈등으로 치닫든 말든 상관없다. 나한테 중요한 건 ―

샤하르. 내가 쾌락에 대해 아는 것을 전부 가르쳐 주었을 때 예상치도 못했던 다정함과 애정으로 가득 차 있던 눈동자. 그리고 아직 어린아이인 데카. 수줍게 얼굴 붉히며 기회만 되면 내게 가까이 붙어 앉아 ―

방해. 훼방거리. 나는 맹세했었다.

"난 그때 당신들의 세상이 어땠는지 기억해." 나는 조용히 말했다. "적들이 당신들의 숲을 불태워 다르의 갓난아기들이 요람에서 굶주리던 걸 기억해. 붉게 물든 강물과 너무도 많은 핏물을 받아마셔서 그 어느 때보다 푸르고 비옥해진 토양도. 정말 그때로 돌아가고 싶은 거야?"

우세인이 한 발 가까이 다가왔다. 그녀는 내가 아니라 동상의 얼굴을 올려다보고 있었다.

"당신이 '걸어 다니는 죽음'을 만들었나요?"

놀라움과 갑작스럽게 찾아온 불안감에 몸을 움찔했다.

"당신이 창조했을 법한 병이죠." 우세인이 잔인할 정도로 부드럽게 말했다. "교묘하고, 까다롭고. 예이네 에누 시대 이후로는 발발하지 않았지만 기록을 읽어 봤습니다. 증상이 나타날 때까지 수 주일의 잠복기가 있고 그래서 그사이에 광범위하게 퍼져 나가죠. 병세가 절정에 달했을 때 환자들은 겉으로는 활기에 넘쳐 보이지만 사실 고열에 시달려 정신은 이미 죽어 있고요. 육신은 걸어 다니지만 그 목적은 새로운 피해자들에게 죽음을 옮기기 위해서죠."

수치심에 차마 우세인의 얼굴을 쳐다볼 수도 없었다. 하지만 우세인이 다시 입을 열었을 때 나는 그녀의 목소리에 담겨 있는 연민의 감정에 놀라지 않을 수 없었다.

"어떤 필멸자도 아라메리가 당신들을 소유했을 때와 같은 권력을 가져선 안 됩니다. 그 어떤 필멸자도 지금의 그들과 같은 권력을 쥐어서는 안 됩니다. 법률, 필경사, 군대, 시키는 대로 하는 귀족들, 그리고 그들이 멸망시키거나 착취한 민족들로부터 빼앗은 부에 이르기까지 그들은 정말 무궁무진한 걸 가졌지요. 심지어 백색전당 학교에서 우리 아이들에게 가르치는 역사조차 그들을 미화하고 다른 모든 이들을 폄훼하고 있어요. 세상의 모든 문명, 그 모든 것이 아라메리의 권력을 유지하기 위해 만들어져 있습니다. 그게 그들이 당신들을 잃은 후에도 살아남은 방법이지요. 그렇기 때문에 그들이 구축한 모든 것을 파괴하는 것만이 유일한 해결책입니다. 좋은 것이든 나쁜 것이든 모든 게 적폐에 물들어 있으니

새롭게 시작하는 것만이 우리가 진정으로 다시 자유로워질 수 있는 방법입니다."

하지만 그 말에 나는 피식 웃을 수밖에 없었다.

"새로 시작한다고?" 나는 내 동상을 올려다보았다. 초점 없는 눈동자를 보며 그게 내 눈처럼 녹색이라고 상상해 봤다. 이템파스의 죽은 악마 아들 신다처럼.

"그럴 거면 광명의 시대보다 훨씬 더 전으로 거슬러 올라가야지. 그 모든 것의 원인이 뭐였는지 기억해 봐. 애초에 나와 다른 에네파데가 아라메리에게 예속된 건 다 신들의 전쟁 때문이었어. 그리고 신들의 전쟁이 일어난 원인은 뭐였지? 우리끼리의 다툼이었지. 신들의 사랑 놀음이 완전히 지독하게, 끔찍하게 잘못되어서 그렇게 된 거잖아." 우세인은 놀랐는지 내 뒤에서 침묵을 지켰다. "진짜로 새롭게 시작하려면 아라메리뿐만 아니라 신들도 전부 없애 버려야 해. 우리를 언급한 책들도 전부 다 태워 버리고 여기 있는 이 예쁜 걸 비롯해 조각상도 전부 다 때려 부숴 버려야 해. 너희의 자식들도 세상의 창조나 우리의 존재에 대해 전혀 모르게 키워서 아이들 스스로 이야기를 지어낼 수 있게 해야 해. 그리고 마법에 대해 *생각*이라도 하는 애들은 전부 죽여 버려야지. 왜냐하면 우리가 인류를 물들일 때 이용한 게 바로 그거니까, 우세인 다르." 나는 그녀를 향해 손을 뻗었다. 불러 있는 배에 손을 댔는데도 그녀는 칼을 뽑지 않고 그저 움찔했을 뿐이다. "우리는 너희의 핏줄 속에 있어. 우리 덕분에 너희는 가능성에 존재하는 모든 경이로움과 공포를 알고 있지. 그리고 언젠가 너희가 자살하지도 않고 우리가 너희를 죽이지 않는다면 너희도 우리가 될 수 있을 거야. 자, 그러니 말해 봐. 얼마나 새로운 시작을 원해?"

우세인의 턱 근육이 짧게 꿈틀했다. 뭔가를 그러모으기 위해 싸우고 있는 것 같았다. 아마 용기일 것이다. 아니면 결심이거나. 내 손가락 밑에서 아기가 움직이며 내 손을 살그머니 눌렀다. 잠시나마 그 빛나는 새로운 영혼이 내 영혼과 한 박자로 고동치는 게 느껴졌다. 남자아이였다. 저런, 불쌍한 남편 놈.

잠시 후, 우세인이 심호흡을 했다. "우리의 계획을 알고 싶은 건가요."

"아무래도 그렇지."

그녀가 고개를 끄덕였다. "그럼 따라오세요. 보여 드리죠."

*

사르에나넴은 피라미드형 건물로 기도실과 조각상은 꼭대기층에 있었다. 그리고 아래층에는 보다 흥미로운 것들이 있었다.

예를 들면 가면 같은 거.

우리는 일종의 전시용 화랑에 서 있었다. 우리를 호위하던 자들은 우세인의 보이지 않는 신호를 받고 자리를 떴지만 나를 노려보던 남편은 우세인이 앉을 수 있게 이상한 형태의 의자를 가져다주었다. 내가 화랑 안을 돌아다니며 가면들을 차례대로 살펴보는 동안 그녀는 거기 앉아 나를 지켜보았다. 선반마다 가면이 진열되어 있었다. 선반과 선반 사이의 벽면에도 걸려 있고 선반 앞

진열대에도 예술적으로 배치되어 있었다. 심지어 천장에도 몇 개가 붙어 있는 게 보였다. 수십 개 어쩌면 수백 개에 달하는 크기와 색상, 생김새가 제각각인 가면들이 있었지만 몇 가지 공통점이 있었다. 일단 전부 타원형을 기본으로 하고 있었다. 눈구멍은 뚫려 있고 입구멍은 막혀 있었다. 하나같이 아름다웠고 마법과는 전혀 상관없는 방식으로 박력이 넘쳤다.

나는 한 탁자 앞에 멈춰 가면 하나를 내려다보았다. 내 안의 무언가가 그걸 보고 노래했다. 그것은 '어린 시절'이었다. 부드럽고 통통한 뺨, 장난스럽게 웃는 입, 커다란 눈, 지식으로 채워지길 기다리는 넓은 이마. 입 주변의 상감세공과 채색이 무척 섬세했는데 사실적인 묘사와 순수한 추상기법이 섞여 있었다. 기하학적 디자인과 웃음선. 가면이 짓고 있는 웃음은 단순한 즐거움일 수도 있고 가학적인 잔인함이나 아니면 잔인함 속의 기쁨일 수도 있었다. 그 눈은 배움의 즐거움으로 빛날 수도 있고 필멸자가 어린 것들에게 가하는 온갖 악행에 경악하고 있을 수도 있었다. 나는 그 딱딱한 입술을 만져 보았다. 나무와 물감일 뿐이었다. 하지만.

"당신네 예술가들은 솜씨가 정말 훌륭하네."

"그냥 예술가들입니다. 이 가면을 만드는 기술은 다르의 전유물이 아니니까요. 멘체이에서도 만들고 톡에서도 만들죠. 우리 땅에 거하는 모든 민족이 기니지라는 종족에게서 그 씨앗을 물려받았습니다. 당신이라면 그들을 기억할지 모르겠군요."

정말로 그랬다. 그건 아라메리가 저지른 전형적인 민족 말살 행위였다. 자카른은 여러 개의 분신들을 활용해 기니지의 마지막 한 명까지 추적해 숨통을 끊었다. 쿠루에는 책과 두루마리, 구전과 노래에서 그들에 대한 언급을 모두 지워 버렸고 그들이 성취해 낸 업적은 전부 다른 이들의 것으로 돌렸다. 나? 나는 그 모든 일의 원흉이었다. 기니지 왕을 속여 아라메리를 공격하게 만듦으로써 아라메리가 그들을 공격할 구실을 마련해 주었으니까.

우세인이 고개를 끄덕였다. "그들은 이 예술을 디미이라고 불렀습니다. 그들 말로 그게 무슨 뜻인진 모르지만 우린 그걸 디밍 (dimming), 즉 어둑내기라고 부르죠." 우세인이 세늠어로 바꿔 설명했다. 단어 자체는 아무런 의미 없이 비슷한 발음에서 기인했을 뿐이지만 뜻풀이는 가면의 목적을 암시하고 있었다. 착용자를 깎아내려 가면이 상징하는 원형에 불과한 존재로 축소시키는 것이다. 만일 그 원형이 죽음이라면…… 나는 네브라와 크리시나 아라메리를 떠올렸다. 그러고는 이해했다.

"처음엔 그냥 농담으로 그렇게 불렀어요. 하지만 시간이 지나면서 그 단어가 굳어져 버렸죠. 기니지가 사라졌을 때 그들의 많은 기술이 사라졌지만 가면을 만드는 예술가인 우리 어둑장이들이 그 차이를 잘 메워 냈다고 생각합니다."

나는 여전히 어린 시절에 시선을 못 박은 채 고개를 끄덕였다. "이런 예술가들이 많아?"

"충분한 정도죠." 우세인이 어깨를 으쓱했다. 정확하게 밝힐 생각이 없단 의미다.

"그들을 암살자라고 불러야 하는 건 아니고?" 나는 고개를 돌려 우세인을 똑바로 바라보았다.

우세인은 조금의 흔들림도 없이 나를 응시하며 천천히, 또박또박 말했다. "내가 아라메리를 죽이고 싶었다면 그녀는 몇 명만 죽이는 데 그치지 않았을 겁니다. 그리고 딱히 시간을 들이지도 않았을 테고요."

거짓말이 아니었다. 나는 손을 내리고 얼굴을 찡그리며 어떻게 된 건지 고민했다. 저 말이 어떻게 거짓말이 아닐 수가 있지? "하지만 저것들로 마법을 쓸 수 있잖아." 나는 '어린 시절' 가면을 향해 고개를 까딱였다. "어떻게든."

우세인이 한쪽 눈썹을 치켜세웠다. "난 당신이 누굴 위해 일하는지 모릅니다, 시에 님. 당신이 노리는 게 뭔지도 모르고요. 내가 왜 당신에게 내 비밀을 알려 줘야 하죠?"

"그에 준하는 보상을 해 주지."

우세인이 내게 경멸 가득한 시선을 던졌다. 조금은 진부한 말이었다는 걸 인정해야겠다.

"당신이 내게 줄 수 있는 건 아무것도 없습니다." 우세인이 임신한 여성 특유의 어색한 동작으로 의자에서 일어났다. "신이든 인간이든 아무한테도 바라거나 필요한 게 없으니까……"

"우세인."

남성의 음성. 나는 깜짝 놀라 뒤돌아보았다. 열려 있는 회랑 입구에 한 남자가 깜박이는 횃불꽃이 사이에 서 있었다. 거기서 얼마나 오래 있었던 걸까? 세상에 대한 내 감각은 이미 사라지고 있었다. 처음엔 그가 떨리는 것처럼 보이는 이유가 빛의 장난 때문이라고 생각했다. 그러다 내가 뭘 보고 있는지 깨달았다. 필멸계에 적응하기 위한 마지막 단계에 있는 소격신이었다. 하지만 그 얼굴이 마침내 뚜렷한 형태를 갖추었을 때 —

나는 눈을 깜박였다. 얼굴을 일그러뜨렸다.

남자가 빛 속으로 한 발짝 더 걸어 들어왔다. 그가 선택한 외모는 확실히 인간들 사이에 섞이는 데 별로 도움이 되지 않았다. 그는 나와 키가 비슷할 정도로 작았다. 갈색 피부에 갈색 눈, 그리고 짙은 갈색 입술을 가졌는데 필멸자들의 틀에 맞는 특성은 그게 다였다. 나머지는 뒤죽박죽이었다. 테마인의 눈구석주름, 제도인의 주황빛을 띤 붉은 머리카락에 하이노스 사람들의 높고 각진 광대뼈까지. 바보인가? 제대로 된 게 하나도 없었다. 우리가 어떤 모습이든 될 수 있다고 해서 반드시 그래야 한다는 뜻은 아닌데.

하지만 가장 큰 문제는 그게 아니었다.

"안녕, 형제." 나는 떨떠름하게 말했다.

"나를 알아?" 발을 멈춘 그가 주머니에 손을 찔러 넣으며 말했다.

"아니……" 나는 입술을 축였다. 하지만 이상하게도 그를 알고 있다는 생각이 들어 당혹스러웠다. 얼굴은 낯설었지만 어차피 필멸계에서 우리의 모습은 진짜가 아니기 때문에 그건 아무 의미도 없었다. 하지만 서 있는 자세가, 그리고 목소리가……

기억났다. 며칠 전에 꿨던 꿈. 샤하르에게 배신당한 일 때문에 그 꿈을 잊고 있었다. 두려워? 그는 내게 이렇게 물었더랬다.

"그래." 내가 이번에는 다르게 대답하자 그가 고개를 한쪽으로 갸우뚱 기울였다.

우세인이 가슴 앞에 팔짱을 끼었다. "여긴 무슨 일이지, 칼?"

칼. 처음 듣는 이름이었다.

"오래 있진 않을 거야. 네게 있는 것 중에서 가장 흥미로운 가면을 시에한테 보여 주는 게 어떻겠느냐고 말해 주러 왔어. 워낙 호기심이 많은 자니까."

우세인에게 말을 하는 동안에도 그의 시선은 내 눈을 똑바로 바라보고 있었다.

시야 한쪽 구석에서 우세인이 어금니를 사리무는 게 보였다. "그건 아직 미완성이야."

"네가 어디까지 갈 작정인지 물었잖아. 그러니 보여 줘야지."

우세인이 고개를 격하게 내저었다. "당신이 어디까지 갈 작정이냐는 뜻이겠지, 칼. 우린 당신이 꾸미는 일과는 아무 관련도 없어."

"오, 나라면 아무 관련도 없다고는 하지 않을 텐데, 우세인. 내가 도와주겠다고 했을 때는 아주 열성적이었잖아. 너희 중엔 어떤 대가를 치러야 할지 짐작한 이들도 있었을걸. 난 너희를 속인 적 없어. 합의를 어긴 건 바로 너희지."

공기 중에 묘한 떨림이 지나갔다. 딱히 겉으로 드러나진 않았지만 칼의 무언가가 다시 흔들리는 게 느껴졌다. 그의 본성과 관련된 것일까? 아, 물론 그렇겠지. 우세인이 정말로 그와 맺은 협약을 어겼다면 그녀 역시 복수의 대상일 것이다. 나는 신을 적으로 돌리는 게 얼마나 위험한 일인지 알고 있을지 궁금해하며 우세인을 쳐다보았다. 입술은 굳게 다물려 있고 칼을 바라보는 얼굴은 땀 때문에 살짝 번들거리고 있었으며, 칼을 쥔 손은 움찔거렸다. 그래, 그녀는 알고 있었다.

"당신은 우리를 이용했어."

"너희가 나를 이용한 것처럼." 그가 턱을 치켜들었다. 시선은 여전히 나를 향한 채였다. "하지만 그런 건 중요하지 않아. 너희가 얼마나 강해졌는지 너희의 신들에게 보여 주고 싶지 않아, 우세인? 그러니까 그에게 보여 줘."

우세인이 두려움과 짜증이 뒤섞인 좌절감 가득한 소리를 내뱉었다. 하지만 그녀가 벽에 설치된 선반 한곳에 다가가 책 한 권을 옆으로 밀자 숨겨져 있던 구멍이 드러났다. 우세인이 손을 뻗어 안에서 뭔가를 잡아당겼다. 선반 뒤쪽 어디선가 보이지 않는 걸쇠가 찰칵 열리더니 벽 전체가 바깥쪽으로 회전하며 열렸다.

갑자기 밀려온 강력한 힘의 파동에 몸이 절로 휘청거렸다. 나는 숨을 삼키며 비틀비틀 뒤로 물러나려 했지만 내 발이 얼마나 커졌는지 까먹고 있었다. 나는 발을 헛디뎌 가까이 있는 탁자 위로 넘어지고 말았다. 그게 없었다면 바닥에 나동그라졌을 것이다. 그 와중에도 쉴 새 없이 쏟아지는 저 강력한 파동은 마치…… 최악의 상태에 있는 나하도스 같았다. 아니, 그보다도 더 지독했다. 이 우주에 존재하는 모든 세계가 육신도 아니라 내 정신을 짓누르는 것 같았다.

탁자에 기대 덜덜 떨리는 팔뚝 위로 땀을 뚝뚝 흘리며 숨을 헐떡이다가 문득 깨달았다. 전에도 이런 공포감을 느껴 본 적이 있었다.

공명이 일었다. 나하도스가 그랬다.

나는 억지로 고개를 치켜들었다. 육신이 허물어지려 하고 있었

다. 형태를 유지하려면 안간힘을 다해야 했다. 지금 이걸 잃었다
간 다시 육신을 만들어 낼 수 있을지 확신할 수 없었다. 방 건너편
에 있는 칼도 뒤로 주춤거리며 문틀을 꽉 붙들고 있는 게 보였다.
하지만 그는 놀란 표정 하나 없이 침착하게 버텨 내고 있었다. 그
리고 동시에, 기뻐하고 있었다.

"무슨……" 우세인을 계속 주시하려 했지만 시야가 흐릿했다.
"이게 대체……"

우세인이 벽이 열려 드러난 숨은 골방 안으로 들어갔다. 검은
다르목 받침대 위에 가면이 놓여 있었다. 방에 전시된 다른 가면
들하고는 전혀 달랐다. 젖빛 유리로 만들어진 듯한 모습이었다.
타원형보다 훨씬 정교한 형태였고 세로 홈이 파인 가장자리는 기
하학적이었다. 그걸 썼다간 얼굴에 상처가 날 것 같았다. 일반적
인 가면보다 더 크고 턱선과 이마에 테두리와 추가로 붙인 부품
이 있어 왠지 날개를 연상시켰다. 하늘을 나는 날개. 혹은 아래로,
아래로, 필멸계를 무너뜨릴 수 있는 거대한 포효와 함께 휘몰아치
는 소용돌이를 뚫고 추락하는—

우세인은 전혀 아무렇지도 않은 듯 가면을 집어 올렸다. 이 힘
이 느껴지지 않는단 말이야? 애를 뱄으면서 어떻게 저런 끔찍한
것에 가까이 다가갈 생각을 하지? 벽감 내부에는 횃불이 없었지
만 가면 자체에서 물결치는 듯한 은은한 빛이 발산되고 있었다.
우세인의 손가락이 닿는 곳마다 순간적으로 일렁임이 이는 게 보
였다. 유리가 그것을 잡고 있는 손처럼 부드러운 갈색 피부로 변
했다가 다시 유리로 돌아왔다.

"칼의 말에 따르면 이 가면에는 특별한 힘이 있지요." 우세인이 나를 바라보며 말했다. 그녀가 눈을 가늘게 뜨며 칼에게 시선을 보내자 그가 고개를 끄덕였다. 나처럼 힘들어하는 기색이 역력했지만 감정이 드러나지 않은 얼굴에서는 아무것도 읽을 수가 없었다.

"이게 완성되어 예상했던 효과를 발휘하게 된다면, 가면을 쓴 사람에게 신격을 부여할 겁니다."

나는 몸을 굳혔다. 칼을 바라보았다. 그는 내게 빙그레 웃어 보일 뿐이다. "그건 불가능해."

"가능하고말고." 칼이 말했다. "예이네가 그 증거야."

나는 고개를 가로저었다. "예이네는 특별해. 독특한 경우고. 영혼이……"

"나도 알아." 칼의 시선은 빙하처럼 냉랭했고 나는 그가 내 적이 되겠다고 다짐한 순간을 떠올렸다. 그때도 같은 표정을 지었을까? 그랬다면 그의 용서를 얻기 위해 더 열심히 노력했을 텐데. "수많은 요소가 적절한 비율과 강도로 적절한 순간에 결합하는 것, 그게 바로 신성이 만들어지는 비결이지." 칼이 가면을 향해 손짓했다. 그 손이 떨리면서 흐릿해지자 그가 손을 툭 내렸다. "신혈과 필멸자의 목숨, 마법과 예술, 우연이라는 변덕스러운 요소. 그리고 그 외에 온갖 것이 저 가면에 담겨 있어서 그걸 보는 자들에게 특정한 생각을 각인시켜."

우세인이 받침대 역할을 하는 나무로 된 얼굴 조각 위에 그 물건을 내려놓았다. "그래요. 그리고 이것을 처음 쓴 인간은 몸 안쪽에서부터 불타 죽었습니다. 죽을 때까지 사흘이나 걸렸고 사흘 내내 비명을 질렀지요. 불길이 너무 뜨거워 고통을 끝내 주려 가까이 다가갈 수조차 없었고." 우세인이 칼을 매섭게 노려보았다. "저건 사악한 물건이에요."

"그냥 불완전한 거야. 창조의 원초적 에너지는 선하지도 악하지도 않으니까. 하지만 저 가면이 완성되면 뭔가 새롭고…… 경이로운 것이 탄생할 거야." 칼이 잠시 말을 멈추더니 내면에 집중하는 듯한 표정을 지었다. 그러고는 혼잣말을 하듯 나직이 말했지만, 실은 나를 겨냥한 말임을 알 수 있었다. "나는 운명의 노예가 되지 않겠다. 나는 운명을 받아들이고 지배할 것이며, 내가 원하는 존재가 될 것이다."

"당신은 미쳤어." 우세인이 고개를 절레절레 흔들었다. "우리가 그런 힘을 당신 손에 쥐여 줄 거라고 생각해? 당신 목적이 뭔지도 모르는데? 아니, 안 되지. 여길 떠나, 칼. 당신 도움은 지금까지 받은 걸로 충분해."

아팠다. 아직 완성되지 않은 가면. 그건 대혼돈과 같았다. 미쳐 버린 잠재력. 스스로를 잡아먹고 자라는 창조물. 나는 아직 거기에 면역이 될 만큼 필멸의 존재는 아니었다. 하지만 그것만이 내가 통증을 느끼는 유일한 원인은 아니었다. 무언가 밀물처럼 거세게 밀려온 다른 것이 나를 바닥에 무릎을 대며 쓰러지게 했다. 가면은 신으로서의 감각을 고양시켜 내가 다시 느낄 수 있게 해 주었으나 내 육신은 필멸의 존재에 불과하여 그 거대한 힘을 한번에 견뎌 내기엔 너무 나약했다.

"너 대체 뭐야?" 나는 숨을 헐떡이며 칼에게 우리의 언어로 물었다. "엘론티드? 불균형……" 그것이 그에게서 느껴지는 쉴 새 없이 차고 이지러지는 흐름에 대한 유일한 설명이었다. 결의와 슬픔, 증오와 갈망, 야망과 외로움. 하지만 어떻게 또 다른 엘론티드가 존재할 수 있지? 내가 필멸자의 육신에 갇혀 있던 노예 시절에 태어났을 수는 없다. 에네파가 죽은 상태에서는 어떤 신도 자식을 만들 수 없었기 때문이다. 게다가 부모가 누구란 말이야? 세 주신 중 그를 만들 수 있는 건 이템파스뿐이지만 이템파스는 소격신과 나란히 눕지 않는다.

칼이 빙긋 웃었다. 놀랍게도 잔인한 구석이라곤 전혀 찾아볼 수 없는 미소였다. 꿈에서도 느꼈던 이상하고도 견고한 슬픔뿐이었다. "에네파는 죽었어, 시에." 그가 부드러운 목소리로 말했다. "그렇다고 그녀가 한 짓이 전부 다 사라지는 건 아니지만 그중 일부는 확실하게 사라졌지. 나는 기억해 냈어. 너도 결국은 그렇게 될 거야."

뭘 기억해?

잊어라

뭘 잊어?

칼이 갑자기 비틀거리며 문에 몸을 기대더니 한숨을 지었다. "됐어. 나중에 끝내자. 그동안 충고 하나만 하자면 시에, 이템파스를 찾아. 오직 그의 힘만이 널 구할 수 있어. 너도 알잖아. 그를 찾아서 가능한 한 오래 살아." 몸을 똑바로 세운 칼의 치아가 육식동물의 이빨처럼 또는 바늘처럼 날카롭고 뾰족해져 있는 게 보였다. "그리고 반드시 죽어야겠다면 신처럼 죽어. 내 손에, 전투에서."

칼이 사라졌다. 홀로 남은 나는 가면의 힘으로 인한 온몸을 갈기 갈기 찢는 고통에 속수무책으로 시달렸다. 육신이 또다시 무너지려 했고, 무언가가 붕괴될 때면 당연히 그렇듯이 너무 아팠다. 나는 처절한 비명을 지르며 간절하게 손을 내뻗었다. 누구든, 누구라도 나를 좀 구해 줘. 나하도스…… 아니야, 나하나 예이네는 가면의 근처에도 오면 안 된다. 이게 그들에게 무슨 짓을 할지 모르니까. 하지만 너무 무서웠다. 난 죽고 싶지 않았다. 아직은 싫어.

주변 세상이 뒤틀렸다. 나는 차원의 틈새로 미끄러져 들어가 숨을 헐떡 —

거친 손이 나를 붙잡아 바닥에 눕혔다. 나를 내려다보는 아하드의 얼굴이 보였다. 나하도스는 아니었지만 이 정도면 비슷했다. 그가 잔뜩 찌푸린 얼굴로 손과 다른 감각을 통해 나를 살피기 시작했다. 진심으로 걱정하는 투였다.

"신경 쓰는 거 맞잖아." 나는 혼미한 상태에서 중얼거리고는 생각하기를 포기했다.

12장

정신이 들고 난 후, 나는 아하드에게 다르에서 무엇을 봤는지 말해 주었다. 그의 얼굴에 묘한 표정이 떠올랐다. "우리가 예상했던 것과는 전혀 다르군." 그가 혼잣말로 중얼거리고는 글리를 쳐다보았다. 글리는 창가에서 뒷짐을 진 채 조용한 바깥 거리를 내다보고 있었다. 이곳은 새벽이 가까운 시간이었다. '밤의 팔'의 하루 일과가 끝나 가고 있었다.

"다른 이들에게 연락해요. 내일 밤에 만나도록 하죠." 글리가 말했다.

아하드는 오늘 할 일은 끝났다면서 나를 내보내며 하인들에게 내게 음식과 돈, 그리고 새 옷을 주라고 명령했다. 예전에 입던 옷이 더는 안 맞았기 때문이다. 그러니까, 음, 또 나이가 들었다. 이번에는 한 다섯 살 정도 더 먹은 것 같은데 마지막 단계에서 급격하게 성장한 모양이었다. 키는 손가락 두 마디 이상 자랐고 몸매

353

는 전보다도 더 비쩍 말라서 거의 해골이 걸어 다니는 것 같았다. 새로운 체형을 만들려면 기존의 육신을 구성하던 물질을 재구성해야 하는데 내 몸에는 더 이상 여분의 물질이 남아 있지 않았기 때문이다. 나는 이제 이십 대에 접어들었고 어린 시절의 흔적은 아무것도 남아 있지 않았다. 인간적인 것만 빼고.

나는 히튼의 집으로 돌아갔다. 어쨌든 그 집은 여관을 운영했고 이젠 돈이 생겼으니 당연한 결론이었다. 히튼은 나를 보고 안심한 것 같았지만 내 바뀐 모습을 보고는 의아해했고 겉으로는 다시 봐서 짜증이 난 척했다. 그녀의 부모님이 전혀 기뻐하지 않길래 그 집에선 절대로 괴상망측한 재주를 부리지 않겠다고 약속했다. 어차피 이젠 불가능했으니 별로 어려운 일도 아니었다. 그들은 나를 다락방에 묵게 해 주었다.

내 방에서 아하드의 하인들이 챙겨 준 바구니에 담긴 음식을 깨끗이 먹어 치웠다. 바구니 가득 넉넉하게 싸 준 걸 다 먹은 후에도 여전히 배가 고팠지만 이 정도면 배가 차서 다른 욕구에도 관심을 돌릴 여유가 생겼다. 그래서 딱딱하지만 깨끗한 침대에 웅크리고 누워 하나뿐인 창문 밖으로 해가 떠오르는 모습을 지켜보았다. 그러고는 마침내 죽음에 대해 생각하기 시작했다.

지금 상태라면 아마 자살도 가능할 거다. 원래 이건 신한테는 절대로 쉬운 일이 아니다. 우리는 놀라울 정도로 회복력이 뛰어나거든. 더 이상 존재하지 않겠다는 의지를 발휘해 봤자 별로 오래가지 못하고 종국엔 죽어야 한다는 사실을 까먹고 다시 생각을 시작하게 된다. 예이네라면 나를 죽여 줄 수 있겠지만 그녀에게는 절대로 부탁하지 않을 거다. 몇몇 형제자매와 나하고 나를 죽일 수 있고, 그들이라면 삶이라는 게 때때로 얼마나 어렵고 힘든지 알기 때문에 실제로도 날 죽여 줄 것이다. 하지만 나는 더 이상 그들의 도움이 필요하지 않다. 지난 이틀 밤 동안 일어난 일들은 내가 그동안 의심하고 있던 사실을 확인해 주었다. 이전에는 나를 그저 약하게 하는 데서 끝났던 것들이 이제는 나를 죽일 수 있었다. 그러니 그 고통만 감내할 수 있다면 나는 이제 원한다면 언제든 죽을 수 있다. 늙어서 노인이 되고 시체가 될 때까지 계속 나 자신의 반개념만 생각하면 된다.

어쩌면 그보다 더 간단할 수도 있다. 나는 이제 먹고 마시고 배설해야 한다. 다시 말해 내가 굶주리거나 갈증을 느끼며, 내장과 다른 장기를 반드시 필요로 한다는 뜻이다. 그것들을 훼손하면 다시는 자라나지 않을 수도 있다.

자살을 하는 가장 재미난 방법은 뭘까?

왜냐하면 난 늙어 죽고 싶진 않거든. 그 점에선 칼의 말이 옳았다. 만일 죽어야 한다면 나 자신으로 죽고 싶다. 어린아이가 아니라면 적어도 트릭스터 시에로. 나는 환하게 불타오르는 삶을 살았다. 죽을 때도 불사르면 안 돼?

그래서 결심했다. 중년이 되기 전에 죽어야지. 그때쯤이면 뭔가 재밌는 방법도 찾아낼 수 있겠지.

그렇게 다짐하며, 마침내 나는 잠들었다.

＊

　나는 도시 외곽에 있는 절벽에 서서 '그림자 속 하늘'과 어렴풋이 보이는 광활한 녹색의 세계수를 바라보고 있었다.

　"안녕, 형제."

　나는 고개를 돌리고는 눈을 깜박였다. 진심으로 놀란 건 아니었다. 최초의 필멸체가 심장에 피를 공급하고 고기에 대해 생각하는 것 이상의 일을 할 수 있는 뇌를 처음으로 발달시켰을 때, 내 동생 은사나는 그들이 잠들었을 때 무작위로 토해 내는 생각에서 충족감을 찾았다. 그 전에 그는 방랑자였고, 나와 가장 친한 놀이 친구였으며, 나처럼 자유롭고 방종했다. 하지만 또한 왠지 모르게 슬펐다. 공허했다. 필멸자의 꿈이 그의 영혼을 충만하게 만들어 줄 때까지.

　나는 은사나에게 미소를 지어 보였다. 본성이 정착되기 전, 그 길고 공허한 시간 동안 그가 느꼈을 슬픔을 드디어 나도 이해할 수 있게 되었다.

　"이게 그 증거야." 내가 말했다. 마침 옷에 주머니가 있길래 손을 집어넣었다. 내 목소리가 평소보다 높게 들렸다. 나는 다시 어린 소년이 되어 있었다. 적어도 꿈속에서는 여전히 나 자신이었다.

　은사나가 미소를 지으며 바람이 없는데도 흩날리는 꽃길을 따라 내게 다가왔다. 순간적으로 그의 진정한 모습이 깜박이며 드러났다. 얼굴은 없고 색은 유리와 같다. 팔다리와 배를 구성하고 있는 왜곡된 렌즈와 아무것도 없는 얼굴의 부드러운 곡선 위로 우리 주변의 풍경이 반사되어 비쳤다. 그런 다음 그는 거기에 보다 세부적인 것들과 색채를 채워 넣었다. 하지만 필멸자의 특성은 아니었다. 그는 어쩔 수 없는 부분만 빼면 필멸자와 비슷한 것은 하나도 고르지 않았다. 그래서 고운 천과 같은 피부를 선택해 소용돌이치는 양각무늬에 표백하지 않은 다마스크 천과 같은 질감을 넣었고, 가장 진한 적포도주가 철벅! 하고 튀긴 순간 중간에 얼어붙은 듯한 머리카락을 택했다. 홍채는 화석화된 나무 수지인 반질반질한 줄무늬 호박(琥珀)으로, 아름답지만 뱀의 눈처럼 보는 이를 불안하게 했다.

"무슨 증거?" 그가 내 앞에 멈춰 서며 물었다. 가볍고, 놀리는 듯한 목소리였다. 마치 우리가 서로 보지 못한 지 억겁의 세월이 아니라 겨우 하루밖에 안 된 것처럼.

"내가 필멸자가 됐다는 증거. 아니었다면 널 못 만났을 테니까." 나는 싱긋 웃었지만 그가 내 목소리에서 진실을 읽어 낼 것임을 알고 있었다. 결국 그는 필멸자들 때문에 날 버렸다. 하지만 괜찮았다. 나도 이제 다 컸으니까. 그래도 그런 일이 없었던 척할 수는 없다.

은사나가 작게 한숨을 쉬더니 내 옆을 지나 절벽 가장자리에 섰다. "신도 꿈을 꿀 수 있어, 시에. 여기에 오면 언제든 날 찾을 수 있었을 거야."

"난 꿈꾸는 거 싫어." 나는 발끝으로 땅바닥을 헤집었다.

"알아." 그는 허리에 손을 얹은 채 내가 창조해 낸 꿈속의 풍경을 바라보며 솔직하게 감탄하는 표정을 지었다. 이건 신계에 대한 내 꿈과는 달리 단순한 기억이 아니었다. "참 안타깝지. 넌 정말 꿈을 잘 꾸는데."

"내가 뭘 한 게 아냐. 꿈은 그냥 꾸어지는 거지."

"무슨 소리야. 당연히 네가 한 거지. 결국 꿈도 너한테서 나오는 거야. 이 모든 게……" 은사나가 주변을 넓게 손짓하자 그의 손이 지난 곳마다 꿈 풍경이 일렁거렸다. "다 너야. 내가 여기 들어올 수 있었던 것도 네가 한 일인걸. 전에는 허락한 적 없잖아." 은사나가 팔을 내리더니 나를 지긋이 바라보았다. "아라메리 노예로 살 적에도."

나는 한숨을 내쉬었다. 잠을 자는 중일 텐데도 피곤했다. "지금은 생각하고 싶지 않아, 은사, 제발."

"넌 생각하는 걸 항상 싫어하잖아, 이 바보야." 은사나가 다가와 내 어깨에 팔을 두르고는 가까이 끌어당겼다. 싫은 척 밀어내려 했지만 그는 그게 시늉일 뿐이라는 걸 알고 있었다. 잠시 후 나는 한숨을 쉬며 그의 가슴에 머리를 얹었다. 그러다 문득 그게 가슴이 아니라는 걸 깨달았다. 어깨였다. 왜냐하면 어느새 내가 그보다 더 커져 있었기 때문이다. 더는 어린아이가 아니었다. 놀라서 고개를 휙 쳐들자 은사나가 길게 한숨을 내쉬더니 손바닥으로 내 얼굴을 감싸 쥐고 입을 맞췄다. 하지만 그 자신을 내게 나눠 주지는 않았다. 그래 봤자 아무 의미도 없으니까. 나는 이미 은사나의 안에 들어와 그에게 둘러싸여 있었고, 그 역시 내 안에 있었다. 하지만 예전에 나눴던 다른 입맞춤들이 기억났다. 순수함과 꿈이 동전의 양면과도 같았던 다른 존재들도. 그때는 우리가 영원히 함께

할 줄만 알았다.

주변의 꿈 풍경이 바뀌었다. 우리가 몸을 떼었을 때 은사나는 한숨을 쉬었고 얼굴의 직물 패턴에도 새로운 무늬가 생겨났다. 단어처럼 생긴 모양이었지만 실은 아무 의미도 없었다.

"넌 더 이상 어린애가 아냐, 시에. 이젠 너도 성숙해져야 해."

우리는 '최초의 도시'에 서 있었다. 필멸자가 앞으로 되거나 혹은 될 수 있는 모든 것들은 신계에서 전조로 나타난다. 이곳에서 시간은 정해진 것이 아니라 부수적인 것에 불과하며 세 주신의 본질이 그들의 변덕과 기분에 따라 다양한 균형을 이루며 섞여 있다. 이템파스가 추방당해 그 권능이 약해진 지금, 이곳에 그의 질서는 극히 일부분만 남아 있을 뿐이었다. 몇 년 전만 해도 쉽게 알아볼 수 있었던 도시는 이제 알아보기 힘들었고 매 순간 알 수 없는 주기에 따라 변화하고 있었다. 아니면 이게 꿈이기 때문일까? 은사나와 함께 있으니 알 도리가 없었다.

은사나와 나는 간혹 자갈길 위로 솟아났다가 피곤한 듯이 녹아 없어지는 금속 길을 밟으며 걷다가 매끄럽게 포장된 인도로 들어섰다. 우리가 밟고 지나간 자리마다 버섯이 자랐다가 시들었다. 일부 블록은 둥그런 모습이었는데, 블록마다 도색한 낮은 목재 건물과 대리석을 깎아 만든 장엄한 돔, 그리고 가끔 초가집이 보였다. 호기심이 동해 그중 한 건물의 비스듬한 창문을 통해 들여다보니 안은 어두컴컴하고 가구라고 하기엔 지나치게 일그러지고 불쾌한 형상들이 가득했으며 벽은 빈 그림으로 장식되어 있었다. 뭔가 창문 쪽으로 다가오는 게 보여서 재빨리 뒤로 물러났다. 나는 더 이상 신이 아니었다. 조심해야 한다.

가끔씩 지상에서 몇 미터 위에 구름처럼 떠 있는 유리와 강철로 만들어진 거대한 탑들이 우리 위로 그림자를 드리웠다. 그중 하나는 외로운 강아지처럼 우리를 두 블록이나 따라왔는데 결국은 희미한 신음 소리와 함께 방향을 틀어 다른 쪽으로 사라졌다. 우리와 함께 걷는 이들은 없었지만 형제자매의 존재가 느껴졌다. 어떤 이들은 우리를 가만히 지켜보고 있었고 어떤 이들은 관심조차 두지 않았다. 이 도시는 아름다우니 왜 그들이 끌리는지는 알겠지만 어떻게 이곳을 견뎌 내는지 모르겠다. 주민이 없는 도시가 무슨 의미가 있지? 그건 마치 숨 쉬지 않는 삶이나 애정 없는 우정과도 같다. 그렇다면 그게 다 무슨 소용이람?

하지만 저 멀리에 나의, 그리고 뒤이어 은사나의 관심을 사로잡는 것이 나타났다. 도시의 중심부 깊숙한 곳에 있는, 공중에 떠다니는 고층건물보다도 더 높고 고요한 것. 창문도 문도 없이 매끈하게 빛나는 하얀 탑이었다. 서로 상충하는 건축물이 어지러이 뒤섞여 있는 속에서도 이 탑만은 달랐다. 그것은 여기에 속한 것이 아니었다.

나는 눈살을 찌푸리며 발을 멈췄다. 은사나보다도 더 커다란 버섯이 우리 머리 위로 늑골 모양의 지붕을 펼쳤다. "저게 뭐지?"

은사나가 의지를 발휘해 공간을 접자 다음 순간 우리는 탑의 밑동에 서 있었다. 덕분에 탑에 문이 없다는 걸 확인할 수 있었다. 탑이 일광석으로 만들어져 있다는 걸 알게 된 나는 입술을 일그러뜨렸다. 신들의 꿈속까지 따라온 하늘궁의 파편. 혐오스러웠다.

"이건 네가 여기 가져온 거야."

"그럴 리가 없어."

"그럼 누가 그랬겠어, 시에? 나는 필멸자의 꿈을 통해서만 필멸계와 접촉할 뿐, 직접적으로는 필멸계와 닿은 적이 없어. 내겐 그곳의 흔적이 남아 있을 수가 없지."

나는 은사나를 날카롭게 쏘아보았다. "흔적? 날 그런 식으로 생각하는 거야?"

"당연하지, 시에. 그게 사실인걸." 그 말에 나는 은사나를 노려보았다. 상처를 받아야 할지 화를 내야 할지 아니면 완전히 다른 감정을 느껴야 할지 알 수가 없었다. 은사나가 한숨을 쉬었다. "내게는 네가 날 저버린 흔적이 남아 있고, 우리 모두에게는 전쟁의 상흔이 남아 있어. 네가 견딘 그 끔찍한 일들이 단순히 자유의 몸이 되었다고 그냥 사라질 줄 알았어? 그것들은 이제 너의 일부야." 내가 발끈해서 반박하기도 전에 은사나가 다시 탑을 쳐다보며 미간을 찌푸렸다. "하지만 여긴 단순히 안 좋은 경험 말고도 다른 게 있어."

"어떤 거?"

은사나가 하얀 탑의 표면에 손을 얹었다. 탑의 표면이 그의 손바닥 아래에서 마치 밤 시간대의 하늘궁처럼 빛을 내며 반투명하게 변하더니 갑자기 안쪽에 있는 거대하고 뒤틀린 형상의 그림자가 비쳤다. 그것이 탑 안을 가득 채우고 있었다. 흐릿한 갈색 덩어리. 마치 배설물처럼. 종양처럼.

"여기 있는 건 비밀이야."

"뭐, 내 꿈속에?"

"네 영혼 속에." 은사나가 생각에 잠긴 표정으로 나를 쳐다보았다. "이렇게 강력한 걸 보니 엄청 오래된 거야. 중요하기도 하고."

나는 고개를 가로저었다. 하지만 그러면서도 의구심이 들었다.

"내 비밀들은 다 작고 하찮아." 나는 의심의 벌레를 떨쳐 내려 애쓰며 말했다. "난 내가 죽인 아라메리 인간들의 뼈를 가주의 침실 바로 아래 숨겨 뒀어. 난 결혼식장 음료수 그릇에 오줌을 싸고 지도의 방향을 아무렇게나 바꿔서 사람들을 헷갈리게 하지. 한번은 그냥 내가 할 수 있는지가 궁금해서 나하도스의 머리카락을 조금 훔쳤다가 하마터면 산 채로 먹힐 뻔……"

은사나가 나를 노려보았다. "네겐 어린아이의 비밀과 어른의 비밀이 있지, 시에. 왜냐하면 넌 네가 주장하거나 바라는 것과는 달리 절대 단순하지 않으니까. 그리고 이건……" 그가 손바닥으로 탑을 내려치자 주변의 텅 빈 거리 가득 소리가 울려 퍼졌다. "이건 네가 너 자신에게도 숨겨 온 거야."

나는 웃음을 터트렸다. 하지만 내 웃음소리는 불안하게 들렸다. "자기도 모르는 비밀이라니, 말이 안 되잖아."

"네가 언제 말이 되게 군 적은 있고? 이건 네가 잊은 거야."

"하지만 난……"

잊어라

나는 멈칫하며 입을 다물었다. 갑자기 추운 느낌이 들었다. 나는 몸을 떨기 시작했다. 하지만 은사나는 옷도 안 입고 있고 머리카락밖에 없는데도 아무렇지 않아 보였다. 그의 눈이 갑자기 가느스름해졌다. 나는 그가 내 머릿속 생각이 뱉어 낸 작고 이상한 트림을 들었다는 걸 깨달았다.

"그거 에네파의 목소리잖아."

"난……" 하지만 사실이었다. 어머니는 항상 내 영혼 속에서 속삭이며 내 생각이 너무 가까워지면 멀리 밀어내곤 했다. 어머니의 목소리. 잊어라.

"네가 잊어버린 게 있어." 은사나가 조용히 말했다. "하지만 네 의지가 아니었을지도 몰라."

나는 혼란과 충격, 두려움 사이에서 갈등하며 얼굴을 찌푸렸다. 머리 위에 있는 하얀 탑 안에서 검고 어두운 것이 낮게 그르렁거리며 몸을 움직였다. 희미하게 돌에 금이 가는 소리가 들렸다. 고개를 들어 탑을 올려다보니 일광석 표면에 눈에 잘 보이지도 않을 정도로 미세한 균열이 퍼져 나가고 있었다.

내가 잊어버린 것. 에네파가 나로 하여금 잊어버리게 한 것. 하지만 이제 에네파는 없고, 그녀가 내게 한 일도 효력을 잃어 가고 있었다.

"신과 필멸자와 그 사이에 있는 악마여." 나는 손바닥으로 얼굴을 문질렀다. "이런 건 겪고 싶지 않아, 은사. 지금도 사는 게 충분히 힘들다고."

은사나가 한숨을 쉬자 온 도시가 기쁨과 공포의 놀이터로 변했다. 높고 가파른 미끄럼틀 밑에서 날카로운 이빨을 두른 깊숙한 구덩이가 입을 쩍 벌리고 우적거렸다. 근처에 있는 그녀의 사슬은 피와 기름에 흠뻑 젖어 있었다. 시소에는 함정이 보이지 않았지만 함정이 숨어 있다는 것만큼은 확실했다. 겉으로 보기에 너무 순수해 보였으니까. 마치 나처럼. 내가 속으로 꿍꿍이를 꾸밀 때처럼.

"이젠 너도 성숙해져야 해." 그가 다시 말했다. "예전엔 자라서 철이 드느니 차라리 나한테서 도망치는 걸 택했지. 하지만 이젠 선택의 여지가 없어."

"그때도 선택의 여지가 없었어!" 나는 벌컥 화를 냈다. "나이가 들면 난 죽는다고!"

"나이를 먹으라고 한 적 없어, 이 바보야. *성숙해지라고* 했지." 은사나가 내게 몸을 기울였다. 그의 숨결에서 꿀과 독을 뿜는 꽃의 냄새가 났다. "네가 어린아이라고 해서 꼭 유치하게 굴어야 한단 의미는 아니잖아. 맙소사, 대혼돈이여! 난 널 아주 오랫동안 알고 지냈어, 형제여. 네가 너 자신에게 숨기고 있는 비밀이 하나 있는데, 비밀을 지키는 솜씨가 얼마나 형편없는지 그게 뭔지 누구나 다 알고 있다고! 그건 바로 네가 외롭다는 거야. 넌 언제나 외로워. 헤아릴 수도 없을 만큼 많은 연인을 떠나보냈는데도 여전히 외롭지. 넌 항상 네가 가진 건 원하지 않고 가질 수 없는 것만 바라!"

"그건 사실이……"

은사나가 내 말을 가차 없이 잘랐다. "내가 본성을 찾기 전에 넌 나를 사랑했어. 그러다 내가 내 힘을 알고 온전한 존재가 되고 나니 더 이상 널 필요로 하지 않게 되었지. 하지만 그래도 변함없이 널 원했는데……" 은사나가 갑자기 말을 뚝 멈췄다. 괴로움에 목이 멘 것처럼 턱 근육이 꿈틀거렸다. 나는 할 말을 잃고 그를 멍하니 바라보았다. 정말로 지금까지 그렇게 느꼈던 걸까? 그렇게 생각했던 건가? 나는 늘 은사나가 나를 떠났다고 생각했는데. 그럴 리가 없다고 부인하며 나는 고개를 저었다.

"넌 셋 중 하나가 될 수 없어." 은사나가 속삭였다. 나는 움찔했다. "네가 그 사실을 받아들인 지도 한참이 됐지. 넌 절대로 네 곁을 떠나지 않을 사람을 원해. 하지만 *생각해 봐*, 시에. 심지어 세 주신조차 그건 해 줄 수가 없어. 이템파스는 우리 모두와 자기 자신을 배신했지. 에네파는 이기적이 됐고 나하도스는 늘 변덕스러워. 그리고 새로운 여신인 예이네도 네 가슴을 아프게 할 거야. 왜냐하면 너는 그녀가 절대로 줄 수 없는 걸 원하니까. 넌 완벽한 걸 바라."

"완벽한 걸 원하는 게 아냐." 나는 불쑥 내뱉었고, 다음 순간 은사나의 말을 스스로 확인해 주고 말았다는 것을 깨닫고 기분이 나빠졌다. "완벽한 걸…… 원하는 게 아냐. 난 그냥……" 나는 입술을 축였다. 손가락으로 머리카락을 쓸어 넘겼다. "그냥 내 것을 원할 뿐이야. 난…… 모르겠다." 한숨을 내쉬었다. "세 주신 말이야, 은사나. 그들은 그들이야. 같은 다이아몬드의 서로 다른 단면인 거지. 서로 떨어져 있어도 그들은 하나야. 아무리 멀어져도 결국엔 다시 하나가 되게 되어 있어. 그런 결속감은……"

샤하르와 데카 같은. 나는 깨달았다. 외부인은 이해할 수도 끼어들 수도 없는 그러한 친밀감. 단순히 핏줄을 넘어 영혼 깊숙한 곳까지 이어진 유대감. 샤하르는 데카를 반평생이나 보지 못했는데도 그를 위해 나를 배신했다.

나를 그렇게 사랑해 주는 누군가가 있다는 건 어떤 기분일까?

내가 원하는 건 그거였다. 오, 그래, 신이여. 난 그게 갖고 싶었다. 예이네나 나하도스, 이템파스에게서 바라는 건 아니었다. 왜냐하면 그들에게는 서로가 있고 그 사이에 끼어드는 건 옳지 않으니까. 하지만 난 그런 걸 원했다.

은사나가 한숨을 지었다. 이곳 내 꿈속에서 그는 절대자였고 그래서 마음만 먹으면 내 모든 생각과 변덕을 알 수 있었다. 그러니 당연히 내가 그로서는 절대 만족하지 못함을 알았을 것이다.

"미안해." 내가 아주 조그맣게 속삭였다.

"그렇겠지." 은사나가 시큰둥한 얼굴로 고개를 돌리더니 잠시 상념에 잠겼다. 그러고는 한숨을 쉬며 다시 나를 마주 보았다.

"좋아. 넌 도움이 필요하고 난 네 간절함을 무시할 만큼 못돼 먹지 않았으니까, 네 비밀에 대해 더 알아볼게. 지금 속도대로라면 알아내기도 전에 네가 먼저 죽을 것 같지만."

나는 시선을 떨궜다. "고마워."

"고마워하지 마." 나는 은사나의 손짓을 따라 놀이터 한구석에 있는 작은 꽃밭으로 시선을 옮겼다. 시원한 바람에 산들산들 흔들리는 수십 송이의 검은 데이지 사이로 하얀 꽃 한 송이가 미동도 없이 서 있었다. 데이지가 아니었다. 예전에도 저런 꽃을 본 적이 있다. 제단자락 장미. 하이노스에서 자라는 희귀종이었다. 여러 가지 형태로 모습을 바꿔 가며 주변 곳곳에서 반복적으로 등장하는 내 비밀이 담긴 하얀 탑.

"저 비밀이 밝혀지면 네게 큰 상처가 될 거야."

나는 그 꽃에 시선을 고정한 채 천천히 고개를 끄덕였다. "그래,

그럴 거야."

내 어깨에 얹혀 있던 손이 갑자기 힘을 주며 어깨를 꼭 쥐었다. 놀라 고개를 들어보니 은사나의 기분이 바뀌어 있었다. 그는 더 이상 내게 화가 나 있지 않았다. 그보다는 조금 안쓰러워하는 것 같았다. "고민이 너무 많아. 눈앞에 다가온 죽음, 우리 부모님의 광기. 그리고 최근에는 누가 네 마음을 찢어 놓았구나."

그 말에 나는 시선을 피했다. "별거 아냐. 그냥 필멸자였어."

"사랑은 우리와 그들을 동등하게 만들어 주지. 우리의 가슴을 찢어 놓을 때만큼은 그들도 우리 동족과 똑같은 고통을 줄 수 있으니까 말이야." 은사나가 친근한 태도로 내 머리카락을 헝클어뜨리며 내 뒤통수를 손바닥으로 감쌌다. 나는 힘없이 미소 지었다. 그에게 입을 맞추고 싶은 마음을 감추려 했다. "아, 형제여. 바보같이 굴지 좀 마, 응?"

"은사나, 난……"

그가 내 입술에 손가락을 세워 갖다 대자 나는 입을 다물었다.

"쉿." 은사나가 고개를 기울였다. 나는 눈을 감고 은사나의 입술이 닿길 기다렸다. 하지만 내가 기대했던 것과는 달리 막상 그 입술이 닿은 곳은 이마였다. 내가 눈을 깜박이며 바라보자 은사나가 빙그레 웃었다. 슬픔이 가득한 미소였다.

"난 신이야, 감정 없는 돌멩이가 아니라." 은사나의 말에 나는 부끄러워 얼굴이 달아올랐다. 그가 내 뺨을 쓰다듬었다. "하지만 그래도 난 늘 널 사랑할 거야, 시에."

어둠 속에서 깨어나 울다가 다시 잠들었다. 아침이 되기 전에 또 꿈을 꿨던 것 같지만 기억나지 않는다. 은사나는 항상 그렇게 상냥했다.

＊

또 머리가 자랐다. 지난번만큼 아주 길진 않았지만. 손가락 두 마디 정도? 이번에는 손톱도 같이 자랐다. 가장 긴 건 10센티미터 도 넘었는데 뾰족하고 둥글게 말리기 시작했다. 히늠에게 제발 가 위를 가져다 달라고 부탁해 보잘것없는 솜씨를 다해 머리와 손톱 을 잘랐다. 히늠의 아버지한테는 면도하는 법을 가르쳐 달라고 부 탁해야 했다. 그게 얼마나 웃겼는지 한동안 그가 나를 무서워하는 것조차 잊어버릴 정도였다. 심지어 내가 면도를 하다 상처가 나서 나쁜 말을 내뱉었을 때는 진짜로 폭소를 터트렸다. 그러더니 언젠 가 내가 얼굴을 베어서 집을 날려 버리지는 않을까 걱정하기 시 작했다. 우리는 사람의 마음을 읽을 줄 모르지만 어떤 때는 그럴 필요도 없을 만큼 뻔히 보이기도 한다. 나는 양해를 구하고 일을 하러 갔다.

'밤의 팔' 저택의 정문을 들어서자마자 여자 관리인을 화나게 했다. 그녀는 나를 다시 밖으로 데리고 나가 하인들이 사용하는 문을 보여 주었다. 건물 옆쪽에 달려 있어 눈에 잘 띄지 않는 문이었는데 지하로 이어져 있었다. 솔직히 이쪽이 더 낫긴 했다. 나는 항상 몰래 들락거리기 편한 뒷문을 선호했으니까. 하지만 자존심이 상했기 때문에 투덜거려 주었다. "왜, 난 앞으로 당당하게 들어오지도 못해?"

"돈을 안 내면 그렇죠." 그녀가 쏘아붙였다.

건물 안으로 들어가자 다른 하인이 맞이하며 아하드가 내가 올 때를 대비해 미리 지시를 내려 두었다고 알려 주었다. 나는 하인을 따라 지하로 내려가 꽤 평범해 보이는 회의실로 향했다. 오랜 세월 동안 따분함을 받아 먹은 것 같은 등받이가 딱딱한 의자와 크고 네모난 탁자가 놓여 있고 그 위에는 아직 아무도 손대지 않은 고기와 과일이 담긴 접시가 놓여 있었다. 하지만 막상 나는 그런 걸 알아채지도 못했다. 왜냐하면 그 넓은 탁자를 둘러싸고 아하드와 함께 앉아 있는 이들을 발견하자마자 온몸의 피가 싸늘하게 식는 걸 느끼며 그 자리에 멈춰 섰기 때문이다. 네머.

키트르. 그리고 아이엠수타. 유일한 필멸자인 글리. 그리고 그 모든 미친놈들 중에서도 하필이면 릴.

다섯 형제자매가 마치 우주의 가장 바깥쪽 소용돌이를 따라 빙글빙글 헤엄쳐 본 경험이 없기라도 한 양 탁자 주위에 둘러앉아 반짝반짝 웃고 있었다. 다섯 중 셋이 나를 싫어했다. 네 번째도 그럴지 몰랐다. 아이엠수타의 속내는 알 수 없으니까. 다섯 번째는 한 번 이상 나를 잡아먹으려고 했고 또다시 시도할 가능성이 컸다. 이제 난 필멸자니까.

나머지가 나랑 볼일을 마친 뒤에도 먹을 게 남아 있다면 말이지. 두려운 마음을 감추려고 어금니를 사리물었다. 하지만 그 덕에 도리어 더 뚜렷이 전달됐을 것이다.

"딱 맞춰 왔군." 아하드가 하인에게 고개를 끄덕이자 하인이 문을 닫고 물러갔다. "앉아라, 시에."

나는 움직이지 않았다. 지금처럼 그가 증오스러운 적이 없었다. 그를 믿지 말았어야 했다.

아하드가 짜증 섞인 한숨을 내쉬며 말을 이었다. "우린 멍청하지 않아, 시에. 너를 해치면 예이네와 나하도스의 노여움을 살 거다. 정말로 우리가 그런 짓을 할 것 같나?"

"잘 모르겠는데, 아하드." 키트르가 악의가 철철 넘치는 미소를 지으며 말했다. "난 그럴 수도 있을 것 같거든."

아하드가 눈동자를 굴렸다. "안 그럴 거잖아. 그러니 조용히 해. 앉아라, 시에. 논의할 일이 있으니까."

아하드가 키트르의 말을 단호히 끊어 버린 걸 보고는 너무 놀라서 겁먹는 것마저 잊어버렸다. 키트르도 기분이 상했다기보다는 그냥 놀란 것 같았다. 우리 중에 아하드가 제일 어리다는 건 누가 봐도 확연했고, 우리에게 경험이 부족하다는 건 약하다는 의미였다. 아하드는 약했다. 강해질 수 있는 결정적인 수단이 없었다. 하지만 키트르를 마주 쏘아보는 그의 눈빛에는 두려움의 기색이 전혀 없는 데다 놀랍게도(내게도 그리고 표정을 보아하니 다른 모두에게도) 키트르 역시 아무 대꾸도 하지 않았다.

그런 소동이 있다 보니 왠지 나에 대한 관심도 수그러든 것 같았다. 나는 탁자로 다가가 앉았다.

"이게 뭐야?" 일부러 양옆에 아무도 없는 자리를 골랐다. "소격신 원조를 위한 그림자 하층민 총회 주간 회의 같은 건가?"

탁자 주변에 둘러앉은 모두가 나를 노려보았다. 웃음을 터트린 릴만 빼고. 우리 착한 릴. 난 항상 그녀가 좋았다. 내 팔을 간식으로 달라고 조르지만 않으면. 릴이 몸을 앞으로 기울였다. "우린 음모를 꾸미는 중이야." 첫소리 나는 걸걸한 목소리에 어린애 같은 즐거움이 가득 차 있어서 웃음이 나왔다.

"그럼 다르 때문이구나." 아하드가 벌써 그들에게 가면에 대해 말해 줬는지 궁금해서 그를 쳐다봤다.

"여러 가지 문제 때문이지." 혼자 편안한 의자에 앉아 있는 아하드가 대꾸했다. 누군가 그의 사무실에 있던 커다란 가죽 의자를 여기까지 가져다 놓은 모양이다. "그리고 그 모든 게 하나의 큰 그림을 구성하는 것 같다."

"네가 알아낸 것들 말고도 다른 조각들이 있어." 네머가 달콤한 미소를 지었다. "그래서 나한테 연락한 거 아냐, 형제? 필멸자로 변하고 있어서 엉덩이에 불이라도 붙은 양 다른 것에도 관심을 기울이게 된 거잖아. 그건 그렇고 하늘궁에 있는 줄 알았는데 아라메리한테 쫓겨났어?"

키트르가 어찌나 큰 소리로 웃음을 터트렸는지 목덜미의 털이 곤두섰다. "맙소사, 힘을 잃었다고는 들었지만 그 정도로 심각할 줄은 몰랐네. 네가 이제 필멸자란 말이지, 시에. 그렇다면 지금 여기서 네가 할 수 있는 게 뭐지? 엄마아빠한테 쪼르르 달려가는 거 말고? 하지만 그 둘은 지금 여기 없으니 널 지켜 줄 수도 없겠지."

그녀가 나를 뚫어져라 응시했다. 얼굴에서 미소가 사라지고 있었다. 그녀는 전쟁 때를 떠올리고 있었다. 물론 나도 기억한다. 탁자 밑에서 두 손을 말아 쥐며 발톱이 있다면 참 좋겠다고 생각했다.

아이엠수타가 지친 듯한 한숨을 길게 내쉬었다. 그는 필멸자를 사랑한 까닭에 전쟁에 참가하지 않았고 그녀를 지키려다 하마터면 자신도 목숨을 잃을 뻔했었다. "제발, 제발 좀. 이런 건 아무 도움도 안 돼."

"맞는 소리야." 아하드가 우리 모두를 경멸하는 눈빛으로 둘러보며 말했다. "지금 이 자리에 어린애는 아무도 없고 심지어 어린애여야 할 자도 더는 그렇지 않다는 사실을 인정한다면 제발 이번 세기에 일어난 일에 집중해 주지 않겠나?"

"네 말투가 마음에 안 들……" 키트르가 입을 열었지만 놀랍게도, 정말로 놀랍게도 이번에는 글리가 말을 가로막았다.

"시간이 촉박해요." 방 안이 소격신으로 가득한데도 글리가 너무도 편안한 모습이라 역시 아라메리일지도 모른다는 의심이 강하게 들었다. 만일 그렇다면 혈통을 꽤 오래 거슬러 올라가야 할 것이다. 그녀는 순혈 마로네처럼 보였으니까.

글리의 말에 방 안에 있는 모든 형제자매가 입을 딱 다물고 놀람과 불안감이 섞인 표정으로 글리에게 시선을 모으는 모습은 솔직히 충격적이었다. 그러니 한층 더 궁금증이 일 수밖에 없었다. 그러니까 아하드만 글리에게 저자세인 게 아니란 말이지? 하지만 당분간 이 호기심은 충족되지 못할 테니 일단은 옆으로 제쳐 둬야 했다.

"알았어, 그럼." 내가 아하드에게 말했다. 적어도 아하드만큼은 회의 주제에 집중하려고 노력하는 것 같았기 때문이다. "누가 가서 그 가면을 없앨 건데?"

"아무도." 아하드가 양손 끝을 맞대 뾰족하게 세우며 말했다.

"뭐라고?" 내가 뭐라 말하기도 전에 키트르가 선수를 쳤다. "아하드, 네 말대로 그게 그토록 강력한 힘을 지녔다면, 그런 걸 필멸자의 손에 둘 순 없어!"

"그만큼 맡기기 좋은 손이 어딨지?" 아하드가 탁자 주변을 돌아보며 말했다. 나는 그게 무슨 뜻인지 깨닫고 움찔했다. 네머가 한숨을 내쉬더니 등받이에 몸을 기댔다. "우리 중 하나? 나하도스? 예이네?"

"그편이 더⋯⋯" 키트르가 말을 시작했다.

"아니." 네머가 끼어들었다. "안 돼. 지난번에 신이 필멸자의 강력한 무기를 손에 쥐었을 때 어떻게 됐는지를 생각해 봐." 그 말에 아픈인의 외견을 본뜬 아이엠수타의 얼굴이 더욱 하얗게 질렸다.

키트르의 표정이 딱딱하게 굳었다. "그 가면이 우리한테도 위험할지는 알 수 없지. 쟤는 아팠다지만." 그녀가 엄지손가락으로 나를 가리키며 입꼬리를 말아 올렸다. "하지만 이제 쟤는 조금 거친 말만 들어도 망가질걸."

"칼도 고통스러워했어." 내가 얼굴을 찡그리며 말했다. "그 가면은 아직 미완성이라 제대로 작동하지 않아. 원래 만든 목적이 뭔진 몰라도 잘 안 되고 있지. 하지만 지금도 그렇게 강력한데 완성될 때까지 기다려야 할 이유가 있을까?" 나는 아하드와 글리를 노려보았다. "필멸자들이 무슨 짓을 할 수 있는지 알잖아."

"그래. 신들과 똑같은 일을 할 수 있지. 규모만 더 작을 뿐." 아하드가 담담하게 대답했다.

글리가 그를 힐끗 쳐다보았다. 하지만 표정을 읽을 수는 없었다. 글리가 나를 돌아보며 말했다. "당신이 아는 것보다 훨씬 더 복잡해요."

"그러니까 말해 주지 그래?" 나는 아하드를 알았다. 그는 내가 장난감을 감추는 것처럼 비밀을 간직했고 대부분은 심술을 부리기 위해서였다. 하지만 글리는 그런 성격으로는 보이지 않았다.

"넌 더 이상 어린애가 아냐, 시에. 인내심을 기르는 게 어때." 아하드가 느릿하게 말했다. 얼굴에서는 웃음기가 사라졌다. "하지만 맞는 얘기야. 우리 조직도 그림자도 처음이니 설명을 해 줘야겠지. 원래 이 단체의 목적은 소격신들의 행동을 감시하고 '단절'이 다시 발생하지 않게 하는 것이었다. 어느 정도는 아직도 그게 목적이기도 하고. 하지만 상황이 변했어. 일부 필멸자가 악마의 피를 이용해 우리가 이 세계에 내려온 데 불만을 표했지." 아하드가 한숨을 쉬고는 다리를 꼬며 의자 깊숙이 기대앉았다. "얼마 전의 일이다. 너도 기억할 거야."

당연히 기억한다. 형제자매 몇 명이 살해됐고 나하도스가 '그림자 속 하늘'을 거대한 불구덩이로 만들 뻔했다. "그런 건 까먹기 힘들지."

아하드가 고개를 끄덕였다. "이건 그 사건이 있기 전에 그들을 우리로부터 보호하기 위해 조직된 단체다. 하지만 그 일이 있은 후에 우리 역시 그들로부터 보호받아야 할 필요가 있다는 걸 깨달았지."

"멍청하네." 나는 미간을 찌푸리며 탁자 주변을 둘러보았다. 글리가 한쪽 눈썹을 치켜세웠다. 나는 얼굴을 구기며 그녀를 무시했다. "악마는 처리했고 위협은 사라졌어. 두려울 게 뭐가 있는데? 우리 중에 이 도시를 박살 내고 주변 산맥을 녹여 버리고 아이글래스의 물을 증발시키지도 못할 녀석이 누가……"

"아니." 아이엠수타가 대답했다. "우린 그런 거 못 해. 그랬다간 예이네가 여기 살 권리를 박탈해 버릴 테니까. 이해를 못 하는구나, 시에. 넌 풀려난 후에도 여기 돌아오고 싶어 하지 않았지. 네 입장을 생각하면 그럴 만도 해. 하지만 그런 너라도 정말로 다시는 필멸계를 방문하지 못하게 됐으면 좋겠어?"

"그게 요점이 아니잖……"

아이엠수타가 고개를 가로젓더니 몸을 내밀며 내 말을 잘랐다. "필멸자 여인의 따뜻한 가슴에 안겨 무조건적인 사랑을 받아 본 적이 없다고 말해 봐, 시에. 아니면 필멸자 남성이 손으로 네 머리카락을 헝클어뜨리며 바치는 뜨거운 경애는? 그런 게 네게 아무런 의미도 없다고 말해 봐. 내 눈을 똑바로 쳐다보면서. 그럼 믿어 줄 테니까."

그렇게 말해 줄 수도 있었다. 난 트릭스터니까. 난 상대가 누가 됐든 그 눈을 똑바로 마주치며 필요하다면 무슨 말이든 할 수 있고 그 과정에서 내 말을 완전히 믿게 할 수 있다. 내가 정말로 거짓말을 하려고 마음먹었을 때 그걸 잡아낼 수 있는 건 딱 둘, 나를 누구보다도 잘 아는 나하도스와 언제나 거짓을 가려낼 수 있는 이템파스뿐이다.

하지만 아이엠수타도 알고 있듯이, 나 같은 트릭스터에게도 명예는 중요하다. 그리고 그의 말은 옳으니 그걸 인정하지 않는 건 잘못된 일일 것이다. 그래서 나는 시선을 내리깔았고, 아이엠수타는 긴장을 풀고 뒤로 기대앉았다.

"바로 그런 논의를 거쳐 이 조직이 탄생했지." 아하드가 다소 무심하게 말했다. "모든 소격신이 참여하기로 한 건 아니지만 대부분이 상호 이득을 위해 우리가 정한 규칙을 따르고 있다." 그가 어깨를 으쓱했다. "그렇지 않은 자들은 우리가 처리하고."

나는 아이엠수타의 질문이 남긴 심란한 감정을 감추기 위해 따분한 척 주먹에 턱을 괴었다. "알았어, 그럼 어쩌다 네가 책임자가 된 건데? 넌 갓난애나 마찬가지잖아."

아하드가 윗입술을 말며 피식 웃었다. "매딩이 죽은 뒤로 아무도 이 일을 맡고 싶어 하지 않았거든. 하지만 최근에 우리의 조직 구조에도 변화가 생겼다. 난 이제 그저 간사일 뿐이야. 우리의 진짜 리더가 더 적극적으로 활동하기로 결정할 때까지."

"너희 리더가 누군데?" 물론 대답을 들을 수 있을 거라곤 기대도 안 했다.

"그게 중요한가?"

나는 생각해 봤다. "그다지. 하지만 이 모든 게 끔찍할 정도로…… 인간적이지 않아? 너희가 보기엔 안 그래?" 나는 회의실과 탁자, 의자, 그리고 평범한 핑거푸드가 담긴 쟁반을 넓게 손짓했다.(치즈 한 조각을 집고 싶었지만 자존심 때문에 참았다.) "이렇게까지 할 거면 있어 보이는 이름이라도 붙이지? '우리 조직'같이 독창적인 이름도 좋고. 이렇게까지 필멸자 흉내를 낼 거면 그래야지."

"이름은 필요 없어." 아하드가 어깨를 으쓱하더니 노골적으로 글리에게 시선을 보냈다. "그리고 우리는 신들로만 이뤄진 단체가 아니니 필멸자의 관습도 약간은 수용할 필요가 있지." 글리가 고맙다고 하듯 말없이 그에게 고개를 숙여 보였다. "어쨌든 우리는 필멸계에 살고 있으니까. 상대를 더 쉽게 예측하기 위해서라도 가끔은 필멸자처럼 생각해야 하지 않을까?"

"그래 놓고 우리한테 진짜 위협이 되는 걸 발견했는데 아무 조치도 안 한다고?" 키트르가 탁자 위에 놓인 주먹에 힘을 꽉 주었다.

아하드의 얼굴이 아라메리 특유의 무미건조한 표정으로 바뀌었다. "정확히 어쩌자는 거지, 키트르? 쳐들어가서 그 가면이라는 걸 빼앗아 오면 되나? 우린 그걸 누가 만들었는지, 어떻게 만들었는지 모른다. 어쩌면 놈들은 그저 하나를 또 만들면 될지도 몰라. 우린 그게 어떤 힘을 가졌는지도 모르지. 시에 말로는 칼이 다르를 이용해 그걸 만든 것 같다고 했다. 그렇다면 오직 필멸자만 그 가면을 만질 수 있고 신은 그걸 만지면 죽을 수도 있지 않을까?"

나는 얼굴을 찌푸렸다. 올바른 지적이지만 별로 인정하고 싶진 않았다. "하지만 뭔가 하긴 해야 해. 그건 정말 위험하다고."

"좋아. 우세인 다르를 잡아 와 고문해서 비밀을 알아내면 어떨까? 뱃속의 아이를 릴에게 줘 버리겠다고 협박하면 되겠군." 음식이 담긴 쟁반을 뚫어져라 쳐다보고 있던 릴이 히죽 웃으며 음식에서 시선을 떼지도 않은 채 "으으으음." 하고 신음했다. "아니면 쓸데없이 빙빙 돌리지 말고 나르를 불과 역병으로 짓밟아 폐허로 만들고 백성들을 기억 속에서 지워 버리는 건 어때? 익숙하지 않나, 에네파데?"

온몸의 맘대로근[隨意筋]이 격분에 사로잡혔다. 가슴 위에 놓여 있는 엔이 두근, 딱 한 번 묻듯이 맥동했다. 누굴 죽이고 싶은 거야? 레마스에게 극심한 분노를 터트린 탓에 아직 지쳐 있긴 했지만 엔이라면 내 부탁을 들어줄 것이다.

하지만 그 생각만으로도 마음이 가라앉는 것 같았다. 나는 손바닥을 덮어 셔츠 너머로 엔을 쓰다듬어 주었다. 더 이상 살인은 안 돼. 하지만 날 기꺼이 도와주고 싶어 하다니 넌 정말 착한 별이야. 엔이 만족스러운 듯 재차 고동치더니 다시 잠들었다.

"우린 아라메리가 아니야." 아하드의 말투는 부드러웠지만 그 눈은 내게 고정되어 있었다. 마치 나더러 똑똑히 알아 두라고 말하는 듯이. "우린 이템파스도 아니야. 과거의 실수를 반복할 순 없다. 우린 몇 번이고 거듭해서 필멸자들을 지배하려 했고 그 과정에서 우리 자신을 망가뜨렸지. 그들 사이에 더불어 살며 공존하고자 한다면 위험도 함께 나눠야 한다. 우리는 단순히 이 세상에 왔다 가는 게 아니라 이곳에서 더불어 살아가야 해. 무슨 뜻인지 이해하겠나?"

이해하고말고. 필멸자는 우리와 같은 에네파의 피조물이다. 한세기 전 우리의 자유를 위해 한 필멸자 소녀의 목숨을 이용하려했을 때, 동료 수감자들과 이 문제를 놓고 논쟁을 벌인 적이 있다.

어쨌든 그 계획은 성공했고 우리는 풀려났다. 우리의 노력 덕분이라기보다는 우리의 노력에도 불구하고에 가깝지만. 그때 나는 상당한 죄책감을 느꼈다. 이템파스와 그의 애완인간 아라메리와 같은 짓을 했다간 우리도 그들처럼 되는 게 아닐까 하는 두려움 때문에.

"이해해." 나는 나직이 말했다.

아하드가 나를 잠시 더 지켜보더니 고개를 끄덕였다.

글리가 한숨지었다. "필멸자의 마법보다는 칼이 더 걱정이에요. 어떤 도시의 소격신 명부에도 그런 이름은 없어요. 누구 그에 대해 아는 분 없나요?" 그녀가 탁자 주위를 둘러보았다.

아무도 대답하지 않았다. 키트르와 네머가 시선을 교환하더니 둘 다 아이엠수타를 쳐다보았고, 그는 그저 어깨를 으쓱할 뿐이었다. 그러자 이번에는 모두의 시선이 내게 집중됐다. 나는 입을 쩍 벌렸다. "아무도 모른단 말이야?"

"네가 알 줄 알았는데." 아이엠수타가 말했다. "우리 모두가 태어나기 전부터 세상에 있었던 너뿐이잖아."

"나도 몰라." 나는 입술을 잘근거렸다. "맹세컨대 들어 본 적도 없어. 하지만……" 의식 가장자리에서 기억이 춤을 췄다. 그 어느 때보다도 가까이.

잊어라. 에네파의 목소리가 속삭였다. 답답한 마음에 한숨을 내쉬었다.

"분명 엘론티드야." 나는 힘주어 말아 쥔 내 주먹을 응시하며 말했다. "확실해. 그리고 아직 어려. 아마도. 신들의 전쟁보다 약간 더 나이가 많은 정도?" 하지만 전쟁 전에 마지막으로 태어난 소격신은 매딩이었다. 그 전에도 에네파는 마지막 억겁 동안은 자식을 거의 만들지 않았고, 어쨌든 확실히 엘론티드는 낳지 않았다. 그녀는 악마와의 전쟁에서 너무도 많은 아들딸이 살해되는 것을 봤기에 자식을 낳고 싶은 마음을 잃고 말았다.

네가 진짜 어린아이였다면 좋았을 텐데. 그녀는 가끔 내 머리카락을 쓰다듬으며 말했다. 나는 그런 순간을 위해 살았다. 그녀는 애정을 자주 표현하는 편이 아니었으니까. 네가 영원히 내 곁에 머무를 수 있으면 좋을 텐데.

하지만 난 그럴 수 있는데. 그럴 때마다 항상 이렇게 말해 줬지만 그녀의 눈동자는 늘 상념에 빠져 내가 이해할 수 없는 슬픈 빛을 띠곤 했다. 난 절대 늙지 않아. 자라지도 않고. 난 영원히 당신의 어린 아들일 거야.

정말로 그럴 수만 있다면 얼마나 좋을까. 그녀가 말했다.

나는 눈을 깜박이며 얼굴을 찡그렸다. 잊고 있던 대화였다. 그 말은 대체 무슨 뜻이었을 ─

"엘론티드라고." 아하드가 혼잣말처럼 중얼거렸다. "주신과 소격신, 또는 나하도스와 이템파스 사이의 자식이라." 그가 뭔가를 가늠하는 눈빛으로 릴을 바라보았다. 그녀는 접시에 담긴 딸기를 가지고 놀고 있었다. 뾰족한 손톱이 달린 앙상한 손가락이 딸기의 둥그런 곡선을 따라 앞뒤로 움직였다. 그녀가 아니라 다른 사람이었다면 관능적으로 보였을 법한 동작이었다. 이윽고 그녀가 접시에서 시선을 뗐다. 하지만 손가락은 여전히 딸기에 머물러 있었다.

"나는 칼 몰라." 그녀가 씩 웃었다. "하지만 우리는 알려지는 걸 원하지 않지."

글리가 미간을 찌푸렸다. "뭐라고요?"

릴이 어깨를 으쓱했다. "필멸자도 신도 우리 엘론티드를 두려워하거든. 이유가 없는 건 아니지만." 그녀가 내게 음탕함 그 자체라고밖에 할 수 없는 시선을 던졌다. "이제 맛있는 냄새가 나네, 시에."

나는 얼굴을 붉히며 일부러 접시에서 뭔가를 집어 들었다. 오이 위에 마쉬 페이스트와 콤리 달걀이 듬뿍 얹혀 있었다. 입안에 던져 넣어 거의 씹지도 않고 삼켰다. 릴이 입술을 뾰루퉁하게 내밀었지만 나는 그녀를 무시하고 글리를 바라보았다.

"릴의 말은, 엘론티드는 다르다는 뜻이야. 완전히 소격신 같지도 않고 완전히 주신 같지도 않지. 그러니까……" 나는 잠시 생각에 잠겼다. "엘론티드는 우리보다 대혼돈에 가까워. 저마다의 방식으로 변화와 쇠퇴, 생성과 소멸의 과정을 거치지. 그래서…… 파악하기가 힘들어." 나는 릴을 힐끗 쳐다보았다. 릴이 오이 조각을 집어 들었다가 눈에 보이지도 않을 정도로 재빠른 동작으로 내려놓더니 내게 혀를 낼름 내밀었다. 나도 모르게 웃어 버렸다. "세상에 자신의 존재를 숨길 수 있는 소격신이 있다면 그건 엘론티드일 거야."

글리가 생각에 잠겨 탁자를 손가락으로 톡톡 두드렸다. "세 주신에게서도 숨을 수 있나요?"

"아니. 셋이 합일되었을 때는 안 돼. 하지만 그들도 한동안 자신들 문제로 고민이 많았지. 지금 그들은 불완전해." 나는 눈을 깜박였다. 새로운 생각이 떠올랐다. "어쩌면 아무도 칼을 기억 못 하는 이유가 세 주신 때문인지도 몰라. 내 말은 에네파 말이야. 그녀가 우리 모두의……"

잊어라

닥쳐요, 엄마. 나는 짜증스레 생각했다.

"……기억을 없앴을지도."

"에네파가 왜 그랬겠어?" 아이엠수타가 눈을 크게 뜨고 주위를 둘러보았다. "말이 안 되잖아."

"천만에." 네머가 조용히 말했다. 우리의 시선이 마주치자 나는 고개를 끄덕였다. 그녀는 우리 중 꽤 나이가 많은 축에 속했다. 물론 내게 견줄 바는 안 되지만 악마와의 전쟁 때도 존재했을 만큼 충분히 나이가 많았다. 그녀는 세 주신의 자식들에게 어떤 이상한 일이 일어날 수 있는지 잘 알고 있었다. "완벽하게 말이 돼. 에네파는……" 네머가 얼굴을 찌푸렸다. "우릴 죽이는 데 거리낌이 없었어. 자식 중 하나가 다른 자식들에게 위협이 된다고 판단했다면 기꺼이 죽였을걸. 악마와의 전쟁이 있은 후부턴 아예 그런 위험을 감수하지 않으려 했고. 하지만 그래도 만약 그 아이가 다른 형제자매에게 해를 끼치지 않고 살 수 있다면, 그 아이의 생존 여부가 다른 형제자매들이 그 아이의 존재를 모르는 데 달려 있다면……" 네머가 고개를 가로저었다. "가능해. 에네파라면 그 아이가 살 수 있는 완전히 새로운 세상을 창조해서 우리와 떼어 놨을 거야. 그리고 에네파가 죽자 그 아이를 아는 이가 아무도 남지 않게 된 거고."

칼의 말이 떠올랐다. 에네파는 죽었어. 나는 기억해 냈어. 네머의 이론은 맞아떨어졌지만 한 가지 문제가 있었다.

"그럼 그 엘론티드의 다른 부모는 어디 있지? 우리 대부분은 자식을 천국이나 지옥에서 영원히 썩게 내버려 두지 않을 거야. 우리에게 새 생명은 굉장히 소중하니까."

"소격신이 틀림없다." 아하드가 생각에 잠겼다. "이템파스나 나하도스였다면 이 칼이란 자는……" 그의 입술이 정상이라는 단어를 만들기 시작했지만 그때 릴이 이템파스도 자랑스러워할 만한 매서운 눈빛을 던졌고 그러자 아하드가 재빨리 말을 바꿨다. "니와였을 테니까. 너희들처럼."

"난 므나사트야." 키트르가 부글거리며 반박했다.

"뭐가 됐든." 아하드가 대답했다. 쟁반 위 나이프가 키트르의 손이 닿지 않는 곳에 있어서 다행이었다. 아하드가 빨리 자기 본성을 찾으면 좋겠다. 아니면 우리 사이에서 오래 못 버틸 테니까.

"전쟁으로 많은 소격신이 죽었어요." 글리가 말했다. 그 말이 무슨 뜻인지 이해한 모두가 조용해졌다.

"신이여." 키트르가 끔찍하다는 표정으로 중얼거렸다. "다른 세계로 혼자 추방당해 모두에게 잊혀 고아로 자라다니…… 그 칼이란 자는 우리를 찾는 방법을 알기는 했을까? 얼마나 혼자 있었을까? 상상도 안 돼."

나는 할 수 있었다. 한때 우주는 지금보다 훨씬 더 텅 비어 있었다. 내 진짜 어린 시절에는 외로움이라는 단어조차 존재하지 않았다. 하지만 내 세 부모, 특히 나하도스는 나를 외로움으로부터 지켜 주기 위해 열심히 노력했다. 칼이 그런 보호를 받지 못했다면…… 그를 가엾게 여기지 않을 수가 없다.

"골치 아프게 복잡하게 됐군." 아하드가 한숨을 내쉬며 눈을 비볐다. 나도 같은 심정이었다. "시에의 보고에 따르면 하이노스와 칼이 손을 잡긴 했지만 목적이 서로 다른 것 같다. 칼은 하이노스의 어둠장이들을 이용해 필멸자를 신으로 만드는 가면을 만들었고, 하이노스인들은 똑같은 기술로 아라메리를 살해하는 가면을 만들고 있지."

"아니면 칼이 가면을 쓰고 아라메리를 죽이면서 북부인들에게 의심의 화실을 돌리고 있는지도 모르고." 나는 꿈에서 그와 나눈 대화를 떠올렸다. 이미 시작했어. 그는 이렇게 말했다. 공통의 이해관계를 가진 집단 사이에 불화를 심는 것은 가장 오래된 속임수다. 더 큰 장난을 눈치채지 못하게 주의를 딴 곳으로 돌리는 데도 효과적이다. 나는 조금 더 곰곰이 생각해 보다 얼굴을 찌푸렸다. "그리고 다른 문제도 있어. 아라메리는 자신들을 건드리는 국가가 있으면 철저하게 멸망시켜 버리지. 그러니까 만약에 하이노스가 아라메리를 칠 거면 정말로 제대로 맘먹고 달려들 거란 얘기야." 아라메리를 몇 명만 죽이진 않을 거라고 당당하게 말하던 우세인 다르가 떠올랐다. "하이노스는 암살자를 부리거나 높은피랑 나쁜피를 구분하는 것 같은 건 안 해. 그냥 군대를 몰고 와서 가문 전체를 단번에 쓸어버릴 거야."

"그들이 군대를 양성하고 있다는 증거는 없어." 네머가 말했다.

있었다. 다만 아주 미묘해서 포착하기가 어려울 뿐이다. 나는 배가 불러 있던 우세인 다르와 근위병을 떠올렸다. 사르에나넴에서 두 아기를 데리고 있던 여자도. 그녀의 자녀들은 아직 단단한 음식도 못 먹을 정도로 무척 어렸다. 나는 그 도시에서 봤던 아이들을 떠올렸다. 그들은 호전적이고, 외국인을 혐오했으며, 언어를 여럿 구사하지도 못했다. 그리고 모두 기껏해야 네다섯 살 정도였다. 다르는 피임술로 유명했다. 심지어 필경술이 개발되기도 전부터 다르의 여성들은 끝없는 습격과 부족 간의 전쟁에 맞춰 출산 시기를 조절하는 방법을 알고 있었다. 전쟁걷이. 그들은 습격을 그렇게 부르며 다른 나라가 농업에 의존하는 것을 비웃었다. 전쟁을 일으키기 몇 년 전부터 서른 살 이하의 모든 다르 여성들은 가능한 한 아이를 하나 이상 낳았다. 전사들은 처음 며칠간 젖을 먹인 다음 가족 중에 전사가 아닌 이들에게 아이를 넘겼다. 보통은 최근에 아이를 낳은 다른 여자들이었다. 그러면 그들은 젖을 뗄 때까지 두세 명의 아이들을 함께 키우다 그다음엔 할머니나 남자들의 손에 맡겼다. 전사들은 자신이 전투에서 쓰러지더라도 그 자리를 대신할 아이들이 안전하게 자라고 있다는 것을 알고 싸우러 나갈 수 있었다.

다르에 아이들이 눈에 띄게 늘고 있다는 것은 불길한 징조였다. 그 아이들이 외국인을 싫어하고 심지어 세늠 대륙의 관습을 따르지 않고 있다는 건 그보다도 더 나쁜 징조였다. 그들이 아이들을 평화에 대비시키고 있지 않다는 것은 아주 명백했다.

"그들이 군대를 키우고 있다고 해도 우리가 관여할 이유가 없어." 아하드가 말했다. "필멸자들이 서로에게 무슨 짓을 하든 그건 그들 일이지. 우리가 집중해야 하는 건 이 칼이라는 소격신과 시에가 본 이상한 가면이다."

그 말에 이미 잔뜩 굳어 있던 글리의 표정이 더욱 무시무시해졌다. "그럼 전쟁이 일어나도 아무것도 안 하겠다는 말인가요?"

"필멸자들은 창조된 이래 항상 전쟁을 벌여 왔는걸." 아이엠수타가 작게 탄식하며 말했다. "우리가 할 수 있는 건 그저 전쟁을 막으려고 노력하고…… 실패했을 때 사랑하는 이들을 보호하는 것뿐이야. 그건 그들의 본성이니까."

"왜냐하면 그게 우리의 본성이니까 그렇지." 네머가 대꾸했다. "그리고 필멸자들이 마법을 전쟁 무기로 사용할 수 있는 것도 바로 우리 덕분이고. 신들의 전쟁이 있기 전처럼 주로 병사들과 칼을 이용하긴 해도 이제 그들에겐 필경사와 가면이 있어. 거기다 그 밖에 또 뭐가 있을지는 악마들만 알지 않겠어? 얼마나 많은 필멸자가 죽을지 상상이나 돼?"

상상 이상일 거다. 요즘 세상에 사는 필멸자들은 대부분 전쟁이라는 게 진실로 어떤 의미인지 모른다. 그들은 그런 엄청난 규모의 기아와 약탈, 질병을 상상하지 못했다. 물론 그들은 태고 이래 항상 전쟁을 두려워했고 아직도 모든 이들의 영혼 속에 최후의 전쟁(우리의 전쟁)에 대한 기억이 불타고 있는 건 사실이지만, 그걸로는 고여 있던 분노를 터트리고 결국 자신들이 무슨 짓을 저질렀는지 너무 늦게 깨닫는 것을 막지는 못할 것이다.

"죽는 게 다가 아니지." 나는 중얼거렸다. "그들은 인류가 최악의 상황을 맞닥뜨리면 어떤 모습이 되는지 잊어버렸어. 그 사실을 다시 알게 되면 엄청난 충격을 받을 거야. 영혼도 상처입을 테고. 전에도 본 적이 있어. 여기서도, 다른 세계에서도." 나와 아하드의 시선이 부딪쳤다. 그가 내 표정을 보더니 살짝 미간을 찌푸렸다. "그들은 역사를 불태우고 예술가를 학살할 거야. 적들의 여자를 노예로 삼고 아이들을 빼앗겠지. 그것도 신의 이름으로. 샤하르가 옳아. 아라메리의 종말은 곧 광명의 종말이야."

아하드가 잔인하리만큼 부드러운 어조로 말했다. "우리가 개입하면 더 나빠질 거다."

그 말이 옳았다. 그래서 그가 더욱 미웠다.

방 안 가득 내려앉은 침묵 속에서 글리가 한숨을 내쉬었다. "너무 오래 있었네요." 그녀가 자리에서 일어났다. "새로운 소식이 들어 오거나 뭔가 결정되면 알려줘요."

나는 글리의 노골적인 명령조에 탁자에 앉아 있는 소격신 중 누군가 반발하기를 기다렸다. 그러다 아무도 그럴 생각이 없다는 걸 깨달았다. 릴이 눈을 반짝이며 쟁반 쪽으로 몸을 기울였다. 키트르는 작은 과도를 집어들어 손가락 사이로 빙글빙글 돌리고 있었다. 그녀가 생각에 잠길 때마다 하는 오래된 버릇이었다. 네머는 자리에서 일어나 아하드에게 무심히 고개를 끄덕였다. 순간 더 이상 참을 수가 없어 의자를 뒤로 세게 밀치며 벌떡 일어났다. 탁자 옆을 돌아 문으로 다가가 글리가 막 열기 시작한 문을 손으로 밀어 쾅 닫아 버렸다.

"곪아 터질 지옥 같으니, 대체 너 누구야?"

아하드가 신음했다. "시에, 젠장할, 좀……"

"아니, 난 알아야겠어. 난 다시는 필멸자의 명령을 받지 않겠다고 맹세했다고." 나는 글리를 노려봤다. 하지만 이런 소란을 일으키는 데도 그녀는 내가 기대한 것처럼 반응하지 않았다. 이렇게 수치스러울 데가! 이젠 필멸자가 날 두려워하지도 않는 거야? "도대체 말이 안 되잖아. 다들 왜 저 여자 말을 가만히 듣고만 있는 건데?"

글리가 한쪽 눈썹을 쓱 치켜올리더니 길고 무거운 한숨을 내쉬었다. "내 이름은 글리 쇼스에요. 난 이템파스를 대변하고, 그를 돕고 있죠."

뺨을 맞은 듯한 충격이 나를 강타했다. 그 이름도, 묘하게 익숙한 태도도, 마로네 혈통도, 그리고 내 형제자매가 그녀 앞에서 묘하게 불안해하는 모습도. 진즉에 알아챘어야 했는데. 키트르가 맞았다. 난 정말 감을 잃고 있었다.

"그의 딸." 속삭이듯 내뱉었다. 말문이 막힌 나머지 간신히 그게 고작이었다. 글리 쇼스. 내가 아는 한 이템파스의 최초이자 유일한 필멸자 친구였던 오리 쇼스의 딸. 결국 둘은 우정을 넘어선 사이가 된 게 분명했다. "그러니까…… 맙소사, 그의 악마 딸이구나."

글리는 웃지 않았다. 하지만 눈빛에는 장난기 어린 온기가 돌고 있었다. 이제야 이해가 되는 것 같았다. 이상하게 익숙한 느낌을 주던 사소한 특징들이 따귀를 맞은 듯 선명하게 다가왔다. 그녀의 외모는 아버지를 닮지 않았다. 생김새로 따지자면 어머니를 훨씬 많이 닮았다. 하지만 무의식적인 버릇과 망토처럼 두른 고요한 분위기가…… 모든 게 여기 내 눈앞에 있었다. 마치 지평선 위로 떠오른 태양처럼.

그러고는 뒤늦게 그녀의 존재가 그 자체로 어떤 의미인지 깨달았다. 악마. 이템파스가 만든 악마. 그는 애초에 악마의 탄생을 금지하고 멸절시켜야 한다고 주장한 자였다. 그의 딸. 그런 아버지와 손잡고 기꺼이 돕고 있는 딸.

나는 이템파스가 그녀를 사랑한다는 게 어떤 의미인지 생각해 보았다.

그가 예이네와 화해했다는 걸 생각해 보았다.

그가 필멸자의 육신에 갇혀 있는 조건을 생각해 보았다.

"그였구나." 나는 낮게 중얼거렸다. 다리에 힘이 들어가지 않아 비틀거릴 뻔했다. 문에 몸을 기대지 않았다면 정말로 그랬을 거다. 충격으로 어지러운 마음을 다스리려고 아하드에게 집중했다. "그자가 이 정신 나간 단체의 우두머리였어. 이템파스 말이야."

아하드가 입을 벌렸다가 닫았다. "'너는 네 이름으로 행해진 모든 잘못을 바로잡을 것이다.'" 마침내 아하드가 운을 뗀 순간, 나는 움찔했다. 나도 기억하는 말이었다. 처음 그 말이 세상에 울려 퍼졌을 때 나 역시 그 자리에 있었으니까. 아하드의 목소리는 낮고 깊고 음색마저 비슷해 원래 그 말의 화자를 완벽하게 흉내 낼 수 있었다. 내가 쏘아보자 아하드가 어깨를 으쓱하더니 평소처럼 싸늘한 미소를 지었다. "내가 보기엔 아라메리와 그들이 이 세계에 저지른 일도 전부 하나의 거대한 잘못으로 치부할 수 있을 것 같은데, 안 그런가?"

"그리고 그건 그분의 본성이기도 하죠." 글리가 아하드에게 장난기 넘치는 눈빛을 던지고는 다시 나를 쳐다보았다. "그분은 마법이 없어도 무질서의 침범에 대항해 가능한 모든 방법을 동원해 싸울 겁니다. 그게 그렇게 놀라운 일인가요?"

나는 완강히 저항했다. "예이네가 그를 찾을 수가 없다고 했어."

글리의 미소가 종잇장처럼 얇아졌다. "그분을 레이디 예이네로부터 숨긴 건 후회하고 있지만, 그분을 보호하려면 어쩔 수 없었어요."

나는 고개를 내저었다. "보호해? 뭐로부터? 신이여, 말도 안 되는 소리 마. 필멸자는 신한테서 숨을 수 없어."

"악마는 가능하죠." 글리가 말했다. 나는 놀라 눈을 끔벅였다. 하지만 그럴 이유가 없었다. 소수의 악마들이 대학살을 피해 살아남았다는 건 벌써 다 아는 사실이었으니까. 이제 나는 그 방법을 알게 된 셈이다. "그리고 다행히도 우리 중 어떤 이들은 필요하다면 남을 숨길 수도 있답니다. 자, 그럼 이만 실례하죠." 글리가 문손잡이를 붙들고 있는 내 손을 노골적으로 쳐다보았다. 나는 손을 놓았다.

아하드는 궐련을 꺼내 놓고서 다시 무심한 태도로 주머니를 뒤적이고 있었다. 그가 글리에게 던지는 나른한 시선에는 오래 묵은 악의가 살짝 섞여 있었다. "노인네한테 안부 전해 줘."

"안 그럴 건데." 글리가 즉시 받아쳤다. "그분은 당신 싫어해요."

아하드가 웃음을 터트렸다. 그러고는 드디어 자신이 신이라는 사실을 자각하고는 정신력으로 궐련에 불을 붙였다. 그는 의자 깊숙이 기대 앉아 문을 열고 나가는 글리의 뒷모습을 음란한 눈빛으로 주시했다. "하지만 당신은 아니겠지?"

글리가 문지방에서 잠시 멈칫했다. 순간 그녀의 눈빛이 딱히 미소라고는 할 수 없는 표정과 마찬가지로 익숙하게 느껴졌다. 그래, 당연하지. 난 저 여유만만하고 소유욕으로 가득한 오만한 눈빛을 평생 봐 왔다. 모든 것이 자신의 것이기에 우주의 모든 것이 제자리에 있어야 한다는 절대적인 확신. 지금은 아니더라도 언젠가는, 결국에는 그렇게 될 거라는 확신.

"아직은요." 글리는 이렇게 말하고는 그 딱히 미소라고 할 수 없는 미소를 띠고는 나가 버렸다.

문이 닫히자마자 아하드가 몸을 앞으로 바짝 기울이며 문에 시선을 고정했다. 그 눈빛이 얼마나 강렬한지 심지어 릴조차 음식에서 관심을 거두고 그를 쳐다볼 정도였다. 키트르가 짜증 가득한 신음을 내뱉으며 음식이 담긴 쟁반에 손을 뻗었는데, 정말로 배가 고프다기보다는 좌절감 때문인 것 같았다.

"다르에 보낼 부하가 있는지 알아볼게." 네머가 일어서며 말했다. "하지만 거긴 이방인들에게 경계가 심하니까…… 내가 직접 움직여야 할지도. 어휴, 바쁘다 바빠."

"난 선원들과 상인들의 이야기에 열심히 귀를 기울여 볼게." 아이엠수타는 상업의 신으로 한때 퀸에서는 웅장한 범선을 그에게 바치곤 했다. "전쟁이란 강철과 가죽과 행군용 빵이 오고 가고 또 오고 가는 것이니까……" 아이엠수타의 눈꺼풀이 파르르 떨리더니 감겼다. 그가 작게 한숨을 내쉬었다. "그런 것들엔 나름의 음악이 있거든."

아하드가 고개를 끄덕였다. "그럼 모두 다음 주에 보지." 네머와 키트르, 아이엠수타가 사라졌다. 릴이 일어나 탁자 위로 잠깐 몸을 기울이자 음식이 자취를 감췄다. 음식이 담겨 있던 쟁반도 사라졌다. 그나마 탁자는 남아 있는 게 다행이었다. 아하드가 한숨을 푹 내쉬었다.

"너 엄청 재밌어졌다, 시에." 릴이 소용돌이치는 얼룩덜룩한 눈밑에서 히죽히죽 웃으며 말했다. "너무도 많은 것을 너무도 간절히 원하고 있어. 예전엔 절대 채워지지 않을 딱 하나의 바닥없는 갈망만 느껴졌는데."

나는 한숨을 내쉬며 제발 빨리 가 버리라고 속으로 빌었지만 소용없는 일이었다. 릴은 원래 멋대로 왔다 가는 존재라서 한번 뭔가에 꽂히면 전쟁이라도 나지 않는 한 쫓아낼 방법이 없었다. "넌여기서 뭐 하는 거야? 먹는 거 말고 다른 데는 관심 없잖아, 릴."

릴이 보기조차 괴로운 앙상한 어깨를 으쓱하자 헝클어진 머리칼이 마치 마른 풀처럼 드레스 천에 스치는 소리가 났다. "우리가자리를 비운 새에 필멸계는 변했어. 맛은 더 풍성해지고 풍미도 복잡해졌지. 나도 거기에 맞춰 변하고 있는 거야." 놀랍게도 그녀가탁자에서 일어나 다가오더니 내 손 위에 손을 얹었다. "넌 항상 내게 친절했지, 시에. 건강하게 지내. 그게 가능하다면."

그러고는 휙 사라졌다. 어안이 벙벙했다. 이젠 아하드와 나, 우리 둘만 남았다는 것도 깜박 잊고 고개를 절레절레 흔들었다. 그때 아하드가 말했다.

"묻고 싶은 거라도 있나?" 그의 손가락 사이에 끼워진 궐련 끝에는 기다란 재가 금세라도 깔개에 떨어질 듯 아슬아슬하게 매달려 있었다.

요즘 내 주변에 몰아치고 있는 온갖 위태로운 폭풍우를 떠올려 보고는 고개를 가로저었다.

"좋아." 아하드가 손을 흔들었다.(재가 사방으로 날렸다.) 탁자 위에 주머니 하나가 나타났다. 얼굴을 찡그리며 집어 들어보니 안에 동전이 가득 들어 있었다.

"돈은 어제도 받았는데."

아하드가 어깨를 으쓱했다. "직업이라는 게 참 재밌지. 계속 일하면 계속 돈이 나오거든."

나는 그를 노려봤다. "글리의 시험에 합격했다는 뜻이야?"

"그래. 그러니 그 필멸자 소녀의 가족에게 숙식비를 지불하고, 괜찮은 옷도 좀 사 입고, 제발 충분히 먹고 자서 그 지옥 같은 몰골에서 벗어나도록 해. 사람들 사이에 섞여 들 수 있게. 아니면 최소한 남들이 널 멀리하지 않을 정도라도." 아하드가 잠시 말을 멈추더니 등받이에 몸을 기대고 궐련을 깊이 빨아들였다. "오늘 네가 한 일을 보아하니 꽤 잘 써먹을 수 있겠어. 그건 그렇고 그건 '밤의 팔'에서 가장 유능한 직원들에게 주는 표준 급여다." 그가 내게 삐딱한 미소를 보내며 말했다.

오늘 하루 이상한 일을 잔뜩 겪지 않았다면 약간의 모욕이 가미되어 있긴 해도 그가 칭찬을 했다는 데 경악했을 것이다. 하지만 나는 그냥 고개만 끄덕하고는 도둑이 손대지 못하게 셔츠 안쪽에 돈주머니를 집어넣었다.

"이제 가 봐." 아하드의 말에 나는 자리를 떴다.

나는 다섯 살 더 나이를 먹었고, 몇 세기 정도 철이 들었고, 그동안 잊고 있었던 이들을 비롯해 형제자매로부터 엄청난 미움을 받았다. 일을 시작한 첫날치고는…… 그럭저럭 잘 해낸 셈이다. 아직 살아 있으니까. 이게 잘된 일인지는 두고 봐야 알겠지만.

〈하권에서 계속〉

부록

용어 및 인물

머저리들.
벌써 3천째인데
아직도 이런 걸
말해 줘야 해?

게이트웨이 공원(Gateway Park): 하늘궁과 세계수 가지 주위에 조성된 공원.

광명(The Bright): 신들의 전쟁 이후에 시작된 이템파스의 단독 치세를 가리키는 말. 선, 질서, 율법, 올바름을 의미하는 보편적 용어. *웃기고 있네*

교단수호자(Order-Keeper): 이템파스 교단의 수련사제(수련 과정 중에 있는 사제)로서 공공질서 유지를 맡고 있다.

귀족 컨소시엄(Nobles' Consortium): 십만왕국의 통치 기구.

그림자(Shadow): 하늘궁 아래 위치한 도시.

그림자 속 하늘(Sky-in-Shadow): 아라메리 궁전과 그 아래 위치한 도시의 공식 명칭.

글리 쇼스(Glee Shoth): 마로네 여성. 아하드의 ~~동업자~~. *이건✓* *여자친구* *취향 형편없어*

나하도스(Nahadoth): 세 주신 중 하나. 밤의 군주.

네머(Nemmer): 그림자도시에 거주하는 니와 소격신. 비밀의 여신.

니마로 보호구역(Nimaro Reservation): 마로랜드가 파괴된 후 생존자들에게 거주지를 제공하기 위해 아라메리 가문이 설립한 보호령.

니와(Niwwah): 소격신의 가장 높은 등급으로 균형자. 안정적이지만 때로는 엘론티드보다 약하다.

단절(The Interdiction): ~~탈명의~~ 명정한 이템파스의 명에 의해 소격신들이 필멸계에 나타나지 않던 시기.

~~대혼돈(Maelstrom): 세 누이신의 창조자. 불가지하며 위협적인 존재.~~

데이터네이 칸루(Datennay Canru): 테마 삼위회의 레이디 히라노의 파이메스(후계자). 샤하르 아라메리와 데카르타 아라메리의 친구.

데카르타 아라메리(Decarta Arameri): 후계자 샤하르 아라메리의 쌍둥이 동생. 아라메리 가문의 전(前) 수장의 이름을 물려받았다. 나를 사랑해? 나한테 오면 보여 줄게.

동그림(Easha): 동쪽 그림자.

디머(Dimmer): 또는 어둑장이. 디미이 장인.

디미이(Dimyi): 또는 어스레. 하이노스의 특산품인 가면을 제작하는 기술.

라미나 아라메리(Ramina Arameri): 순혈. 레마스 아라메리의 이부동생.

래스 아라메리(Wrath Arameri): 하늘궁의 백색근위대의 대장.

레마스 아라메리(Remath Arameri): 아라메리 가문의 현 수장. 샤하르와 데카르타의 어머니.

~~릴(Lil): 그림자 도시에 거주하는 소격신. 굶주림의 신.~~

마로랜드(The Maroland): 한때 제도의 동쪽에 존재했던 가장 작은 대륙. 최초의 아라메리 궁이 있던 자리였다. 나하도스에 의해 멸망했다.

~~마법(Magic): 물질과 비물질 세계를 변경할 수 있는 전락 소격신의 권능. 멸~~

~~가물론 시마 원이를 시청해이 총 속에 근접하는 역사.~~

메아리궁(Echo): 궁전.

므나사트(Mnasat): 소격신의 세 번째 등급. 소격신들끼리 결합해 탄생한 소격신. 일반적으로 세 주신에게서 난 소격신보다 약하다.

반인(Semisigil): 아라메리 혈인의 현(現) 버전으로, 시대착오적인 문구를 제거했다.

밤의 팔(Arms of Night): 그림자도시의 남쪽 뿌리에 있는 매춘업소로 상류층 고객들을 대상으로 하는 것으로 알려져 있다.

백색전당(White Hall): 이템파스 교단의 예배, 교육, 그리고 정의를 위한 전당.

살롱(Salon): 귀족 컨소시엄의 본부

샤하르 아라메리(Shahar Amareri): 아라메리 가문의 현 후계자. 신들의 전쟁 당시 활약했던 이템파스의 대사제의 이름이기도 하다. 그녀의 후손이 아라메리 가문이다.

서그림(Wesha): 서쪽 그림자.

세계수(The World Tree): 회색의 여신이 탄생시킨, 높이 약 3만 8,100미터로 추정되는 잎이 무성한 상록수. 회색의 여신을 경배하는 이들에게 신성한 나무다.

세늠(Senm): 세계의 최남단에 있는 가장 큰 대륙

세늠어(Senmite): 십만왕국에서 공용어로 사용하는 아믄 언어.

셋의 시대(Time of the Three): 신들의 전쟁이 발발하기 전.

소격신(Godling): 세 주신이 낳은 불멸의 자식들. 때때로 '신'으로 지칭되기도 한다. **?**

순례자(Pilgrim): 세계수에 기도를 드리기 위해 그림자를 찾아오는 회색의 여

신의 신도.

시에(Sieh): 소격신. 트릭스터라고도 불린다. 모든 소격신 중 맏이.

신(God): ~~혼돈이 낳은 불멸의 자식들. '세 주신'이라고도 부른다.~~

신들의 전쟁(Gods' War): 광명의 이템파스가 두 형제자매를 패퇴시키고 천상의 지배권을 획득한 대재앙적 분쟁.

내 삶을 먹어라, 그러면 그대의 영혼을 잃으리

신혈(Godsblood): 인기 있고 값비싼 마약성 물질. 사용자에게 높은 각성 상태와 일시적인 마법 능력을 부여한다.

지금 없는 곳은
여기

신계(Gods' Realm): 우주 너머에 있는 모든 곳.

십만왕국(Hundred Thousand Kingdoms): 아라메리 가문의 통치하에 통일된 세계를 통칭하는 단어.

아라메리(Arameri): ~~아들인~~ 문(顧問).

한밤한

아믄(Amen): 세능인 중 인구수가 가장 많고 강한 세력을 지닌 민족.

아이엠 수타(Eyem-sutah): 그림자에 거주하는 니와 소격신. (상업용) 좁은 길의 신.

~~**아이엠(Ahad)**~~: 그림자에 거주하는 니와 소격신. 밤의 손 매음굴의 주인.

악마(Demon): 신과 인간 사이의 ~~금지된~~ 결합으로 탄생한 자손들. 필멸자이지만 소격신과 대등하거나 또는 더 강력한 마법적 능력을 소유하고 있~~다~~.

안테마(Antema): 테만 보호령에서 가장 큰 지역의 수도.

어둠을 걷는 자들(Darkwalker): 밤의 군주를 경배하는 무리.

에네파(Enefa): 세 주신 중 하나 ~~~~ 대지의 여신. 신과 인간의 창조자. 황혼과 여명의 주인(사망).

< 엔: 소격신이 가능한 있는 최고의 정신!

필기가 너무 많어 **엘론티드(Elontid)**: 소격신의 두 번째 등급. 신과 소격신, 또는 나하도스와 이템 ~~~~ ~~~~ 들. ~~~~ 고 때로는 소격신보다 약할 수도 있다.

예이네(Yeine): 세 주신 중 하나. 현 대지의 여신. 황혼과 여명의 주인. 회색의 여신이라고도 불린다.

우세인 다르(Usein Darr): 다르인 전사. 다르 남작의 후계자.

은사나(Nsana): 니와 소격신. 꿈의 지배자

이템파스(Itempas): 세 주신 중 하나. 빛의 군주. 천상과 지상의 주인. 하[redacted]아 [redacted]. 영원히 증오할 거야 개자식

당신을 증오해

헛소리

이템파스 교단(Order of Itempas): 광명의 이템파스를 섬기는 사제단. 영적 가르침과 더불어 법과 질서, 교육, 이단 박멸에 앞장서고 있다.

인(印, sigil): 신의 언어를 나타낸 표의문자. 필경사가 신의 마법을 모방할 때 사용한다.

주문(呪文, Script): 필경사가 복잡하거나 연속적인 마법 효과를 내기 위해 사용하는 일련의 인.

진인(眞印, True Sigil): 전통적인 방식의 아라메리 혈인.

지옥(Hells): 필멸계 너머에 있는 영혼들의 쉼터.

천상(Heavens): 필멸계 너머에 있는 영혼들의 쉼터.

[redacted]

키트르(Kitr): 그림자도시에 거주하는 소격신. 검날의 신.

테마 보호령(The Teman Protectorate): 세믄 대륙에 있는 왕국.

티브릴 아라메리(T'vril Arameri): 아라메리 가문의 전 가주.

프레빗(Previt): 이템파스 교단의 고위급 사제

프롬나드(The Promenade): 동쪽 그림자 게이트웨이 공원의 북쪽 끝.

파이메스·파이모스(Pymexe(남성형)·Pymoxe(여성형))): 테마 삼위회의 세 가지 통치 직책 중 하나의 후계자. 혈통을 통해 물려받는 것이 아니라 어릴 때부터 공식적인 시험과 면접을 포함한 엄격한 선발 과정을 거쳐 선정된다.

필경사(Scrivener): 신의 문자를 연구하는 학자.

필멸계(Mortal realm): 세 주신이 창조한 우주.

하늘궁(Sky): 아라메리 가문의 …

하이노스(High North): 행성 최북면에 있는 대륙. 낙후지역.

혈인(Blood sigil): 아라메리 가문의 원일원임을 나타내는 표식.

회색지구(The Gray): 세계수 뿌리 위에 위치한 그림자 속 하늘의 "중간 도시". 하인, 공급업체와 장인 그리고 증기 구동 엘리베이터 네트워크를 통해 연결되어 있는 그들이 근무하는 (세계수 줄기를 둘러싼) 저택까지를 모두 포함한다.

히므네사미나(Hymnesamina): 그림자 남쪽 뿌리 동네에 사는 소녀.

옮긴이 | 박슬라

연세대학교에서 영문학과 심리학을 전공했으며, 현재 전문 번역가로 활동 중이다. 옮긴 책으로는 『스틱!』, 『부자 아빠의 투자 가이드』, 『페이크』, 『골리앗의 복수』, 『숫자는 거짓말을 한다』, 『구름 속의 죽음』, 『패딩턴발 4시 50분』, 『사라진 내일』, 『샤르부크 부인의 초상』, 『한니발 라이징』, 『아머』, 『칼리반의 전쟁』, 「몬스트러몰로지스트」 시리즈, 「부서진 대지」 3부작 등이 있다.

유산 시리즈 III

신들의 왕국(상)

1판 1쇄 찍음 2024년 10월 7일
1판 1쇄 펴냄 2024년 10월 18일

지은이 | N. K. 제미신
옮긴이 | 박슬라
발행인 | 박근섭
편집인 | 김준혁
책임편집 | 장은진
펴낸곳 | 황금가지

출판등록 | 2009. 10. 8 (제2009-000273호)
주소 | 06027 서울 강남구 도산대로 1길 62 강남출판문화센터 5층
전화 | 영업부 515-2000 **편집부** 3446-8774 **팩시밀리** 515-2007
홈페이지 | www.goldenbough.co.kr

도서 파본 등의 이유로 반송이 필요할 경우에는 구매처에서 교환하시고
출판사 교환이 필요할 경우에는 아래 주소로 반송 사유를 적어 도서와 함께 보내주세요.
06027 서울 강남구 도산대로 1길 62 강남출판문화센터 6층 민음인 마케팅부

한국어판 © ㈜민음인, 2024. Printed in Seoul, Korea
ISBN 979-11-7052-471-7 04840(신들의 왕국-상)
ISBN 979-11-7052-468-7 04840(세트)

㈜민음인은 민음사 출판 그룹의 자회사입니다.
황금가지는 ㈜민음인의 픽션 전문 출간 브랜드입니다.